文學研究論集叢刊

春萌花開
―― 黃春明文學國際學術研討會論文集

總 策 畫　李瑞騰
主　　編　黃東陽、羅秀美
執行編輯　顧敏耀

李序　人人競說黃春明

　　人生總也千迴百折，何其幸運結此善美深緣！我朝文學聖山前行，旅途中，有那麼一個來自鄉間的身影，恆在周邊繚繞，有時無敢望其項背，有時竟能同行。驀然回首，近半世紀光陰已逝，他已耄耋，而我也老之將至。

　　我說的是今已九十高齡的黃春明。二〇二四年的春天，在臺中的中興大學校園，年輕的學者興高采烈說著黃春明，彷彿每個人都和他深交多年，而他靜靜地在臺下第一排坐著、聽著、沉思著，想起了什麼？南方澳的魚群和那停船暫歇的青春身影？還是中央山脈大武山區背脊面的霧臺鄉好茶部落？

　　我陪他坐著、聽著，也沉思著。我想起每一場學術的聚會，人人競說黃春明，一室春風輕拂，在臺北，也去北京；在宜蘭、嘉義民雄，也到屏東。一次次，向泥地裡挖去，揚起的塵土盡是芬芳。

　　都談些什麼？談不完他的小說，小說中的那些小人物，那些物質、那些事兒；說不盡他的詩、他的樂、他的戲、他的漫畫和撕畫，以及他不斷轉換的文與藝。五光十色中，他的形像猶清晰如常；眾聲喧嘩中，他說故事的聲音，仍聽得見，而且扣人心弦。

　　我想起我的宜蘭因緣。一群人，有建築師，有企業家，有退休的教師、校長，有愛寫作的人，為了黃春明，他們募資籌組一個基金會，協助黃春明在宜蘭推動在地文化深耕。多令人感動啊！然後，我來到了宜蘭，和他們併肩走著，迎著蘭陽細雨紛紛，在田間小路，向青番公問好，和稻草人揮手。

然後，隨著意氣風發的憨欽仔，打鑼打從這裡來了。

中央大學人文藝術中心主任

李瑞騰

二〇二四年九月二十八日序於中央大學

黃序

　　黃春明（1935-）是一位特別的臺灣文學作家。首先，其寫作資歷甚久，學生時期就開始投稿各報刊，爾後筆耕不輟，以小說集為例，六、七〇年代出版了《兒子的大玩偶》、《鑼》、《莎喲娜啦·再見》、《小寡婦》、《我愛瑪莉》，八、九〇年代則有《青番公的故事》、《兩個油漆匠》、《放生》，新世紀迄今更有《沒有時刻的月臺》、《跟著寶貝兒走》、《秀琴，這個愛笑的女孩》，如今縱使已是耄耋之年，仍然維持著高度的創作熱情。其次，他不僅是文學家，更是「文學活動家」，懷抱著關懷故鄉、關心社會的熱忱，先後創立吉祥巷工作室以保存故鄉在地文化、創辦黃大魚兒童劇團、編導兒童舞臺劇、參與宜蘭的社區總體營造計畫之規劃、編導歌仔戲、創刊文學雜誌《九彎十八拐》等，積極的透過行動以實踐其理念，成果豐碩，獲得極大迴響。歷數黃老師多元又深刻的創作，並非單純為了表彰他的成就，畢竟說到黃老師又有誰不知道他的作品呢？而是向大家說明藏在黃老師心中純真的頑童，是他創作的源泉。

　　我們系很有福分也很有緣地被黃大魚文化藝術基金會的董事長，也是我們的老師李瑞騰教授相中，於二〇二四年四月二十二日至二十六日共同主辦了「春天樂讀黃春明——2024中興大學黃春明週」系列活動，這盛會由本校文學院、藝術中心、圖書館、臺灣文學與跨國文化研究所、興大附中及興大附農合辦，本校的大家長詹富智校長與張照勤副校長也關注並提供各種的協助，大約將中興所有的人力、資源集結並投入，為的就是歡迎黃春明老師加入我們中興的大家庭，也讓

中興的師生能親炙大師風采。活動內容包括名譽文學博士學位頒授典禮、黃春明文學國際學術研討會、黃春明作品改編電影暨座談會、黃春明改編歌仔戲《杜子春》與演後座談會、黃大魚兒童劇團李賴執行長講座、黃春明書展、黃春明圖文藝術展、閱讀黃春明寫作競賽，讓參與的人都感受到作品中歷久彌新的感人力量，也更深刻理解我們所身處的這塊土地。

　　本論文集所收錄本次活動中所發表的十一篇論文，總共分為四卷。卷一「黃春明的詩歌、音樂與聲音敘事」，共有三篇，李欣倫〈用耳朵聽文學：黃春明與悅聽文學〉、劉建志〈黃春明的鄉土觀與歌謠觀：以《鄉土組曲》為研究對象〉以及涂書瑋〈詩／撕畫黃春明：黃春明詩作的視覺性〉。卷二「黃春明作品的外譯與接受」有三篇：明田川 聰士、明田川 卓〈台日對話的文學契機——黃春明日譯作品的社會意涵〉、劉展岳〈黃春明小說法文轉譯：從文本閱讀到展演——以《我愛瑪莉》為例〉、郭光裕〈以世界文學角度探討黃春明研究發展現況與潛力〉。

　　卷三「黃春明作品與女性、兒童」亦有三篇：顧敏耀〈地方場景、歷史記憶與家國寓言——黃春明《秀琴，這個愛笑的女孩》析論〉、林郁雯〈從繪本到歌仔戲——黃春明《愛吃糖的皇帝》之跨媒材拓展探究〉、陳室如〈自我的倒影：黃春明童話中的動物形象〉。卷四「黃春明作品的改編電影與圖像敘事」有兩篇：黃儀冠〈文學改編與傳播媒介——論《兩個油漆匠》小說到影像的文本重構與社會議題〉、陳名楦〈「文學‧漫畫」複合式之新敘事空間——以黃春明《王善壽與牛進》為範圍〉。

　　論文作者群包括了本國臺灣與海外法國與日本的學者，有來自中文系亦有臺文系，有執教大學多年的學界知名學者，也有剛踏上學術研究之路的碩士生，論述有從文本外緣進行爬梳整理者，亦有針對作

品本身分析者,研究取徑與視角十分多元,亦有許多獨到之見解,都反映了黃老師作品在文化層次的深度,和表現手法的靈動。

這次的「黃春明週」活動能夠圓滿成功,還是得逐一向促成此盛會的師長與同仁致謝,黃大魚文化藝術基金會李瑞騰董事長、朱堯麟執行長、本校台文所詹閔旭所長、藝術中心林仁昱主任、圖書館典閱組李麗美組長、本系羅秀美老師、顧敏耀老師、碩士生陳名楦同學等,頻繁的開會,繁瑣行政的工作,無不由大家所共同承擔才能達成。在這次活動裡,最有福的莫過於臺中的市民朋友了,能和這位國寶級文學大師無距離接觸,而我們中興大學頒發黃春明名譽博士學位,也讓本校增添了一位傑出系友。

本書所收錄的研討會論文,將黃春明研究往前推進了一步,呈現了最新的黃春明研究成果,自是值得推薦予各界披覽細讀。

中興大學中國文學系主任

二〇二四年八月二十六日序於中興大學中國文學系

目次

李序　人人競說黃春明 …………………………………李瑞騰　1
黃序 …………………………………………………………黃東陽　3

卷一　黃春明的詩歌、音樂與聲音敘事

用耳朵聽文學：黃春明與悅聽文學………………………李欣倫　3
黃春明的鄉土觀與歌謠觀：
　以《鄉土組曲》為研究對象……………………………劉建志　35
詩／撕畫黃春明：黃春明詩作的視覺性…………………涂書瑋　69

卷二　黃春明作品的外譯與接受

台日對話的文學契機
　——黃春明日譯作品的社會意涵
　………………………………〔日〕明田川 聰士著，明田川 卓譯　91
黃春明小說法文轉譯：從文本閱讀到展演
　——以《我愛瑪莉》為例…………………〔法〕劉展岳　133
以世界文學角度探討黃春明研究發展現況與潛力 …郭光裕　155

卷三　黃春明作品與女性、兒童

地方場景、歷史記憶與家國寓言
　　——黃春明《秀琴，這個愛笑的女孩》析論……顧敏耀　187
從繪本到歌仔戲
　　——黃春明《愛吃糖的皇帝》之跨媒材拓展探究　林郁雯　211
自我的倒影：黃春明童話中的動物形象……………陳室如　239

卷四　黃春明作品的改編電影與圖像敘事

文學改編與傳播媒介
　　——論《兩個油漆匠》小說到影像的文本重構與
　　　社會議題……………………………………黃儀冠　269
「文學‧漫畫」複合式之新敘事空間
　　——以黃春明《王善壽與牛進》為範圍…………陳名楦　295

編後記：也是致謝………………………………………羅秀美　333

附錄

春萌花開——黃春明文學國際學術研討會議程表………337

卷一
黃春明的詩歌、音樂與聲音敘事

用耳朵聽文學：黃春明與悅聽文學

李欣倫[*]

摘要

　　黃春明於二〇〇五年創辦《九彎十八拐》雙月刊雜誌，雜誌滿週年之際，黃春明發想籌辦「悅聽文學」活動，邀請作家朗讀作品，達成「把文學欣賞的感動還給大眾」之目標。因此從二〇〇六年五月，於宜蘭初次舉辦「悅聽文學」活動，去年已是第十八屆，前後超過六十位不同世代的臺灣作家參與，不僅嘉惠宜蘭學子與鄉親，以聲音形式傳遞文學之美，也拓展了文學多元可能。本文先探究黃春明過去作品中，對聲音敘事及朗讀的重視，從他收集民謠將民謠改寫成詩作的過程中，發現他對於宜蘭土地的重視，因此悅聽文學活動的「用耳朵讀／聽文學」可視為「用腳讀地理」的延伸。其餘受邀於悅聽文學活動作家群，也跟隨黃春明的「用腳讀地理／宜蘭」摘選自身與宜蘭及出生地相關的作品與大眾分享，最後則探討悅聽文學的受眾主要是宜蘭學子和旅行者，藉由朗讀作品和文學之夜的座談，深化了教育意義和觀光內涵。

關鍵詞：黃春明、悅聽文學、鄉土組曲、宜蘭、聲音敘事

---

[*] 中央大學中國文學系副教授。

一　前言：從「用腳讀地理」到「用耳朵聽文學」

　　黃春明於二〇〇五年創辦《九彎十八拐》雙月刊雜誌，雜誌滿一年之際，黃春明發想：可以讓讀者、編者、作者共同會面，請作者唸出自己的作品，分享文章如何寫出來，藉由讀者和作者的交流互動，「把文學欣賞的感動還給大眾！」此外，也「以不同於眼睛閱讀文學作品的習慣，試著朗讀作品，讓讀者以耳朵聆聽，如聽說書、聽故事一般，用不同感官感受文學作品」[1]，這便是「悅聽文學」的起源，因此在二〇〇六年五月十九日，於宜蘭初次舉辦「悅聽文學」活動，首屆的主辦單位是黃大魚兒童劇團、國立宜蘭高中、國立羅東高中，協辦單位則是財團法人黃大魚文化藝術基金會，其後主辦單位和協辦單位或有異動，至今已完成十八屆，前後超過六十位不同世代的臺灣作家參與，不僅嘉惠宜蘭學子與鄉親，達成「把文學欣賞的感動還給大眾」之目標，以聲音形式傳遞文學之美，也拓展了文學的多元可能。由於面對面朗讀，讀者亦能藉此與作者互動和交流，此一形式比閱讀更立即，或能在內心產生更深廣的擴散效應。

　　《九彎十八拐》的主編吳茂松在《悅聽文學18》的〈編後記——與悅聽文學相遇的那些年〉，細數過往十八年的過程及成果[2]，表示前兩屆活動小而美，第一、二屆僅邀請詩人吳晟，在宜蘭高中、羅東高中各演出一場，其餘的活動仍仰賴《九彎十八拐》的發行志工、黃大魚兒童劇團、復興國中少年劇團、黃大魚文化藝術基金會參與者，以

---

[1] 吳茂松：〈編後記——與悅聽相遇的那些年〉，《九彎十八拐18周年特輯悅聽文學18》（2023年10月），頁60。

[2] 吳茂松：〈編後記——與悅聽文學相遇的那些年〉，《九彎十八拐18周年特輯悅聽文學18》，頁60。

詩歌朗讀的形式舉辦。據主編吳茂松回憶，第一屆活動除了他朗讀宜蘭畫家黃玉成的〈父親〉，當時還有在地詩社「歪仔歪詩社」社員黃智溶、曹尼朗讀自己的作品。[3]第三屆則走出校園，在宜蘭文化中心二樓演講廳舉辦，除了黃春明、黃大魚兒童劇團、醜小鴨故事劇團之外，宜蘭高中、蘭陽女中、羅東高中、復興國中、礁溪國中、宜蘭社區大學也相繼投入展演和朗誦，注入青春活力。從第四屆開始，悅聽文學在黃春明的號召下，規模擴大，每屆邀請更多作家，除了校園場，地點也增設佛光山蘭陽別院、宜蘭大學和礁溪老爺酒店。除了參與的單位增加，吳茂松也介紹了悅聽文學在形式上的不同，前三屆皆選擇《九彎十八拐》該年六期中刊載的詩文，以讀誦方式與觀眾分享，除了第十屆結合第六十一期《九彎十八拐》，其餘屆數都特別發行專刊，並以該年刊登在《九彎十八拐》的黃春明撕畫，作為專刊封面。

　　本文的主標題「用耳朵聽文學」，乃筆者從黃春明在一九九三年三月十八日於《聯合報‧聯合副刊》刊登的〈用腳讀地理〉中取得靈感，黃春明在此文鼓勵教育者應教育年輕的一代用雙腳走遍「出生地的地理」，並以榮格對於出生地認同為據，說明這對孩子的人格發展影響深遠，進一步，黃春明示範他如何在年少時光，「用我的雙腳讀遍了我出生地羅東，還一再地複習」[4]，之後擴大範圍，「北到蘭陽濁水溪為界二結、東到近海的補城地、利澤簡，南到九份仔、砂仔港、冬瓜山，西到廣興、邊仔頭」。[5]用耳朵讀文學的悅聽文學，似乎也延續著「用腳讀地理」對出生地的認同，黃春明和幾位受邀作家用聲音

---

[3] 根據筆者線上訪談《九彎十八拐》主編吳茂松的內容。訪談時間：2024年3月7日，13:30-15:00。

[4] 黃春明：〈用腳讀地理〉，《大便老師》（臺北市：聯合文學出版社，2009年），頁143。

[5] 同前註，頁143。

演繹他們對於宜蘭或出生地的情感，因此筆者以為，「用耳朵聽文學」可視為「用腳讀地理」的延伸，兩者皆以有別於單純仰賴視覺的行動，而能開發不同感官，傾聽土地之聲。因此，本文先聚焦悅聽文學中，黃春明如何示範以朗讀帶領聽眾、讀者聽文學、訪宜蘭，其次則探討受邀的作家群如何跟隨黃春明的「用腳讀地理／宜蘭」，摘選自身與宜蘭及出生地相關的作品與大眾分享，最後則探討悅聽文學具有的教育和觀光意涵。

二　黃春明的〈丟丟銅仔〉與「鄉土組曲」

　　悅聽文學將閱讀仰賴視覺的常態轉移到聽覺，由此可見黃春明對聲音的重視，因此本節先探究黃春明過往採集音樂的經驗，回溯黃春明作品中的音樂性，包括《鄉土組曲》的民謠及轉化，以及小說中對聲音敘事的重視。《悅聽文學專刊17》中，收錄了黃春明二〇〇一年八月二日刊載於《聯合報副刊》的〈父親，慢走——我的宜蘭民謠丟丟銅仔〉，這首詩作結合並改寫〈丟丟銅仔〉歌詞，融入黃春明對父親離世的感觸：

　　　　就是那麼自然的叫人驚怕
　　　　父親撒手；從加護病房站起
　　　　他的影子被拉得長長
　　　　縱然夕陽卡在那山頭
　　　　影子也必須一直走
　　　　走到咿嘟哀莫咿嘟丟
　　　　哎唷縮成一個小黑點，靜靜地
　　　　消失在暗夜深處

> 星光一滴一滴地滴落來
>
> 又滴落來
>
> 星光咿嘟丟丟銅仔咿嘟
>
> 一滴一滴的滴落來，又滴落來
>
> 哀莫咿嘟丟唷──

這首詩的前四句從父親離世談起，從加護病房的實體空間，藉由與「撒手」這個動詞相對應的「站起」，進入了抽象的死後世界，然有趣的是，死亡之後是沒有「影子」的，更不具動能，但「影子也必須一直走」這句話卻擴寫了黑影的動態，邁向死後的世界。這是什麼樣的世界？從「縮成一個小黑點」、「消失在暗夜深處」到「星光」，象徵化了死後疾滅卻又充滿希望的世界，人死後成為星辰，也是黃春明在詩作〈仰望者〉所表現的內容。[6] 接下來，詩作則套用並改寫〈丟丟銅仔〉的歌詞，讓整個死亡之旅帶有歸返故鄉宜蘭的基調，其中亦可見黃春明對這首宜蘭民謠的深情，由此呼應題目中的副標題：「我的宜蘭民謠丟丟銅仔」，其中「我的」兩字，標示了個別創作性，展現黃春明欲將悼亡意涵注入宜蘭民謠中，然又借用了「宜蘭民謠」的普適性，在「老調」上加入「新聲」[7]，而讓民謠入詩，又讓死亡的步伐帶有節奏感和音樂性，回應了主標題「慢走」。

---

[6] 黃春明〈仰望者〉：「那孩子的媽媽曾經說／地上死了一個人／天上就多出一顆星」、「那孩子默默地向繁星的夜空問：／媽媽！／您到底是那一顆啊！」黃春明：〈仰望者〉，《撐亮星空的菅芒花：黃春明詩話撕畫》（臺北市：遠流出版公司，2023年），頁65、66。

[7] 黃春明在〈老調和新聲〉中，對於老調和新聲的關係和定義，提供了幾種觀點，包括：「所有的老調曾經都是新聲音」，也定義了新聲：「所謂新的聲音即是新的內容」。黃春明：〈老調和新聲〉，《鄉土組曲》（臺北市：遠流出版公司，1983年10月版），頁49。筆者在此略為轉化黃春明的「老調新聲」說，用以表示黃春明在宜蘭民謠（老調）的基礎上，注入了新聲的意涵。

回顧黃春明的寫作，宜蘭民謠〈丟丟銅仔〉和民謠是很重要的創作元素，他的「鄉土組曲」收錄於一九七六年四月二十日遠流出版公司初版的《鄉土組曲台灣民謠精選》，後亦收錄於一九八九年出版的散文集《等待一朵花的名字》，「鄉土組曲」其中有篇就是〈丟丟銅仔〉，此文先解釋丟銅仔源自於鄉下的賭錢遊戲，不過若說「丟銅錢仔」較累贅，說成〈丟丟銅仔〉，黃春明認為「不失其意，還叮噹有聲！」由此顯示了老百姓「自然對語言的聲韻節奏有天才」[8]，接著解釋〈丟丟銅仔〉的調子和詞，與中國人喝酒猜拳喝酒令相同，皆是令人愉快的消遣，最後則描述火車對蘭陽平原居民帶來新體驗，因為火車可通往他處，「隧道對當時的宜蘭人別具意義，穿了隧道出去就是別有天外了。」[9]正因如此，黃春明解釋〈丟丟銅仔〉中「火車走到伊都啊莫伊都丟愛育碰孔內⋯⋯」的這句歌詞時說：

> 碰孔就是隧道，火車走到隧道，大家樂得不知怎麼言語是好，咿嘟啊莫咿達丟仔，一定是很快樂的吧。
> 將近一百五十年的開墾，終於有了一道門，有裡有外的感激，和看到自己的血汗有了成果，這不是我們今天的人所能領略的啊！[10]

黃春明將「咿嘟啊莫咿達丟仔」詮釋成快樂和感激的感受，並試圖讓當代人理解祖輩開挖隧道的艱辛和滿足。從這個角度來看，黃春明將「哀莫咿嘟丟唷」融入為父親送行的詩作中，則具有感激等正向情緒，與詩中象徵希望的星光意象輝映，再次顯示死亡並非可怖，是故

8　黃春明：〈丟銅仔〉，《鄉土組曲》，頁40。
9　同前註，頁41。
10　同前註，頁41。

人對後輩的照拂。〈啊！火車〉這篇散文，同樣描述火車最早經過蘭陽時，興奮的宜蘭人扶老攜幼，紛紛去鐵路旁看火車，黃春明對此盛況的形容是：「蘭陽平原像一鍋滾水」。[11]

除了〈丟丟銅仔〉，黃春明也以靈活筆觸，生動地重現恆春民謠〈思相枝〉的場景，他揣想百年前，先輩渡海重洋到異鄉開墾時的艱苦奮鬥，白日勞動，夜半思鄉，眾人圍著炭窯，將臨時編來的歌詞套入故鄉曲調，大家一同唱出故鄉事物。因此在這篇〈使我想起來了〉中，黃春明將陳達介紹給讀者，陳氏用〈思相枝〉唱出勸世歌，唱出日據時代蔗農的困苦，不僅簡單扼要地說出事件梗概，更兼顧韻腳。最後黃春明認為「思相枝」雖亦有作「思鄉起」或「思想起」，不過根據先輩懷念故鄉時頻說：「使我想起來了」，他認為「使想起」比較接近他所描述的場景。

另一個值得注意的則是黃春明提到了民謠的功能之一在於撫慰人心，且習用「母親的手」為喻，例如在〈母親的手〉一文中，便寫常聽見妓女戶的女郎哼唱〈雨夜花〉，黃春明便揣想「那歌曲的每一字每一句和曲調，一定像是一雙母親的手，輕輕的揉著她們的傷口吧？」[12]悲苦的女性用歌曲來撫慰自己，男性也如此，另一篇〈改掉吸奶嘴的習慣吧！〉，黃春明遂描摹孩子被欺侮哭泣，回家後投入媽媽懷抱中就好了，進而提到孩子長大成人，即使母親已過世，但「母親哼過的歌謠轉化成母親，於是這個大孩子就唱這麼一隻歌。」[13]

母親哼唱的歌曲也轉化成黃春明一九九一年刊載於《中國時報》的〈蘭陽搖籃曲〉，而這首詩作——搖籃曲的「嬰仔嬰嬰睏，一暝大一寸」、「嬰仔嬰嬰睏，一暝大一尺」，出自於〈搖嬰仔歌〉，在引用

---

11 黃春明：〈啊！火車〉，《鄉土組曲》，頁43。
12 黃春明：〈母親的手〉，《鄉土組曲》，頁114。
13 黃春明：〈改掉吸奶嘴的習慣吧！〉，《鄉土組曲》，頁99。

〈搖嬰仔歌〉這兩句的中間，黃春明改寫成對蘭陽孩子訴說的話語：「孩子，蘭陽的孩子／如果這月牙形的平原／容不下你欠伸／那你就出去吧」；「心肝孩子／如果壯圍的五結的米倉／仍然叫你分不到一杯羹／那你就出去吧」，從同理的角度理解蘭陽的心肝孩子想到外地打拚的心情，最後也表達出永久守護的心：「累了，想家／那你就回來」。[14]這首改寫自〈搖嬰仔歌〉的〈蘭陽搖籃曲〉，其中轉化了黃春明對蘭陽孩子如母一般的關愛，和〈父親，慢走——我的宜蘭民謠丟丟銅仔〉，皆收錄於《悅聽文學專刊》中，可見轉化民謠、為老調注入新聲，也是黃春明在悅聽文學中所示範的。

黃春明特別重視民謠產生的時代，他認為歌詞內容反映當時的社會與文化特徵，勞動是民謠的起源之一，〈嗨呵！嗨呵！嗨唷呵！〉便描述太平山伐木工邊歌唱、邊工作的實況，黃春明分析了集體歌唱勞動對工作效率的提升；〈台灣民歌札記〉一文則分析〈補破網〉的歌詞，描述貧困漁家補漁網的生活，黃春明強調「漁網」的閩南語發音與「希望」相同，意義雙關，因此列出〈補破網〉的歌詞後，帶領讀者反思：如果以「希望」代替「漁網」來了解歌詞，會具何種意義？第十二屆悅聽文學專刊，除了收錄黃春明的詩作〈菅芒花〉、〈月夜的喜劇〉，也以「鄉土組曲」為標題，收錄了〈雨夜花〉、〈農村曲〉、〈補破網〉、〈送出帆〉、〈港都夜雨〉和〈淡水暮色〉，這幾首民謠皆從《鄉土組曲》中選出。

對民謠的探析，也和黃春明寫小說時對聲音的重視，表現出一致態度。在〈羅東來的文學青年〉一文中，他曾提到：對話語言是小說中較難的技巧，同時要考量寫作者的漢字和閩南語用詞，以及讀者的理解，接著他以〈城仔落車〉為例，說明為了讓讀者直接聽到小說主

---

14 黃春明：〈蘭陽搖籃曲〉，《九彎十八拐17周年特輯悅聽文學17》（2022年11月），頁9。

人翁發自生命的吶喊,他當年寫信給主編林海音強調不能改掉「落」字的原因,而林海音的充分支持,也影響黃春明「後來對小說中的對話語言的處理風格」。[15]在〈羅東來的文學青年〉中,黃春明分享寫作歷程,提到「當我們在鄉下努力思考怎麼寫出代表自己民族的東西」之際,救國團文藝活動邀請眾多知名作家到蘭陽演講,「是我們宜蘭地方的盛事」,然而黃春明卻從受邀的作家言談間,聽到了「現代主義」等關鍵字,自此寫作主題從社會轉向到自我苦悶,不過這幾篇小說卻沒有引起同儕作家的迴響,直到寫出〈溺死一隻老貓〉、〈看海的日子〉,他才將小說人物白梅及「迷失的自己,放回我過去用腳熟讀的地理的領域裡」。[16]這段羅東青年從模仿現代主義到回歸鄉土的歷程,其中亦有可與悅聽文學對話處:那些來宜蘭講說的作家所談論的現代主義,讓黃春明「把原先凝視社會的焦距移到自己,放大自己」[17],但經過痛苦的摸索後,還是回到「用腳讀地理」的寫作方式,從中找到自己與鄉土的聲音。

　　不僅試著從寫作中找尋、摸索鄉土聲音,黃春明即使擔任播音員,亦走出播音室,蒐集更廣大的鄉土聲音。黃春明一九六三年任職於宜蘭中廣節目,早上七點以臺語主持《雞鳴早看天》,接著和太太林美音共同主持《街頭巷尾》,當時聽眾向黃春明反映不要聽音樂,於是他以活潑的主持方式,「以生活的事件當作材料」[18]。當時的播音員通常透過麥克風唸誦報刊雜誌剪報,黃春明對此不以為然,他主張「只要聲音能夠透過我的麥克風播放出來,就是播音員,而麥克風能播什麼樣好的內容讓人聽,那個地方就是播音室,如此說來,地球原本就

15　黃春明:〈羅東來的文學青年〉,《大便老師》,頁95。

16　同前註,頁98。

17　同前註,頁97。

18　〈專訪黃春明談芬芳寶島〉,網址:https://fa.tfai.org.tw/fa/article/38223,檢索日期:2024年2月29日。

是一個播音室」[19]，如同他在受訪時表示，錄音並非隔絕外界聲音，「錄音室可以很大、很寬廣，需要的聲音都可以進來，播出去」[20]。黃春明以宜蘭割稻為例，當年他帶著大型盤帶錄音機，特別去現場錄製割稻和打穀機「卡卡卡噹」的聲音，然後趁著割稻的背景音，對著鄉親說：「各位聽眾你有聽到嗎？我們在宜蘭割稻子」。[21]由此可知，不僅用腳讀宜蘭，黃春明也用耳朵聽宜蘭，如此珍貴的宜蘭之聲，多年後也轉化成悅聽文學的養分。

　　以上這些動人的經驗，似乎也影響了多數參與悅聽文學的作家群，不約而同選擇與宜蘭、自己的出生地和臺灣山水相關的主題，雖然他們也分享描述土地之外的作品，並針對當年設定的主題，朗讀相關作品，但相較於其他主題，作家們選擇鄉土、地景、宜蘭的作品比例偏高，再加上為了讓本論文更加聚焦，因此以下仍圍繞著受邀作家們對鄉土主題的作品進行析論。他們跟隨黃春明的腳步，在悅聽文學盛宴中，傳唱出他們的宜蘭老調或新聲，讓充滿文學味的宜蘭民謠傳播開來。

三　傳唱他們的鄉土組曲：作家群的宜蘭和在地經驗

（一）龜山島與噶瑪蘭之歌

　　〈龜山島〉是黃春明具代表性的詩作，也被蘭陽博物館選入，置

19　王妙如記錄整理，蔡詩萍專訪：〈空氣中的哀愁　人生採訪——專訪黃春明〉，《中國時報》第37版（人間副刊），1999年8月30日。

20　〈專訪黃春明談芬芳寶島〉，網址：https://fa.tfai.org.tw/fa/article/38223，檢索日期：2024年2月29日。

21　〈專訪黃春明談芬芳寶島〉，網址：https://fa.tfai.org.tw/fa/article/38223，檢索日期：2024年2月29日。

入館內概念牆,道盡了蘭陽遊子返家的心聲:「龜山島／每當蘭陽的孩子搭火車回來／當他從車窗望見你時／總是分不清空氣中的喜悅／到底是你的,或是他的」。[22]這首詩和另一首描寫蘭陽濁水溪的〈濁水溪〉,成為悅聽文學第一次展演的作品,由志工群所演出,這兩首詩搭配撕畫,收錄在二〇二三年出版的《撐亮星空的菅芒花:黃春明詩話撕畫》中。這兩首詩也同樣刊登於《悅聽文學14》,搭配〈帶父親回家〉和〈傾聽〉另外兩首詩作,前者寫到回宜蘭的路段,龜山島頻頻出現在詩行與視野中:「車子來個大轉彎而翻到萊萊／她總是對回宜蘭的孩子把龜山島變出來／太平洋鋪了一層可踩過去的金屬／今夜的龜山島比白晝更近／老爸,我們回來了／龜山島就在那裡」[23],接著將〈龜山島〉中的詩句改寫成:「龜山島,當我們看到你的此刻／那糅雜在空氣中的哀愁和喜悅／到底是你的、或是我們的?父親再也離不開宜蘭了」。[24]龜山島,作為遊子返回宜蘭看到的前哨,不斷出現在黃春明的詩作中,他形容是「宜蘭人典藏的一幅名畫」,「也成為宜蘭人的地標」。[25]黃春明在悅聽文學首屆,以聲音詮釋對宜蘭的熱愛與思念,似乎也影響了不少作家。

《悅聽文學3》的專刊中,同樣描述龜山島的還有出生於宜蘭的詩人林煥彰,他朗讀的詩作是〈龜山島——綠色燈塔,我們的心靈故鄉〉、〈龜尾湖——液態,翠綠的寶石〉,這兩首描繪龜山島的詩,選錄自宜蘭縣政府文化局出版的《在這裡,在那裡》,這首詩在形式上,形象化了太平洋海浪拍打的模樣,反覆出現的「一上,一下」具海浪節奏感,這兩首詩不僅具體展現了宜蘭風光,也很適合演出,專

---

22 黃春明:〈龜山島〉,《撐亮星空的菅芒花:黃春明詩話撕畫》,頁21。
23 黃春明:〈帶父親回家〉,《九彎十八拐14周年特輯悅聽文學14》(2019年10月),頁7。
24 同前註,頁7。
25 黃春明:〈宜蘭人典藏的一幅名畫〉,《大便老師》,頁164-165。

刊內還搭配黃春明的龜山島撕畫。同樣也以龜山島作朗讀文章的，尚有第四屆活動，由李潼的夫人祝健太朗讀李潼的〈宜蘭龜平安歸〉，文中便以孩子對母親的孺慕之情，來形容宜蘭人對龜山島的感情，為蘭陽遊子送行。《九彎十八拐10周年特輯悅聽文學10專刊》的封面，就是攝影師林明仁所拍攝的〈蘭陽溪與龜山島〉，編者吳茂松形容蘭陽溪是「蘭陽平原的母親之河」，龜山島則「象徵守護和鄉愁」，「不僅是地標也是宜蘭人的心靈故鄉。」[26]

除了龜山島，詩人作家群也效仿黃春明用腳讀地理，以宜蘭為出發點，南北走透透。向陽在第十屆悅聽文學中，提供他寫冬山河的詩作〈冬山河夕照〉，從火紅的利澤簡橋寫起，進而追溯歷史，宛如攝影定格於「當年馬偕落腳之地／教堂鐘聲依稀」，最後呼應題目夕照的同時，也襯褙了冬山河的風光：「穿過夕照下的鐵橋／鐵橋上一列北迴線火車／也正穿過黃昏／穿過漾蕩噶瑪蘭氛圍的金黃水色」。[27]〈頭城十三行〉也以頭圍、烏石港、蘭陽平原為背景，同樣追溯此處在嘉慶、昭和年間的場景，特寫登瀛吟社詩人們吟詩的風華歲月。

向陽所描繪的宜蘭風景，除了地理，也回溯了百年歷史，這種結合宜蘭史地的寫作，成為悅聽文學中幾位作家分享的主軸。《悅聽文學4》中，刊載林煥彰的〈走進九芎谷城──為建市七十周年的宜蘭市祝壽〉，此詩追溯兩百年前噶瑪蘭人建城的歷史，聚焦於古城的護城河被蓋上水泥、鋪上柏油的歷程，他認為古城就該有一條河：「一條，日夜流淌／可以親近的河」[28]，詩作後的附註也說明：「值此慶賀宜蘭建市七十周年，吾人應該緬懷先人建城篳路藍縷之辛苦。」選在

---

26 吳茂松：〈編後記〉，《九彎十八拐10周年特輯悅聽文學10》（2015年5月），頁60。
27 向陽：〈冬山河夕照〉，《九彎十八拐10周年特輯悅聽文學10》，頁55。
28 林煥彰：〈走進九芎谷城──為建市七十周年的宜蘭市祝壽〉，《九彎十八拐4周年特輯悅聽文學4》（2009年10月），頁27。

活動中朗讀，不乏教育意義。

　　回溯祖輩移墾史，並聚焦於冬山河歷史的還有出生於宜蘭的作家簡媜，散文集《天涯海角》是她對出生地的深情回眸和紀錄，在《悅聽文學13》，她便節錄了〈水證據——給河流〉的段落。如同黃春明在〈龜山島〉中寫到宜蘭「特產」:「五隻颱風」，簡媜朗讀的段落一開始，出場的便是颱風，颱風伴隨豪雨，帶來山洪，接著談噶瑪蘭族人的移墾史，以及母河蘭陽溪與冬山河之美。其中，簡媜細數古地名的段落，特別適合在悅聽文學的場合讀誦：

> 你的腦海紛然湧現許多地名：馬賽、隘丁、大坑罟、功勞埔、武荖坑、猴猴、珍珠里簡、冬瓜山、武罕、武淵、三堵、打那美、鼎橄社、奇力簡、加禮達、五十二甲、一百甲、五結、歪仔歪、阿束社、阿里史、奇武荖、羅東……你從熟知這些鏗鏘有力的地名，除少數與漢人開墾歷史有關，大多數依噶瑪蘭族社名音譯。……語言，是最大的巫靈，你這漢人子裔被奇妙的音韻誘引，誦念其因，如飲甘泉。[29]

引文中被一一唸誦出的地名——簡媜以「巫靈」形容——擁有音韻之美，文章接著描述古地名在祖輩嘴邊，如何連結親族血脈，藉由唸誦，也能帶領當下的學子和聽眾，於冬山河歷史神遊。

　　用腳讀史地的精神，也貫串於另一位宜蘭作家陳維鸚的筆下，二〇二三年受邀參與第十八屆悅聽文學的那年，也是她在創作交出亮麗成績的一年，先後榮獲二〇二三年九歌年度散文獎得主，以及第三十一屆九歌現代少兒文學獎首獎。她在悅聽文學所朗讀的〈我與田代安

---

[29] 簡媜：〈水證據〉，《九彎十八拐13周年特輯悅聽文學13》（2018年10月），頁20。

定的小旅行〉一文，便以日本博物學家田代安定（Tashiro Antie, 1856-1928）在一八九五年探訪宜蘭的田野紀錄為主，據她考察，「田代安定歐吉桑是以宜蘭為中心點，先是往溪北走，到達礁溪、頭圍、烏石港等地，返回之後又去了員山附近，另條路線則是再從宜蘭往西南走，先至羅東，後又到了三星、天送埤等地，最後因為準備離開而到蘇澳搭船，在等待船隻到來的期間，順道在蘇澳、南方澳進行調查。」[30]陳氏仿照田代安定在宜蘭溪北、溪南的徒步路線，文中穿插百年前後的宜蘭徒步之心路歷程，對比當今繁華的宜蘭與田代安定當年的宜蘭，不僅如此，行經湯圍溝時，也提到黃春明《莎喲娜啦·再見》裡的礁溪街景，反思商業景觀改變地貌。陳維鸚的宜蘭旅程，不僅回應了日本博物學者的歷史行跡，也是黃春明提倡的「用腳讀地理」之實踐。文中提到了《異鄉又見故園花》，則是吳永華、陳偉智的著作，介紹博物學田野調查學者田代安定的宜蘭調查，「異鄉又見故園花」則典出田代安定的詩作，因他在日記中記載的植物，幾乎是臺灣與日本、琉球群島的共通種[31]。陳維鸚最末表示，一開始只是想記錄自己的旅行，「但跟著歐吉桑調查報告的脈絡，卻被一步步引導去傾聽土地與人的聲音。」[32]

悅聽文學的作家群基本上實踐了傾聽土地與人聲，在第十二屆悅聽文學宜蘭大學公開場中，也邀請了宜蘭在地詩社「歪仔歪詩社」的楊書軒、詹明杰來朗誦[33]，當期的專刊便收錄了數首社員的詩選，且

---

30 陳維鸚：〈我與田代安定的小旅行〉，《九彎十八拐18周年特輯悅聽文學18》（2023年10月），頁40。
31 吳永華、陳偉智：《異鄉又見故園花——田代安定宜蘭調查史料與研究》（宜蘭縣：宜蘭縣史館，2014年），頁85。
32 同前註，頁43。
33 「歪仔歪詩社」於2005年宜蘭文友們成立，2007年發行獨立詩刊，半年一期。「歪仔歪」為噶瑪蘭族社名，煙草之意，以感念宜蘭子弟的母族，重視蘭陽地區多元族

多以描述宜蘭為主：零雨的〈那朵雲〉寫龜山島、曹尼的〈三星即景〉以短句素描三星的稻草人、上將梨、蔥、白鷺鷥和田間小路，一靈寫〈川上的我——夜行利澤簡橋〉，何立翔〈二月聽雨於宜蘭〉，以詩句裱褙出宜蘭人共享的景致，也是不同世代的詩人傾聽宜蘭的成果，描述地景的同時也關注生態變化，如劉清輝的〈羅東林場〉提到：「太平山的檜木砍完後／卡車從山上載來人們長年的愚蠢」，而「人們的慾望逐漸地被現實養胖／人胖了日子瘦了／林場旁的檢尺寮也被時間搬走了」[34]，詩人從較長的時間來看羅東林場被人類愚蠢和慾望採集而耗盡的歷史。

傾聽土地，不僅是對出生地的關注，也傾聽生態中的群樹哀歌。宜蘭高中教師吳敏顯在第八屆悅聽文學中朗讀的〈群樹遺言〉，遂以噶瑪蘭廳園內老樹為第一人稱敘事者，關注宜蘭也關心生態，從老樹的口吻道出「遺言」：政府官員欲將現有的醫院院區剖半，老樹將遭截斷、搬遷至樹木銀行，並闡述其實群樹聚落才是醫院和整座城市的肺葉，對病患和居民皆有助益。由土地擴及樹種，似乎也是悅聽文學作家群喜談的主題，吳晟在第八屆悅聽文學中，便從《吳晟詩選》選出〈樹〉作為朗讀篇章；第十七屆準備的則是數首與臺灣樹木相關的詩作，例如〈烏心石〉、〈毛柿〉、〈櫸木〉、〈黃連木〉、〈樟樹〉、〈台灣肖楠〉等，這些發表於二〇一八年《印刻文學生活誌》的系列詩作，是愛樹的吳晟多年關注的議題，吳晟也是二〇二二年「他們在島嶼寫作」的紀錄片主角之一，〈紫戀樹——與林靖傑導演〉題目中的林靖傑便是紀錄片導演，在校園場合宣讀這系列以臺灣原生樹種的詩作，

群文化。另外，根據筆者對吳茂松的訪談，當初是黃春明希望也能邀請宜蘭作家參與悅聽文學，因此便請「歪仔歪詩社」朗讀詩作。

34 劉清輝：〈羅東林場〉，《九彎十八拐12周年特輯悅聽文學12》（2017年11月），頁33。

具有濃厚的教育意義，吳晟在《他還年輕》後記中強調原生樹種的珍貴，痛心百年間原生樹種被砍伐殆盡，取而代之的是大量「移入殖民國樹種、移入文化霸權樹種」，被「美其名為『園藝』的『昂貴』樹種」所排擠，從原生樹種被取代的現象，進而擴展到臺灣意識和在地情感，在強勢外來文化衝擊下流失的現況，因此他主張：「寫臺灣人、敘臺灣事、繪臺灣景、抒臺灣情」[35]，充分流露詩人對下一代青年學子的祝福和期盼。吳晟關於臺灣樹種的系列詩作具有的教育意義，也令筆者想起黃春明一九九五年在《皇冠》雜誌發表的「臺灣草葉集」系列散文，黃春明細數臺灣常見的草木，如菜瓜、姑婆葉、茄子、蘿蔔等，乍看之下是草木蔬果的素描，但也別有所指，例如從〈菜瓜的話〉談到方言；〈陀螺不再轉了〉從細數不同樹種製作的陀螺特點，延伸探究當時鄉下孩子因製作陀螺，就認識了樟樹、烏桕、埔薑仔柴等植物，進一步學習選擇木材、斟酌力道、人際互動，「從頭到尾即是一連串的學習與成長」，相較於往昔從生活中累積知識，「要現在的小孩子指出樟樹、烏桕或是芭樂樹似乎很難。」（黃春明補充：連成人都是，尤其男性）[36]在黃春明筆下，草木也具教育意義，它們濃縮了上一輩人的生活經驗，同時暗指當今以物質堆砌、分數導向的孩童教育令人憂心。

　　吳晟對樹木和土地的關愛，也表現在他和吳明益在二〇一一年三月七日邀作家群探訪國光石化預定地一事上，陳義芝在此行後寫了一首〈海岸濕地〉，《悅聽文學13》遂收錄這首詩，此詩描述長久棲居於彰化濕地的物種，以及此處作為海岸穀倉的重要基地，但石化工業卻

---

35 吳晟：〈《他還年輕》後記——也許，最後一冊詩集〉，《他還年輕》（臺北市：洪範書店，2022年），頁327。
36 黃春明：〈陀螺不再轉了〉，《大便老師》，頁184。

帶來嚴重污染：「太多的山林被強暴／太多的海域被污染」。[37]由此可見，不僅宜蘭，悅聽文學的作家群特別關注生態和土地議題，如《悅聽文學12》專刊中，張繼琳便以從左耳貫通到右耳的複雜度，來反諷開鑿雪山隧道的艱辛（〈工程〉），雪隧如同打通左、右耳，由此暗示對自然的致命破壞。

（二）火車、移動、多元族群與聲音

黃春明特別解釋〈丟丟銅仔〉的歌詞中「伊都啊莫伊都丟仔」，表達了宜蘭人的快樂，〈啊！火車〉也細緻描述宜蘭人看火車、搭火車的興奮。火車，也出現在黃春明一句俏皮的話中：「請來喝一杯咖啡，火車會等你」，[38]搭乘火車行旅東海岸，成為作家朗讀的篇章。第十一屆的悅聽文學中，零雨的〈我喜歡〉便描述火車站、月臺的人事風景，其中「頭城」的地名，是從其他乘客口中聽來的：「我喜歡現在到頭城了你十分鐘後來接我」，[39]另一篇則是〈頭城──悼 F〉則直接將「頭城」入題，詩中描述搭乘黃昏的火車經過龜山島的景致：「龜山島的腳剛被薄霧洗過／房屋的白牆壁／把黑窗襯得更黑／黑有點讓人心動」又提到：「那時你特別聽到／跌落山谷的一面鐘／細細叫著蟬一樣地叫／向右掠過水域騷動／龜山島淺淺的睡眠」。參與第十三屆悅聽文學的楊澤選錄的詩作包括〈東海岸暮色特快〉、〈新寶島曼波〉等，〈東海岸暮色特快〉描述旅人讚嘆東海岸暮色，詩行短促，模擬在火車上瞥見窗外海景的迅速，最後連結母親，象徵性地將東海岸扣合母土，既是行旅又是回家。〈新寶島曼波〉廣幅了搭慢車漫遊臺

---

37 陳義芝：〈海岸濕地〉，《九彎十八拐13周年特輯悅聽文學13》（2018年10月），頁15。

38 這句話也成為黃春明《撐亮星空的菅芒花：黃春明詩話撕畫》中第二輯的輯名。

39 零雨：〈我喜歡〉，《九彎十八拐11周年特輯悅聽文學11》（2016年6月），頁29。

灣的歷程,「慢車,每站必停的慢車」,濃縮了臺灣各地景致,而「慢車,開往過去的慢車」,又將詩航向歷史軌道,回溯火車曾是運送臺灣物產的輝煌史,這首詩重複而整齊的字句,也對應著題目中「曼波」的節奏感,而〈新寶島曼波〉也成為二〇二三年楊澤自編自導的紀錄片片名,影片裡詩歌交響,客語、臺語、英語和原住民語匯流。

不同語言的交響,不僅增加了聽眾在悅聽上的豐富性,也對臺灣各族群有更多認識,除了向陽、洪淑苓、李敏勇朗讀臺語詩,第七屆悅聽文學所邀請的原住民作家,包括孫大川、馬列雅弗斯·莫那能、亞榮隆·撒可努和胡德夫,也帶來不同族群的語言。孫大川演繹了兩首陸森寶以原住民語譜寫而成的歌〈懷念蘭嶼〉、〈懷念年祭〉,同屆也邀請了臺東排灣族作家莫那能,幾首詩作〈恢復我們的姓名〉、〈鐘聲響起時——給受難的山地雛妓姐妹們〉、〈如果你是山地人〉等,皆訴說原住民艱苦的生活。而黃春明則以拜訪好茶魯凱族部落為題材的〈戰士,乾杯!〉,搭配以原住民心聲為主題的活動。第十一屆邀請的女作家中[40],阿媡是排灣族女性,她摘選了二〇一五年甫出版的《祖靈遺忘的孩子》中的篇章段落,雖然沒有使用族語,但敘述了排灣族母親的故事:當年 vuvu 在婚姻掮客的矇騙下,母親嫁給長他二十五年的老兵,並像其他部落女孩那樣,遠離原住民文化和生活圈,努力成為閩南、客家庄、眷村外省的妻子。另一篇選自同一本書的〈木材與瓦斯桶〉,文中也可見阿媡特寫母系家族中的女性,尤其是對於所謂適婚的女性,提出不同的見解:凡是寡居、離婚等只要目前沒有婚姻,皆是適婚女性,這幾篇散文皆可見阿媡關注原住民女性,當這些篇章在蘭陽女中、羅東高商等校園朗讀,更具教育意涵。除了

---

40 第十一屆受邀的女作家,包括廖輝英、李昂、利格拉樂·阿媡、零雨、顏艾琳,雖然這一期尚未以特別主題規劃,但從受邀名單中,即可見這幾位女作家對女性議題的關懷。

原住民，受邀過兩次的詩人席慕容原籍內蒙古，她所朗讀的詩作也帶來了內蒙古的音韻和草原氣息，〈蒙文課〉便將蒙文音譯放入詩作中，宣說臺灣人和內蒙古人相似之處。在第十八屆的悅聽文學中，席慕容除了朗讀詩作，也帶來數張珍貴的馬匹照片，細數這些馬兒的生態、習性以及她對馬群的情感。

　　不僅使用不同語言，詩歌共同展演也增加了悅聽文學的豐富性。第十二屆的悅聽文學主題便是「詩與歌合奏」，幾位詩人以歌曲搭配詩作，兼具音樂性與節奏感，李敏勇的多首詩作，皆選錄其臺語詩集《美麗島詩歌》，〈二二八鎮魂歌〉和〈玉山頌〉皆搭配蕭泰然的曲，〈傷痕之歌〉則搭配蕭泰然、潘世昌的曲，〈天佑台灣〉配李欣芸的曲，〈變色的風景〉則配游博能的曲，內容也和臺灣史地有關。林央敏在選錄的幾首詩作之後，皆標明了搭配的曲調，如〈淒冷小夜曲〉配「Toselli 嘆息 Serenade 曲調」、〈思念〉搭配「都馬調&莊文達藝術曲」；〈毋通嫌台灣〉則搭配蕭泰然的曲和簡上仁曲「咱兜」；〈懷念的小城市〉則由林央敏譜曲；〈看見鄉愁〉搭配吳易叡與張丞雅的曲，〈夢中的羅曼斯〉則是林福裕與沈錦堂的曲，吳茂松表示，當年林央敏先朗讀自己詩作，再播放合唱團詮釋這些詩作的影音作品[41]，誦讀的同時有音樂相隨，內容也緊扣臺灣地理，讓聽眾更深入作家筆下的風景。據李賴回憶，宇文正在第十三屆悅聽文學礁溪老爺大酒店場次，臨場清唱宋詞，隔日則在宜蘭大學的主場，應觀眾要求清唱，「詩」「歌」交響，讓「悅聽文學」更加悅耳而動聽。

---

41 根據筆者線上訪談《九彎十八拐》主編吳茂松的內容。訪談時間：2024年3月7日，13:30-15:00。

四　悅聽文學的教育意義

　　悅聽文學具有何種教育意義？本文欲從黃春明在二〇〇〇年後數年所發表的散文為例，說明他對當時臺灣教育環境的觀察。黃春明指出在高度消費商品化的氛圍下，以及社會充斥暴發戶的世俗氣下[42]，孩子普遍缺乏文化藝術涵養，過於強調物質的環境，也讓孩子失去動手做的機會。〈低級感官〉一文將人的感官分成低級與高級兩種：口腔屬前者，高級感官則是耳朵和眼睛，黃春明認為能滋養心靈的精神糧食，皆是「透過耳朵、眼睛，有時是同時透過兩者一起觀賞聆聽，傳到腦子裡，最後再轉到心靈走一回。事後多多少少，總是會激起一番感動，而那漣漪久久蕩漾，蕩到潛意識裡，累積成一種氣質和深刻的素養。」[43]這段文字細緻描繪了藝術對觀者、聽眾的潛移默化，也詮釋了何以黃春明將耳朵、眼睛視為高級感官，由此抗衡僅滿足口腹之慾的低級感官。這篇〈低級感官〉於二〇〇五年五月二十二日發表在《自由時報・自由副刊》，與悅聽文學的構思和籌辦時間相近，因此可一併作為悅聽文學籌辦的背景：當文學藝術成為物質消費下的弱勢，黃春明欲以聽覺復興文學。

　　黃春明也在〈感官與文學〉一文中提到：當代人的視覺退化得厲害，聽覺也是，家中有家電交響，外頭車聲隆隆，甚至「從新生嬰兒出生就在受害」[44]，這個觀點體現在黃春明的小說《毛毛有話》中，

---

[42] 黃春明在多處以「暴發戶」形容臺灣人的消費習性，例如〈寵壞自己的暴發戶〉：「臺灣的社會頗有暴發戶的性格，連自己都寵壞了！」《九彎十八拐》（臺北市：聯合文學出版社，2009年），頁46。〈臃腫的年代〉提到「在這商品化的社會，暴發戶式的消費行為囂張」，《九彎十八拐》，頁58。〈同舟不共濟〉觀察到不少臺灣人的吃相，「我們的消費行為就有了暴發戶的性格」，《九彎十八拐》，頁65。
[43] 黃春明：〈低級感官〉，《九彎十八拐》，頁178。
[44] 黃春明：〈感官與文學〉，《九彎十八拐》，頁27。

開篇便描述剛出生的嬰孩毛毛聽覺敏銳，除了降生時的啼聲，黃春明也描述了各種聲音：護理人員的抱怨和八卦聲、開關門聲、廣告擴大器聲、叫賣聲，這些聲響在毛毛耳中被放大數倍，黃春明也由此暗示：這些雜亂聲如成人對於教育觀點的「眾說紛紜」，對嬰兒早期的教育實具破壞力。相較於此，應要學習傾聽嬰孩之聲——這個在歷史上一向被噤聲的族群——而嬰孩之聲，也來自於尚未被大眾媒體紛繁資訊所染污的身體本能之聲。巧合的是，《九彎十八拐悅聽文學專刊》二周年特輯的第一頁，便刊載了《毛毛有話·產科醫院》中毛毛對於人聲吵雜的觀察段落，亦可作為悅聽文學成立的教育意義。在視覺和聽覺的雙重退化的脈絡下，黃春明在〈感官與文學〉中談悅聽的重要性，並從梁啟超「要一新一國的國民，就得一新一國的小說」，進而以歐洲人民在睡前，家人輪流聆聽對方朗讀小說為例，說明朗讀小說能「長年累積成一種素養，一種可貴的善良氣質。」[45]

正因秉持著「以悅聽來教化學子」的初衷，悅聽文學一開始便規劃了校園場次，包括：宜蘭高中、羅東高中、蘭陽女中、羅東高商等校[46]，到了第二屆悅聽文學，則在宜蘭高中和羅東高中舉辦「生日快樂表演場」，第五屆宜蘭高中除了是校園推廣場次外，也承辦了公開表演場，《九彎十八拐》的主編吳茂松是宜蘭高中退休國文教師，當黃春明籌劃悅聽文學時，吳茂松便爭取到宜蘭高中舉辦，希望讓宜中學生有機會親睹作家風采。[47]李賴將悅聽文學和黃大魚兒童劇團的公演相比，提到劇團演出的目的在於「讓宜蘭的孩子在學校就可以獲得優質的戲劇啟蒙」，而同樣地，「悅聽文學的潮流風有很大的一部分是

---

45 同前註，頁27。
46 從第十三屆（2018年）開始，校園場次從宜蘭高中換成蘭陽女中。
47 根據筆者線上訪談《九彎十八拐》主編吳茂松的內容。訪談時間：2024年3月7日，13:30-15:00。

為宜蘭的學子而吹拂」[48]，因此每屆一定有校園推廣場次，讓校園師生獨享。李賴也分享參與第三屆活動的宜蘭學生們參與後的感受，這些學子並非作為聽眾，而是參與朗讀，有同學甚至為了精確詮釋黃春明的小說〈魚〉，多方揣摩魚販的叫賣聲，可見其認真投入。[49]不僅如此，《九彎十八拐悅聽文學》專刊也曾刊出宜蘭大學龜山島文學獎的作品，提供學生有發表舞臺。至於公開場次，第六屆到第八屆曾於佛光山蘭陽別院舉辦，自二〇一五年第十屆開始，悅聽文學的公開表演場設在宜蘭大學萬斌廳和礁溪老爺大酒店迎賓廳，將「把文學欣賞的感動還給大眾」的精神發揮得淋漓盡致。

討論悅聽文學活動之前，本文先簡述礁溪老爺酒店過去曾將文學融入建築空間，共構成旅客的美好體驗，例如二〇二〇年策畫老爺詩歌節「道別與鹽」活動，將飯店不同的空間——包括櫃檯、餐廳、廊道、樓梯——轉化成詩作佈展場所，同時和「晚安詩」社群共同舉辦「老爺詩歌節——道別詩創作徵稿」。[50]二〇二二年七月一日到八月二十八日，礁溪老爺酒店於飯店內舉辦「九彎十八拐・百輯風華展」，《九彎十八拐》的創刊日正是礁溪老爺酒店的開幕日，兩者實具特殊因緣。展區除了《九彎十八拐》的內容和黃春明的作品之外，也將黃春明「來去宜蘭」的撕畫製成動態投影，呈現龜山島、雪隧、雨滴和火車等圖樣，〈龜山島〉也再度成為「手作・創意」展區的焦點，並搭配飯店業者推出的龜山島山海之旅。[51]吳茂松表示，礁溪老爺酒店

---

[48] 李賴：〈13如1〉，《九彎十八拐17周年特輯悅聽文學17》（2022年11月），頁58。

[49] 李賴：〈繁花盛開的一天〉，《九彎十八拐》20期，頁58。

[50] 吳雨潔：〈你想怎麼道別2020？礁溪老爺號召12詩人驅走這一年，主題是：鹽〉，網址：https://www.cw.com.tw/index.php/article/5105011?template=fashion&from=search，檢索日期：2024年2月22日。

[51] 陳涵茵：〈礁溪老爺攜手黃春明「玩」文學　今夏最詩意的龜山島山海之旅〉，網址：https://www.mirrormedia.mg/story/20220718tour001，檢索日期：2024年2月22日。

在公開場次之前,已提供參與者餅乾點心、招待作家住宿,直到今日,每個月仍訂購兩百多份《九彎十八拐》雜誌供旅客閱讀,讓旅客有機會認識在地文學刊物。[52]酒店將以黃春明為核心的宜蘭文學融入建築之中,不僅是文學和建築的共構,也豐富旅客的旅行經驗,讓來宜蘭的旅客不僅是進行「觀光客的凝視」[53],甚以潛在位階凝視宜蘭,而是能真正閱讀到在地文學——包括《九彎十八拐》和宜蘭學子的作品——之美,讓旅客進行在地景賞覽和美食體驗之餘,也能對宜蘭產生更多元的認識。

從旅館的空間管理來看,馬修・普拉特・古特爾(Matthew Pratt Guterl)、卡羅琳・菲爾德・萊凡德(Caroline Field Levander)引述各建築師的說法,指出比起其餘公共場合,旅館大廳不僅是提供互動式公開會面的最佳場所,也是「為數不多的、專為互動與聯繫打造的公共空間之一」,「它也是一個帶有音樂、座位、精巧裝飾與採光等特色的社交場合,注定要讓人們在此建立關係,展開一場社交融合。」[54]旅館是提供旅客享受生活和私密空間的場所,但大廳又能打破私密

---

52 根據筆者線上訪談《九彎十八拐》主編吳茂松的內容。訪談時間:2024年3月7日,13:30-15:00。

53 約翰・厄里(John Urry)描述當代全球化下發展出的「觀光凝視」現象:藉由攝影機、數位影像等媒介,建構出不同社會、族群和歷史時代之差異性,但這將觀光客與在地日常經驗區隔開來之後,「攝影塑造了旅行跟凝視的方式」,人們意識到不應與「柯達瞬間」失之交臂,「因此觀光凝視多半由既有的媒體地景(mediascape)塑造出來,也限縮在此範圍,如此一來整趟旅遊被文宣、媒體牽著走,變成確實到此一遊的證明,換言之,觀光客不僅援用一種框架取景跟探索,最終也被框架所限制,難以擺脫詮釋循環(hermeneutic)。」約翰・厄里(John Urry)、約拿斯・拉森(Jonas Larsen)合著,黃宛瑜譯:《觀光客的凝視3.0》(臺北市:書林出版公司,2016年),頁238-239。

54 馬修・普拉特・古特爾(Matthew Pratt Guterl)、卡羅琳・菲爾德・萊凡德(Caroline Field Levander)著,丁超譯:《旅館:開啟現代人自覺與思辨,全球資本主義革命的實踐場域》(新北市:八旗文化╱遠足文化公司,2019年),頁63。

性，讓旅客投入其中。筆者以為，除了馬修和卡羅琳認為由音樂、座位、裝飾和採光構成的環境外，比起硬體設計，悅聽文學的活動更能達成「客人不知不覺地進入旅館最開放的大廳空間，消融於毫不起眼的私密層次當中」之目的。除了事先在房內擺放精美的迎賓卡，也加入抽獎活動增加動機，鼓勵旅客離開個別的旅館房間，到迎賓大廳參與活動。而時間安排也強化了這點，悅聽文學在這個時段稱為「藝文之夜」，時間是晚上八點五十分到九點三十分，參與的多半是酒店旅客，據筆者實際參與第十八屆活動的經驗，旅客在結束用餐或泡湯行程後，有不少穿著酒店提供的浴袍便前來聆聽，面對這些來度假的旅客，每位作家也採取短講方式進行，營造出一種沙龍般的氛圍。

這種在文化上的深耕，毋寧對抗坊間流傳的「宜蘭是臺北人後花園」的說法，對此，宜蘭作家有更直接的回應。第十四屆的悅聽文學中，當時任教於羅東高中的楊肅浩自彈自唱自創〈噶瑪蘭的風吹飛高高〉[55]，詩歌除了緬懷蘭陽平原的風景人事，也隱含了對故鄉變調的反思：「都市人／厝蓋置故鄉的平原／行過冬山河的岸／講後花園置這／路若行人越多就越驚惶／雨水一暝落袂煞／思念吹袂乾」[56]，詩中就對「後花園」表達了宜蘭人的觀點。另一首〈賣田歌〉更彰顯出宜蘭土地成為高價商品的現狀：「分不清外地來的／亦是厝邊頭尾／招牌寫著有幾坪／欲賣外濟」，養活幾代的田園「換來頓著印仔的厝契」，「真濟農地變更作建地／咧農舍起了煞無人買／分不清是伊的是誰的／煞夢到彼條變色的蘭陽溪」。[57]歌詞傳達出對都市人來宜蘭購

---

[55] 楊肅浩為宜蘭頭城人，羅東高商國文老師，曾任教於羅東高中，同時也是臺灣新生代臺語民謠歌手。曾獲兩岸校園大賽亞軍、原創歌曲獎、閩南語歌王獎，發行《噶瑪蘭的風吹》，入圍第三十二屆金曲獎最佳臺語男歌手。

[56] 楊肅浩：〈噶瑪蘭的風吹飛高高〉，收入《九彎十八拐14周年特輯悅聽文學專刊14》（2019年10月），頁44。

[57] 楊肅浩：〈賣田歌〉，收入《九彎十八拐14周年特輯悅聽文學專刊14》，頁45。

地置產的行徑感到憂懼，以及對宜蘭生態變化的惋惜，也回扣到歷屆悅聽文學的對家鄉、土地的關注。值得一提的是，吳茂松在訪談中表示楊蕭浩是宜蘭高中的校友，當年他曾在學校舉辦詩刊，也曾坐在悅聽文學的現場，聆聽歌手陳明章高歌，影響了他日後對音樂領域的探索，因此悅聽文學成為他對文學、音樂的養分[58]，可見悅聽文學的擴散力：打動了一位過去在臺下聆聽的學生，日後也在悅聽文學場合中，將詩歌的影響力傳遞出去。

在校園場次中，確實常見朗讀和音樂伴奏的文學音樂饗宴，並邀請該校學校參與演出，例如十三屆宜蘭大學誦讀校內龜山島文學獎〈舌尖上的記憶〉，背景音為小提琴伴奏；蘭陽女中由舞蹈班師生詮釋陳義芝的詩作，羅東高商則由附屬幼兒園的孩子，以律動搭配陳義芝的〈我年輕的戀人〉，第十七屆的羅東高商場次也安排了師生展演，學生以歌聲演繹吳晟〈全心全意地愛你〉、席慕容〈一棵開花的樹〉，也演唱楊蕭浩的作品〈噶瑪蘭的風吹飛懸懸〉，由此可見師生共同規劃的校園場次，提供了更多活化悅聽文學中的資源，將文學作品以不同形式的聲音、舞蹈演繹，具體實踐了跨界展演，同時也因師生的參與，深化了自主學習的教育意義。

五　結語：文學需要朗讀出聲

《悅聽文學4》的專刊中，編者記錄了黃春明在首次活動舉辦前，對編輯說的一席話：「我們來朗讀！告訴大家文學是需要朗讀出聲的。」[59]文學需要朗讀出聲，不僅是黃春明的觀點，第十四屆的悅

---

[58] 根據筆者線上訪談《九彎十八拐》主編吳茂松的內容。訪談時間：2024年3月7日，13:30-15:00。

[59] 〈前言〉，《九彎十八拐4周年特輯悅聽文學4》（2009年10月），頁3。

聽文學活動所邀請的作家之一亮軒，也認為無論中外，整部文學史都是「耳朵聽下來的」，他以傳奇、故事、小說善用韻文為例，說明韻文的唸讀對聽者而言都是享受，從聽的角度來衡量，亮軒認為即使是非韻文如小說和散文，若唸讀不順暢，就不是好作品。[60]抱持類似觀點的作家不少，近年來，教導非虛構寫作的指南，也以朗讀作為再次校正文筆流暢度的方法，例如傑克・哈特（Jack Hart）在《說故事的技藝》中的〈聲音與風格〉中，就將朗讀視為作家訓練自我的最後一哩路。[61]從讀者這端來看，用耳朵而不是倚靠眼睛的專注傾聽也有助於寫作，北美創意寫作工坊導師娜妲莉・高柏（Natalie Goldberg）也說：「傾聽就是有容乃大，你聽得越深刻，就會寫得越好」[62]，雖然此處所說的是寫作者可多聆聽周遭的聲響，但筆者以為，傾聽也包含了聽作者誦讀作品，由此鍛鍊與閱讀不同的感知力。

　　將文學作品朗讀出聲，不僅因為好的文學作品值得誦讀，也顯示了黃春明對往昔歐洲人民、家庭睡前朗讀習慣的復興，由此這可強化人民素養，培養善良品性。這樣的初衷亦可在黃春明籌辦悅聽文學活動的二〇〇五年前後；針砭臺灣消費社會的數篇文章找到一致性，他主張活化聽覺的悅聽活動，不僅能打破單一仰賴視覺的習性，亦能對抗僅滿足口腹之慾的「低級感官」，以及由低級感官餵養出來的「暴

---

60 徐惠隆：〈記十四屆悅聽文學〉，《九彎十八拐15周年特輯悅聽文學15》（2020年10月），頁53。

61 傑克・哈特（Jack Hart）認為：「作家訓練自己最好的方法是，每寫完一篇文章，就大聲朗讀出來。當我寫完一段草稿的最後一句，我會回到第一句，用清晰的聲音不急不徐唸出來。我會聽見哪裡有寫錯，修改十幾個位置。在大多數情況下，我會刪掉贅語，簡化句法，也會加上一些譬喻，改用平易的字，聽起來比較像我。」傑克・哈特（Jack Hart）著，謝汝萱譯：《說故事的技藝》（新北市：新樂園出版社，2020年），頁84-85。

62 娜妲莉・高柏（Natalie Goldberg）著，韓良憶譯：《心靈寫作》（臺北市：心靈工坊文化公司，2002年），頁101。

發戶性格」,這些不良身教會影響下一代,由此可推知,黃春明為何特別希望用文學、藝術強化孩童的美學教育,他多次在不同文章與場合中表達「臺灣的未來就在目前的小孩子」[63]、「孩子是值得期待的」[64]等觀點,也對教養孩子的創造力、生命教育提供擲地有聲的看法[65],因此悅聽文學的校園場次也對年輕學子具有教化意義,更進一步將效益擴散至宜蘭大學和礁溪老爺酒店,達成「把文學欣賞的感動還給大眾」之目的。

　　從二〇〇五年到二〇二三年舉辦了十八屆的悅聽文學活動,可由黃春明和受邀作家群的作品中,看見「用腳讀地理」的特質,黃春明在宜蘭從南到北的走讀,示範了他對土地的歌詠與關懷,於是有作家走讀過去人類學者在宜蘭踏查的路徑,也有作家關注噶瑪蘭的群樹與生態,用耳朵聽文學、讀文學是「用腳讀地理」精神之延續,也是過去他在宜蘭中廣節目所示範的、「大自然就是錄音室」這種將土地與庶民之聲傳遞到聽眾耳畔的精神,悅聽文學的作家群也將傾聽宜蘭和土地之聲,以朗讀方式感動群眾,大眾則在聆聽的過程中,將作家誦讀出來的「美妙天籟」,「有時傾注／有時涓滴／綿綿的,綿綿的／經過漏斗流進心田／灌溉你我的心靈」。[66]悅聽文學,聆聽作家朗讀自己的作品,將文學灌溉進大眾的心靈。

---

63 黃春明:〈總序　聽者有意〉,《大便老師》,頁10。
64 黃春明在〈孩子是可以期待的〉一文中,描述他與復興國中少年劇團相處的經驗,總結他的寶貴心得:「小孩子是可以期待的,要看大人有沒有付出。」黃春明:《大便老師》,頁62。
65 談創造力如〈穿鴨裙的老農夫〉,《九彎十八拐》,頁33-35,談生命教育如〈生命怎麼教育?〉黃春明:《九彎十八拐》,頁168-170。
66 這段引文摘錄自黃春明詩作〈傾聽〉。黃春明:〈傾聽〉,《撐亮星空的管芒花:黃春明詩話撕畫》,頁62。

參考文獻

（一）專書

吳永華、陳偉智：《異鄉又見故園花——田代安定宜蘭調查史料與研究》，宜蘭縣：宜蘭縣史館，2014年。

吳　晟：《他還年輕》，臺北市：洪範書店，2022年。

黃春明：《鄉土組曲》，臺北市：遠流出版公司，1983年10版。

黃春明：《九彎十八拐》，臺北市：聯合文學出版社，2009年。

黃春明：《大便老師》，臺北市：聯合文學出版社，2009年。

黃春明：《撐亮星空的菅芒花：黃春明詩話撕畫》，臺北市：遠流出版公司，2023年。

傑克・哈特（Jack Hart）著，謝汝萱譯：《說故事的技藝》，新北市：新樂園出版社，2020年。

馬修・普拉特・古特爾（Matthew Pratt Guterl）、卡羅琳・菲爾德・萊凡德（Caroline Field Levander）著，丁超譯：《旅館：開啟現代人自覺與思辨，全球資本主義革命的實踐場域》，新北市：八旗文化／遠足文化公司，2019年。

娜妲莉・高柏（Natalie Goldberg）著，韓良憶譯：《心靈寫作》，臺北市：心靈工坊文化公司，2002年。

（二）報紙、雜誌

王妙如記錄整理，蔡詩萍專訪：〈空氣中的哀愁　人生採訪——專訪黃春明〉，《中國時報》第37版（人間副刊），1999年8月30日。

向　陽：〈冬山河夕照〉，《九彎十八拐10周年特輯悅聽文學10》，頁55。

林煥彰：〈走進九芎谷城——為建市七十周年的宜蘭市祝壽〉，《九彎十八拐4周年特輯悅聽文學4》，2009年10月，頁26-27。

吳茂松：〈編後記——與悅聽相遇的那些年〉，收入吳茂松等編，《九彎十八拐18周年特輯悅聽文學18》，2023年10月，頁60。

徐惠隆：〈記十四屆悅聽文學〉，收入吳茂松等編，《九彎十八拐15周年特輯悅聽文學15》，2020年10月，頁52-55。

陳義芝：〈海岸濕地〉，《九彎十八拐13周年特輯悅聽文學13》，2018年10月，頁15。

陳維鸚：〈我與田代安定的小旅行〉，《九彎十八拐18周年特輯悅聽文學18》，2023年10月，頁39-43。

黃春明：〈蘭陽搖籃曲〉，《九彎十八拐17周年特輯悅聽文學專刊17》，2022年11月，頁9。

黃春明：〈帶父親回家〉，《九彎十八拐14周年特輯悅聽文學14》，2019年10月，頁6-7。

零　雨：〈我喜歡〉，《九彎十八拐11周年特輯悅聽文學11》，2016年6月，頁29。

楊肅浩：〈噶瑪蘭的風吹飛高高〉，《九彎十八拐14周年特輯悅聽文學專刊14》，頁44。

劉清輝：〈羅東林場〉，《九彎十八拐12周年特輯悅聽文學12》，2017年11月，頁33。

簡　媜：〈水證據〉，《九彎十八拐13周年特輯悅聽文學13》，2018年10月，頁20-21。

（三）網路文章

〈專訪黃春明談芬芳寶島〉，網址：https://fa.tfai.org.tw/fa/article/38223，檢索日期：2024年2月29日。

吳雨潔：〈你想怎麼道別2020？礁溪老爺號召12詩人驅走這一年，主題是：鹽〉，網址：https://www.cw.com.tw/index.php/article/5105011?template=fashion&from=search，檢索日期：2024年3月1日。

陳涵茵：〈礁溪老爺攜手黃春明「玩」文學　今夏最詩意的龜山島山海之旅〉，網址：https://www.mirrormedia.mg/story/20220718tour001，檢索日期：2024年3月1日。

附錄

悅聽文學活動參與團隊及受邀作家一覽表

屆數	時間	參與演出的團隊或作家
1	2006年5月20日	吳晟、黃春明和志工群為主
2	2007年5月19日	黃春明和志工群為主
3	2008年6月15日	黃春明、黃大魚兒童劇團、醜小鴨說故事劇團、社區大學「文學與生活」班、宜蘭高中、蘭陽女中、羅東高中、礁溪國中、復興國中、凱旋國中、礁溪國小、華德福小學
4	2009年10月23日-2009年10月24日	黃春明、張曉風、陳芳明、廖玉蕙、吳敏顯、簡媜、林煥彰、祝建太、（朗讀李潼作品）、幾米（出席10月23日場次）
5	2010年6月4日-2010年6月5日	黃春明、陳明章、愛亞、季季、陳芳明
6	2011年5月27日-2011年5月28日	黃春明、余光中、陳若曦、孫大川、賴其萬、吳茂松
7	2012年6月1日-2012年6月2日	黃春明、孫大川、馬列雅弗斯・莫那能、亞榮隆・撒可努和胡德夫
8	2013年10月18日-2013年10月19日	黃春明、吳晟、吳敏顯、陳美儒、席慕蓉
9	2014年	停辦
10	2015年5月29日-2015年5月30日	黃春明、席慕蓉、廖玉蕙、平路、吳明益、向陽
11	2016年6月3日-2016年6月4日	黃春明、廖輝英、李昂、利格拉樂・阿𡠉、零雨、顏艾琳

屆數	時間	參與演出的團隊或作家
12	2017年11月3日-2017年11月4日	黃春明、路寒袖、林央敏、向陽、李敏勇
13	2018年10月26日-2018年10月27日	黃春明、陳義芝、楊澤、宇文正、簡媜、黃春美
14	2019年10月18日-2019年10月19日	黃春明、亮軒、蕭蕭、洪淑苓、郭強生、吳茂松
15	2020年10月30日-2020年10月31日	黃春明、渡也、廖鴻基、伊絲塔、朱嘉雯、羅智成
16	2021年	停辦
17	2022年11月4日-2022年11月5日	黃春明、張曉風、吳晟、陳芳明、廖玉蕙、平路
18	2023年10月22日-2023年10月23日	黃春明、席慕蓉、陳銘磻、楊錦郁、李欣倫、陳維鸚

黃春明的鄉土觀與歌謠觀：
以《鄉土組曲》為研究對象

劉建志[*]

摘要

黃春明編撰《鄉土組曲》（臺北市：遠流出版公司，1976年初版）一書，收錄了九十五首臺灣民謠，並以「臺灣民謠部分」、「光復前歌謠」、「光復後歌謠」分門別類。在歌曲的部分，包含詞、曲（簡譜）、調性、作詞、作曲者、吉他和弦等。可貴的是，此書亦有多篇黃春明撰寫的文字，統稱為「民謠札記」，包括歌謠故事、歌謠觀點、文化評論等。

在「民謠札記」中，黃春明展現了他對「鄉土」與「民謠」鮮明的觀點：黃春明認為民謠乃是民眾創作共同的結晶，反映該時代的鄉土認同、男女情愛、生活細節。因此，他在「民謠札記」的書寫亦反映了重視生活質地的特色。他也反省民謠研究者將民謠神聖化的作法，而自覺地採取一種非學院性的民謠觀，更提出歌謠的老調與新聲之觀點。在《鄉土組曲》的「民謠札記」中，可挖掘出黃春明與歌謠、鄉土相關的豐富文學、文化意蘊，值得深入研究。

關鍵詞：鄉土組曲，民謠札記，老調，新聲，歌謠

---

[*] 國立臺灣大學中國文學系兼任助理教授。

一　前言

　　黃春明為臺灣重要的鄉土文學作家，他的創作以小說為主，兼及散文、現代詩、兒童文學、戲劇等，作品質精量多，曾獲吳三連文藝獎、國家文藝獎、中國時報文學獎等重要獎項。

　　在一九七六年，黃春明編撰《鄉土組曲》[1]一書，書中收錄了九十五首臺灣民謠，並以「臺灣民謠部分」、「光復前歌謠」、「光復後歌謠」分門別類。在歌曲的部分，包含詞、曲（簡譜）、調性、作詞、作曲者、吉他和弦等。但本書並非單純的「歌本」，除了收錄民謠外，更可貴的是，此書亦有多篇黃春明撰寫的文字，在本書王榮文〈再出版的話〉中稱為「民謠札記」[2]，其中包括歌謠介紹、對歌謠的札記、文化評論、軼聞、散文等，從中可挖掘出許多黃春明對鄉土與民謠的觀點。而這些觀點一如王榮文所述，是本書「最惹人注目，也最引起爭論」[3]的。

　　在王榮文〈再出版的話〉中，提到人民的生活是不斷進化的過程。因此，民謠中的土地、人物與風土，隨著時代變遷，總是會經歷或保存、或淘汰的命運。因此，「民謠反映一個時代的人們的情感，但不管怎麼說，它終究是必得成為『過去』的老調；出這樣的歌集，黃春明認為一方面消極的為它送終，一方面也積極的為新一代的聲音催生。」[4]這段文字確實是黃春明鮮明的觀點，也讓《鄉土組曲》的出現，產生有別於一般歌本的意義：一方面，這本歌本所收錄的歌曲是

1　黃春明編撰：《鄉土組曲》（臺北市：遠流出版公司，1983年6月10版）。
2　黃春明編撰：〈再出版的話〉，《鄉土組曲》，無頁碼。
3　黃春明編撰：〈再出版的話〉，《鄉土組曲》，無頁碼。
4　黃春明編撰：〈再出版的話〉，《鄉土組曲》，無頁碼。

黃春明所認為目前已不合時宜的「老調」，但若還原到民謠產生、傳唱的年代，自有其歷史、文化意義與價值。另一方面，這本歌本的出現，是希望讓民眾能唱個過癮，進而想轉換口味，以催生新的聲音。

本文以《鄉土組曲》中「民謠札記」為主要研究對象，從中觀察黃春明的「民謠觀」與「鄉土觀」。首先，以類型化的方式分類概述「民謠札記」的內涵與觀點，再接著闡述黃春明「民謠札記」中的鄉土觀與民謠觀，以及這種觀點產生的背景因素，加以深入分析探討。

二　《鄉土組曲》中「民謠札記」的類型概述

黃春明編撰《鄉土組曲》一書中，有明確的創作議題，此在「民謠札記」中明確呈現出來了，本文也將聚焦於此論述。不過，在此之前，有必要先介紹「歌本」的歷史脈絡。

據洪惟仁的研究，從日治時期開始，便有許多閩南語歌仔冊出現，這些歌仔冊多為歌仔戲的劇本化。此外，他也提及當時發行的唱片附「歌仔單」之現象。[5]陳培豐的研究，更提到臺語歌謠藉由歌本、歌單等媒介，具有「識讀工具」的效果。[6]顯見歌單、歌本為民間常民文化中廣為流傳的習歌媒介。一九七〇年代以降，臺灣正面臨社會轉型，由農業過渡到工商業社會的過程中，亦面臨許多傳統價值的裂變，而引發有識之士就政治、文學、藝術等面向發起鄉土意識的運動。在此背景下，黃春明編撰《鄉土組曲》也就不令人意外。值得一提的是，該書設計者楊國台鍾情於鄉土的民藝品，自小在臺南長大

5　洪惟仁：〈臺語文學个分類與分期（下）〉，《海翁臺語文學》第102期（2010年6月），頁9-13。

6　陳培豐：〈聽歌識字創新文：作為識讀工具的臺語歌謠〉，《思想》第24期（2013年11月），頁77-99。

的他，收集了許多戲偶、木雕、陶藝作品等，《鄉土組曲》中書影封底的煙水袋、玉石便是他的收藏品。[7]

　　黃春明編撰《鄉土組曲》一書中，除了收錄歌謠外，在全書中亦有許多隨筆札記。這些札記並無統一格式與書寫主題，而是以較接近隨筆的自由體裁寫成。不過，這些札記都與「民謠」相關。

　　黃春明撰寫這些札記時，也經過一番掙扎。在本書的〈尾聲〉中他寫道：

> 百不該、千不該，在這樣的歌集裡面，還要窮過耍筆桿舞文弄墨的癮，穿插幾則硬湊出來的札記，而且札記裡卻很顯然的把這些東西統統歸類為老調。[8]

　　黃春明在札記中，的確是抱持著「民謠」屬於「老調」的看法，而這種看法亦是本書中「最惹人注目，也最引起爭論」的，下文將再詳述。雖則「民謠札記」無統一的主題與格式，本文仍嘗試將這些札記類型化。本節先以類型化的方式概述《鄉土組曲》中「民謠札記」的內涵與觀點，分為「歌謠故事」、「歌謠觀點」、「文化省思」三類別。下節再接著將黃春明「民謠札記」的歌謠觀與鄉土觀，深入分析探討。

（一）歌謠故事

　　黃春明在《鄉土組曲》的札記中，時常說明民謠的創作背景、內涵。這些民謠通常都從真實生活中產生，與農民的生活型態、鄉土情

---

[7] 李志銘：〈連接鄉土的古典與浪漫：楊國台（1947-2010）的版畫創作與書籍設計〉，《全國新書資訊月刊》第211期（2016年7月），頁17。

[8] 黃春明編撰：〈尾聲〉，《鄉土組曲》，頁204-205。

懷息息相關。這類文章在本書中也是最多的，考量到本書實為歌本，歌曲解析最多亦不足為奇。在本類別中，亦有兩篇與歌謠相關的散文，經學者林仁昱直接訪問黃春明，得知〈走！我們回去〉為日本雜誌所記載的事件，〈一個可愛的農村歌手〉則是真人真事的描述。以下依序說明：

1. 〈使我想起來了〉[9]這篇文章，黃春明說明了〈思想起〉（或寫成〈使想起〉、〈思鄉起〉、〈思相枝〉）這首民謠的內涵、民謠歌詞的即興創作性、離鄉背井農民群聚歌唱以懷鄉之情、陳達與〈思想起〉的小故事。

2. 〈丟銅仔〉[10]與〈啊！火車〉[11]這兩篇文章可並觀，前者說明了農業社會的娛樂「丟銅仔」，使這首宜蘭民謠帶著快樂的情調。但後來這個調子卻被蘭陽平原的一件大事搶走了：宜蘭線火車通車。後者說明自吳沙開墾蘭陽平原後，經過一百三十四年，火車才出現。因〈丟丟銅仔〉興奮歡快的旋律貼合當時人們對火車的期待，因而「在車臺的人，一傳十，十傳百，〈丟丟銅仔〉的歌詞一下子就被竄改了。[12]」

3. 〈一隻令人忌諱的民謠〉[13]這篇文章，討論一首在臺灣傳統喪事中唱的悲傷曲調，隨著歌唱者與死者的身份不同，而會變換歌詞。且這首民謠「隨著傷心者的感情，要拉多長，中間休止要多久」[14]皆無人干涉，說明了演唱民謠的彈性。本文亦討論到「老調與新時代倒錯的荒謬。」亦即，隨著時代變遷，新時代的年輕人聽到老一輩的人唱這首曲子時，不但無法感同身受，反而產生焦急或竊笑的情況。

9　黃春明編撰：〈使我想起來了〉，《鄉土組曲》，頁27-31。
10　黃春明編撰：〈丟銅仔〉，《鄉土組曲》，頁40-41。
11　黃春明編撰：〈啊！火車〉，《鄉土組曲》，頁43。
12　黃春明編撰：〈啊！火車〉，《鄉土組曲》，頁43。
13　黃春明編撰：〈一隻令人忌諱的民謠〉，《鄉土組曲》，頁63。
14　黃春明編撰：〈一隻令人忌諱的民謠〉，《鄉土組曲》，頁63。

4.〈民謠的歌詞〉[15]這篇文章,以〈一隻鳥仔哮救救〉、〈丟丟銅仔〉、〈六月田水〉、〈桃花過渡〉這些民謠為例,說明這些歌詞皆是一語雙關,與性有關的歌詞。其中鳥的譬喻、火車過山洞、山洞與水的譬喻、六月田水與魚的姿態,在本文中皆認為與性相關。對此,黃春明認為別以道學的眼光評判,而是須考量傳統農村生活的樣態,「晚上回家生小孩,這是天公地道的。」[16]

5.〈算術民謠〉[17]這篇文章,說明一種特殊的民謠類型,歌詞中有許多數字,唱者以民謠來計數。在宜蘭縣利澤簡和礁溪一帶的河川,有許多養鴨戶,他們為買賣而需要計數鴨子與鴨蛋的數量。這種民謠以賣者與買者唱答計算。黃春明也提到,在臺南海邊數虱目魚魚苗時,還是以唱民謠的方式來數算。

6.〈嗨呵!嗨呵!嗨喲呵!〉[18]這篇文章,說明在農業時代,時可聽到「嗨呵!嗨呵!嗨喲呵!」的群唱,因勞動人民開疆闢地、堆土填坑,有時需要匯聚眾人力量,便以音樂來製造施力的默契。黃春明也提到,光復後太平山的伐木與搬運工作,都是唱著勞動歌來進行的,以將深山中的大檜木搬到小火車鐵路旁。文末更遙想古時建造萬里長城時,是否當時的人也曾有過嘹亮的歌唱?

7.〈臺灣民歌札記〉[19]這篇文章,說明〈補破網〉、〈農村曲〉這兩首歌曲與人民生活的關係。黃春明引用托爾斯泰之語:「藝術一脫離現實就開始墮落。」強調藝術作品須具有奮鬥的意志。〈補破網〉這首歌曲,便反映出臺灣剛光復的貧困生活,並鼓舞人民繼續奮鬥。

---

15 黃春明編撰:〈民謠的歌詞〉,《鄉土組曲》,頁67。
16 黃春明編撰:〈民謠的歌詞〉,《鄉土組曲》,頁67。
17 黃春明編撰:〈算術民謠〉,《鄉土組曲》,頁104。
18 黃春明編撰:〈嗨呵!嗨呵!嗨喲呵!〉,《鄉土組曲》,頁108。
19 黃春明編撰:〈臺灣民歌札記〉,《鄉土組曲》,頁156。

〈農村曲〉則是反映農民生活的辛苦困頓,在本文黃春明特別述說本曲創作者蘇桐與陳達儒的故事,這兩位作者晚景淒涼,甚至作品被盜名,都在這篇文章中提及。

8.〈走!我們回去〉[20]這篇小說,以一九三六年西法邊界的庇里牛斯山的雪夜為背景,一百二十七名西班牙游擊隊處於進退兩難的嚴峻考驗。此時突然有人唱起歌謠,會唱的人跟著隨聲合唱,於是西班牙各個地方的民謠皆被唱出。突然之間,有一個自始緘默的人開始唱起民謠,大家都感到「親切又陌生」,於是在那人唱完時,眾人紛紛詢問這是西班牙何處的民謠?那人說「離這裡只有一個半小時的一個小村子,我的家就在那裡。」於是許多人紛紛叫嚷著要去那個小村子。然而,在雪夜中大多人都喪命了,只剩二十一個人回到原來的營火處。而唱著最後民謠的人,亦在白茫茫的雪夜中喪生。

9.〈一個可愛的農村歌手〉[21]這篇文章,寫一位蘭陽平原老佃農阿來的故事,阿來是個樂天的歌手,並能隨時即興創作,他熟悉都馬調、四句聯、七字仔、雜念仔、觀音得道調、哭調、卜卦調、丟丟銅仔等。臺灣剛光復時,阿來的村子開始學習國語,村子裡的人拿了國歌的歌詞來給阿來唱,阿來想像國歌應該是愉快的,便以都馬調得意地唱起國歌。

(二)歌謠觀點

黃春明在《鄉土組曲》的札記中,時時透露自己對歌謠的觀點。這些文章是議論性比較強烈的,亦抨擊了當時的知識份子與一般社會美化民謠的舉止,更批判了靡靡之音,認為這個時代未能有「新聲

---

20 黃春明編撰:〈走!我們回去〉,《鄉土組曲》,頁129。
21 黃春明編撰:〈一個可愛的農村歌手〉,《鄉土組曲》,頁176-178。

音」產出，也認為現代人過分喜愛民謠是種矯情。這些觀點，都顯示出黃春明對民謠鮮明的觀點。

1. 〈老調和新聲〉[22]這篇文章，明確批判知識份子與一般社會美化民謠的現象，且特指當時的言情歌曲。黃春明認為，歌謠的「新聲」應該是要為觀眾、為人民所唱，而非在萬華、延平北路江山樓一帶的酒家、藝旦之間傳唱。在日治時期，臺灣文化主流即是反殖民主義，在酒樓浪擲才華的作曲家們，並未在政治、文學上盡力。

2. 〈產生民謠的時代〉[23]這篇文章，黃春明在開頭即發出驚人之語：「以後再也不會有新的民謠產生了。」他認為產生民謠的年代已經過去。會有這樣的言論，是因為黃春明認為民謠即是生活，是人民表達與思考的方式。因此，當時的民謠與現代人生活有距離，他更認為現代人過分喜愛民謠是矯情、傷感與浪漫。此外，黃春明在本文中也批判研究民謠的專家，他認為民歌採集是以音樂為本位，卻忽略了歌詞所反映的社會與文化背景。

3. 〈尾聲〉[24]這篇文章，是《鄉土組曲》的最後一篇文章，同時也表明這本歌本的民謠都是「尾聲」。黃春明以母親痛哭兩次，一次為丈夫、一次為兒子，以他們作比喻，表達民謠在兩個不同的時代，便有不同的背景脈絡。因此，這本歌本收錄的歌曲都是老調，在大家唱過癮之後，便想換換口味，以期待新聲音出現。進而讓有才華的詩人、作曲者知道自己仍有價值，以創作更多新聲音。

（三）文化省思

上述兩種類型都是與「歌謠」直接相關的札記，黃春明藉此說明

---

22 黃春明編撰：〈老調和新聲〉，《鄉土組曲》，頁49。
23 黃春明編撰：〈產生民謠的時代〉，《鄉土組曲》，頁84。
24 黃春明編撰：〈尾聲〉，《鄉土組曲》，頁205-206。

他所知的歌曲故事、文化與歷史脈絡、與自己獨特的歌謠觀點。「文化省思」這一類別則比較特殊，黃春明以一些看似天馬行空的雜文、短文，寫一些「意在言外」的故事或評論，但主旨仍是與他認為民謠為老調的主要觀點一致。

1.〈感傷的腳步走向黑暗〉[25]這篇文章，寫到西洋文化入侵，文化鬥士進而起身對抗，他感到慶幸。不過，知識份子手握的，卻是過去生鏽破舊的刀槍。這篇文章勾勒出面對西洋文化衝擊時，知識份子的心態是以舊有的文化傳統迎擊，卻導致像「迎神廟會、獅陣、宋江陣」等吹鼓遊街，適得其反。黃春明雖未在文中明白揭露解方，但至少可看出他並不同意知識份子以「老調」來當作對抗西洋文化的武器。

2.〈改掉吸奶嘴的習慣吧！〉[26]這篇文章，是極短篇的小說。孩子受到欺負時跑回母親的懷抱以求安慰。後來，孩子長大，母親也過世了。當長大的孩子在奮鬥過程中受到挫折時，他以母親哼過的歌謠來代替母親的形象，以安慰自己，但在這個過程中，他的鬥志軟化了，便喪失力氣突破眼前的關卡。

這則小說如寓言一般，若以念舊、懷舊的眼光來看，孩子以歌謠懷念母親的溫暖懷抱本無不對，但黃春明卻認為這會消弭鬥志。若放在黃春明對歌謠老調的看法，孩子小時受到母親的安慰，這是在那個年紀、那個時代合宜之事。但當孩子長大，甚至年紀已經比母親過世還老，卻還懷抱著母親唱過的歌謠，便沒辦法堂堂正正面對自己的人生難題。因此，黃春明認為要「改掉吸奶嘴的習慣」。

3.〈母親的手〉[27]這篇文章，寫出小學生在上學路上，經過妓女戶時，常會聽見苦命女郎唱著〈雨夜花〉之類的歌曲，這些歌曲就像

---

25 黃春明編撰：〈感傷的腳步走向黑暗〉，《鄉土組曲》，頁58。
26 黃春明編撰：〈改掉吸奶嘴的習慣吧！〉，《鄉土組曲》，頁99。
27 黃春明編撰：〈母親的手〉，《鄉土組曲》，頁114。

是「母親的手」輕輕揉著她們的傷口。二、三十年後，那些到酒家找一大群小姐關在房裡尋歡作樂的人，此時房中傳出的〈雨夜花〉歌聲，是馬殺雞愛撫的手。

　　這篇短文以略帶嘲諷的方式，將同一首歌曲〈雨夜花〉，置於不同的生命處境中，而因著二者時空背景的差異，使〈雨夜花〉所象徵的手亦有所不同。

　　綜上所述，黃春明在《鄉土組曲》中的「民謠札記」，實是觀察黃春明對臺灣民謠的重要切點。這些札記雖非有組織的系統性論述，但從這些對樂曲的評述、對歌謠的思辨、對文化的反思，皆可看見黃春明對歌謠的鮮明意識。這些鮮明意識的產生，黃春明或有對該時代背景事件的思辨與回應。

　　以文章風格與內涵而言，這些札記的內容，並非基於嚴謹學術考據的論述，而是在《鄉土組曲》中配合選曲，加以臨事感受、激發省思、抒發理想，而寫出這一篇篇生動的札記。以學術角度論之，這些文章的論述與事實雖非全面性，但卻能展現作家論述歌謠與鄉土觀的特色及價值。毋寧說，黃春明是有意識地以這種背離學術的風格行文，至於原因為何，將在下節進一步探討。

三　《鄉土組曲》中「民謠札記」的觀點評述

　　在類型化理解了《鄉土組曲》全書中「民謠札記」的內涵與主要觀點後，本文進一步討論黃春明在「民謠札記」中寫出的重要議題。

　　首先，黃春明以寫實主義的態度來看待民謠，因此，他認為民謠應反映具體的人民生活。在《鄉土組曲》所收錄的歌謠中，又特指了光復前、光復後農村人民的生活。其次，他認為民謠反映人民生活與情感有其限定的時代性，在脫離了該時代之後，民謠即已成為「老

調」，不應過分崇尚，反而應期待屬於新時代的聲音出現。因此，黃春明在文中時時抨擊當時的知識份子或一般民眾過分熱情擁抱民謠，並在文中特指「民歌採集運動」一事。即便他認為這樣的言論可能激起公憤，卻仍是不平而鳴。

（一）民謠應反映具體的人民生活

黃春明對民謠的基本觀點，即認為民謠應從具體生活而來。這樣文學寫實主義的論述並不少見[28]，尤其在歌謠這種文體更是如此。「歌詞現實主義」即認為歌詞能反映現實，是人類學與社會學的資料：

> 批評家想要證明流行歌曲的價值在於顯現於歌詞中的文化意義，因此，內容分析的前提是相信歌詞具有反映現實的功能，它是人類學和社會學的資料，記錄了世代間的情感、技術和價值觀。社會學家西蒙‧弗里斯（Simon Frith）將這種觀點稱為「歌詞現實主義」（lyrical realism）。[29]

因此，黃春明在「民謠札記」說明歌謠創作背景時，便特別著重歌謠「感於哀樂，緣事而發」的寫實精神。《鄉土組曲》的編制將歌謠分為三類：臺灣民謠部分、光復前歌謠、光復後歌謠，可發現以光

---

[28] 關於流行歌曲與社會現實的關係，可參蕭蘋、蘇振昇：〈流行音樂與社會文化的價值：五種理論觀點的詮釋〉，中華傳播學會年會論文，1999年。該文梳理了以往流行歌曲與社會價值觀的五種關係：控制論、反映論、再現論、互動論及類像論。並以該理論產生時代背景與作品為例，最後將這五種關係放在臺灣流行歌曲歷史脈絡中檢證。在不同的時代背景中，不同的理論有其各自適用的對象。

[29] 許昊仁：〈歌詞本體論（一）：歌詞是文學嗎？從2016年諾貝爾文學獎談起〉，2017年2月13日，網址：https://www.philomedium.com/blog/79813，檢索日期：2023年3月15日。

復為重要的年代分界。黃春明在論述歌曲的背景時，間或提到日治時期、光復初期的生活境況，以聯繫歌謠與人民的具體生活。

至於歌謠如何反映人民的具體生活？以下分點論述：

1 民謠的即興與追憶

在〈使我想起來了〉中，黃春明提到：

> 在一兩百年前，對一般農民而言，什麼都不發達的時代，離鄉背井遠渡重洋，到一個完全陌生的地方開拓荒地……晚上圍著炭窯，把故鄉原有的調子，套入臨時編的詞唱出來的。[30]

他以想像之筆揣測〈思想起〉這首歌謠與離鄉背井開墾荒地農民的心境，以「思想起」的句式帶入了一件一件故鄉事物細節的聯想，因此，〈思想起〉的歌詞乃是對故鄉大小事情的聯想與即興創作。黃春明認為曲名叫做〈使想起〉（使我想起來了）更為貼切。

若說起〈思想起〉這首歌謠，代表人物為陳達。在一九六七年七月二十八日，許常惠教授帶著民謠採集團隊南下，於恆春鎮的破舊土角厝內，聽到陳達的月琴聲，後續更在一九七一年灌錄《民族樂手——陳達與他的歌》專輯。其後臺北的大學生多次邀請陳達北上開唱，[31]陳達因而為世人所知。

因陳達與〈思想起〉的關係密切，黃春明在本文亦提到他曾經要求陳達以唱民謠的方式介紹墾丁公園，陳達毫不遲疑便即興唱出押韻的歌詞：「墾丁公園一線天，爬上嶺頂看現現。四邊風景真婉然，呼

---

30 黃春明編撰：《鄉土組曲》，頁28-29。
31 李明璁主編：〈「唱自己的歌」：70年代的民歌創作人〉，《時代迴音——記憶中的臺灣流行音樂》（臺北市：大塊文化出版公司，2015年），頁218。

吸空氣會康健。」但若是聽他講話，便像一般老人說話凌凌亂亂。這顯示了歌謠的表現方式，的確是一把鑰匙，能夠開啟陳達記憶的詞彙庫，亦是他擅長的表現形式。

黃春明也提到，在恆春地區有許多老人以「思想枝」輪番唱出過去的事情。若以「交際記憶」的觀點來看，黃春明勾勒出農民輪番唱出故鄉事物的「使想起」場景，便是一種交際記憶的展現：

> 交際記憶與新近的過去有關。它是一種與同代人共享的回憶。最典型的例子就是代際記憶。代際記憶歷史性地充斥於群體之中。它隨著時間產生，又隨著時間消逝，更確切地說，隨著它的載體產生和消逝。[32]

交際記憶時間很短暫，隨著口耳相傳在同代人中具溝通作用，也可藉此產生共鳴。但隨著唱歌的人死亡，口耳相傳不再，交際記憶便會隨著時間消失。交際記憶可過渡為更長久、更穩固的文化記憶，但那必須通過媒介來展現：

> 媒介可以使後代成為早已過去並已遺忘細節的事件的見證人。它大大拓寬了同代人的視野。媒介通過將記憶物質化到數據載體上這一方式為鮮活的回憶在文化記憶裡保留了一席之地。[33]

---

[32] （德）阿萊達・阿斯曼、揚・阿斯曼著，陳玲玲譯：〈昨日重現——媒介與社會記憶〉，收於馮亞琳、（德）阿斯特莉特・埃爾（Erll, A.）主編，余傳玲等譯：《文化記憶理論讀本》（北京市：北京大學出版社，2012年1月），頁25。

[33] （德）阿萊達・阿斯曼、揚・阿斯曼著，陳玲玲譯：〈昨日重現——媒介與社會記憶〉，收於馮亞琳、（德）阿斯特莉特・埃爾（Erll, A.）主編，余傳玲等譯：《文化記憶理論讀本》，頁25-26。

〈思想起〉這首歌謠是即興的，使歌詞千變萬化，在群唱中也確實反映了人民思鄉的真實情緒與共同回憶。不過，若無錄音檔案、歌本等媒介將這些交際記憶「物質化」，〈思想起〉的種種細節恐怕難以流傳。

2 民謠看建設革新進步

〈丟丟銅仔〉又稱為宜蘭調，黃春明在說明這首曲子時，寫出當時蘭陽平原人民看火車的盛況。臺灣鐵路的興建，自清領時期開始，一八八五年巡撫劉銘傳申請在臺興建鐵路。而後在一八九五年，臺灣割讓給日本，日本政府追求現代化建設，更加強臺灣鐵路興建。日治時期的公營鐵路包括縱貫線、屏東線、宜蘭線、臺東線、淡水線、集集線、阿里山線、太平山線。[34]其中，宜蘭線便是在此時開通，黃春明則以常民的眼光寫出這段看火車的傳聞盛事：

> 很多遠離鐵路的人，帶著飯糰扶老攜幼，趕到鐵路旁等著火車經過。那時來試車的火車，只有平臺沒有車廂，並且開得很慢，很多年輕人跳上車臺，高聲歡呼，向路旁看熱鬧的群眾揮手，就這樣，不知何時，在車臺上的人，一傳十，十傳百，丟丟銅仔的歌詞一下子就被竄改了。[35]

〈丟丟銅仔〉歌詞中無意義的助興辭，正呈現了大家對火車走到隧道時的快樂與興奮之情。而這快樂如黃春明所述，是因為蘭陽平原昔日被三貂嶺的山巒阻隔，但因火車而能有一扇門通到「天外」，人

---

[34] 戚嘉林：《臺灣史》第四冊（臺北市：作者自印本，1998年），頁1420-1423。
[35] 黃春明編撰：〈啊！火車〉，《鄉土組曲》，頁43。

民因而格外感激。也是因此,這首歌謠便具體反映了蘭陽平原人民對這項新科技的雀躍之情。

這條宜蘭線鐵路,在黃春明小說〈看海的日子〉[36]也扮演了要角。主角白梅的人生重要決定,便是發生在鐵道的移動風景中。白梅幼時因家庭因素被賣至娼寮,某日,在蘇澳往瑞芳的火車上,巧遇昔日姐妹鶯鶯。鶯鶯已結婚生子,看著鶯鶯的幸福模樣,頓時觸發想安定下來並孕育新生命的念頭。在下了決定之後,火車移動的聲響也給予她一絲安慰:「火車輪壓著鐵軌跑的格答格答聲,就是那麼規律,那麼單調,那麼統一的一路麻醉著人的感覺」。因此,這趟火車之旅也象徵著白梅人生旅途的新希望。

對蘭陽平原生活的人而言,鐵道是一種新科技,也使常民的生活有了改變的契機。一如黃春明所述:「隧道對當時的宜蘭人別具意義,穿了隧道出去就是別有天外了。將近一百五十年的開墾,終於有了一道門,有裡有外的感激,和看到自己的血汗有了成果,這不是我們今天的人所能領略的啊!」[37]

3 民謠與勞動人民的營生

民謠亦會反映勞動人民的營生,隨著人民營生手段的不同,歌謠反映的勞動樣貌亦千變萬化。黃春明在「民謠札記」中便多次提到民謠與勞動人民的關聯性,像是賣鴨、養魚、開墾、農事等。這深切反映了黃春明認為民謠與人民實際生活的密切關係,所謂詩歌合為事而著,在這些勞動之歌中便能窺見一二。

在〈算術民謠〉一文中,黃春明提到算術民謠是在宜蘭縣利澤簡和礁溪一帶的河川,養鴨戶在買賣鴨子的計數歌謠:

---

36 黃春明:《看海的日子》(臺北市:聯合文學出版社,2009年)。
37 黃春明編撰:《鄉土組曲》,頁41。

> 賣者唱：一撥六呀二撥七是十三……六十七呀進三是七齊頭。（齊頭為整數之意，七齊頭為七十。）（但是突然有一隻鴨子又跑回去了。）
>
> 買者唱：白喉減一不可算呀……（白喉是跑回去的那隻鴨子的特徵，就是說跑回的那一隻是白脖子，可不能算呀！）[38]

這種民謠以賣者與買者唱答計算，隨著買賣的商品是鴨子或鴨蛋，歌謠內容與數字也會隨時變化。因應著人民營生手段不同，在臺南便有數虱目魚魚苗的算術民謠。黃春明在文中提到，養鴨人家的算數民謠已經在二、三十年前都絕了，不過可到海邊聽數魚苗的算術民謠。除了黃春明提到的臺南海邊，據學者黃文車在恆春半島的考察，女性傳藝師如張日貴便是以「數魚栽」這種歌謠來計數魚苗數目。

關於先民篳路藍縷地開墾荒地，則是寫在〈嗨呵！嗨呵！嗨喲呵！〉這篇文章，黃春明寫道：

> 因為在開疆闢地，因為在堆土或填坑，這些勞動的人們，天天都會遇到大石頭，或大樹木，要把大石頭撬開，要把大樹砍倒搬走，必須大家齊力合作，要同時匯聚群眾的力量，大家必須要默契。嗨呵！嗨呵！嗨喲呵！即是默契的口令。[39]

這類型的群唱是典型的勞動之歌，黃春明也提到光復後勞動人民在太平山從伐木到搬運，都是唱著歌工作。唱著工作歌有許多作用，黃春明在文中列舉：力量不分散、勞苦的時候不感到寂寞、吃重的工作輕鬆化、合力與合作、專心一致、減少意外、警告過路人等，可見勞

---

38 黃春明編撰：《鄉土組曲》，頁104。
39 黃春明編撰：〈嗨呵！嗨呵！嗨喲呵！〉，《鄉土組曲》，頁108。

動人民在大聲合唱歌曲時，的確藉由歌聲凝聚了「想像的共同體」的氛圍。

　　班納迪克‧安德森（Benedict Anderson）提出「想像的共同體」[40]概念，他認為音樂儀式，與同時、即時性的時間感，可以塑造想像的共同體。他更提到了詩與歌暗示想像的共同體的可能：同時性的歌唱經驗，連結人我，使想像的共同體在回聲中有了體現的可能。[41]在勞動之歌同時、即時性的同步歌唱，連結人我，如黃春明所述，的確能夠感到同儕的陪伴與合作，甚至使吃重的工作輕鬆化。

　　「歌謠」本就具強大的溝通、聯繫能力，同步歌唱更是如此。在中國傳統的〈樂記〉預設主體有感應與聯類的能力，在王育雯對〈樂記〉的研究中，認為音樂的感知能夠「穿越身心的藩籬，流動於個體自我與周遭之間、心靈與物質之間。」[42]在勞動之歌響起的當下，同步動作與回饋可能達到心流（flow）的狀態，帶來靈性的感受：

> 世人不只覺得同步協調性動作會引發強烈情誼，還會帶來靈性感受，讓人覺得有一種集體意識的存在，彷彿存在著超凡的生

---

[40] 民族國家透過印刷資本主義、小說、記憶、官方語言、人口普查、博物館等象徵資本（symbolic capital），和國旗、國歌、國家型的紀念儀式，以及種種音樂和節慶活動，以班雅明所說的水平式的空洞時間，讓所有在國土疆界之內的國民，都在閱讀、想像、記憶的同時性與即時性的過程中，設定大家同屬一個社群，透過想像與形構共同的生活和行為規範，形成國家與公民的觀念，並因而產生強烈的歸屬感與同胞愛，以達成鞏固民族國家既有體制的目的。參廖炳惠編著：《關鍵詞200》（臺北市：麥田出版公司，2003年），頁138。

[41] 班納迪克‧安德森：《想像的共同體──民族主義的起源與散布》（臺北市：時報文化出版公司，2010年），頁205。

[42] 王育雯：《雅樂效應思維：「樂記」身心審美的當代解讀》（臺北市：臺灣大學出版中心，2019年5月），頁195。本書研究〈樂記〉的身心效益與當代學科的對話，不僅呼應傳統身心審美的理路，也藉今日科學研究的發現來應證音樂與身心的關聯。

命體，或是有一個不可見的世界，比我們直接經驗的這個世界更為寬廣。[43]

因此，黃春明所勾勒的勞動之歌生發場景，藉由歌聲與動作同步協調，有更深層的意義。

民謠亦反映了農民耕種的辛勞，黃春明在〈臺灣民歌札記〉一文提到〈農村曲〉的誕生，使更多人能夠聆聽到農民的心聲。〈農村曲〉第一、二首以冬天嚴寒、夏日酷熱為對比，寫出農人在不同天候中日出而作、踏水車、除雜草的辛勞，第三首更以農人對稻作成長的殷殷期盼為主題。

這篇文章也記載了作曲家蘇桐、作詞家陳達儒的一些軼事。黃春明提到，這兩人皆是日治時期歌謠創作的精英，卻無法以此為業維持生計。陳達儒後來擔任警員，蘇桐則是加入賣「征露丸」團隊、後在天馬歌劇團擔任中山琴手。黃春明曾在江山樓看到他從公共浴池出來，身體非常虛弱。黃春明書寫這些故事，無非是為有才華的作詞、作曲家抱不平。

從這些札記中，不難看出黃春明特別偏愛與人民勞動、營生相關的歌謠，在本書所占的篇幅也最多。黃春明對這些歌謠的分析，更是對傳統勞動人民生活的珍貴紀錄。

4 民謠觀察文化習俗易革

在黃春明的觀點，民謠既與真實人生經驗密切相關，人生中必經的生老病死，也就唱在歌曲中。如〈一隻令人忌諱的民謠〉這篇文章，便說明了一首在喪事中常聽到的歌謠：

---

[43] 丹尼爾・列維廷：《為什麼傷心的人要聽慢歌：從情歌、舞曲到藍調，樂音如何牽動你我的行為》（臺北市：商周出版社，2017年），頁72。

> 臺灣鄉下辦喪事的時候,披麻戴孝的婦女總是成群結隊的,口裡念念有詞的嗚咽著一個悲傷的曲調,歌詞由個人跟死者的關係和身份而變,比如說死去的人是一個男人,那麼他的太太就哭著說:心肝啊,心肝啊,你為什麼也不帶我走![44]

在傳統社會中,這樣的感情發而中節,但黃春明卻也認為,傳統未必就是好。在本文討論到「老調與新時代倒錯的荒謬。」黃春明生動勾勒出隨著時代變遷,這首歌謠已不合時宜,無法讓年輕人感同身受。他更推導出「其他的老調還被現代人使勁的擁抱著,其本身就是這樣的荒謬性。」對當時的人過分推崇老調的諷刺十分明確。

除了生老病死,人生亦不外食色性也,因此,在〈民謠的歌詞〉[45]這篇文章,黃春明便寫出民謠歌詞與性的雙關。還原到傳統的生活情境,「那時候的所謂效率,就是增加人丁,從長打算,白天唱唱歌刺激刺激,晚上回家生小孩,這是天公地道的。」[46]

鍾永豐曾言,許常惠與史惟亮兩位前輩在採集民謠時,自動將不合禮儀的歌曲都過濾掉了,「關於情慾的、低級的、下流的,關於喪葬的、迷信的歌謠,都沒有出現。」[47]因此,在此審美觀點下,民歌採集運動繼承的民謠只有薄薄一層。相對於此,黃春明在收錄民謠與撰寫札記時,並不迴避性與死亡,即便他意識到這是「令人忌諱」的,但他認為這是人生的一環,仍是將其收錄進歌冊,顯示出他的鮮明意識。

綜上所述,黃春明以寫實主義的觀點,認為民謠應具體反映人民

---

44 黃春明編撰:〈一隻令人忌諱的民謠〉,《鄉土組曲》,頁63。
45 黃春明編撰:〈民謠的歌詞〉,《鄉土組曲》,頁67。
46 黃春明編撰:〈民謠的歌詞〉,《鄉土組曲》,頁67。
47 羅悅全整理文字:〈重探「現代」與「鄉土」:鍾永豐、何東洪對談〉,收錄於羅悅全主編:《造音翻土:戰後臺灣聲響文化的探索》,頁94-104。此處文字出於頁99。

的生活，更進而認為民謠是反映農村的、勞動的人民生活。然而，在都市化、現代化的時代變遷下，這些民謠不免成為過時的「老調」。因此，黃春明並不認同現代人還過分熱情擁抱著這些老調，因現代人的生活型態、生存處境已然大不相同。

這個觀點可以延伸出他對民謠研究者的批判，因他認為民謠需具體反映人民的生活，因此，在民謠仍能有效地表達生活的悲喜時，才有存在的必要。但若時過境遷，人民的「情感結構」[48]已然不同，就必須為過時的老調送終，而期待「新聲」的出現。下文將討論這個觀點。

（二）為老調送終，以迎接新聲

黃春明雖認同民謠能反映人民真實生活，在歌唱中抒情表意，但他卻認為民謠是具有特定時代性的，若已過時，則不應被學術界過分神聖化。在這本書初版的一九七六年，臺灣經歷過「民歌採集運動」這個大規模以學界之力進行的田野調查活動，黃春明在「民謠札記」中對知識份子擁抱民謠、將民謠神聖化的抨擊，多半也是針對這一系列的活動。

---

[48] 英國學者Raymond Williams所提出。情感結構指特定時空中社會將感覺結合成「思考與生活的方式」，「一個社會在同一時代背景中，大致可歸納出一些唯有生活在那個時代的人，才能真正的掌握文化氛圍和集體情緒、認同或焦慮。而一個社會的情感認同，通常可以從那個時代的文藝作品中找到蛛絲馬跡，同時情感結構也會反映在一些文化工業製品上。」陳培豐，《歌唱臺灣：連續殖民下臺語歌曲的變遷》（新北市：衛城出版社，2020年），頁20。（英）Raymond Williams的「情感結構」在不同時期的著作中有不同的著重點，1954年他與Michael Orrom合著 *Preface to Film* 時，首次使用情感結構一詞，此後，在他的《文化與社會》（1958）、《漫長的革命》（1961）中皆運用此概念。在晚期著作 *Marxism and Literature* 中，認為情感結構與社會、物質相關。參Raymond Williams, *Marxism and Literature* (Oxford: Oxford University Press, 1978), pp.128-l31.

對臺灣歌謠聲響的採集,自日治時期便能得見。在音樂社會學的詮釋脈絡中,聲響與情感記憶密不可分。藉由聲音採集,進行音樂研究活動便有許多可能性,諸如以「民族音樂」、「音樂社會史」等詮釋面向來研究。若以臺灣為研究對象,音樂採集更有許多先例可循,諸如日治時期對臺灣本土音樂的採集(如黑澤隆朝的臺灣田野錄音計畫)[49]研究、水晶唱片《來自臺灣底層的聲音》(1991,1995)從北到南錄製臺灣即將消失的聲音、[50]民歌採集運動中史惟亮與許常惠全面採集臺灣民間傳統音樂等,[51]這些研究都留下了豐富的聲音史料,並帶著某些程度的民族使命感。

在羅悅全主編:《造音翻土:戰後臺灣聲響文化的探索》一書中,多處介紹到「民歌採集運動」:

> 1960年代的臺灣音樂文化正籠罩在「全盤西化」氛圍中,音樂學院中所教授的多為西方作曲技巧。當時代知識份子對於臺灣音樂的興趣,仍停留於1930年代以來有關民歌文學的整理。
> 1962年6月21日,《聯合報》新藝版「樂府春秋」專欄,曾赴歐深造的作曲家史惟亮發表對「維也納的音樂節」的觀察,進而質疑:「我們需不需要自己的音樂?」同年7月,同為赴歐的作曲家許常惠回應了史惟亮,發表〈我們需要有自己的音樂〉一文。經此提問與呼應,二人為後續合作追尋民族音樂的根源

---

49 可參王櫻芬:《聽見殖民地:黑澤隆朝與戰時臺灣音樂調查(1943)》(臺北市:臺灣大學出版中心,2008年)

50 羅悅全主編:《造音翻土:戰後臺灣聲響文化的探索》(新北市:遠足文化公司,臺北市:立方文化公司聯合出版,2015年),頁53。「內容搜羅了那卡西酒家歌、夜市叫賣、地下電臺錄音等俚俗的聲音。」

51 羅悅全主編:《造音翻土:戰後臺灣聲響文化的探索》,頁51、62-70。對民歌採集運動的理念、時間、內容、參與成員有相關介紹。

（中華民族的音樂傳統），發動調查採集民歌／民族音樂之行動的論述，確立最根本的動機基礎。[52]

從這段文字中，可看出「民歌採集運動」實是為了因應音樂界「全盤西化」一事，而想解決此困境的焦慮感，因而「介紹、引用現代西方民族音樂學家所建構的知識模式，透過執行田野工作、資訊蒐集、調查、參與音樂活動現場……等這一連串文化外觀的再認識與自我理解過程，重新累積了對於臺灣音樂的寶貴知識。」[53]自一九六六年起，史惟亮便開始進入花蓮吉安、豐濱、光復三地的阿美族部落採集調查民歌，一九六七年，史惟亮與許常惠更全面性採集本地民間傳統音樂，並創設「中國民族音樂研究中心」，籌備出版《民族音樂》月刊、籌印《臺灣福佬民歌選集》、《臺灣客家民歌選集》、《臺灣山地民歌選集》。[54]一九六六至一九六七年，由史惟亮、許常惠等人所進行的音樂調查工作後來便被稱為「民歌採集運動」。

對當時的人而言，臺灣政治上為威權體制，外交上面臨退出聯合國、與日美等重要國家斷交的挫折，經濟上面對急遽的現代化，人們的自我認同與文化省思亦逐漸產生變動，使得知識份子在面臨現代化（多與西化相當）時，意識到明確的新舊衝突，亦對鄉土、傳統抱持著使命感。[55]以音樂學者而言，許常惠、史惟亮等人受到完整的西方音樂教育，回顧音樂傳統時，自會有「全面西化」的焦慮感。而希望以「民歌採集運動」來保存中華民族、臺灣在地的音樂傳統。

與這些音樂學者的理念相仿，當時的歌手、音樂創作者亦有意識

---

52 羅悅全主編：《造音翻土：戰後臺灣聲響文化的探索》，頁51。
53 羅悅全主編：《造音翻土：戰後臺灣聲響文化的探索》，頁48。
54 羅悅全主編：《造音翻土：戰後臺灣聲響文化的探索》，頁51。
55 感謝林仁昱老師提點這些觀念，以充實本文的論述。

到傳統與西化的衝突。一九七〇年代開始的民歌運動,由胡德夫、李雙澤等人提倡「唱自己的歌」的口號,到一九七五年楊弦與胡德夫以余光中、徐志摩等人的詩為歌,在臺北中山堂舉行「中國現代民歌之夜」演唱會,開啟民歌以詩入歌的模式。[56]在民歌時代的背景中,徐志摩、鄭愁予、余光中、席慕蓉等現代詩人的作品都曾被譜曲入樂。[57]這些歌手認為流行歌曲不該一味西化,只聽、唱西洋樂曲,而應有「自己的歌」。

由此觀之,在當時的音樂學界與音樂圈不論保存(民歌採集運動)或新創(校園民歌運動),皆顯現了該時代的風貌與使命感,面對西方音樂現代化的侵襲,音樂學者或音樂創作者,不約而同地省思中華民族的音樂傳統究竟為何?以及,如何才能「唱自己的歌」?

以黃春明的眼光來看,亦難自外於時代氛圍。黃春明認為民謠自是要在真實的生活空間中傳唱,才有意義。若是成為學院擁抱、研究的對象,便喪失了民謠的生命力。尤其,在田野錄音的過程當中,是無法真實重現民謠傳唱樣貌的。刻意的錄音器材配置、採集者的外部參與位置等,都將使民謠出現經觀測而生的變化。亦即,民族音樂學者的採集、錄音過程,使民謠成為純化的實驗室音樂,而喪失了民謠生發、傳唱的背景脈絡。民族音樂學以「他者」的眼光觀測、記錄與

---

[56] 關於民歌時期的歌曲介紹,在李明璁:《時代迴音——記憶中的臺灣流行音樂》(臺北市:大塊文化出版公司,2015年11月)中已有專節介紹:〈「唱自己的歌」:70年代的民歌創作人〉,頁214-225。該文敘述楊弦、陶曉清促成現代民歌興起;胡德夫、李雙澤、楊祖珺在民歌初創階段的故事;陳達對民歌手之影響;金韻獎與民歌流行化之發展等。其中胡德夫、李雙澤以現代詩人陳秀喜的〈臺灣〉入歌,寫出〈美麗島〉這首傳唱不朽的歌曲,便是「以詩入歌」之例。

[57] 在余欣娟:〈現代詩改編成歌曲的變異〉一文中,亦有相關作品討論。參見《文訊》第224期(2004年6月),頁47-49。

研究，保持了學術的客觀距離，卻也喪失了置身其中的沉浸感。[58]

在黃春明〈產生民謠的時代〉中提到：

> 把那個時代的唱民謠，和現代的喜愛民謠混為一談是很危險的。現代的人是因為喜愛民謠而唱民謠，而那個產生民謠的時代的人，民謠真正在他們的生活中發生作用。那時的民謠是他們表達的方式，也是他們思想的方法。……現代的人跟當時的民謠，從各種角度來看，其距離是多麼遙遠啊！所以現代人反常的、過分的喜愛老調子是一種矯情，傷感和浪漫的成分占絕對多數。[59]

黃春明首先區分了民謠產生時代與現代（1976），認為在民謠產生的時代，民謠所抒發的情感皆是自然流露，但現代人若是唱民謠，則是「無病呻吟」。此外，黃春明批判「時下有幾位民謠專家，一談到民謠就立正……費了好大的勁，搬動笨重的感情形容詞，一塊一塊的堆砌，堆砌成輝煌的殿堂。」[60]他更直接點名民歌採集運動：

> 臺灣七八年前曾經有一批愛好音樂的音樂工作者，做一次民歌採集，那一次的工作就是偏重於音樂方面。時至今日，還是有很多以為民謠是音樂範疇裡面的東西。殊不知，民謠歌詞的內容，是反映當時的社會或文化的特徵的，而這些特徵，又為當

---

[58] 相關論述可參考范揚坤：〈以臺灣為名：民族音樂、田野錄音及其反思〉，收錄於羅悅全主編：《造音翻土：戰後臺灣聲響文化的探索》，頁44-49。該文肯定「民歌採集運動」的使命感，但也提出了純化的傳統與活生生的傳統之區別，此觀念可對照黃春明對歌謠脈絡的思考。

[59] 黃春明編撰：《鄉土組曲》，頁85。

[60] 黃春明編撰：《鄉土組曲》，頁85。

時的生活情況的反映。[61]

這是黃春明非常明確的觀點，他認為民歌採集運動過於偏重音樂層面，而忽視了民謠的社會、文化脈絡。社會、文化脈絡，就要從「歌詞」中來尋覓。他認為「民謠要是除卻時代背景的意義，就是音樂本身也難成經典之作。」因此，應更廣泛採集歌詞，並重視歌詞反映的社會與生活。黃春明在「民謠札記」中，如此著重還原歌詞的誕生背景，與人民社會、生活的關聯性，便是將其觀點具體實踐。雖札記不比學術文章嚴謹，但亦有其貢獻。

因許常惠、史惟亮受過西方音樂嚴謹的訓練，鍾永豐便提到，他們從西方古典音樂、國民樂派的民謠觀點出發，並沒有辦法接壤到臺灣的流行音樂。[62]相對的，黃春明代表的或許是一種庶民的、鄉土的觀點，他對民謠並不「立正」，也不堆砌「輝煌的殿堂」，這樣的民謠札記，試圖還原出民謠活生生的傳統。

儘管能夠理解黃春明對「民歌採集運動」的立場：即偏重實際生活、重視歌詞大於音樂性。但黃春明這番言論的確有「矯枉過正」之可能。因「民謠」本是結合詞、曲的藝術表現方式，民歌採集運動的學者因上山下海，有系統地蒐集許多臺灣的歌謠、聲響，而能使臺灣許多歌謠得以留存。民謠學者專精的音樂知識，更能讓這些歌謠的研究得以深化，實不應以「學術化」、「經典化」就推翻民謠研究的正當性。無從否認，在該時代的民歌採集運動具有使命感，且不免將民謠神聖化。但這並不妨礙民謠得以從更細緻的音樂層面、學術視角被理解。因此，較持平的觀點應是，民歌採集運動有其具體的貢獻，甚至

---

61 黃春明編撰：《鄉土組曲》，頁85。
62 羅悅全整理文字：〈重探「現代」與「鄉土」：鍾永豐、何東洪對談〉，收錄於羅悅全主編：《造音翻土：戰後臺灣聲響文化的探索》，頁94-104。此處文字出於頁99。

綿延到日後許多音樂採集的行動,而黃春明重視歌詞、鄉土庶民的觀點,亦能在學術之外,開出一條新穎的道路。二者皆有價值,不宜偏廢。

因為對「民歌採集運動」的批判,讓黃春明寫出〈感傷的腳步走向黑暗〉這篇文章:

> 當西洋的文化登陸本土到處踐踏的時候,引起一些文化鬥士的覺醒,這是何等的慶幸啊!但是慶幸之餘,我們看到這些鬥士手上握得出汁的武器,竟是過去的,破舊生鏽的刀槍,都是感傷的時期,無可奈何和宿命的東西。……如果這些手握老武器的是一般老百姓,那不但情還有可原,還是令人起敬,但是他們竟是什麼家那個家這個家的知識份子啊![63]

結合上文對「民歌採集運動」的概述,史惟亮、許常惠等人實是因音樂界全盤西化,而開始省思「我們需要自己的音樂」這個命題,進而展開民歌採集。黃春明處在同樣的時代背景,一樣有著音樂圈全盤西化的焦慮感。對「文化鬥士的覺醒」,黃春明感到既慶幸又悲傷。面對此文化衝擊,知識份子的心態是以舊有的文化傳統迎擊,亦即,認為「我們自己的音樂」即是老調民謠,卻忽略這些老調民謠唱出的,是過去時期感傷、無可奈何與宿命。以黃春明的眼光來看,如果需要「我們自己的音樂」,恐怕得要積極的創作「新聲」,而非擁抱「老調」。

至於「新聲」要如何產生,黃春明在〈老調和新聲〉這篇文章,開頭便說:「所有的老調曾經都是新聲音。」[64]不過隨著時代變遷,這

---

63 黃春明編撰:《鄉土組曲》,頁58。
64 黃春明編撰:《鄉土組曲》,頁49。

些曾經的新聲逐漸變成老調。在這篇文章中,他認為新的聲音要和作品內容相關,且歌謠的新聲應該是要為觀眾、為人民所唱。一如上文曾分析,黃春明的觀點即是歌謠要反映人民真實的生活情狀。

不過,黃春明似乎並不贊同「言情說愛」的靡靡之音,這點令人費解。因愛情實是人民真實生活的一環,但他卻不太認同當時流連在萬華、延平北路江山樓一帶酒家、藝旦間的作曲家:

> 在日本人統治之下,臺灣的文化主流就是反殖民主義。多少人在政治上賣命,多少人在文學上鼓吹,也有不少戲劇活動和音樂活動,尤其以山水亭為中心的大部分藝術工作者的表現與努力。為何此時此地竟有人遊離在外,把才華浪擲在酒樓呢?[65]

為國為民固然是大義,但兒女情長亦是生活一環。黃春明在此有明確的價值取捨:他贊同為人民、為大眾創作的歌謠。不過,我們也無法忽略,民謠當中有許多談情說愛的內容,而愛情更是人類重要的情感之一,實不應就此偏廢。

但從上述引文可知,黃春明所期待的新聲,必然不是當時流行歌星所唱的情愛歌曲。因為「電視上的歌星是為他們自己歌唱,作曲作詞家也是為他們自己作詞譜曲,到目前,他們還沒有真正為觀眾創作品,他們根本也沒為觀眾唱過歌。」[66]

關於新聲還未創出的觀點,在本書〈尾聲〉這篇文章更明確。文中提到:「我是跟絕大多數人一樣,很久很久沒聽到什麼聲音了。」[67] 黃春明將這本歌本的民謠「統統歸類為老調」,而發行這本都是老調

---

65 黃春明編撰:《鄉土組曲》,頁49。
66 黃春明編撰:《鄉土組曲》,頁49。
67 黃春明編撰:《鄉土組曲》,頁204。

的歌本，亦有其目的：

> 讓大家唱個飽，才會想到換新口味，不然害許多有才氣的詩人和作曲家，一直以為已經不欠缺他們了，害得他們愈走入象牙塔去做自己的東西，而沒時間去思想，去創出新的聲音來。[68]

從這段文字，可明確看到《鄉土組曲》的編纂意識，黃春明雖自認這些言論多半會引起公憤，或被指謫為自圓其說，但「為了期待我們的新的聲音，這些都會變成尾聲的！」[69]回應到黃榮文〈再出版的話〉裡所述：

> 民謠反映一個時代的人們的情感，但不管怎麼說，它終究是必得成為「過去」的老調；出這樣的歌集，黃春明認為一方面消極的為它送終，一方面也積極的為新一代的聲音催生。我們不能因為民謠過去扮演的角色重要，現在就死抱著它不放，這樣會軟弱了我們再上路的志氣。[70]

這段文字明確說出黃春明對民謠的兩個重要觀點，也就是本節所提出的兩點：反映真實人民的情感；為老調送終，以迎接新聲。而這些觀點，黃春明除了在上述的篇章大聲疾呼之外，更以文學性的筆灌注這種意識。以此來看札記中的短文，便覺豁然開朗。例如〈改掉吸奶嘴的習慣吧！〉，便說明了母親唱過的民謠實無法代替母親，反而會軟化面對人生的鬥志，喪失力氣突破眼前的關卡。這無疑是譏諷著死

---

68 黃春明編撰：《鄉土組曲》，頁205。
69 黃春明編撰：《鄉土組曲》，頁205。
70 黃春明編撰：《鄉土組曲》，無頁碼。

抱著「老調」不放的人。而〈母親的手〉這篇文章，以同一首〈雨夜花〉，寫出在不同的時代、不同生命處境中，〈雨夜花〉曾經代表母親的手，然而，在喪失歷史脈絡後，便不再溫暖，反而成了馬殺雞的手。

〈走！我們回去〉這篇文章，若以此觀點與脈絡解讀，亦有其寓意。文章以一九三六年西法邊界的庇里牛斯山的雪夜為背景，一百二十七名西班牙游擊隊處於進退兩難的嚴峻考驗。此時突然有人唱起歌謠，會唱的人跟著隨聲合唱，「就這樣，一個地方，一個地方的民謠，像倒箱子似的被抖出來。」：

> 到歌唱的尾聲的時候，有一個從頭到尾都一直保持緘默的人，不知從何時在人聲的空隙間，他低沉的歌聲冒然揚起，當所有的人聽到這歌聲的時候，每一個人都被鎮住了，沒有人跟歌聲合唱，沒有人隨歌聲拍手取節奏。在同時，每一個人心裡都有同樣一個感覺，即親切又陌生。[71]

曲終，眾人紛紛詢問這是西班牙何處的民謠？那個人冷冷指著山下說：「離這裡只有一個半小時的一個小村子，我的家就在那裡。」於是許多人紛紛叫嚷著要去那個小村子。然而，在雪夜中大多人都喪命，只剩二十一個人回到原來的營火處。而唱著最後民謠的人，亦在白茫茫的雪夜中喪生。

民謠攜帶記憶，也自然指引了故鄉的方向，但民謠始終不能帶人真正的返鄉。若對照黃春明對「民歌採集運動」的批判觀點，這些「老調」民謠並不能帶人回到真正的家。如故事中在絕望雪夜的游擊隊依循著民謠懷舊、浪漫的走，並未能找到「三條絕路外的第四條

---

71 黃春明編撰：〈臺灣民歌札記〉，《鄉土組曲》，頁129。

路」。要真正找到正確的路，恐怕就是在那個時代，黃春明未曾聽到、但殷殷期盼出現的「新聲」吧！

不過，根據學者李欣倫的研究，[72]黃春明於二〇〇五年創辦《九彎十八拐》雙月刊雜誌，並在雜誌滿週年時，發想籌辦「悅聽文學」活動，邀請作家朗讀作品。在此系列的活動中，不乏黃春明將民謠的老調改寫為現代詩朗讀，並收錄於《悅聽文學專刊》中的作品，如〈父親，慢走——我的宜蘭民謠丟丟銅仔〉改寫〈丟丟銅仔〉歌詞、〈蘭陽搖籃曲〉改寫自〈搖嬰仔歌〉，呈現黃春明轉化民謠，為老調注入新聲的實踐。李欣倫也提到，在第十二屆《悅聽文學專刊》中，黃春明詩作〈菅芒花〉、〈月夜的喜劇〉以「鄉土組曲」為標題，更收錄了《鄉土組曲》中的民謠數首：〈雨夜花〉、〈農村曲〉、〈補破網〉、〈送出帆〉、〈港都夜雨〉與〈淡水暮色〉，從這些文學活動中可見，黃春明的確以一種有別於學院研究取向的路線，推廣、改寫這些民謠老調，走出了一條新聲之路。

四　結語

本文試圖研究分析黃春明編纂《鄉土組曲》中的「民謠札記」，以此理解黃春明對民謠的種種觀點。在本文爬梳後，得出結論如下：

黃春明編纂《鄉土組曲》，有其明確的意識。他並非只為了編出一般歌本，反而是在書中寫了許多札記，以此說明他對民謠的看法：民謠應反映具體人民的生活情狀與情感；民謠若脫離該時代脈絡，則不應過分熱情的擁抱。

---

72 李欣倫：〈用耳朵聽文學：黃春明與悅聽文學〉，發表於「春萌花開——黃春明文學國際學術研討會」，2024年4月23日，國立中興大學、財團法人黃大魚文化藝術基金會主辦。

黃春明的這些觀點，自有其對話的對象，亦即當時參與「民歌採集運動」的知識份子。因黃春明認為「民歌採集運動」過於偏重音樂層面，無法讓民謠的社會與文化全貌得以展現。歌謠不應該束之高閣，或是嚴肅以對，而是應該在具體生活中活生生傳唱。因此，他在「民謠札記」中的種種嘗試，不妨認為是對「民歌採集運動」學院路線的一種背離與調整。雖然本文認為，民歌採集運動有其重要性，且黃春明批判的理由也未必正確，尤其是就音樂部分的保存、研究與理解，民歌採集運動實是重要的介入。如果僅重視歌詞反映生活，而偏廢音樂性的部分，亦不免有因噎廢食之弊。更理想的狀態應該是二者並進，互相補足，讓民謠的研究、傳唱能同時在學界、民間擴散、傳承。

　　不過，黃春明的確以更鄉土、更寫實主義的精神，還原民謠生發、傳唱的場景，寫出一則則口耳相傳的故事，使歌謠與農村、勞動人民的具體生活在一篇一篇札記中復現。

　　更重要的是，黃春明亦不耽溺、不念舊，他肯認「老調」的文化價值，卻不願為「老調」所侷限。編纂《鄉土組曲》為老調送終，以迎接新聲。在不同的社會環境、不同情感結構中，黃春明呼籲每一代的創作者不輟地為大眾、為人民創作新聲，一如黃春明在《悅聽文學專刊》與創作中挖掘民謠的「新聲」，使民謠能具體活在生活之中，這正是《鄉土組曲》一書中最積極的意涵。

參考文獻

王育雯：《雅樂效應思維：「樂記」身心審美的當代解讀》，臺北市：臺灣大學出版中心，2019年5月。

王櫻芬：《聽見殖民地：黑澤隆朝與戰時臺灣音樂調查（1943）》，臺北市：臺灣大學出版中心，2008年。

余欣娟：〈現代詩改編成歌曲的變異〉，《文訊》第224期，2004年6月，頁47-49。

李明璁主編：《時代迴音——記憶中的臺灣流行音樂》，臺北市：大塊文化出版公司，2015年。

李志銘：〈連接鄉土的古典與浪漫：楊國台（1947-2010）的版畫創作與書籍設計〉，《全國新書資訊月刊》第211期，2016年7月，頁8-20。

洪惟仁：〈臺語文學个分類與分期（下）〉，《海翁臺語文學》第102期，2010年6月，頁4-35。

范揚坤：〈以臺灣為名：民族音樂、田野錄音及其反思〉，收錄於羅悅全主編：《造音翻土：戰後臺灣聲響文化的探索》，新北市：遠足文化公司，臺北市：立方文化公司聯合出版，2015年，頁44-49。

陳培豐：《歌唱臺灣：連續殖民下臺語歌曲的變遷》，新北市：衛城出版社，2020年。

陳培豐：〈聽歌識字創新文：作為識讀工具的臺語歌謠〉，《思想》第24期，2013年11月，頁77-99。

戚嘉林：《臺灣史》第四冊，臺北市：作者自印本，1998年。

黃春明：《看海的日子》，臺北市：聯合文學出版社，2009年。

黃春明編撰：《鄉土組曲》，臺北市：遠流出版公司，1983年6月10版。

廖炳惠編著：《關鍵詞200》，臺北市：麥田出版公司，2003年。

蕭蘋、蘇振昇：〈流行音樂與社會文化的價值：五種理論觀點的詮釋〉，中華傳播學會年會論文，1999年。

羅悅全主編：《造音翻土：戰後臺灣聲響文化的探索》，新北市：遠足文化公司，臺北市：立方文化公司聯合出版，2015年。

丹尼爾・列維廷：《為什麼傷心的人要聽慢歌：從情歌、舞曲到藍調，樂音如何牽動你我的行為》，臺北市：商周出版社，2017年。

（德）阿萊達・阿斯曼、揚・阿斯曼著，陳玲玲譯：〈昨日重現——媒介與社會記憶〉，收於馮亞琳、（德）阿斯特莉特・埃爾（Erll, A.）主編，余傳玲等譯：《文化記憶理論讀本》，北京市：北京大學出版社，2012年1月。

班納迪克・安德森著：《想像的共同體——民族主義的起源與散布》，臺北市：時報文化出版公司，2010年。

Raymond Williams, *Marxism and Literature* (Oxford: Oxford University Press, 1978), pp.128-131.

網路資料：

許昊仁：〈歌詞本體論（一）：歌詞是文學嗎？從2016年諾貝爾文學獎談起〉，2017年2月13日，網址：https://www.philomedium.com/blog/79813，檢索日期：2023年3月15日。

詩／撕畫黃春明：

黃春明詩作的視覺性[*]

涂書瑋[**]

摘要

　　黃春明向來以小說為人所稱道，若要理解其寫作面貌的全面性與多樣性，為數不多的新詩寫作亦有探究之必要。黃春明至今出版了兩部詩集──《零零落落》與《撐亮星空的菅芒花：黃春明詩話撕畫》，前者除了以「童趣」的思維、想像和語調，貫穿生活片段、身世感慨與鄉土情境，並且在極大程度上仰賴「視覺」思維，以視覺／畫面性的語言，重新賦予「童趣」一種情感與土地的底蘊，並隱約指向自我與自然關係的思考，以及更具在地意義的日常生活空間的再形塑。

　　《撐亮星空的菅芒花》甫出版於二〇二三年，是結合現代詩、撕畫、筆書的創作。黃春明運用及發揮「撕畫」各式色紙或廣告頁的配色與特性，以多元媒材的色相與色塊，嘗試在平面上呈現詩意的構

---

[*] 本文之初稿，曾以原題發表於國立中興大學、財團法人黃大魚文化藝術基金會主辦，國立中興大學中國文學系承辦之「春萌花開──黃春明文學國際學術研討會」（2024年4月23日）宣讀。本文之修訂，承蒙會議討論人國立臺灣大學中國文學系洪淑苓教授，以及本論文審查期間匿名審查人之細心審閱，獲致諸多寶貴之修正意見，特此致謝。

[**] 國立臺灣大學中國文學系延聘博士級研究員。

圖、生命意念與立體化的鄉土空間。本文將揭示黃春明讓「撕畫」此一跨媒材的視覺表現與詩文字意象在詩集中運作、互動的過程，以及藉由這個過程，從中激發自身內心的對現實、土地與文化的感思。

關鍵詞：撕畫　黃春明　童趣　視覺　鄉土

一　前言：從視覺思維到詩／撕畫

　　視覺研究（visual studies）或「視覺文化研究」（visual culture studies）是一九六〇年代伴隨視覺物質條件、媒介科技以及媒體影像工業的蓬勃發展，由文化研究（cultural studies）思潮所驅動而出現的新興學術領域。一直以來，圖像與感性經驗向來備受語言／文字中心主義所壓抑，但仍無法否認「觀看」（seeing）及「視覺性」（visuality）的存在本質與建構。

　　約翰・伯格（John Berger）在《觀看的方式》中說「觀看先於言語」[1]，更表示：「藉由觀看，我們確定自己置身於周遭世界當中；我們用言語解釋這個世界，但言語永遠無法還原這個事實：世界包圍著我們」[2]。因此，視覺研究上的「圖像轉向」並不只是言詞轉向形象／圖像（image/picture）的關係，或是朝向物性（objecthood）的迴轉，[3]而是──「觀察世界以及進行視覺再現的視覺過程」之結構性的、科學的、系統性的方法論。[4]

　　對於主體投射於物的觀看、視線、媒介影像及所衍生之感官／知覺建構的「視覺性」，米克・巴爾（Mieke Bal）認為視覺性不是對「對象」性質的定義，而是對「對象」其歷史性與社會基礎的建構，是「展示（觀）看行為的的可能性，而不是被（觀）看對象的物質性」[5]，

1　約翰・伯格著，吳莉君譯：《觀看的方式》（臺北市：麥田出版公司，2021年），頁3。
2　同上註。
3　W. J. T. Mitchell. *Image Science: Iconology, Visual Culture, and Media Aesthetics* (Chicago: University of Chicago Press, 1986), p. 16.
4　Margaret Dikovitskaya. *Visual Culture: The Study of the Visual after the Cultural Turn* (Cambridge, Mass.: MIT Press, 2006), p. 239.
5　米克・巴爾：〈視覺本質主義與視覺文化的對象〉，收入吳瓊編：《視覺文化的奇觀：視覺文化總論》（北京市：中國人民大學出版社，2005年），頁137。

可見「視覺性」更涉及主體與觀看對象之間社會與文化建構：權力與話語、符號與再現、文化功能與意義、互文與詮釋等面向。

在視覺研究與現代詩學的跨界研究場域，多數偏重「詩中有畫」或技術媒介的面向，前者如圖像詩、視覺詩；後者如數位詩、多媒體詩等等。對文字為載體的詩中之「視覺性」或「視覺思維」，及其背後文化、美學意涵的挖掘與探索，則是較為缺乏。

本文第二部分「『視覺』鄉土：《零零落落》」，以「視覺性」與「視覺思維」作為觀察角度與研究方法，探究黃春明《零零落落》在寫詩過程中運用的視覺思維（畫面、光的感知、虛實抽換），考察黃春明如何將視覺作為童趣意象與修辭的主要建構，重塑日常生活空間與鄉土情懷。

第三部分「『撕畫』鄉土：《撐亮星空的菅芒花》」，論證《撐亮星空的菅芒花》中詩思維與圖像思維的相互闡發、互文，檢視黃春明的撕畫作品與詩文本之間的詩／畫「互文性」（intertextuality），並嘗試指出撕畫（畫面空間）對現代詩（意象空間）在感性經驗與想像方式上的承續、創發，以及撕畫（畫面空間）的視覺性與觀看方式，如何對現代童詩的表現形式進行試驗。

二　「視覺」鄉土：《零零落落》

《零零落落》為黃春明第一本詩集。首先，從詩集的訂名來看，閩南語「零零落落」（li-li-lak-lak）釋義為凌亂、散落而沒有條理，此一訂名在某程度上，標示著詩集寫作動機與意念上的隨興、疏淡、自在，較無統一的創作主題或詩學構思。

黃春明在詩集的〈自序〉中有如下陳述：

> ……我的詩集，也是第一本詩集，我沒有什麼中心思想，沒有共同的主題。……裡面的詩，不管長短，它們有如天上的星星，有亮的，有淡淡的，有近有遠，各自獨立。所以看起來就是零零落落，如是之故，自打自招，把這本詩集的書名叫做：零零落落。[6]

此外，黃春明在此詩集的〈自序〉中亦有提及其寫詩的動機是被兩件事所觸動——《國語日報》裡林良的童詩，和某個月夜照護剛學會走路的么兒。因此，從詩人自陳的創作動機而言，確實可以視《零零落落》為一本「童詩集」。但仔細閱讀《零零落落》詩集中各篇詩作，其實與純粹表現兒童生命界域與趣味想像的童詩有極大差異。在《零零落落》中，仍可以清晰地察覺到詩行間總是朝向「此世」的理念域趨近，瀰漫著濃烈的人間意識與生活紋理，以及藉由「童趣」思維、想像和語調所搭建的鄉土空間與人文關懷。

更重要的是，《零零落落》不同於其小說寫作呈現鄉土空間對現代性與資本主義產製之集體精神創傷的承擔，黃春明的詩較無意表現這樣鄉土的倫理承擔。黃春明寫詩雖仍舊以寫實主義為基底，但是偶有象徵、聯想與隱喻的使用。另一方面，黃春明在用童稚視角擬想周遭世界、探索物我關係的同時，也向自身日常生活空間取材，生產著一種視覺／畫面性的語言，經由局部視覺／畫面的暫留、定格與切換，表現個人生命情思與鄉土情懷。

譬如，〈仰望著〉寫一個失去母親的孩子，朝著天空數著星星。媽媽曾經告訴孩子，地上每死一個人，天空就會多出一顆星。於是，孩子不禁在心中發出焦慮的驚呼：「媽媽——！／您到底是哪一顆？」

---

[6] 黃春明：〈自序〉，《零零落落》（臺北市：遠流出版公司，2023年），頁8。

這首詩情感推移至此,可見童稚視角堆疊親情憶念的力道與層次。然而,詩的開頭卻是這樣表現的:

> 那一個小孩仰望著
> 他仰望到帽子往後頭掉
> 他還是仰望著
> 仰望著密密麻麻的
> 星空[7]

此處,視覺畫面在孩子朝星空仰望、掉帽子、再仰望的過程間暫存與切換,在這樣「仰望」的局部畫面背後,孩子早已在憶念他的母親,後面的段落只是帶出母親的昔日話語和自身內在情感的回應。整首詩的視角雖是第三人稱,卻能夠道盡第一人稱其母逝心境愴涼與悲哀的實體感,仰賴的就是首節將憶母的情態做出視覺性的暫留、切換,擴增、延長了本詩在情感面上的感染力。

〈停電〉則是使用虛實景象的切換,賦予事物童趣與想像力。詩的起首寫到「小精靈」擾亂台電的供電系統、切斷了供電,而「黑暗張開他超大超大的嘴巴／一口就把所有看得見的東西吞到肚子裡」。在此,以虛構代替寫實,童真詩趣淡化了黑暗的吞噬。

而後:

> 頑皮的小精靈又把電源重新打開
> 黑暗嚇了一跳
> 把剛剛才吞進肚子裡的東西

---

[7] 黃春明:〈仰望著〉,同上註,頁196。

我的家人和貓咪
　　還有還有
　　最討厭的家教老師
　　全吐出來還給眼睛[8]

詩的前半部,「所有看得見的東西」被黑暗吞噬時並未對每個物件做實際指稱,修辭收束速度快速,顯現黑暗侵蝕面積的無所不在;詩的後半部,因為恢復供電,室內見了光,詩行轉向有實質指涉意涵的「家人」、「貓咪」、「家教老師」等等,可見光影的出現讓黃春明對物的「視感」出現暫留,修辭收束速度變慢,而呈現接續、依次現形的狀態。〈停電〉情節精簡,在虛實交替的聯想過程中,亦有極為細膩地對「光」的視覺感觸,藉由光明與黑暗的對比、修辭速度收束的落差,讓視覺空間也出現對比之美。

　　關於視覺／線的可視性與不可視性,以及兩者與主體感覺結構的關係,〈影子〉的例子亦值得討論。「影子」與主體之間既分裂又統一,一直以來,在常態性的文學意象系統中,扮演著主體情意狀態的投射客體,以隱微或間接的方式,再現主體的感知與情意。然而,在〈影子〉一詩中,顯然地,外視的視覺無法統合內在黯然的情緒,而出現主體感覺結構上的分化現象。

　　這首詩中,故事的主要情節線,即是安排「我」沿著夜晚的路燈,逐一尋找自己的「影子」,在尋覓自身影子的同時,抒情主體這時候遇見了一盞路燈而呈現出可視性與不可視性的分裂——「黯然神傷」(不可視)且「沒有飛蛾在旁飛舞」(可視)。不過,無論是「黯然神傷」(抽象、不可視)或是「沒有飛蛾在旁飛舞」(具體、可

8　黃春明:〈停電〉,同上註,頁208-209。

視），皆屬於主體的感覺結構在視覺系統（可視性／不可視）與感知系統（具體／抽象）上的分化，表徵主體內在特定的心緒與感受。
　　〈影子〉一詩的末段：

　　我往回走
　　我又遇見那一盞沒有飛蛾伴舞的燈
　　我站在底下久久
　　此刻我才發現
　　我竟然是這一盞燈的影子[9]

主體向外發散的視覺／線是一種單向的知覺，主體無法確證他者對我的觀看是否是同一屬性，因此，不可避免地無法統合外在視覺的多向性，造成主體的感知分裂無可避免。[10]本詩末段讓「我」成為「那一盞沒有飛蛾伴舞的燈」的影子，印證了本詩一開頭「我借路燈尋找我的影子」的「尋找」，其實是一種想像的幻覺與知覺的倒錯過程（觀看與被觀看）。然而，本段揭示的「影子」，不能等同於主體等距的幻覺，而是「真實」，是自身孤寂與黯然心情（路燈）的「真實」。
　　〈影子〉不是一首嚴格意義上的童詩，在這首詩裡，「影子」具備多層次的思考空間──主體與客體、可見與不可見、觀看與被觀看，除了開展出視覺系統（可視性／不可視）與感知系統（具體／抽象）的分裂感，末段更帶出很多童詩沒有的反身性思維，具有一定的知性辯證色彩。

9　黃春明：〈影子〉，同上註，頁351。
10　喬治・迪迪-於貝爾曼（Georges Didi-Huberman）著，吳泓紗譯：《觀看與被看》（長沙市：湖南美術出版社，2015年），頁1。

三　「撕畫」鄉土：《撐亮星空的菅芒花》

《撐亮星空的菅芒花》（以下簡稱《菅芒花》）甫出版於二○二三年，是綰合現代詩、撕畫、筆書的跨媒介創作。就媒材的特性而言，黃春明自陳：

> 是的，撕畫是簡單沒錯，但你要懂得構圖，懂得配色，再說撕紙的時候，特別是銅版紙，雖然撕一片紙很簡單沒錯，但要撕一粒小米大小，或是一顆小小的眼睛，那連大人也不容易；我就撕得辛苦吃力，通常都得要撕了一大堆，才能得出想要的畫面。[11]

「撕畫」（或詳稱「撕紙拼貼創作」）是相當仰賴個人美感直覺與反映個人藝術性情的視覺藝術形式，必須運用及發揮各式色紙、手工棉紙、銅版紙、雜誌或報紙廣告頁和各類平面既成物件的配色與特性，不同材質、色彩、形狀的紙塊，要拼貼成一幅有機、高解析度、且具備完成度與個人風格的畫作，或潑墨或油畫，或情感或抽象，或人物或風景，皆牽涉創作者對材質、形體、色彩的敏感度與如何再現心智／情感空間的構圖能力。

另外，就創作方法而言，「撕畫」藉由雙手的撕拉、旋繞、揉捏等作法，代替畫筆的運行與揮灑，呈現圖像的立體感和層次感。如同黃春明曾分享其撕畫創作之心得：「儘管撕畫一詞看似簡單，實則需要下很多功夫，如何拿捏撕紙的力道、如何構圖，抑或是配色皆需要

---

[11] 黃春明：〈聊一點撕畫〉，《撐亮星空的菅芒花：黃春明詩話撕畫》（臺北市：遠流出版公司，2023年），頁8。

費一番心力」[12]。由於「撕畫」必須掌握各類紙材的臨機性、變化性和不確定性，以及如何由上述紙材的質地和色彩，將具象的物與現實符應詩文字的意象思維，呈現內蘊於詩文字裡的詩意、情感與生命意念，則是需要極為細膩的藝術心智、手藝與構思。

從現代詩的文體特質與表現技法來說，詩的意象思維本身就是一種兼具各式感官（尤以視覺性為大宗）、知覺與情意的綜合感覺結構，因此，作為現代結合詩、撕畫、筆書等跨媒介創作的《菅芒花》，不難發現審美主體在「撕畫」與現代詩兩個維度中轉換、互文，呈現出——跨媒材的視覺表現（撕畫）與詩文字意象（現代詩）在詩集中運作、互動的過程。

黃春明目前已有《我是貓也》、《稻草人與小麻雀》、《短鼻象》、《愛吃糖的皇帝》、《小駝背》等繪本出版，其對圖像藝術創作的熱愛，可見一斑。黃春明從事撕畫創作四十餘年，無師自通，其撕畫作品堅持純手工，更傾向裸露紙張纖維，呈現纖維上細白毛邊的手感：「這個不到一公釐的『邊界』，是紙張被破壞的傷口，在這裡，一張廣告褪去原本華麗的外衣，留下坦白的，碎形的，美」[13]。在上述黃春明對自身撕畫創作的自述中，審美客體（廣告紙）經由審美主體的主觀意志改造而呈現出「坦白的，碎形的，美」，這裡不難窺見一種詩意的「手工」過程，實用功能的廣告紙，漸漸因其「造型」的變化，而轉化為非實用目的、審美功能的藝術品。

黃春明第一幅撕畫作品，就黃本人說法，是應遠流創辦人王榮文之邀，為吳祥輝的《拒絕聯考的小子》創作的書籍封面（見「圖一」）：

---

12 見2024TiBE臺北國際書展：〈被小說耽誤的撕畫家——黃春明分享撕畫心得〉，來源：https://www.tibe.org.tw/tw/news_detail/16/1506，檢索日期：2024年3月15日。

13 吳錦勳：〈黃春明：撕畫會說話——「紙」想說故事給你聽〉，網址：https://www.gvm.com.tw/article/48910，檢索日期：2024年3月15日。

圖一　吳祥輝《拒絕聯考的小子》書籍封面

這幅撕畫中，制式公告的榜單背景、稠密而了無生氣的文字排列，表現出升學等第主義的威權樣板。然而，人物中間偏右，採用裁切鏤空的方式呈現黑色底面，撕出一個衝毀榜單高牆的人形，暗示著當時承受升學體制壓迫的年輕世代，其內心狀態的無名、沉默與幽暗。然而，人物輪廓線條輕佻邁步，亦似亟欲遠行而昂首，也精準地再現出反抗體制的集體意識，一種不被主流價值馴服的桀驁姿態。另一方面，報紙訊息的裁取與選用，黃春明刻意保留了榜單外的訊息，包括上方美國販售軍備予臺灣以及美軍機在東南亞進行偵察飛行等新聞，而下方有售車和尋人等廣告。由上可見，冷戰、聯考、社會生活等訊息的並列，充分展示黃春明撕畫創作對社會體制的反思與鮮明的個人風格，以及一種集體性人文關懷的視角與美學──將犀利觀察投注於臺灣人在冷戰／戒嚴時代中的具體生活處境。

而在詩／撕畫詩集《菅芒花》第一輯「早安，台灣」中，開篇第一首同名詩〈菅芒花〉，以童趣的語言鋪敘菅芒花的各式擬態與情狀：

菅芒花站在水邊
　把天空掃得藍藍的
菅芒花踮腳山巔
　把天空掃得高高的
然後把這掃得
　藍藍又高高的天空
取個名字叫它
　秋天[14]

菅芒花普遍生長在臺灣溪岸、河堤、埤塘或是低海拔的向陽山坡，盛開於秋冬時節，亦是臺灣鄉土小說裡頻繁出現的本土植物，象徵臺灣

圖二　黃春明撕畫:〈菅芒花〉[15]

---

14 黃春明:〈菅芒花〉,《撐亮星空的菅芒花:黃春明詩話撕畫》,頁8。

人歷經殖民統治與時代困頓下的頑強生命力，也寓意歸家與鄉愁。這首詩的首節，以「掃」字帶動局部空間（水邊、山巔）的整體詩意構成。「掃」字本有清潔、滌淨之意，在這裡黃春明的內在詩意強化了「掃」字的動能，促使秋時的靜謐季節氛圍（藍藍的、高高的）亦同步顯現，濃郁的鄉愁情感也被刷新為童趣的感性經驗。

黃春明的〈菅芒花〉撕畫是根據原詩而創作，以雜誌彩色廣告頁作為星空與河床的底色。從視覺的構圖來看，芒花位置偏左，樣貌既柔軟、瀟灑又堅韌。然而，芒花迎風之姿以撕摺衛生紙的毛邊來表現，墨水表現黑夜投映之暗影，型態仿真並扣合原詩將自身轉化為掃帚與雞毛撢子的童趣想像，創造出秋夜的色澤、亮度與空間延伸（把星星撢得亮、遠），也適度淡化了國族歷史與鄉愁的情感重量。

黃春明的詩，向來內蘊鄉土與情感的動力結構，而這樣動力結構的再現方式，往往透過特定地標或景物的移動，標示出內心鄉土情結的「時間流」：

濁水溪
我長大之後跨過你離鄉遠去
當我想起家鄉，想起你
卡在我心底的都醒過來
串成一串串的故事
從我的口中流進
在異鄉出生的孩子的耳朵裡[16]

---

15 圖片來源：文化部國家文化記憶庫收存系統，網址：https://cmsdb.culture.tw/object/99919A28-3ABE-4941-97B1-DEE1B0FBFE16，檢索日期：2024年3月15日。下文畫作圖像檔皆來自同資料庫，故不再標註出處。
16 黃春明：〈濁水溪〉，《撐亮星空的菅芒花：黃春明詩話撕畫》，頁11。

從祖父口中聽來的「故事」，絕非聊備於無的街談巷議，而是先人面對自然變化隨著時間累積的感知經驗，更是建構主體生活感知與地方知識的重要媒介。如同小說〈青番公的故事〉，這首〈濁水溪〉（指蘭陽溪），黃春明以「故事」隱喻蘭陽濁水溪之鄉土地景與人地關係，將人口外移與農村凋零的社會現實隱喻化，轉化為「故事」的流動與傳承，主體的移動（在蘭陽溪的跨越與離開），與「故事」的流動（鄉土知識的傳承），形成一幅既衝突又和諧的生命圖繪。

其次，這幅名為〈濁水溪〉的畫面中，行駛中的列車、孤煢的月、泛著月光的溪水、黑色中景的景深，共同構成一幕「鄉愁」的停格與暫留：

圖三　黃春明撕畫：〈濁水溪〉

如同米切爾（W. J. T. Mitchell）對現代詩學兩種「語言形象」的認知：「一部分是外部的、機械的、已死的、往往與感知經驗模式相關的形象；……另一部分是內在的、有機的、活的形象」[17]，黃春明這幅撕

---

17 W. J. T. Mitchell. *Iconology: Image, Text, Ideology* (Chicago: University of Chicago Press, 1986), p. 25.

畫中明顯地超出原詩的情感構件與語意範疇（原詩並無火車跨過蘭陽濁水溪的畫面），這點明顯地是原詩中「故事」作為引導鄉愁的機制，在撕畫上呈現出具體化形象的藝術思維，將鄉土地景再現為一幕「內在的、有機的、活的形象」。

這幅名為〈濁水溪〉的撕畫，在創作技法上，黃春明如此說：

> 我需要一列火車跨過蘭陽濁水溪的畫面。我在一張籃球鞋的廣告頁，找到好材料；它是 NBA 籃球巨星麥可‧喬丹汗流浹背，裸露上半身的畫面。我取了他汗珠纍纍的胸部，當作濁水溪在月空之下冷冷閃閃的水面，火車跨過蘭陽大橋奔跑。[18]

這是既成物到藝術構件的詩意轉換，將麥可‧喬丹「汗珠纍纍的胸部」化為「濁水溪在月空之下冷冷閃閃的水面」，這樣即興、拼貼式的創作巧思並非憑空、無所本，其實是黃春明的「地方感」──對地方景物的精微觀察與把握，由此驅動對廣告頁的靈思取材。

〈現實主義的狗〉以「狗」的第一人稱口吻，附加概念與口語，推進文本敘事，體現底層人物掙扎於生計的生存實相，與偌大的無奈感：

> 魚與熊掌
> 那是你們享樂主義者的問題
> 鑽石與骨頭
> 這對我們現實主義的狗而言
> 特別是像我餓扁了的流浪狗

---

18 黃春明：〈聊一點撕畫〉，《撐亮星空的菅芒花：黃春明詩話撕畫》，頁4。

骨頭當然是唯一的選擇

那一根骨頭絕對不是幻覺[19]

而比起詩著重在對比現實主義與享樂主義的概念，勾起讀者對底層群體興起悲憫之感。而在撕畫部分，「狗」翹首望天，視覺上再現出詩文字沒有的盼望與期許之感：

圖四　黃春明撕畫：〈現實主義的狗〉

撕畫〈現實主義的狗〉中，「狗」的癯瘦與仰望，相當成功地將原詩文字「概念思維」的傾向，轉化為圖像的感性經驗。詩文字概念性的二元思考，在此圖像中突破了文字言說的侷限，也使得分析話語敘述（詩文字）與視覺再現（撕畫）實現互補、交融的藝術效果。

在這個撕畫例證中，顯見撕畫創作對原詩文字的敘事特色、文體結構和語言風格並非只有承續，更有感性與想像上的創發，圖像的色澤、構圖與感性補足了文字較為平面的概念性與敘事性。

---

19 黃春明：〈現實主義的狗〉，同上註，頁62。

四　結論：詩／撕畫——試驗現代童詩新的可能性

　　《零零落落》以「童趣」的思維、想像和語調，貫穿生活片段、身世感慨與鄉土情境。但本研究發現，此詩集並非單純表現童趣想像的童詩集，在極大程度上仰賴「視覺」思維，以視覺／畫面性的語言思維，經由：（1）局部視覺／畫面的暫留、定格與切換（〈仰望著〉）；（2）光明與黑暗的對比、修辭速度收束的落差（〈停電〉）；（3）視覺系統（可視性／不可視）與感知系統（具體／抽象）的分裂（〈影子〉），重新賦予「童趣」一種情感與土地的底蘊，並隱約指向自我與自然關係的思考，以及更具在地意義的日常生活空間的再形塑。

　　《撐亮星空的菅芒花》是結合現代詩、撕畫、筆書的創作。黃春明的「撕畫」，運用及發揮了各式色紙或廣告頁的配色與特性，以多元媒材的「色相」與色塊，嘗試在平面上呈現詩意的構圖、生命意念與立體化的鄉土空間。本文在「創發的鄉土：《撐亮星空的菅芒花》」一節，論證〈菅芒花〉、〈濁水溪〉、〈現實主義的狗〉三首詩／撕畫在文字與視覺上的美學內涵，黃春明讓「撕畫」此一跨媒材的視覺表現與詩文字意象呈現相互交融、闡發、對話的關係。兩種媒介彼此之間具有指涉、承續關係，在撕畫部分亦有在對原詩進行感性經驗與想像上的改作與創發。

　　詩話部分，黃春明不拘童詩既有表現的格套，將語言與表現的關係，適度以視覺思維作為詩意的運行機制。黃春明的詩中，視覺思維的使用所傳達之美學意義：

（1）增強了虛實轉換（光明／黑暗；具體／抽象）時的情感渲染效果。
（2）擴增了讀者對於文本情感表達的體驗性與沉浸感。

（3）自我與自然關係的再思考，日常生活空間的再形塑。

　　另一方面，撕畫（畫面空間）作品則是對童詩（意象空間）進行了重新思維的過程，如時間流、鄉愁、記憶、故事、生命經驗、感知印象等等，撕畫不是對詩話進行鏡像的摹倣，而是對詩語言、感性與想像的再創造：

（1）意象話語（詩文字）與視覺再現（撕畫）呈現互補、交融的藝術效果，撕畫部分亦有在對原詩進行感性經驗與想像上的改作與創發。
（2）藉由詩／畫的互文、創發的過程，從中激發自身內心對現實、土地與文化的感思。
（3）撕畫（畫面空間）的視覺性與觀看方式，重塑了原詩文字的意象與表達，也同時試驗了現代童詩的可能性。

參考文獻

文化部國家文化記憶庫收存系統，網址：https://cmsdb.culture.tw/object/99919A28-3ABE-4941-97B1-DEE1B0FBFE16，檢索日期：2024年3月15日。

吳錦勳：〈黃春明：撕畫會說話——「紙」想說故事給你聽〉，來源：https://www.gvm.com.tw/article/48910，檢索日期：2024年3月15日。

吳瓊編：《視覺文化的奇觀：視覺文化總論》，北京市：中國人民大學出版社，2005年。

約翰・伯格（John Berger）著，吳莉君譯：《觀看的方式》，臺北市：麥田出版公司，2021年。

喬治・迪迪-於貝爾曼（Georges Didi-Huberman）著，吳泓緲譯：《觀看與被看》，長沙市：湖南美術出版社，2015年。

黃春明：《零零落落》，臺北市：遠流出版公司，2023年。

_____：《撐亮星空的菅芒花：黃春明詩話撕畫》，臺北市：遠流出版公司，2023年。

2024TiBE 臺北國際書展：〈被小說耽誤的撕畫家——黃春明分享撕畫心得〉，來源：https://www.tibe.org.tw/tw/news_detail/16/1506，檢索日期：2024年3月15日。

Dikovitskaya., Margaret. *Visual Culture: The Study of the Visual after the Cultural Turn.* Cambridge, Mass.: MIT Press, 2006.

Mitchell., W. J. T. *Image Science: Iconology, Visual Culture, and Media Aesthetics.* Chicago: University of Chicago Press, 1986.

Mitchell, W. J. T. *Iconology: Image, Text, Ideology* (Chicago: University of Chicago Press, 1986),

卷二
黃春明作品的外譯與接受

台日對話的文學契機
——黃春明日譯作品的社會意涵[*]

〔日〕明田川 聰士[**]、〔日〕明田川 卓譯[***]

摘要

　　本文首先對台灣文學在日本的翻譯情況進行較系統性的整理與爬梳，介紹台灣文學日譯作品的出版情況與特徵。1979年由田中宏與福田桂二所翻譯的《さよなら・再見》(《莎喲娜啦・再見》)出版後，曾在日本社會與學界均廣泛地引起各方面的熱烈討論，這本譯作也成為戰後許多日本讀者首次接觸台灣文學的契機。尤其黃春明筆下所描繪的日本觀光買春團，更令日本學界中對二戰的反省與批判情緒發酵，敦促日本社會正視戰後亞洲經濟殖民的壓迫結構。本文試圖從台灣文學日譯作品的出版系譜中，重新探討黃春明作品在日本出版背後所蘊含的社會意涵。

關鍵詞：黃春明、〈莎喲娜啦・再見〉、〈戰士，乾杯！〉、日譯台灣文學、社會意涵

---

[*] 本文曾於2024年4月23日在國立中興大學所舉辦之〈春萌花開——黃春明文學國際學術研討會〉宣讀，筆者感謝特約討論人國立中興大學台文所朱惠足教授於會議上提出的寶貴意見，並感謝匿名審查委員提出的寶貴修改建議，謹此表達誠摯謝意。
[**] 日本獨協大學國際教養學部副教授。
[***] 日本中央大學理工學部兼任講師。

一　前言：日本的台灣文學譯介

　　近年來日本讀者對台灣抱持著高度的興趣與關心，每年都有100本以上台灣相關的書籍在日本國內出版[1]，其中台灣文學翻譯作品也佔有相當的比重。日本自戰後至1970年代中期約莫30年期間，不論台灣社會或文學等各領域的相關著作都極為罕見，1960年代初期，著名的魯迅文學翻譯者暨中國現代文學評論者竹內好（1910-1977）就曾經表示：

> 我希望能更了解台灣，知道台灣社會的實際狀態。每次走在神田的街道上，總是令我感覺到不可思議，能滿足這種知識想望的書籍或論文幾乎連一本也沒有。當然，可以找到台灣政府的日文宣傳刊物，過去盛極一時的獨派雜誌現在雖然較少，但還是有陸續出版。但這些出版品大多是政治上的主張，鮮能反映出台灣底層的脈動。[2]

竹內好指出戰後日本社會，相對於對中華人民共和國所展現的積極關懷，對台灣社會底層脈動與實況關心程度明顯低落。根據戴國煇（1931-2001）的說法，造成這種情況的原因在於日本戰後對台灣抱持的刻板印象，容易將討論或研究台灣者均視為台灣的政治掮客[3]。

---

[1] NPO法人日本台灣教育支援研究者ネットワーク編：《台灣書旅——台灣を知るためのブックガイド》（東京：台北駐日經濟文化代表處台灣文化センター，2022年9月），頁3。

[2] 竹內好：〈もっと台灣を——中國を知るために57〉，《中國》第63號（1962年2月），頁98。本文所引日文文獻，均由本文譯者協助中譯。

[3] 戴國煇：〈台灣〉，《アジア經濟》第10卷第6・7號（1969年6月），頁53-82。

相對於此，戰後初期日本對戰前的中國侵略抱持著反省態度，而這種情感也轉而成為對中華人民共和國建國的積極關懷，以及對其社會主義革命的莫大期待。在這個社會氛圍下，許多知識份子與研究者紛紛投入中國研究，但卻遺漏了對台灣歷史、政治、社會或人文領域的理解與掌握。從1945年至60年代末期間，僅出版了1954年邱永漢的《濁水溪》、1956年的《密入國者の手記》(《偷渡者手記》)、《香港》、1958年的《刺竹》、《惜別亭》[4]；吳濁流1956年以日文書寫出版的《アジアの孤兒》(《亞細亞的孤兒》)及隔年改名出版的《歪められた島》(《被弄歪了的島》)等[5]。

1972年台日之間的關係面臨了戰後的最大挑戰，日本於同年9月宣布與中華民國斷交，轉而與中華人民共和國正式建交。但有趣的是也因為這樣的世界局勢與發展，啟發了日本社會對台灣的關心。於斷交該年日本國內相繼出版了吳濁流《夜明け前の台灣——植民地からの告發》(《黎明前的台灣》)、《泥濘に生きる——苦惱する台灣の民》(《泥濘》)等著作[6]，王育德《台灣——苦悶するその歷史》(《台灣——苦悶的歷史》)及史明《台灣人四百年史》等著作也增刷新版。雖然總體而言台灣相關的出版品仍然不多，但隨著這波對台灣社會與歷史的關心，也連帶地刺激了文藝創作方面的譯介出版。現代詩方面

4　邱永漢：《濁水溪》(東京：現代社，1954年12月)，邱永漢：《密入國者の手記》(東京：現代社，1956年2月)，邱永漢：《香港》(東京：近代生活社，1956年6月)，邱永漢：《刺竹》(東京：清和書院，1958年6月)，邱永漢：《惜別亭》(東京：文藝評論新社，1958年11月)。

5　吳濁流：《アジアの孤兒》(東京：一二三書房，1956年4月)，吳濁流：《歪められた島》(東京：ひろば書房，1957年6月)。

6　吳濁流：《夜明け前の台灣——植民地からの告發》(東京：社會思想社，1972年6月)，吳濁流：《泥濘に生きる——苦惱する台灣の民》(東京：社會思想社，1972年11月)。

出版了1971年「笠」編輯委員會的《華麗島詩集——中華民國現代詩選》；1979年北原政吉、陳千武編譯的《台灣現代詩集》。而小說方面則有1975年張文環以日文創作的《地に這うもの》(《滾地郎》)、1974年陳紀瀅《荻村の人びと——動亂中國の渦卷》(《荻村傳》)及1979年陳若曦《北京のひとり者》(《耿爾在北京》)[7]。然而，陳紀瀅或陳若曦的作品雖在台灣出版，但故事背景主要在抗日戰爭及文化大革命期間的中國大陸，內容上也並非直接描述戰後的台灣社會。

　　對台灣歷史、社會及文藝不甚關心的情況一直持續到1979年黃春明(1935-)的《さよなら・再見》(《莎喲娜啦・再見》)出版[8]。本書自出版至1980年代不斷增刷出版，晉升為當時日本出版界的暢銷書籍，許多日本讀者透過這部小說認識到台灣，進而提高對台灣的關心與興趣。因此，進入1980年代後也開始翻譯出版台灣其他作家的文學作品，如「台灣現代小說選」系列叢書1984年《彩鳳の夢》(《彩鳳的心願》)、同年《終戰の賠償》、1985年《三本足の馬》(《三腳馬》)、1998年《鳥になった男》(《消失的男性》)[9]。這一系列「台灣現代小說選」所選錄的小說主要是台灣本省作家的作品，補足了日本長期以來對當代台灣歷史、社會的認識空缺。此後，1990年白先勇《最後の貴族》(《謫仙記》)、1991年劉大任《デイゴ燃ゆ》(《浮游群落》)及

7　張文環：《地に這うもの》(東京：現代文化社，1975年9月)，陳紀瀅著，藤晴光譯：《荻村の人びと——動亂中國の渦卷》(東京：新國民出版社，1974年10月)，陳若曦著，竹內實譯：《北京のひとり者》(東京：朝日新聞社，1979年2月)。
8　黃春明著，田中宏、福田桂二譯：《さよなら・再見》(東京：めこん，1979年9月)。
9　洪醒夫等著，松永正義等譯：《彩鳳の夢》(東京：研文出版，1984年4月)，李雙澤等著，陳正醍等譯：《終戰の賠償》(東京：研文出版，1984年7月)，鄭清文等著，中村ふじゑ等譯：《三本足の馬》(東京：研文出版，1985年4月)，吳錦發等著，中村ふじゑ、坂本志げ子譯：《鳥になった男》(東京：研文出版，1998年3月)。

同年三毛的《サハラ物語》(《撒哈拉的故事》)等陸續出版[10]，日本讀者對台灣現當代文學已積累了一定的認識，從多位作者的小說選集逐漸發展至單一作者的作品，除短篇小說外也開始出現中、長篇創作，而作家的挑選上也從本省作家開始拓展至如三毛、劉大任等離開台灣前往歐美等地的創作者。

1990年代可以說是台灣文學在日本翻譯出版的關鍵年代，隨著台灣新電影在日本放映，許多讀者透過台灣新電影進而認識原著小說。除了上述黃春明《さよなら・再見》(《莎喲娜啦・再見》)中〈莎喲娜啦・再見〉、〈蘋果的滋味〉和〈看海的日子〉之外，1992年出版的朱天文《安安の夏休み》(《安安的假期》)、《世紀末の華やぎ》(《世紀末的華麗》)也因為侯孝賢電影而獲得日本讀者關注[11]。進入1990年代後，許多原本從事中國現代文學研究的學者開始將目光移轉至台灣文學，使得翻譯的作品更為多元，對台灣文學的介紹與解說也更有系統性。1991年《バナナボート――台灣文學への招待》(《香蕉船――邀您欣賞台灣文學》)、1992年《笑いの共和國――中國ユーモア文學傑作選》(《笑的共和國――中國幽默文學傑作選集》)、1998年《現代中國短編集》(《現代中國短篇小說選集》)等選集相繼出版[12]。

除台灣本省、外省作家之外，原住民文學也從1990年代開始被翻譯成日文出版，1992年吳錦發《悲情の山地――台灣原住民小說選》

---

10 白先勇著，中村ふじゑ譯：《最後の貴族》(東京：德間書店，1990年9月)，劉大任著，岡崎郁子譯：《デイゴ燃ゆ》(東京：研文出版，1991年1月)，三毛著，妹尾加代譯：《サハラ物語》(東京：筑摩書房，1991年3月)。

11 朱天文著，田村志津枝譯：《安安の夏休み》(東京：筑摩書房，1992年11月)，朱天文著，小針朋子譯：《世紀末の華やぎ》(東京：紀伊國屋書店、1997年7月)。

12 山口守監修：《バナナボート――台灣文學への招待》(東京：JICC出版局，1991年9月)，藤井省三編譯：《笑いの共和國――中國ユーモア文學傑作選》(東京：白水社，1992年6月)，藤井省三編譯：《現代中國短編集》(東京：平凡社，1998年3月)。

(《悲情的山地──台灣原住民小說選集》)收錄了部分的原住民文學[13]。此後,台灣原住民文學的譯介在日本持續發酵,「台灣原住民文學選」(「台灣原住民文學選集」)系列叢書開始刊行。2002年第1冊《名前を返せ──モーナノン/トパス・タナピマ集》(《恢復我們的姓名》)收錄了莫那能及拓拔斯・塔瑪匹瑪兩位作家共二十餘篇作品[14]。此後陸續翻譯 LiglavAwu(利格拉樂・阿𡠄)、夏曼・藍波安、瓦歷斯・諾幹、孫大川、楊南郡、奧威尼・卡露斯、董恕明等33位原住民作家作品,至2009年為止共翻譯了9冊之多。此一系列台灣原住民文學選集的推出,不僅讓日本國內的台灣文學出版品在類型上更加豐富,同時也奠定了台灣原住民文學在日本的發展基礎。時至今日,台灣原住民文學已成為在日本認識台灣文學時不可遺漏的重要類別,且出版力道至今仍未消退。2013年出版巴代《タマラカウ物語(上)──女巫ディーグワン》(《笛鸛──大巴六九部落之大正年間》)、《タマラカウ物語(下)──戰士マテル》(《馬鐵路──大巴六九部落之大正年間》)[15],而夏曼・藍波安自2014年《冷海深情──シャマン・ラポガンの海洋文學1》(《冷海情深》)出版後,《空の目──シャマン・ラポガンの海洋文學2》(《天空的眼睛》)、《大海に生きる夢》(《大海浮夢》)等作品集短時間內相繼出版[16],在日本出版市場上一時蔚為話

---

13 吳錦發編,下村作次郎監譯:《悲情の山地──台灣原住民小說選》(東京:田畑書店,1992年11月)。

14 下村作次郎編譯:《名前を返せ──モーナノン/トパス・タナピマ集》(東京:草風館,2002年12月)。

15 巴代著,魚住悅子譯:《タマラカウ物語(上)──女巫ディーグワン》(千葉:草風館,2012年12月),巴代著,魚住悅子譯:《タマラカウ物語(下)──戰士マテル》(千葉:草風館,2012年12月)。

16 シャマン・ラポガン著,魚住悅子譯:《冷海深情──シャマン・ラポガンの海洋文學1》(千葉:草風館,2014年12月),シャマン・ラポガン著,下村作次郎譯:《空の目──シャマン・ラポガンの海洋文學2》(千葉:草風館,2014年12月),

題。除此之外，台灣女性作家的日譯作品也不容忽視。首先，1993年出版了李昂的《夫殺し》(《殺夫》)[17]，在日本1990年代初期鼓勵女性參與社會與勞動市場的社會氛圍下，這部作品不僅被譽為女性文學的代表作，更創下了發行超過6千本的佳績，在日本的發行量僅次於黃春明的《さよなら・再見》(《莎喲娜啦・再見》)[18]。李昂的作品此後也陸續有日譯出版，1999年《迷いの園》(《迷園》)、2004年《自傳の小說》、2018年《海峽を渡る幽靈——李昂短篇集》(《吹竹節的鬼》)及2020年《眠れる美男》(《睡美男》)[19]。

2000年前後共12冊的「新しい台灣の文學」(「新台灣的文學」)叢書在日本的台灣文學作品出版上也有其重要意義。首先，作品主題涉及都市、性別、後殖民等各領域，確實地深化了日本讀者對現當代台灣的理解。該叢書包括1999年出版以都市及文學為主軸的《台北ストーリー》(《台北故事》)、2001年主打鄉土文學作品的《鹿港からきた男》(《嫁妝一牛車》)、2002年聚焦客家文學作品的《客家の女たち》(《客家的女性們》)等選錄多位作家作品的精選集[20]，同時也有單

　　シャマン・ラポガン著，下村作次郎譯《大海に生きる夢》(千葉：草風館，2017年10月)。

17　李昂著，藤井省三譯：《夫殺し》(東京：寶島社，1993年6月)。

18　張瓊方：〈「殺夫」的致命吸引力——藤井省三〉，《台灣光華雜誌》(2000年12月)，網址：https://www.taiwan-panorama.com/zh/Articles/Details?Guid=9ca3cba5-960f-40f5-97cc-cbe174d62eb7&langId=1&CatId=10&postname=%E3%80%8C%E6%AE%BA%E5%A4%AB%E3%80%8D%E7%9A%84%E8%87%B4%E5%91%BD%E5%90%B8%E5%BC%95%E5%8A%9B%E2%94%80%E2%94%80%E8%97%A4%E4%BA%95%E7%9C%81%E4%B8%89，檢索日期：2024年5月29日。

19　李昂著，櫻庭ゆみ子譯：《迷いの園》(東京：國書刊行會，1999年3月)，李昂著，藤井省三譯：《自傳の小說》(東京：國書刊行會，2004年10月)，李昂著，藤井省三譯：《海峽を渡る幽靈——李昂短篇集》(東京：白水社，2018年2月)，李昂著，藤井省三譯：《眠れる美男》(東京：文藝春秋，2020年12月)。

20　山口守編譯：《台北ストーリー》(東京：國書刊行會，1999年6月)，山口守編譯：

一作家作品的單行本，如2000年朱天心《古都》、2002年施叔青《ヴィクトリア俱樂部》(《維多利亞俱樂部》)、2005年李喬《寒夜》、白先勇於2006年出版的《孽子》、2008年《台北人》；2006年朱天文《荒人手記》、2007年張系國《星雲組曲》[21]，上述李昂《迷いの園》(《迷園》)及《自傳の小說》也隸屬於該叢書。「新台灣的文學」叢書的出版，讓日本讀者有機會得以窺見現當代台灣社會的多元風貌與社會活力。

　　2000年代後半 LGBTQ 議題的台灣文學譯作在日本的熱度逐漸提高，2008年「台灣セクシュアル・マイノリティ文學」(「台灣同志文學」)系列叢書開始陸續出版，首先有邱妙津《ある鰐の手記》(《鱷魚手記》)、紀大偉《膜》；2009年許佑生、吳繼文、阮慶岳等人的《新郎新「夫」》(《男婚男嫁》)[22]。上述 LGBTQ 議題的系列叢書出版後，於2011年又出版陳雪《橋の上の子ども》(《橋上的孩子》)、2013年洪凌《フーガ　黑い太陽》(《黑太陽賦格》)、2020年徐嘉澤《次の夜明けに》(《下一個天亮》)、2022年李屏瑤《向日性植物》(《向光植物》)等[23]。LGBTQ 議題作品陸續出版日譯的同時，另一個「台灣熱帶文學

　　《鹿港からきた男》(東京：國書刊行會，2001年6月)，松浦恆雄編譯：《客家の女たち》(東京：國書刊行會，2002年4月)。

21　朱天心著，清水賢一郎譯：《古都》(東京：國書刊行會，2000年6月)，施叔青著，藤井省三譯：《ヴィクトリア俱樂部》(東京：國書刊行會，2002年11月)，李喬著，岡崎郁子、三木直大譯：《寒夜》(東京：國書刊行會，2005年12月)，白先勇著，陳正醍譯：《孽子》(東京：國書刊行會，2006年4月)，白先勇著，山口守譯：《台北人》(東京：國書刊行會，2008年3月)，朱天文著，池上貞子譯：《荒人手記》(東京：國書刊行會，2006年12月)，張系國著，山口守、三木直大譯：《星雲組曲》(東京：國書刊行會，2007年4月)。

22　邱妙津著，垂水千惠譯：《ある鰐の手記》(東京：作品社，2008年12月)，紀大偉著，白水紀子譯：《膜》(東京：作品社，2008年12月)，白水紀子編譯：《新郎新「夫」》(東京：作品社，2009年3月)。

23　陳雪著，白水紀子譯：《橋の上の子ども》(東京：現代企畫室，2011年11月)，洪凌著，櫻庭ゆみ子譯：《フーガ　黑い太陽》(愛知：あるむ，2013年2月)，徐嘉澤

シリーズ」(「台灣熱帶文學系列」)叢書的譯作也值得留意。2010年開始,台灣馬華文學再加上部分馬來亞華裔作家的作品在日本陸續出版,包括2010年李永平《吉陵鎮ものがたり》(《吉陵春秋》)、同年張貴興《象の群れ》(《群象》)、2011年黃錦樹《夢と豚と黎明》(《夢與豬與黎明》)及2011年黎紫書、賀淑芳等人的《白蟻の夢魔》(《蛆魔》)[24]。這些小說的翻譯者大多也同時兼具文學研究者的身份,因此在翻譯作品的選別上通常與研究有相互對話的空間。隨著「台灣熱帶文學シリーズ」(「台灣熱帶文學系列」)叢書的文學作品翻譯出版,2016年王德威等人在《華夷風——華語語系文學讀本》中討論的華語語系(Sinophone)概念被引介至日本學界,2022年這本書被翻譯為日文,更激發了日本學界對台灣文學／華語語系文學概念的不同想像[25]。或許是受到華語語系概念的刺激,日本於2010年代又再度回頭重新探索台灣的鄉土文學經典,出版了「台灣鄉土文學選集」系列,2014年鍾肇政《永遠のルピナス——魯冰花》(《魯冰花》)與《怒濤》、鍾理和《たばこ小屋・故鄉——鍾理和中短篇集》(《菸樓・故鄉四部》)、葉石濤《シラヤ族の末裔・潘銀花——葉石濤短篇集》(《西拉雅末裔潘銀花》)及李喬《曠野にひとり——李喬短篇集》(《飄然曠野》)日譯均相繼出版[26]。隨後則是2018年的「客家文學的珠玉」系列叢書,包

著,三須祐介譯:《次の夜明けに》(福岡:書肆侃侃房,2020年9月),李屏瑤著,李琴峰譯:《向日性植物》(東京:光文社,2022年7月)。

24 李永平著,池上貞子、及川茜譯:《吉陵鎮ものがたり》(京都:人文書院,2010年11月),張貴興著,松浦恆雄譯:《象の群れ》(京都:人文書院,2010年12月),黃錦樹著,大東和重等譯:《夢と豚と黎明》(京都:人文書院,2011年9月),荒井茂夫等譯:《白蟻の夢魔》(京都:人文書院,2011年9月)。

25 王德威等編,濱田麻矢等譯:《華語文學の新しい風》(東京:白水社,2022年10月)。

26 鍾肇政著,中島利郎譯:《永遠のルピナス——魯冰花》(東京:研文出版,2014年6月),鍾肇政著,澤井律之譯:《怒濤》(東京:研文出版,2014年9月),鍾肇政

括李喬《藍彩霞の春》(《藍彩霞的春天》)、鍾肇政《ゲーテ激情の書》(《歌德激情書》)及曾貴海、利玉芳詩集等[27]。此外，未被列為系列叢書的蔡素芬《明月》(《鹽田兒女》)及《オリーブの樹》(《橄欖樹》)也分別於2014年及2015年出版[28]。近來，日本學界在台灣文學作品的選別上則傾向翻譯年輕世代作家的創作，如吳明益、甘耀明、郭強生、黃崇凱、陳思宏等作家的小說[29]，並從中探索同時代台灣文學

著，野間信幸譯：《たばこ小屋・故鄉——鍾理和中短篇集》（東京：研文出版，2014年12月），葉石濤著，中島利郎譯：《シラヤ族の末裔・潘銀花——葉石濤短篇集》（東京：研文出版，2014年12月），李喬著，三木直大、明田川聡士譯：《曠野にひとり——李喬短篇集》（東京：研文出版，2014年11月）。

[27] 李喬著，明田川聡士譯：《藍彩霞の春》（東京：未知谷，2018年6月），鍾肇政著，永井江理子譯：《ゲーテ激情の書》（東京：未知谷，2018年6月），曾貴海著，橫路啟子譯：《曾貴海詩選》（東京：未知谷，2018年6月），利玉芳著，池上貞子譯：《利玉芳詩選》（東京：未知谷，2018年6月）。

[28] 蔡素芬著，黃愛玲譯：《明月》（岩手：櫻出版，2014年11月），蔡素芬著，黃愛玲譯：《オリーブの樹》（岩手：櫻出版，2015年11月）。

[29] 已翻譯出版的有吳明益著，天野健太郎譯：《步道橋の魔術師》（《天橋上的魔術師》，東京：白水社，2015年4月），吳明益著，天野健太郎譯：《自転車泥棒》（《單車失竊記》，東京：文藝春秋，2018年11月），吳明益著，小栗山智譯：《複眼人》（東京：KADOKAWA，2021年4月），吳明益著，倉本知淳譯：《眠りの航路》（《睡眠的航線》，東京：白水社，2021年9月），吳明益著，及川茜譯：《雨の島》（《苦雨之地》，東京：河出書房新社，2021年10月），甘耀明著，白水紀子譯：《神秘列車》（《神秘列車》，東京：白水社，2015年7月），甘耀明著，白水紀子譯：《鬼殺し》（《殺鬼》，東京：白水社，2016年12月），甘耀明著，白水紀子譯：《冬將軍が來た夏》（《冬將軍來的夏天》，東京：白水社，2018年6月），甘耀明著，白水紀子譯：《真の人間になる》（《成為真正的人》，東京：白水社，2023年8月），胡淑雯著，三須祐介譯：《太陽の血は黑い》（《太陽的血是黑的》，愛知：あるむ，2015年4月），伊格言著，倉本知明譯：《グラウンド・ゼロ——台灣第四原發事故》（《零地點》，東京：白水社，2017年5月），郭強生著，西村正男譯：《惑鄉の人》（《惑鄉之人》，愛知：あるむ，2018年11月）。青年世代作家的作品至今仍是選擇日譯作品時的重要考量，如黃崇凱，明田川聡士譯：《冥王星より遠いところ》（《比冥王星更遠的地方》，福岡：書肆侃侃房，2021年9月），陳思宏著，三須祐介譯：《亡靈の地》（《鬼地方》，東京：早川書房，2023年5月），劉梓潔著，明田川聡士譯：《愛しいあなた》（《親

作品所反映的時空概念、歷史觀及價值觀等。

以上簡略地爬梳戰後台灣文學作品在日本的翻譯出版情況，翻譯對象的揀選經常與日本當下的社會或學界氛圍及時代背景息息相關，如1970年代末日譯出版的黃春明作品，不僅是日本國內台灣文學翻譯出版的先驅，其背後的社會意涵與脈絡亦值得深思。黃春明的作品主題總是圍繞著高齡者、貧困者、女性及幼童，透過故事輾轉透露其所面臨的困境與壓迫，至今也有不少研究者，如陳惠齡、黃英哲、蘇碩斌、王梅香、李有成、陳正芳、施又文及陳永松均已詳細且深入地從不同面向解析黃春明作品的社會意涵[30]。日本方面，雖有西端彩曾論

愛的小孩》，福岡：書肆侃侃房，2022年10月），林奕含著，泉京鹿譯：《房思琪の初戀の樂園》（《房思琪的初戀樂園》，東京：白水社，2019年10月），林育德著，三浦裕子譯：《リングサイド》（《擂台旁邊》，東京：小學館，2021年2月），陳又津著，明田川聡士譯：《靈界通訊》（《跨界通訊》，愛知：あるむ，2023年10月），楊雙子著，三浦裕子譯：《台灣漫遊鐵道のふたり》（《台灣漫遊錄》，東京：中央公論新社，2023年4月）。除了單行本之外，「台灣文學ブックカフェ」（台灣文學書店咖啡）系列叢書也出版了選集，包括吳佩珍等編：《蝶のしるし》（《蝴蝶的記號》，東京：作品社，2021年12月，收錄江鵝〈玉米濃湯〉、章緣〈另一種生活〉、Lamulu Pakawyan〈不是，她是我VuVu！〉、盧慧心〈安靜‧肥滿〉、平路〈蒙妮卡日記〉、柯裕棻〈冰箱〉、張亦絢〈淫人妻女〉、陳雪〈蝴蝶的記號〉等），吳佩珍等編：《バナナの木殺し》（《殺死香蕉樹》，東京：作品社，2022年2月，收錄邱常婷〈殺死香蕉樹〉、王定國〈戴美樂小姐的婚禮〉、周芬伶〈浪子駭雲〉等），吳佩珍等編：《プールサイド》（《泳池》，東京：作品社，2022年2月，收錄鍾旻瑞〈泳池〉、陳柏言〈我們這裡也曾捕過鯨魚〉、黃麗群〈海邊的房間〉、李桐豪〈養狗指南〉、方清純〈雞婆要出嫁〉、陳淑瑤〈白貓公園〉、川貝母〈小人物之旅〉等）。

30 陳惠齡：《鄉土性‧本土化‧在地感——台灣新鄉土小說書寫風貌》（台北市：萬卷樓圖書公司，2010年4月），黃英哲：〈文學與翻譯——黃春明在日本〉，李瑞騰編：《聽說讀寫黃春明——黃春明及其文學國際學術研討會論文集》（宜蘭縣：宜蘭縣政府文化局，2016年12月），頁88-101，蘇碩斌：〈文學的時空批判——由〈現此時先生〉論黃春明的老人系列小說〉，李瑞騰編：《聽說讀寫黃春明——黃春明及其文學國際學術研討會論文集》（宜蘭縣：宜蘭縣政府文化局，2016年12月），頁406-434，王梅香：〈越戰裡的玫瑰花——戰後台灣小說家的酒吧書寫〉，李瑞騰編：《聽說讀寫黃春明——黃春明及其文學國際學術研討會論文集》（宜蘭縣：宜蘭縣政府

及《莎喲娜啦‧再見》的出版背景，但僅提出該書出版後在日本引發的社會輿論，並未深入勾勒其背後的時代氛圍與整體脈絡[31]。此外，尚有木下佳奈的〈黃春明が描いた女性たちが見出す「希望」──「看海的日子」と「小寡婦」から〉，木下以〈看海的日子〉及〈小寡婦〉這兩部作品為例，討論黃春明對女性角色的描寫與轉折[32]。但由於上述兩篇論文均未深入涉及黃春明日譯作品在日本發行之社會意涵，因此本文將聚焦此點，探討黃春明日譯作品出版時日本之社會與時代脈絡。

二　〈莎喲娜啦‧再見〉的社會意涵

　　黃春明作品於1970年代後半開始被翻譯成日文，進入日本讀書市場。本橋春光翻譯的《現代中國短篇小說選》（《現代中國短篇小說選

文化局，2016年12月），頁372-405，李有成：〈在冷戰的陰影下──黃春明與王禎和〉，《台北大學中文學報》第26期（2019年9月），頁1-24，施又文：〈從兩篇小說來看文學與社會──吳濁流〈三八淚〉與黃春明〈蘋果的滋味〉〉，《東海大學圖書館館刊》第40期（2019年4月），頁46-61，陳正芳：〈文化交流下的歷史印記──論陳映真和黃春明小說中的美國人形象建構〉，《台灣文學學報》第21期（2012年12月），頁137-170，陳永松：〈一顆關懷農業的不老童心──從「放生」到「護生」的體認〉，李瑞騰編：《聽說讀寫黃春明──黃春明及其文學國際學術研討會論文集》（宜蘭縣：宜蘭縣政府文化局，2016年12月），頁198-211。
31 西端彩：〈戰後台灣文學の日本における受容──黃春明「莎喲娜啦‧再見」を例として〉，お茶の水女子大學大學院人間文化創成科學研究科編《大學院教育改革支援プログラム「日本文化研究の國際的情報傳達スキルの育成」活動報告書》（東京：お茶の水女子大學大學院教育改革支援プログラム「日本文化研究の國際的情報傳達スキルの育成」事務局，2010年3月），頁206-208，西端彩：〈黃春明「莎喲娜啦‧再見」に描かれる記憶とアイデンティティの形成〉，《お茶の水女子大學中國文學會報》第42卷（2022年4月），頁41-55。
32 木下佳奈：〈黃春明が描いた女性たちが見出す「希望」──「看海的日子」と「小寡婦」から〉，《現代中國》第92號（2018年9月），頁119-130。

集》）於1975年12月出版[33]，收錄了魯迅、師陀、姚雪垠、劉以鬯、七等生、王文興等作家的作品，其中也包含了黃春明的〈子供の大きな玩具〉（《兒子的大玩偶》）這篇作品。本書雖名為「現代中國短篇小說選集」，但選錄作品泰半均為台灣及香港作家，譯者於後記表示本書編輯時選譯了「現代中國文學界優秀之純文學作品」（黑點為原文所示）[34]，本書之選錄作品另有魯迅〈孔乙己〉、〈藤野先生〉等經典作品。筆者認為將魯迅與1960年代初期剛於登上台灣文壇的黃春明，兩者的作品並列為現代中國文學界優秀之純文學作品此點饒富興味。但仔細調查日本國內大小圖書館會發現，《現代中國短篇小說選》的藏書量很少，表示該著作當時的讀者人數應該相當有限[35]，也可以說本橋春光所譯之〈兒子的大玩偶〉在日本出版界及閱讀市場上所引發的關注與影響偏低。

　　時至1979年9月，田中宏與福田桂二翻譯的《さよなら・再見》（《莎喲娜啦・再見》）出版，黃春明的作品才開始在日本社會上產生迴響與影響力。本書依序收錄了〈さよなら・再見〉（〈莎喲娜啦・再見〉）、〈りんごの味〉（〈蘋果的滋味〉）、〈海を見つめる日〉（〈看海的日子〉）三部短篇作品，前兩篇為福田桂二翻譯，而〈海を見つめる日〉（〈看海的日子〉）則由田中宏負責翻譯。其中，〈さよなら・再見〉（〈莎喲娜啦・再見〉）於本書出版前即於《世論時報》（1977年9月-1978年3月）上連載，約半年期間的連載結束後，原稿經修改並收

---

33 本橋春光編譯：《現代中國短篇小說選》（東京：榮光出版社，1975年12月）。
34 本橋春光：〈おわりに〉，本橋春光編譯：《現代中國短篇小說選》（東京：榮光出版社，1975年12月），頁184。
35 根據筆者調查，國立國會圖書館及各異公立圖書館均未收藏本書，而大學圖書館也只有岡山大學收藏。日本依國立國會圖書館法規定將出版品送存至國會圖書館始於1948年，因此筆者推斷《現代中國短篇小說選》可能並沒有被列為應依法送存的出版品，這也說明了該書在日本國內的流通程度及讀者應相當有限。

錄於本書[36]。翻譯時所參照之原文為當時已在台灣出版的《莎喲娜啦・再見》[37]，但刪除了原作中〈青番公的故事〉這一篇作品。當時出版《さよなら・再見》（《莎喲娜啦・再見》）的めこん（Mekong）出版社是剛成立不久的小型出版社，主要出版以東南亞為主題的圖書。黃春明的《さよなら・再見》（《莎喲娜啦・再見》）於1970年代末在日本出版之際，立即創下了刊行超過1萬本的佳績[38]，頓時受到社會各界矚目。依據本書版權頁處之標示，這本譯作於出版後僅兩個月，也就是1979年11月15日及推出第2刷，同月30日推出第3刷，時至1986年已出版至第7刷，在日本出版界及社會所造成之震撼程度可見一斑。翻譯者田中宏於後記上表示，「**本書應是日本首次將描寫台灣的小說翻譯出版的作品**」[39]。1970年代前日本社會上較為人所熟知的台灣作家，如吳濁流、張文環、陳若曦、陳紀瀅等作家，除了吳濁流與張文環本身即直接以日文寫作之外，陳若曦與陳紀瀅兩位作家的日譯作品均是描寫抗日戰爭或文革等，以中國大陸為主題或背景的作品。因此，《さよなら・再見》（《莎喲娜啦・再見》）可以說是日本出版市場上，首次以台灣、台灣人為主題之外國文學作品。

但值得注意的是該書出版時，在日本社會受到廣泛矚目的原因並非在於它是戰後日本國內首部翻譯出版的台灣小說。相較於此，更引起日本讀者的共鳴的毋寧是〈莎喲娜啦・再見〉[40]中的充滿戲劇張力

---

36 田中宏：〈あとがき〉，黃春明著，田中宏、福田桂二譯：《さよなら・再見》（東京：めこん，1979年9月），頁219。
37 黃春明：《莎喲娜啦・再見》（台北市：遠景出版公司，1974年3月）。根據筆者手上的該書版權頁記載，1984年10月已出版了第28刷。
38 星名宏修：〈西田勝編・譯《溺死した老貓──黃春明選集》〉，《植民地文化研究》第20號（2021年10月），頁169。
39 田中宏：〈あとがき〉，黃春明著，田中宏、福田桂二譯：《さよなら・再見》（東京：めこん，1979年9月），頁208。
40 黃春明：〈莎喲娜啦・再見〉，《文季季刊》第1期（1973年8月）。

的故事性。這篇作品以1972年6月的台灣為背景，描述主角「黃」聽從廣告公司社長指示，接待日本考察團觀光買春的故事。黃帶領日本人到宜蘭礁溪溫泉街的過程中，而其心境也不斷擺盪於羞愧、抗拒，以及對日本考察團傲慢行徑的蔑視之間。從頭城出發的火車上，黃為台大學生與日本考察團間翻譯溝通，同時也藉由居中口譯的角色，一方面挖苦日本人忘卻戰爭與殖民歷史，另一方面也批判台灣年輕人崇洋媚外的心態。田中宏在《さよなら・再見》（《莎喲娜啦・再見》）的解說文中指出，1977年到訪台灣的外國觀光客中約有6成是日本旅客[41]，其中亦不乏以嫖妓為目的的觀光買春團。田中認為〈莎喲娜啦・再見〉這篇作品，作者對貧困的庶民懷抱著溫暖的同理心，同時亦洞察其背後的社會問題，對社會展現強烈的關懷，對其小說中蘊含的社會性予以正面評價。

日本自1960年代中期起逐步實施海外旅遊自由化，進入1970年代海外旅遊完全自由化，日本男性前赴東亞或東南亞各國集體買春的新聞便時有所聞，時而甚至發展為海內外的社會問題[42]。當時台北近郊的北投溫泉區亦成為日本買春團的「景點」之一，在台灣也引起不少

---

41 田中宏：〈あとがき〉，黃春明著，田中宏、福田桂二譯：《さよなら・再見》（東京：めこん，1979年9月），頁218。此外，田中宏於其他文章中也曾提到，1976年前往台灣觀光的日本旅客中，男性旅客佔了93.1%。詳見田中宏：〈台灣における新しい文化潮流——「鄉土文學」の誕生〉，《朝日アジアレビュー》第9卷第3號（1978年9月，頁95）。田中並未說明文中所提到的數字統計來源，但根據不著撰人：〈1976年日本人旅行者の男性率（法務省入管局調べ）〉，《アジアと女性解放》第2號（1977年10月，頁13），該統計數字與法務省入國管理局的統計數字一致。
42 不著撰人：〈海外旅行ブームのかげに——韓國女性が泣く「日本人觀光」〉，《讀賣新聞》第12版，1973年10月3日。不著撰人：〈のさばる「買春觀光」——告發に対して「默殺」〉，《朝日新聞》第4版，1977年12月7日。不著撰人：〈「セックス・ツアー」許さない——比政府が特別部隊海外旅行ブームのかげに〉，《讀賣新聞》第22版，1979年9月27日。

熱議與反感。1977年部分台灣旅行社甚至合資於日本旅行業界專門報紙上刊登廣告，以白字黑底標示顯眼的「恥」字大標題，廣告底下寫著：「你可認得『恥』字嗎？你部分的薪水、獎金或配息都是從女性們賣春錢中搾取的，請不要忽視這個事實」[43]，日本讀者們便是在這樣的社會背景下閱讀黃春明的〈莎喲娜啦・再見〉。《莎喲娜啦・再見》譯本於日本出版前後，全國性報刊雜誌與部分地方性報紙陸續刊載了相關的書評介紹[44]，朝日新聞上評論這篇小說「並非控訴，作者以一種甚至可以說是過於輕巧的手法來描述，讀後反而產生無法單純僅用有趣來形容的苦澀感」[45]，文中所謂的「苦澀感」透露出對日本讀者而言，閱讀〈莎喲娜啦・再見〉所不得不面對的內疚與羞愧感。除了作品之外，部分日本媒體也開始將其關心轉移至作者身上，週刊誌《朝日ジャーナル》於1982年黃春明來日本時，刊登了一篇訪談文章，標題為「將觀光買春團現象寫成小說的黃春明」[46]。黃春明於訪

---

43 不著撰人：〈台灣の「男性天國」日本の責任問う――地元業者が非難の廣告〉，《朝日新聞》第3版，1977年10月30日。
44 不著撰人：〈日本男兒の行狀告發――生々しい侵略ぶり〉，《神戶新聞》第2版，1978年5月2日。不著撰人："Taiwan Bestseller Shocks Japanese Satirizes Sex Tourism", *The Mainichi Daily News*[Tokyo]16 June 1978, p.12。不著撰人：〈日本人の"ゆがみ"に迫る東南アジア文學〉，《朝日ジャーナル》第21卷第32號（1979年8月），頁80-81。不著撰人：〈黃春明著さよなら・再見――日本人には苦い讀後感〉，《朝日新聞》第11版，1979年10月28日。白石省吾：〈アジア現代文學への感慨〉，《讀賣新聞》第8版，1979年12月10日。安宇植：〈鋭い社會意識をふまえた「土生土長」の作風〉，《朝日ジャーナル》第22卷第2號（1980年1月），頁65-67。松井やより：〈日本人批判の小說を書いた台灣の作家――黃春明〉，《朝日新聞》第3版，1981年11月11日。松尾昌子：〈買春觀光を小說にした黃春明さん――日本人への憤りより台灣人への悲しみが……〉，《朝日ジャーナル》第24卷第7號（1982年2月），頁94-95。
45 不著撰人：〈黃春明著さよなら・再見――日本人には苦い讀後感〉，《朝日新聞》第11版，1979年10月28日。
46 松尾昌子：〈買春觀光を小說にした黃春明さん――日本人への憤りより台灣人への悲しみが……〉，《朝日ジャーナル》第24卷第7號（1982年2月），頁95。

談中直言:「台灣現在就本質上而言仍然是日本的殖民地。過去台灣受到的是日本軍事上的侵略,現在則是在經濟上受其擺佈,而經濟上的搾取比軍事侵略更加惡質」[47],透露出作者藉由觀光買春團所意圖彰顯的是背後經濟及性別的暴力與壓迫,而日譯本的出版也讓日本讀者與學界得以有機會重新審視戰後日本在經濟發展上所複製的殖民體制。

　　日本國內對黃春明作品的關注隨著報刊雜誌的訪談與評論延續下去,1984年11月黃春明赴日參與第2屆亞非拉丁美洲文化會議,這場在神奈川縣川崎市立勞動會館長達四天的會議以「文化支配與民眾文化」為主題,邀請了台灣、菲律賓、泰國、肯亞、埃及、南非、智利、巴勒斯坦等地共13名作家、詩人、評論家、導演、畫家相互交流[48]。根據當時《日本經濟新聞》報導,會議期間舉辦的研討會上也曾觸及〈莎喲娜啦‧再見〉這篇作品,認為小說內容不僅僅是批判日本的台灣買春團,更重要的是透過買春團現象,揭露出日本等先進國家對亞洲、非洲及拉丁美洲等開發中國家所為之經濟及文化上的剝削與壓迫[49]。

　　台灣從1953年起至1973年〈莎喲娜啦‧再見〉發表後約20年期間,日本投資件數佔全部外國投資總數的2成;而以金額而言,1974年日本對台的投資額已達3890萬美元左右,與美國投資額旗鼓相當[50],同年台

---

47 松尾昌子:〈買春觀光を小說にした黃春明さん——日本人への憤りより台灣人への悲しみが……〉,《朝日ジャーナル》第24卷第7號(1982年2月),頁95。

48 針生一郎:〈微妙に異なる顏立ち〉,日本アジア・アフリカ作家會議編:《文化の支配と民眾の文化——第2回AALA文化會議報告集》(東京:社會評論社,1985年6月),頁186。

49 不著撰人:〈日本人=エコノミックアニマル論の自問自答を〉,《日本經濟新聞》第5版,1984年11月11日。

50 文大宇編:《東アジア長期經濟統計別卷2——台灣》(東京:勁草書房,2002年5月),頁309。

灣對日貿易逆差的赤字高達13億美元，台日雙方的經濟收支不平衡日趨嚴重[51]。如果在這樣的國際背景下重新閱讀黃春明的〈莎喲娜啦‧再見〉，或許我們可以更深刻地理解作者並非只是透過小說批判當時日本的台灣買春團現象，更可以解讀為黃春明帶領讀者重新思考日本從戰前到戰後對台灣的經濟與文化剝削關係。從戰前日本帝國對台灣的殖民統治，到終戰數十年後的1970年代，殖民地式的帝國統治轉型為文化與經濟搾取，而觀光買春團不過是經濟搾取的一種形式。在〈莎喲娜啦‧再見〉中，黃春明以觀光買春團重新凸顯出戰後台日之間經濟、文化甚至性別的剝削型態，將抽象的型態予以文字化、視覺化，帶領讀者重新檢視其背後的社會與國際問題。

黃春明在《莎喲娜啦‧再見》日譯本的序言中提到：「最後，我希望日本友人不要輕易遺忘戰前日本對台灣殖民統治的過去」；「如果日本友人能對過去的歷史徹底反省，期望經濟大國日本與開發中台灣的我們可以相互攜手，相互尊重彼此友好」[52]。對日本讀者而言，為何讀〈莎喲娜啦‧再見〉會油然升起一股難以名狀的苦澀感，或許就在於作者在小說中雖然透過觀光買春團批判戰後日本對台灣的經濟壓迫，但卻並非以醜化或本質化的方式描述日本。小說最後，主角黃在火車上為台灣的大學生與日本考察團之間口譯溝通，但也藉著兩造之間的擺盪戲弄雙方，談到侵華戰爭時：

> 我看看這幾個日本人，差不多都像坐在那兒等法官宣判似的。當我又轉向他們的時候，他們都略為改了一下姿勢，注意我說

---

51 文大宇編：《東アジア長期經濟統計別卷2——台灣》（東京：勁草書房，2002年5月），頁288-295。

52 黃春明著，田中宏譯：〈日本語版への序〉，黃春明著，田中宏、福田桂二譯：《さよなら‧再見》（東京：めこん，1979年9月），頁3-4。

話。「請各位原諒這位冒失的年輕人……」我還沒說完。「哪裡的話,我們欽佩都來不及。」「這種年齡比較浪漫,愛起國來也比較強烈。我已經叫他不要再追問什麼,事情都成為歷史了。今天你們純粹是來玩的,所以多談了這類往事,指令你們掃興。」我停了一下。「但是年輕人說,你們日本人放棄槍桿,卻改用殺人不見血的經濟侵略。我說,話可不能這麼說,他說是經濟侵略,在某方面來說……」「黃君,可以了,可以了。」馬場又搖著頭說。佐佐木沈痛地說:「黃君,對不起。」[53]

文中日本人馬場與佐佐木所感受到的坐立不安及羞愧感,或許是1970年代日本讀者在閱讀〈莎喲娜啦・再見〉所不得不面對罪疚感受。譯者之一的田中宏,當時是愛知縣立大學外國語學部中國學科的教員,他於1970年代末曾參與過「台灣人元日本兵士の補償問題を考える會」(「台灣人元日本兵士補償問題思考會」)所舉辦的活動,而該會之成立宗旨主要是為台籍日本兵向日本政府提出求償[54]。日本戰後經濟上的穩定成長使得民眾逐漸淡忘對戰爭的反省,讓「戰後」這個詞僅僅成為時間的流逝與經過,「戰後」不再逼促著民眾反省、檢討與省思戰爭經驗所帶來的斷裂與不合理。田中宏雖非台灣文學或文學研究者,但卻選擇以譯介黃春明作品,或參與上述台灣人元日本兵士補償問題思考會的活動,試圖從理解前殖民地台灣的方式出發,重新思考日益被自然而然淡忘的戰後補償或是戰爭責任問題。而這也是為何小說中對戰後日本於亞洲在經濟與文化上複製殖民、壓迫體制的批

---

53 黃春明:〈莎喲娜啦・再見〉,黃春明:《莎喲娜啦・再見》(台北市:聯合文學出版社,2009年5月),頁71-72。

54 田中宏:〈台灣人補償問題と內外人平等〉,《台灣人元日本兵士の補償問題を考える》第14號(1983年9月),頁4-5。

判，會迫使日本讀者反思現行的國際與國內體制，凸顯其內部的不合理與不自然。

三　〈戰士，乾杯！〉中的原罪意涵

　　黃春明的《莎喲娜啦・再見》於1970年代日譯本出版時，作品內容與當時日本社會的關心相互呼應，因此在日本社會與學界均蔚為話題，這部作品順勢成為當時日本最為人熟知的外國文學之一[55]。可惜的是這個風潮並未持續，下一部被翻譯出版的黃春明作品，由山口守監修的《バナナボート──台灣文學への招待》(《香蕉船──邀您欣賞台灣文學》)，出版時間已是1991年9月，與黃春明《さよなら・再見》(《莎喲娜啦・再見》)之間相隔已超過10年。《バナナボート──台灣文學への招待》(《香蕉船──邀您欣賞台灣文學》)除了白先勇〈永遠的尹雪艷〉、〈那片血一般紅的杜鵑花〉；張系國〈香蕉船〉、〈水淹鹿耳門〉；鍾理和〈故鄉〉；李喬〈告密者〉；施明正〈喝尿者〉；李昂〈一封未寄的情書〉之外，同時也收錄了黃春明的〈戰士，乾杯！〉[56]。

　　如上述所言，進入1990年代後，日本國內有部分研究中國現代文學的學者開始將目光轉向台灣文學，《バナナボート──台灣文學への招待》(《香蕉船──邀您欣賞台灣文學》)為JICC出版局於1990年10月至1991年12月出版企劃「發現と冒險の中國文學」(「發現與冒險的中國文學」)系列叢書的其中一冊。該套叢書共8冊，其他冊數尚有鄭義《古井戶》(《老井》)，莫言《中國の村から──莫言短篇集》(《從中國農村出發──莫言短篇集》)，巴金《リラの花散る頃──巴金短

---

55 山口守編：《鹿港からきた男》（東京：國書刊行會，2001年6月），頁128。
56 黃春明：〈戰士，乾杯！〉，《中國時報》第18版，1988年7月8-9日。

篇集》(《丁香花下——巴金短篇集》),茅盾《藻を刈る男——茅盾短篇集》(《水藻行——茅盾短篇集》),張愛玲、楊絳的《浪漫都市物語——上海・香港,40s》,北島、史鐵生的《紙の上の月——中國の地下文學》(《稿紙上的月亮——中國的地下文學》),扎西達娃、色波《風馬の耀き——新しいチベット文學》(《風馬之耀——新西藏文學》),以中國現當代文學為主軸,同時亦含括台灣、香港及西藏等地的代表性文學作品。

　　回到黃春明的〈戰士,乾杯!〉,這篇短篇小說譯者為下村作次郎,作品講述一位黃姓男子於1973年夏季,為了拍攝紀錄片《芬芳寶島》進入屏東山區巧遇魯凱族杜熊,兩人談話逐漸觸及杜熊家族四代男性的故事。小說以第一人稱進入敘事,「我」看見掛在室內的匾額,牆上基督受難圖旁並列著三名男性人像,分別是母親的前夫,他在戰前被徵召為日本兵而後戰死於南洋,另外還有戰後在中國成為共產黨軍隊俘虜的父親,以及戰後國民黨政權下從軍的哥哥。黃與杜熊的對話中,與平地漢族征戰的祖先、抵抗日本侵略的祖父等,原住民苦難的歷史片段隨著故事推展漸漸顯影。黃春明於小說末了處寫道:

> 世界上,哪裡還有比這更辛酸的歷史?哪裡還有比這更悲慘的少數民族的命運?我朝不朝牆上看都一樣,那些各代的各種戰士的影像,一直浮在眼前,當我的意志力快給酒性擊潰之前,那些影像顯得更為突出。我還是朝著排滿照片的牆壁,拿起還有幾滴酒的空杯子舉向他們,心裡喃喃地叫著:「戰士,乾杯!」[57]

---

[57] 黃春明:〈戰士,乾杯!〉,黃春明:《等待一朵花的名字》(台北市:聯合文學出版社,2009年5月),頁115-116。

〈戰士，乾杯！〉將台灣原住民既複雜又苦澀的歷史濃縮於杜熊的家族四代，在黃與杜熊兩人一夜的談話間靜謐地流淌而出。對於魯凱族的杜熊，作為平地漢族的黃懷抱著深切的歉意及罪惡感。野間信幸在《バナナボート——台灣文學への招待》(《香蕉船——邀您欣賞台灣文學》)卷末的解說文上寫道：「這趟重新認識台灣鄉土的旅程，其尾聲所發現的『原罪』，由作者深切的鄉土之愛而形成的贖罪意識所包覆」[58]。雖然〈戰士，乾杯！〉就分量上佔全書比例較少，但這篇短短1萬2千多字的小說中所蘊含的原罪／贖罪意識，不論中文或日文讀者均無法視若無睹。

〈戰士，乾杯！〉出版後，同年11月16日至17日，黃春明受邀前往沖繩參與「佔領與文學」國際研討會。該研討會主辦者為日本社會文學會籌組之研討會施行委員會、沖繩縣國際交流財團及沖繩タイムス（沖繩時報）。研討會主題為紀念美國將沖繩行政權歸還日本20週年紀念，此外也包含從文學領域思考日本佔領亞洲暨太平洋地區所帶來的被害與加害關係[59]。因此，研討會邀請了來自中國、台灣、韓國、菲律賓、印尼、新加坡、泰國、美國、關島及俄國的作家、文藝評論者及文學研究者，與日本國內的作家、詩人及大學教員等相互交流。黃春明於研討會第二天上午發表的演講題目為「台灣の『內なる占領』」（「台灣的『內部佔領』」），介紹賴和、楊逵、呂赫若及吳濁流等台灣文學代表作，從文學視角闡述台灣的反抗史。黃春明也列舉了陳映真的「華盛頓大樓」系列作品、《萬商帝君》；王禎和〈小林來台北〉及黃春明自身的〈蘋果的滋味〉，批評來自日本、美國等跨國企

---

58 野間信幸：〈解說〉，山口守監修：《バナナボート——台灣文學への招待》（東京：JICC出版局，1991年9月），頁233。

59 「占領と文學」編輯委員會編：《占領と文學》（東京：オリジン出版センター，1993年10月），頁1-4。

業對台灣的經濟侵略。但除此之外，黃春明更在演講中提及〈戰士，乾杯！〉，表明自身也同樣是侵佔土地的加害人，黃春明闡述道：

> 18年前我曾到台灣南部山區的朋友家拜訪，當時看到他牆上掛的一幀照片令我極為震撼。帶著軍帽的日本軍人上半身照就掛在耶穌基督受難圖旁，看起來像是從團體照取下部分後放大而成的照片。旁邊又掛著另一幀大小相同的上半身照，照片上的人物帶著紅色星星的八角帽，星形圖案的中央寫著「八一」，應該是中國共產黨率領的八路軍士兵吧。接著，又看到旁邊另一幀大小相同的上半身照，這次是台灣國民政府海軍陸戰隊的阿兵哥，帽子上可以清楚地看到「青天白日」的帽章。……我得知了掛在這片斑駁牆上的照片來歷後，從這三幀照片看到了原住民被統治佔領的歷史縮影，同時也看見了自己的原罪。[60]

黃春明在沖繩發表的這場演講中，透過原住民遭多重壓迫的歷程，提及他自身所形成之原罪意識。關於這一點，日本文藝評論家西田勝（1928-2021）於日後表示：「黃春明藉由這場演講告訴了我們，曾是日本殖民的台灣，其內部還存在著另一個殖民地。這提供了極為犀利的觀點，因為這使我們不得不思考日本的愛奴及沖繩。黃春明在沖繩這場國際研討會上的發言，令所有參加者為之動容」[61]。西田勝在1991年這場國際研討會上認識黃春明後，兩人持續保持往來，1997年7月由東京都江戶川區職員工會所舉辦的和平論壇「核と戰爭のない

---

60 「占領と文學」編輯委員會編：《占領と文學》（東京：オリジン出版センター，1993年10月），頁138-139。

61 黃春明、西田勝：〈黃春明　わが文學を語る──「さよなら・再見」から「戰士よ、乾杯！」へ〉，《植民地文化研究》第12號（2013年7月），頁190。

綠の21世紀を」(「沒有核彈與戰爭，共創綠色21世紀」)中，黃春明再度與西田同台。2012年7月西田勝主導的「植民地文化學會」(「殖民地文化學會」)，在其年度學術研討會邀請黃春明前來發表主題演講，黃春明的日語演講更博得所有參與者的共鳴與讚賞[62]。兩人在一次次的交流場合上，從不同觀點與層面將「內部殖民」問題化，西田勝援用黃春明〈戰士，乾杯！〉這篇作品，重新審視日本在明治時期後不斷強壓於北海道愛奴民族的同化問題，以及目前仍是美軍重要太平洋基地的沖繩，時至今日，美軍在日本的軍事基地還有7成集中在沖繩縣。西田勝認為黃春明〈戰士，乾杯！〉為日本帶來了啟示，日本本土與北海道愛奴民族，或是與沖繩之間的從屬關係必須被重新審視，台灣的內部殖民問題對日本而言並非與自身毫不相關的他人問題。

1991年《バナナボート――台灣文學への招待》(《香蕉船――邀您欣賞台灣文學》)出版後，黃春明的中、短篇小說陸續被收錄在其他選集中，如1998年《鳥になった男》(《消失的男性》)及2001年的《鹿港からきた男》(《嫁妝一牛車》)。這兩本選集分別隸屬於「台灣現代小說選」及「新台灣的文學」系列叢書，相較於1991年以中國現當代文學為主軸的「發現與冒險的中國文學」系列，以台灣文學為主題的叢書出版，顯示日本讀者對台灣文學的認識與關注從1990年代末開始已經有了顯著的不同。《鳥になった男》(《消失的男性》)中收錄吳錦發同名小說、黃凡〈賴索〉、郭箏〈好個翹課天〉等短篇小說，僅有黃春明的〈放生〉[63]是篇幅較長的中篇小說。當時日本讀者對黃春明作品已不陌生，並以「日本最知名的台灣作家」[64]來稱呼他。〈放

---

62 黃春明、西田勝：〈黃春明　わが文學を語る――「さよなら・再見」から「戰士よ、乾杯！」へ〉，《植民地文化研究》第12號（2013年7月），頁189-205。
63 黃春明：〈放生〉，《聯合報》第8版，1987年9月12-15日。
64 吳錦發等著，中村ふじゑ等、坂本志げ子譯：《鳥になった男》（東京：研文出版，1998年3月），頁42。

生〉汲取老夫婦金足與阿尾在蘭陽平原的生活片段，進駐的化工廠、水泥廠無視於宜蘭縣大坑罟悠然寧靜的田園風土，將有毒物質排放於武荖坑溪河口。政府官員毫無作為視而不見，而老夫婦的兒子文通為了保護家鄉自然景觀卻遭逮捕而入獄。

2001年《鹿港からきた男》(《嫁妝一牛車》)則以鄉土文學作品為主軸，選錄王拓〈金水嬸〉、宋澤萊〈抗暴个打貓市——一個台灣半山政治家族个故事〉、王禎和〈香格里拉〉及〈嫁妝一牛車〉，以及黃春明的〈鑼〉[65]與〈兒子的大玩偶〉[66]。〈鑼〉以黃春明自身的故鄉羅東鎮為背景，描寫正直的憨欽仔靠打鑼維生，但自從帶著大聲公的三輪車出現後便無以為繼，最後只好與茄冬樹下的窮人們一起靠著替有錢人家辦喪事維生。之後，憨欽仔在一次偶然的機會下重拾敲鑼的工作，他欣喜若狂，但卻在剛開始工作不久就被公所人員喝止，失去敲鑼工作的憨欽仔最後自己敲毀了鑼。另一篇〈兒子的大玩偶〉則是描述坤樹與阿珠這對貧苦的夫妻，剛結婚不久，坤樹向電影院老闆毛遂自薦，自己可以背著廣告版在街上招徠人潮宣傳電影。夫妻兩人靠著坤樹這個「三明治人」的微薄收入過著貧苦的生活。每天穿著小丑服裝畫上濃厚的妝，坤樹為了這份收入遭到街上民眾的訕笑與輕視，直到戲院改成三輪車廣告的方式，他才得以卸下濃妝。但兒子卻因為不認識卸妝後的父親而大哭，坤樹只好再將粉底塗抹在臉上。日本於1980至90年代期間，許多電影院都曾上映台灣新電影《兒子的大玩偶》[67]，因此對這個故事並不陌生。《兒子的大玩偶》等台灣新電影受到不少日

---

65 黃春明：〈鑼〉，《文學季刊》第9期（1969年7月）。
66 黃春明：〈兒子的大玩偶〉，《文學季刊》第6期（1968年2月）。
67 1983年公開上映侯孝賢導演《兒子的大玩偶》、萬仁導演《蘋果的滋味》和曾壯祥導演《小琪的那頂帽子》的三段式電影，於1984年6月就在日本東京電影節公開播映，同年10月於電影院上映。

本觀眾的青睞，電影中所呈現的鄉土情景令日本觀眾聯想起經濟蓬勃發展前的舊日時光，懷舊之情油然而生，透過影像認識了開啟台灣新電影的新銳導演[68]。因此，2001年日譯本的出版，可以說是日本觀影者首次接觸到《兒子的大玩偶》電影影像的文學原著。

以寫實諷刺的筆調描寫農村或偏鄉小人物的無奈，可以說是黃春明作品的重要特徵之一。從小人物迫於生活的無奈與不得已，帶領讀者關注背後資本主義等社會制度所帶來的不公義、環境破壞等弊害。在1960年代至70年代堪稱台灣經濟奇蹟的高度成長期，一昧追求財富積累與快速成長的社會風潮勢不可擋，描述當時社會底層人物的無助與困難可以說是當時台灣鄉土文學的最大特徵。雖然在2001年《鹿港からきた男》(《嫁妝一牛車》)出版前，日本國內也曾出版過其他台灣鄉土文學作品[69]，但集結黃春明、王拓、宋澤萊及王禎和作品的這部日譯本，確實為日本讀者，更清晰地展示出台灣戰後鄉土文學的輪廓與走向。

上述黃春明的三篇作品，〈鑼〉及〈兒子的大玩偶〉原發表於1960年代末，而〈放生〉則是1980年代末的作品，但對日本讀者而言，卻是在兩三年間就迅速地接觸到黃春明從1960年代至80年代的中、短篇小說。因此，對日本讀者而言，黃春明的寫作風格、手法與關注的議題很具有滲透性。「新台灣的文學」叢書刊行時，報刊雜誌上的書評文章一致表示讚賞，這個現象同時更提高了日本讀者對台灣文學的關

---

68 不著撰人：〈台灣の庶民生活描く貧しい時代を新進の手で——映畫「坊やの人形」〉，《朝日新聞》第5版，1984年9月29日。不著撰人：〈台灣映畫の新群像——映畫祭にみる巧みな描寫〉，《讀賣新聞》第7版，1985年3月4日。

69 李雙澤等著，陳正醍等譯：《終戰の賠償》（東京：研文出版，1984年7月）內收錄了宋澤萊〈笠仔和責仔的故事〉；另一本鄭清文等著，中村ふじゑ等譯：《三本足の馬》（東京：研文出版，1985年4月）則收錄了鄭清文〈三腳馬〉、李喬〈小說〉等小說。

注程度。由山口守編輯的《講座台灣文學》[70]可以說是日本國內介紹台灣文學最具代表性的著作,他在本書中指出台灣與日本對所謂「鄉土文學」的界義與運用其實有其相異之處。山口守認為在日本提到「鄉土文學」,大部分會追溯到明治時期末德國文學研究者片山正雄所發表的〈鄉土藝術論〉[71],指稱的是19世紀末20世紀初在德國所興起的鄉土藝術(Heimatkunst)或鄉土文學(Heimatdichtung)思潮。德國的鄉土文學思潮是對新浪漫主義(Neo-Romantismus)的反動,代表作家如巴泰爾斯(Adolf Bartels)與萊因哈德(Friedrich Lienhard)等人將農民、田園與鄉土視為充滿生命力的象徵,藉此反對新浪漫主義所歌頌的都市文明,以及為藝術而藝術的唯美主義。而日本文脈中的「鄉土藝術／文學」一詞由片山正雄譯介進入日本後,其界義與農民文學或地方文學相近,但同時也蘊含著民族與國家的概念。

　　相較於此,台灣文學界於20世紀期間曾有過三次關於鄉土文學的議論,包括1930年代黃石輝等人的台灣話文論戰、1940年代《台灣新生報》的鄉土文學論戰及1970年代的鄉土文學論戰。這些以鄉土文學為核心的論戰雖然依當時的文藝思潮與社會背景而有不同的對話與目的,但顯然與日本學界所指之鄉土文學差距甚大[72]。由於台日雙方對「鄉土文學」認知上的差距,2001年《鹿港からきた男》(《嫁妝一牛車》)的書名並未選用鄉土文學一詞。但除了對鄉土文學一詞存在著認識上的落差之外,本書負責撰寫卷末作品解說〈鄉土文學から台灣文學へ〉(〈從鄉土文學到台灣文學〉)的山口守寫道:「當時關於鄉土文學及鄉土文學論戰的文學思潮,應該可以說是後來被普遍認識的

70　山口守編:《講座　台灣文學》(東京:國書刊行會,2003年3月)。

71　片山正雄:〈鄉土藝術論〉,《帝國文學》第12卷第4-5號(1906年4-5月)。

72　山口守:〈鄉土文學から台灣文學へ〉,山口守編:《鹿港からきた男》(東京:國書刊行會,2001年6月),頁343-347。

『台灣文學』一詞的雛形」[73]。這不僅顯示山口守認為此時台灣的鄉土文學中已蘊含日後被稱為台灣文學的根源與特殊性，同時也可以說日本讀者對台灣文學的認識框架是從鄉土文學開始，而其中又以黃春明的作品最具代表性，認知度也最高。2000年之後，日本學界開始頻繁地使用「台灣文學」一詞，事實上日本學界、讀書界對台灣文學一詞的認知乃是建架於從1970年代黃春明作品《莎喲娜啦‧再見》的翻譯出版，到1990年代至2000年代後鄉土文學作品等逐步累積而來的認識框架之上。

　　日本學界直到近年對黃春明作品的關注熱度並未消逝，由西田勝選譯的日譯本《溺死した老貓——黃春明選集》(《溺死一隻老貓——黃春明選集》)[74]於2021年出版。如上述所言西田勝是文藝評論者，他雖然並非台灣文學研究者，但從1991年在「佔領與文學」國際研討會上認識黃春明後[75]，1999年5月便在他個人發行的刊物《地球の一點から》(《從地球的一個點出發》)翻譯黃春明1962年早期之作〈城仔落車〉，並刊載於1998年末他到黃春明家訪談內容〈龍眼の熟する季節〉(〈龍眼的季節〉)[76]。《溺死した老貓——黃春明選集》(〈溺死一隻老

---

[73] 山口守：〈鄉土文學から台灣文學へ〉，山口守編：《鹿港からきた男》（東京：國書刊行會，2001年6月），頁354。

[74] 黃春明著，西田勝編譯：《溺死した老貓——黃春明選集》（東京：法政大學出版局，2021年5月）。

[75] 西田勝：〈編譯者あとがき〉，黃春明著，西田勝編譯：《溺死した老貓——黃春明選集》（東京：法政大學出版局，2021年5月），頁271。

[76] 詳見《地球の一點から》第104號（1999年5月）。但經筆者調查，該刊物為西田勝於法政大學任教時期個人所發行的刊物，因此發行部數及流通量都相當有限，僅有國立國會圖書館與神奈川近代文學館兩處館藏。所幸西田勝的日譯作品與訪談內容後來收錄於黃春明著，西田勝編譯：《溺死した老貓——黃春明選集》（東京：法政大學出版局，2021年5月）。

貓──黃春明選集》）日譯本收錄了西田勝熟讀的黃春明作品[77]，作品發表年份從1950年代末橫跨2010年代，包括黃春明21歲時以筆名「春鈴」創作的初試啼聲之作〈清道伕的孩子〉[78]、〈城仔落車〉[79]、〈青番公的故事〉[80]、〈溺死一隻老貓〉[81]、〈看海的日子〉、〈兒子的大玩偶〉、〈現此時先生〉[82]、〈等待一朵花的名字〉[83]、〈死去活來〉[84]、〈人工壽命同窗會〉[85]等。

　　本書出版後，日本國內的新聞雜誌上隨即刊載了相關評論[86]，其中一篇由星名宏修撰寫的書評指出，小說中的對話部分，如〈城仔落車〉中祖母與孫子之間的臺語對話等，西田勝均有意識地選用了廣島縣的尾道方言來翻譯，而非日語標準語[87]。關於此點，西田勝在其編譯後記中也約略提及他在部分譯文中使用廣島尾道方言的理由在於，希望能凸顯作品中以農村為背景的鄉下氛圍[88]。黃春明日後也針對方言的使用這一點做出回應：「雖然我本身不清楚使用廣島方言的是誰，

77　西田勝：〈編譯者あとがき〉，黃春明著，西田勝編譯：《溺死した老貓──黃春明選集》（東京：法政大學出版局，2021年5月），頁271。

78　春鈴（黃春明）：〈清道伕的孩子〉，《青年通訊》第63期（1956年12月）。

79　黃春明：〈「城仔」落車〉，《聯合報》第6版，1962年3月20日。

80　黃春明：〈青番公的故事〉，《文學季刊》第3期（1967年4月）。

81　黃春明：〈溺死一隻老貓〉，《文學季刊》第4期（1967年7月）。

82　黃春明：〈現此時先生〉，《聯合報》第8版，1986年3月4日。

83　黃春明：〈等待一朵花的名字〉，《聯合報》第8版，1987年9月22日。

84　黃春明：〈死去活來〉，《聯合報》第37版，1998年6月26日。

85　黃春明：〈人工壽命同窗會〉，《聯合報》第d03版，2016年12月7-8日。

86　溫又柔：〈台灣庶民の哀歡──ユーモア交え〉，《朝日新聞》第17版，2021年7月17日。

87　星名宏修：〈西田勝編・譯《溺死した老貓──黃春明選集》〉，《植民地文化研究》第20號（2021年10月），頁170-171。

88　西田勝：〈編譯者あとがき〉，黃春明著，西田勝編譯：《溺死した老貓──黃春明選集》（東京：法政大學出版局，2021年5月），頁276。

但民眾所使用的語言是最有味道的。很有趣」[89]。雖然黃春明本人以正面方式接受西田勝的翻譯方式，但倘若我們重新檢視《溺死した老貓——黃春明選集》（溺死一隻老貓——黃春明選集）之前的台灣文學作品日譯，包含黃春明及其他鄉土文學作品都從未使用過廣島或其他地方的方言翻譯。關於以方言翻譯的這個現象，倉本知明指出，至今為止翻譯成日文的台灣文學作品，大多是以東京腔或標準語的文體來處理人物間的對話，西田勝採用廣島尾道方言的翻譯，雖然也具有強調作品中農村背景的效果，為日本讀者傳達出地理位置的空間感，但另一方面，過多的方言表現也同時會形成不必要的鄉村刻板印象[90]。黃春明的作品從1970年代末以來陸續在日本國內被翻譯出版，日本讀者也藉此接觸到不同於以往，對日本而言「另類」的台灣「鄉土文學」，眾多翻譯手法與挑選譯介本身都不斷超出作品原有的框架，在日本國內再生產出多樣的迴響與理解方式。

四 《溺死一隻老貓——黃春明選集》中的社會連帶感

　　從1975年《現代中國短篇小說選》出版以來，至今已有約二十篇黃春明日譯作品，對日本讀者認識戰後台灣文學時有著舉足輕重的影響[91]。目前日本國內所出版的台灣文學作品，絕大部分的翻譯者都是日本的中文研究者，而2021年出版的《溺死した老貓——黃春明選

---

89 黃春明著，西田勝編譯：《溺死した老貓——黃春明選集》（東京：法政大學出版局，2021年5月），頁248。

90 倉本知明：〈現代台灣文學における台灣語エクリチュールの日本語翻譯に關する比較檢討〉，《日本台灣學會報》第25號（2023年7月），頁49。

91 除本論文中所提到的書籍之外，加藤三由紀編：《黑い雪玉——日本との戰爭を描く中國語圈作品集》（東京：中國文庫，2022年8月）也收錄了黃春明〈ある懷中時計〉（有一隻懷錶）這篇小說。

集》(《溺死一隻老貓——黃春明選集》)則是由專精於日本近代文學的西田勝翻譯。西田勝於該書中亦將自己的評論文章收錄其中,他在〈黃春明の眼差し——社会的弱者・ユーモア・文明批判〉(《黃春明的目光——社會弱者、幽默、文明批判》)指出黃春明文學最大的特徵在於其作品所蘊含的人情溫暖,他對女性、貧困者、高齡者及身心障礙者等社會弱勢均抱持著關懷,而黃春明文學的第二項特徵則是以「風趣」的眼光看待自己與他人,其作品中充滿了生動的幽默感[92]。關於此點,不僅台灣已有多數先行研究精闢地指出其作品對社會弱勢的關懷、生死觀及幽默感[93]。日本的中文研究者對黃春明的認識與研究也有相同傾向。但或許因為日譯出版的關係,研究文本之對象多集中在〈莎喲娜啦・再見〉、〈兒子的大玩偶〉、〈看海的日子〉和〈甘庚伯的黃昏〉[94]等1960年代末至70年代初期的作品。相較於此,西田勝《溺死した老貓——黃春明選集》(《溺死一隻老貓——黃春明選集》)所選錄的作品不但橫跨各年代,他對黃春明的評價與看法也與其他中文研究者稍有不同。

　　西田勝是日本文學專家,尤其對福田恆存(1912-1994)的論述與著作有極為深刻的見解[95]。福田恆存是翻譯《哈姆雷特》、《馬克白》等莎士比亞著作的知名譯者,同時也是日本國內極具代表性的劇作家

---

92 西田勝:〈黃春明の眼差し——社會的弱者・ユーモア・文明批判〉,黃春明著,西田勝編譯:《溺死した老貓——黃春明選集》(東京:法政大學出版局,2021年5月),頁259-260。

93 詳見宋惠萍:《從庶民發聲到社會關懷——黃春明小說中的人物形象》(台中市:國立中興大學中國文學系碩士論文,2016年),呂叔芹:《黃春明小說鄉土小人物形象書寫之研究》(高雄市:國立高雄師範大學國文學系碩士論文,2019年)。

94 黃春明:〈甘庚伯的黃昏〉,《現代文學》第45期(1971年12月)。

95 西田勝:〈逆說としての戰後——福田恆存と私〉,西田勝:《社會としての自分》(東京:オリジン出版センター,1985年7月),頁258-292。

及文藝評論者。他於戰爭末期至戰後期間發表了〈私小說のために〉(〈論私小說〉，1942)及〈私小說的現實について〉(〈關於私小說式現實〉，1947)等著名評論，探討日本近代的自然主義文學，並且對日本的私小說提出嚴厲批判[96]。福田恆存對日本近代文學提出探問，同時亦批評私小說過於將焦點集中於個人，成為只能反映作者個人、獨善其身的文學表現。西田勝在其評論姿態上承續了福田恆存的看法，更進一步深化福田恆存對私小說的批判，認為日本近代文學中的私小說傳統是遊手好閒的非勞動者，自以為是地描述個人境遇的文學表現[97]。西田勝認為私小說風格之所以能順利開展，與日本戰前的文學景況有深切關聯，缺乏社會問題意識，但他期待在戰後的文學氣風下能出現福田恆存所謂的與民眾有深刻連帶感的作家，透過這樣的作家，以深刻的情感與幽默將民眾日常生活的苦楚展現出來。從西田勝對黃春明作品的翻譯與評論，我們似乎可以感受到西田或許在黃春明作品中，找到了福田恆存的文學理想，「以深刻的情感與幽默將民眾日常生活的苦楚展現出來」的文學作品，以下是西田與黃春明於2012年7月在植民地文化學會（殖民地文化學會）研討會上的對談內容：

> 21年前我第一次認識黃春明先生，開始閱讀他的小說，隨即令我聯想到田岡嶺雲及福田恆存兩人，於是我發現到原來我心目中理想的文學特質之一就在台灣。黃春明先生在作品中以熱切的同理心生動地表現都市、農村窮苦民眾的境遇，就算已經過

---

[96] 福田恆存：〈私小說のために〉，福田恆存：《福田恆存全集1》（東京：文藝春秋，1987年1月），頁490-500，福田恆存：〈私小說の現實について〉，福田恆存：《福田恆存全集1》（東京：文藝春秋，1987年1月），頁567-577。
[97] 黃春明、西田勝：〈黃春明　わが文學を語る——「さよなら・再見」から「戰士よ、乾杯！」へ〉，《植民地文化研究》第12號（2013年7月），頁199。

了很久,但卻更濃烈地展現出福田所謂「以深刻的情感與幽默將民眾日常生活的苦楚展現出來」的文學理想。[98]

從西田勝在《溺死した老貓——黃春明選集》(《溺死一隻老貓——黃春明選集》)中所選錄的作品也約略能看出他希望透過黃春明作品所展現的文學理想。描寫1960年代在貧困的地方都市或鄉下養兒育女的〈清道伕的孩子〉、〈城仔落車〉、〈青番公的故事〉、〈看海的日子〉、〈兒子的大玩偶〉;以偏遠山區讀報老人為主角諷刺現代資訊虛妄本質的〈現此時先生〉;利用死亡、送終等生死課題諷刺世情的〈溺死一隻老貓〉、〈死去活來〉、〈人工壽命同窗會〉等,均以詼諧的手法諷刺地展現貧窮小人物的生活疾苦。根據董淑玲一篇對黃春明作品的精彩分析,黃春明從過去至今約六十篇的中、短篇小說,以高齡者為主角直接指涉死亡主題的作品僅佔約1成左右,以數量而言並不多[99]。但若僅端看黃春明翻譯成日文的作品,包括〈青番公的故事〉、〈溺死了一隻老貓〉、〈現此時先生〉、〈死去活來〉等描寫高齡者或死亡的主題卻都成為西田勝納入選集的作品。這不僅是譯者西田勝本身與作者黃春明同屬高齡世代,對於高齡者、死亡或病痛等主題有較深的體悟,同時也是因為黃春明以其強烈的同理與連帶感,既幽默又諷刺地描寫社會民眾與底層的書寫手法,與日本高齡化社會所面臨的處境相互呼應,因此才能持續性地受到日本譯者與讀者的青睞。

---

98 黃春明、西田勝:〈黃春明　わが文學を語る——「さよなら・再見」から「戰士よ、乾杯!」へ〉,《植民地文化研究》第12號(2013年7月),頁199。

99 董淑玲:〈死亡與完成——黃春明小說的老人群像〉,尤麗雯編:《黃春明的文學與藝術:第9屆近現代中國語文國際學術研討會》(台北市:萬卷樓圖書公司,2022年6月),頁177。

五　結語

　　本文從日本文脈來討論黃春明翻譯作品的社會意涵，1975年本橋春光翻譯的《現代中國短篇小說選》雖然並未受到太大的關注，但1979年田中宏與福田桂二翻譯的《さよなら・再見》（《莎喲娜啦・再見》）卻在日本社會引發一連串的熱議。作品中的觀光買春團，迫使日本社會與學界不得不重新面對戰後日本在經濟上的殖民體質，檢討戰爭軍事殖民結束後，與日俱增的經濟與文化殖民問題。除了對全球資本主義下經濟壓迫體制的反省之外，1990年代翻譯出版的〈戰士，乾杯！〉也同樣在日本社會與學界蔚為話題，促使日本讀者面對愛奴民族及沖繩等內部殖民的問題，同時也讓日本讀者接觸到台灣文學脈絡下另一種不同於日本的「鄉土文學」樣貌。黃春明以諷刺幽默的筆調描寫社會底層生活的寫作風格，在日本獲得許多迴響，西田勝認為這種寫作風格或許正符合福田恆存對日本文學的期待與理想，以深刻的情感與幽默展現民眾日常生活的苦楚。或許正是這種作家與社會、民眾之間的連帶感，使得黃春明的作品不斷受到日本學界或譯者的青睞，選擇以譯介其作品的方式喚起日本讀者對日本當代社會的反思。

　　除此之外，黃春明與日本之間深厚的淵源或許還有待探究，如黃春明於1970年代初製作的電視節目《貝貝劇場——哈哈樂園》，這部共九十集的人偶戲劇節目是從1960年代後半日本NHK電視頻道《ひょっこりひょうたん島》（《小瓜呆歷險記》）獲取靈感，但貝貝劇場後來在政治戒嚴的時代背景下被迫中止播放[100]。之後，黃春明又從NHK《ディスカバー・ジャパン》（《Discover Japan》）獲得靈感，拍

---

[100] 李瑞騰、梁竣瓘編：《台灣現當代作家研究資料彙編42——黃春明》（台南市：國立台南文學館，2013年12月），頁64，林木材、劉安綺：〈專訪　黃春明談「芬芳寶島」〉，《Fa電影欣賞》第186期（2021年5月），頁16-25。

攝《芬芳寶島》並執導了《大甲媽祖回娘家》、《淡水暮色》等影像作品[101]。NHK《ディスカバー・ジャパン》（《Discover Japan》）是重新探索日本在高度經濟成長下所犧牲的鄉土樣貌，劇中也呈現出都市的不斷擴張，同時也是對偏鄉及農村的剝削，或許與黃春明〈戰士，乾杯！〉中所呈現的內部殖民有異曲同工之妙。

此外，黃春明於1990年代初期發表的兒童文學《毛毛有話》[102]以嬰兒作為主要敘事者，探討家庭與社會的人際關係，從嬰幼兒的視角重新顯現成人們的世界觀。日本研究者西端彩認為這部作品是受到松田道雄《私は赤ちゃん》（《我是嬰兒》）的啟發與影響[103]。《私は赤ちゃん》（《我是嬰兒》）自1960年出版以來，至2019年為止已創下86刷的驚人銷售紀錄，本書以戰後經濟成長的日本社會為背景，從嬰幼兒的視角出發，為新手父母提供嬰幼兒的營養、衛生、疾病等各方面的內容。黃春明的《毛毛有話》則是從嬰幼兒的立場出發，除了生理上的需求之外還將其延伸至家庭、社會等各心理層面，發展出另一種層次更加豐富的兒童文學。本文從日本脈絡出發，探討黃春明日譯作品在日本社會所引發的種種迴響與其所蘊含的社會意涵，未來或許可綜觀黃春明作品中的日本脈絡，或許能更對黃春明作品有更深一層的認識與理解。

---

101 張政傑：〈「鄉土」與「現實」〉，毛雅芬編：《芬芳寶島》（台北市：國家電影及視聽文化中心，2021年5月），頁28，張政傑：〈DISCOVER JAPAN〉，毛雅芬編：《芬芳寶島》（台北市：國家電影及視聽文化中心，2021年5月），頁50。

102 黃春明：《毛毛有話》（台北市：皇冠文化出版公司，1993年10月）。黃春明的《毛毛有話》於1990年11月至1993年7月連載於《皇冠》。

103 西端彩：〈黃春明『毛毛有話』と台灣における兒童文學創作〉，《駒澤女子大學研究紀要》第21號（2014年12月），頁232-235。

參考文獻

山口守監修:《バナナボート──台灣文學への招待》,東京:JICC出版局,1991年9月。

山口守編譯:《鹿港からきた男》,東京:國書刊行會,2001年6月。

山口守:〈鄉土文學から台灣文學へ〉,山口守監修:《鹿港からきた男》,東京:國書刊行會,2001年6月,頁343-354。

山口守編:《講座　台灣文學》,東京:國書刊行會,2003年3月。

片山正雄:〈鄉土藝術論〉,《帝國文學》第12卷第4-5號,1906年4-5月。

文大宇編:《東アジア長期經濟統計別卷2──台灣》,東京:勁草書房,2002年5月。

木下佳奈:〈黃春明が描いた女性たちが見出す「希望」──「看海的日子」と「小寡婦」から〉,《現代中國》第92號,2018年9月,頁119-130。

王梅香:〈越戰裡的玫瑰花──戰後台灣小說家的酒吧書寫〉,李瑞騰編:《聽說讀寫黃春明──黃春明及其文學國際學術研討會論文集》,宜蘭縣:宜蘭縣政府文化局,2016年12月,頁372-405。

不著撰人:〈1976年日本人旅行者の男性率(法務省入管局調べ)〉,《アジアと女性解放》第2號,1977年10月,頁13。

不著撰人:〈のさばる「買春觀光」──告發に對して「默殺」〉,《朝日新聞》第4版,1977年12月7日。

不著撰人:〈「セックス・ツアー」許さない──比政府が特別部隊海外旅行ブームのかげに〉,《讀賣新聞》第22版,1979年9月27日。

不著撰人：〈日本人の"ゆがみ"に迫る東南アジア文學〉,《朝日ジャーナル》第21卷第32號，1979年8月，頁80-81。

不著撰人：〈日本人＝エコノミックアニマル論の自問自答を〉,《日本經濟新聞》第5版，1984年11月11日。

不著撰人：〈日本男兒の行狀告發——生々しい侵略ぶり〉,《神戶新聞》第2版，1978年5月2日。

不著撰人：〈台灣の「男性天國」日本の責任問う——地元業者が非難の廣告〉,《朝日新聞》第3版，1977年10月30日。

不著撰人：〈台灣の庶民生活描く貧しい時代を新進の手で——映畫「坊やの人形」〉,《朝日新聞》第5版，1984年9月29日。

不著撰人：〈台灣映畫の新群像——映畫祭にみる巧みな描寫〉,《讀賣新聞》第7版，1985年3月4日。

不著撰人：〈海外旅行ブームのかげに——韓國女性が泣く「日本人觀光」〉,《讀賣新聞》第12版，1973年10月3日。

不著撰人：〈黃春明著さよなら・再見——日本人には苦い讀後感〉,《朝日新聞》第11版，1979年10月28日。

不著撰人："Taiwan Bestseller Shocks Japanese Satirizes Sex Tourism", *The Mainichi Daily News*[Tokyo]16 June 1978, p.12.

田中宏：〈台灣における新しい文化潮流——「鄉土文學」の誕生〉,《朝日アジアレビュー》第9卷第3號，1978年9月，頁94-103。

田中宏：〈あとがき〉，黃春明著，田中宏、福田桂二譯：《さよなら・再見》，東京：めこん，1979年9月，頁208-220。

田中宏：〈台灣人補償問題と內外人平等〉,《台灣人元日本兵士の補償問題を考える》第14號，1983年9月，頁4-5。

白石省吾：〈アジア現代文學への感慨〉,《讀賣新聞》第8版，1979年12月10日。

「占領と文學」編輯委員會編：《占領と文學》，東京：オリジン出版センター，1993年10月。

本橋春光編譯：《現代中國短篇小說選》，東京：榮光出版社，1975年12月。

本橋春光：〈おわりに〉，本橋春光編譯：《現代中國短篇小說選》，東京：榮光出版社，1975年12月，頁184。

竹內好：〈もっと台灣を──中國を知るために57〉，《中國》第63號，1962年2月，頁96-99。

西田勝：〈逆說としての戰後──福田恆存と私〉，西田勝：《社會としての自分》，東京：オリジン出版センター，1985年7月，頁268-292。

西田勝：〈黃春明の眼差し──社會的弱者・ユーモア・文明批判〉，黃春明著，西田勝編譯：《溺死した老貓──黃春明選集》，東京：法政大學出版局，2021年5月，頁254-270。

西田勝：〈編譯者あとがき〉，黃春明著，西田勝編譯：《溺死した老貓──黃春明選集》，東京：法政大學出版局，2021年5月，頁271-276。

安宇植：〈鋭い社會意識をふまえた「土生土長」の作風〉，《朝日ジャーナル》第22卷第2號，1980年1月，頁65-67。

西端彩：〈戰後台灣文學の日本における受容──黃春明「莎喲娜啦・再見」を例として〉，お茶の水女子大學大學院人間文化創成科學研究科編《大學院教育改革支援プログラム「日本文化研究の國際的情報傳達スキルの育成」活動報告書》，東京：お茶の水女子大學大學院，2010年3月，頁206-208。

西端彩：〈黃春明『毛毛有話』と台灣における兒童文學創作〉，《駒澤女子大學研究紀要》第21號，2014年12月，頁231-240。

西端彩：〈黃春明「莎喲娜啦・再見」に描かれる記憶とアイデンティティの形成〉，《お茶の水女子大學中國文學會報》第42卷，2022年4月，頁41-55。

李有成：〈在冷戰的陰影下——黃春明與王禎和〉，《台北大學中文學報》第26期，2019年9月，頁1-24。

呂叔芹：《黃春明小說鄉土小人物形象書寫之研究》，高雄市：國立高雄師範大學國文所碩士論文，2019年。

宋惠萍：《從庶民發聲到社會關懷——黃春明小說中的人物形象》，台中市：國立中興大學中文所碩士論文，2016年。

李瑞騰、梁竣瓘編：《台灣現當代作家研究資料彙編42——黃春明》，台南市：國立台南文學館，2013年12月。

吳錦發等著，中村ふじゑ等、坂本志げ子譯：《鳥になった男》，東京：研文出版，1998年3月。

松井やより：〈日本人批判の小說を書いた台灣の作家——黃春明〉，《朝日新聞》第3版，1981年11月11日。

林木材、劉安綺：〈專訪　黃春明談「芬芳寶島」〉，《Fa 電影欣賞》第186期，2021年5月，頁16-25。

松尾昌子：〈買春觀光を小說にした黃春明さん——日本人への憤りより台灣人への悲しみが……〉，《朝日ジャーナル》第24卷第7號，1982年2月，頁94-95。

施又文：〈從兩篇小說來看文學與社會——吳濁流〈三八淚〉與黃春明〈蘋果的滋味〉〉，《東海大學圖書館館刊》第40期，2019年4月，頁46-61。

星名宏修：〈西田勝編・譯《溺死した老貓——黃春明選集》〉，《植民地文化研究》第20號，2021年10月，頁16-171。

針生一郎：〈微妙に異なる顏立ち〉，日本アジア・アフリカ作家會議

編：《文化の支配と民眾の文化——第2回 AALA 文化會議報告集》，東京：社會評論社，1985年6月，頁186-188。

倉本知明：〈現代台灣文學における台灣語エクリチュールの日本語翻譯に關する比較檢討〉，《日本台灣學會報》第25號，2023年7月，頁36-56。

陳正芳：〈文化交流下的歷史印記——論陳映真和黃春明小說中的美國人形象建構〉，《台灣文學學報》第21期，2012年12月，頁137-170。

黃英哲：〈文學與翻譯——黃春明在日本〉，李瑞騰編：《聽說讀寫黃春明——黃春明及其文學國際學術研討會論文集》，宜蘭縣：宜蘭縣政府文化局，2016年12月，頁88-101。

張政傑：〈「鄉土」與「現實」〉，毛雅芬編：《芬芳寶島》，台北市：國家電影及視聽文化中心，2021年5月，頁28-49。

張政傑：〈DISCOVER JAPAN〉，毛雅芬編：《芬芳寶島》，台北市：國家電影及視聽文化中心，2021年5月，頁50-57。

陳永松：〈一顆關懷農業的不老童心——從「放生」到「護生」的體認〉，李瑞騰編：《聽說讀寫黃春明——黃春明及其文學國際學術研討會論文集》，宜蘭縣：宜蘭縣政府文化局，2016年12月，頁198-211。

野間信幸：〈解說〉，山口守監修：《バナナボート——台灣文學への招待》，東京：JICC 出版局，1991年9月，頁219-236。

陳惠齡：《鄉土性・本土化・在地感——台灣新鄉土小說書寫風貌》，台北市：萬卷樓圖書公司，2010年4月。

張瓊方：〈「殺夫」的致命吸引力——藤井省三〉，《台灣光華雜誌》，2000年12月，來源：https://www.taiwan-panorama.com/zh/Articles/Details?Guid=9ca3cba5-960f-40f5-97cc-cbe174d62eb7&la

ngId=1&CatId=10&postname=%E3%80%8C%E6%AE%BA%E5%A4%AB%E3%80%8D%E7%9A%84%E8%87%B4%E5%91%BD%E5%90%B8%E5%BC%95%E5%8A%9B%E2%94%80%E2%94%80%E8%97%A4%E4%BA%95%E7%9C%81%E4%B8%89（檢索日期：2024年5月29日）。

黃春明：〈莎喲娜啦‧再見〉，黃春明：《莎喲娜啦‧再見》，台北市：聯合文學出版社，2009年5月。

黃春明：〈戰士，乾杯！〉，黃春明：《等待一朵花的名字》，台北市：聯合文學出版社，2009年5月。

黃春明著，田中宏譯：〈日本語版への序〉，黃春明著，田中宏、福田桂二譯：《さよなら‧再見》，東京：めこん，1979年9月，頁1-4。

黃春明著，田中宏、福田桂二譯：《さよなら‧再見》，東京：めこん，1979年9月。

黃春明著，西田勝編譯：《溺死した老貓――黃春明選集》，東京：法政大學出版局，2021年5月。

黃春明、西田勝：〈黃春明　わが文學を語る――「さよなら‧再見」から「戰士よ、乾杯！」へ〉，《植民地文化研究》第12號，2013年7月，頁189-205。

溫又柔：〈台灣庶民の哀歡――ユーモア交え〉，《朝日新聞》第17版，2021年7月17日。

董淑玲：〈死亡與完成――黃春明小說的老人群像〉，尤麗雯編：《黃春明的文學與藝術：第9屆近現代中國語文國際學術研討會》，台北市：萬卷樓圖書公司，2022年6月，頁175-197。

福田恆存：〈私小說のために〉，福田恆存：《福田恆存全集1》，東京：文藝春秋，1987年1月，頁490-500。

福田恆存：〈私小說的現實について〉，福田恆存：《福田恆存全集1》，東京：文藝春秋，1987年1月，頁567-577。

戴國煇：〈台灣〉，《アジア經濟》第10卷第6・7號，1969年6月，頁53-82。

蘇碩斌：〈文學的時空批判——由〈現此時先生〉論黃春明的老人系列小說〉，李瑞騰編：《聽說讀寫黃春明——黃春明及其文學國際學術研討會論文集》，宜蘭縣：宜蘭縣政府文化局，2016年12月，頁406-434。

NPO 法人日本台灣教育支援研究者ネットワーク編：《台灣書旅——台灣を知るためのブックガイド》，東京：台北駐日經濟文化代表處台灣文化センター，2022年9月。

黃春明小說法文轉譯：
從文本閱讀到展演
——以《我愛瑪莉》為例

劉展岳[*]

摘要

在思考臺灣文學外譯狀況以及如何透過另一個模式以及文化中介來轉化臺灣文學的前提下，二〇二三年法國國立東方語言與臺灣文學館共同製作了一個名為「聽臺灣文學說故事展／演——Écouter la littérature taïwanaise qui raconte ses histoires」的展演計畫並於同年的十一月於法國國立東方語言與文化學院舉行了為期三天的演出。計畫裡依據不同時期，共選擇了八本被翻譯成法文的臺灣文學作品以及一本臺灣電影劇本。集結了黃春明作家四篇短編小說法文書名為 J'aime Mary（《我愛瑪莉》）也被選為此展演計畫中重要的演繹作品。在面對新科技產生的出現影響了大眾閱讀文學作品的習慣、機率以及動機的情況下如何發展其他可能推廣臺灣文學的可能性，尤其是在法國的校園裡，透過經由「轉譯」以及「轉藝」的結合與嘗試，此篇文章將以此次展演的經驗特別以黃春明作家 J'aime Mary（《我愛瑪莉》）一文的

---

[*] 法國巴黎國立東方語言與文化學院臺灣研究中心新銳教授。

展演過程來探討法國學生對於此篇小說的解讀以及所發展出的展演形式。

關鍵詞：外譯、轉藝、展演、跨文化、臺灣文學

一　前言

　　二〇二三年四月起，以思考臺灣文學外譯狀況以及如何轉化臺灣文學的前提下，臺灣文學館與法國國立東方語言與文化學院（以下簡稱為東語）共同策劃一個名為「聽臺灣文學說故事展／演- Écouter la littérature taïwanaise qui raconte ses histoires」的計畫。於六月底開始進行並於二〇二三年十一月二十八日到三十日完成展演活動。計畫中，依據不同年代，選出八本[1]已被翻譯成法文的臺灣文學作品以及一部同樣也被翻譯成法文的臺灣電影劇本，其中包括了集結作家黃春明四篇短篇小說，由瑞士譯者 Matthieu Kollate[2] 所翻譯作品集，法文書名為 *J'aime Mary*（《我愛瑪莉》）。此作品集，由法國出版社 Gallimard 所出版。

　　計畫初期，與學生一起討論選文的過程中，筆者一方面希望能夠在展演過程中建立一個具有臺灣歷時性時間軸的想法，另一方面找尋符合學生感興趣的文本類型，並且能夠和學生討論所扮演之角色的選擇性以及挑戰性，過程中，筆者適時提供給每個學生至少三個翻譯作品以進行閱讀。而 *J'aime Mary* 作品集也就在這樣的過程裡被選入展演計畫中。

　　為期近七個月的展演計畫發展過程，*J'aime Mary* 此作品集由中

---

[1] 展演計畫中的臺灣文學作品以及其作品法文譯名，有：黃春明《我愛瑪莉》（*J'aime Mary*）、紀大偉《膜》（*Membrane*）、李昂《殺夫》（*Tuer son mari*）、張光直《番薯人的故事》（*Souvenir de la Patate douce: une adolescence taiwanaise*）、黃崇凱《比冥王星更遠的地方》（*Encore plus que Pluton*）、黃凡《慈悲的滋味》（*Le goût amer de la charité*）、朱天文與吳念真《悲情城市》劇本（*La cité des douleurs*）、舞鶴《餘生》（*Les Survivants*）、吳明益《天橋上的魔術師》（*Le magicien sur la passerelle*）。

[2] Matthieu Kolatte 為臺灣文學作品的譯者同時，其也是臺灣中央大學法文系專任助理教授。

文系法國女學生 Catherine ALRIC-CALEF 發展了整體轉繹的過程並進行展演的詮釋，其中包括表演內容的設定、人物的選擇、展示的物件等部分。

為了因應「春萌花開——黃春明國際學術研討會」的論述主軸與思考方向，特以「聽臺灣文學說故事展／演」計畫中 J'aime Mary（《我愛瑪莉》）之展演經驗作為本論文發想的起點，同時透過轉譯以及轉藝之現象為本文分析及探討的核心。轉譯之意主要以思考文學作品在中文與法文兩者之間的轉換背景，而轉藝一詞主要思考文學作品透過藝術化轉化的過程論述與效益。整體論述透過表演藝術觀察法以及文本分析等方法來推展，並分為三個部分：一、作家黃春明作品法文轉譯現況。二、法國學生轉藝 J'aime Mary（《我愛瑪莉》）作品之展演的特色分析。三、轉藝過程中跨文化接觸與認知的探討。

二 作家黃春明作品法文轉譯現況

臺灣文學法文轉譯的發展，事實上可以說就是以黃春明作家的作品作為起點，此處的「譯」字聚焦在從中文翻「譯」成法文的轉化語境。根據法國學者安必諾的研究資料[3]，最早被翻譯成法文的臺灣文學作品即為黃春明作家原載於一九七三年《中國時報‧副刊》題為〈莎喲娜啦‧再見〉之短篇小說。此作品於一九七九年以《Sayonara, au revoir !》為作品法文譯名，刊登在文藝雜誌 Paris-Pékin，第二號，譯者為 Michel Roy 和 Michelle Roques[4]。十年之後，一九八九年則出

---

[3] 安必諾：〈台灣文學在德、美、法三國——歷史及現狀一瞥〉，《中外文學》第34卷第10期（2006年3月），頁158。

[4] « Sayonara, au revoir !» (Shayonala Zaijian), nouvelle, trad. par Michel Roy et Michelle Roques, illustr. par Ah Wu, *Paris-Pékin (Paris), n02, novembre-décembre*, 1979, pp. 109-134.

現了〈兒子的大玩偶〉第一版法文翻譯[5]，法文名稱為《Le Pantin de son fils》，收入在 *Anthologie de la littérature chinoise contemporaine: Taïwan 1949-1974*（中國現代文學選集），譯者為 André Nougé。[6]

到了二〇〇一年，法國出版社 Actes Sud 出版了《鑼》（*Le Gang*），相較於前兩篇作品，此出版為黃春明作家第一本以文學作品專書的法文出版作品。譯者為 Emmanuelle Péchenart（貝施娜）以及 Anne Wu。而最近期被翻譯成法文的作品則是〈溺死一隻老貓〉（《La noyade d'un vieux chat》），此短篇小說收入在 *De fard et de sang: Anthologie historique de la prose romanesque taïwanise moderne Volume 3*（《彩妝血祭：台灣現代短篇小說精選第三冊》）。由巴黎 Youfeng（友豐）出版社出版於二〇一八年，譯者為 Isabelle Rabut（何碧玉）et Angel Pino（安必諾）。

自二十世紀八十年代末起，法國以及法語系國家的讀者們已可閱讀到黃春明作家作品的法文譯作。至今（2024年），共計有十二個作品被翻譯成法文且由法國出版社。作品出版形式包括有：專書出版、單一作家小說集選集、文學選集中的單篇文章以及文學雜誌內部選文。並可以分成短篇小說集以及童書（Livres pour enfants）兩大部分。

短篇小說部分中，有：二〇〇一年 *Le Gang*（《鑼》）以單篇小說專書的形式出版；二〇一四年 *J'aime Mary*（《我愛瑪莉》），共收集了四篇短編小說，依序為：《J'aime Mary》（〈我愛瑪莉〉）、《Le Pantin de son fils/La Grande poupée de son fils[7]》（〈兒子的大玩偶〉）、《Le Goût

---

5　2014年，〈兒子的大玩偶〉由Matthieu Kollate重新翻譯，法文譯名則改為«La Grande poupée de son fils»。

6　« Le Pantin de son fils » (Erzi de da wan'ou), trad, par André Nougé, *Anthologie de la littérature chinoise contemporaine: Taïwan 1949-1974*, Institut national de compilation et de traduction, 1989, pp.109-134.

7　此篇短篇小說共有兩個譯本，譯名皆不同。

des pommes》(〈蘋果的滋味〉)、《Le Chapeau de Hsiao-Chi》(〈小琪的那頂帽子〉);二〇一五年《L'îlot résidentiel》(〈社區公寓〉),是《毛毛有話》作品中的一篇,收入在 Jentayu 文學雜誌第二期〈Ville et Violence(城市與暴力)〉[8],法文譯者為 Matthieu Kollate;二〇一八年《La noyade d'un vieux chat》(〈溺死一隻老貓〉)。

童書部分共有四本書,皆為法國 Saint-Herblain 市的 Gulf Stream 出版社出版於二〇〇六年。四本童話分別是:*Je suis un chat, un vrai*(《我是貓也》),譯者為 Angel Pino 和 Isabelle Rabut;*L'Éléphant à la trop petite trompe*(《短鼻象》),由 Elia Lange 所翻譯;*Le Secret des bonshommes de paille*(《小麻雀‧稻草人》),譯者為 Elia Lange;*L'Empereur qui n'aimait que les douceurs*(《愛吃糖的皇帝》),譯者同樣為 Elia Lange。

依據臺灣文學館臺灣文學法文版外譯作品的整理資料以及巴黎文化中心臺灣文學法譯的統計數據,黃春明作家的作品至今,在涵蓋所有文學創作形式的條件下,其創作被翻譯成法文並且在法國出版的數量居於所有臺灣作家之冠。另外,綜合所有法譯作品的出版年來看,可發現黃春明作家小說作品的法譯狀況在二十世紀間,似乎依循著約十年為一週期的頻率出現在法國的文學場域裡,而到了二十一世紀,法譯作品出現的時間則加快了一倍左右,每個作品法譯的出版時間縮短為近四到五年的速度。再者,近一步透過此兩面向來看,我們可觀察到在黃春明作家作品法文外譯的歷史進程裡,形成了一種能夠跨世代的「延續性效應(continuité)」,也就是說在至今近四十五年的時間長度裡,黃春明作家的作品持續地被翻譯成法文,而不同於大部分臺灣作家的作品,有很大的比例至今仍舊都停留在僅具有一個法文翻譯

---

8 « L'îlotrésidentiel », nouvelle, trad. par Matthieu Kolatte, *Jentayu (Andert-et-Condon), n02 (Ville et Violence)*, été 2015, pp. 81-86.

作品的狀態。姑且不論是因臺灣官方的外譯策略所推動或者是來自法國學者們或法國出版社因應相關研究或出版計畫等因素，此延續性效應（continuité）能夠形成，一部分來自於黃春明作品中屬於其個人的「獨特性視角」、「具有廣度的題材內容」以及「極具普及性、親民性和描述性的文字語言」，而另一部分則是黃春明作家作品中描繪了且「擷取（capter）」了屬於臺灣社會在某些特殊歷史、政治或經濟背景裡所形成的時代變遷以及隨著這些變遷所發展出的人事物。

時光飛逝，離上一個法譯作品時間隔已來到了六個年頭。或許法國的譯者們是相當敏銳的，似乎感受到了法文讀者們的期待亦或者他們本身也不願意再回到二十世紀以十年為一週期的狀態。和 Matthieur Kollate 訪談過程裡，即得知其與 Marie Laureillard 已開始著手黃春明作家作品新法文譯文計畫的翻譯工作。下一個出現在法國的法文譯作則為聯合文學所出版，題為《放生》的作品文集。文集中，作品大量描寫了臺灣農村的生活百態，特別是身處在社會邊緣的老人群像。未來，透過新法文譯作的出現，此譯作將提供給法文讀者從另一個角度來認識與觀察臺灣社會以及在那些社會裡所交織而成之人事物的機會與窗口，特別是八十年代到二十世紀末之間臺灣社會在面臨產業轉型時所形成的社會結構與社會問題，以及黃春明作家本身對於臺灣高齡化社會現象的體會與思考。

三　法國學生轉藝 J'aime Mary（《我愛瑪莉》）作品之展演的特色分析

每個字都是一條通往超越的道路。字形構了我們的情感，也為這些情感命名，並賦予他們一個為我們而活的想像人物，而這

些人物僅有從我們所借來的強烈情感。[9]

Jean-Paul Sartre

「聽臺灣文學說故事展／演- Écouter la littérature taïwanaise qui raconte ses histoires」的計畫」主要的出發點之一是讓進入到表演「場域／空間」的人可以直接選擇一本臺灣文學作品同時進行「觀看」，而「觀看」的過程近似於「閱讀」的經驗。再者，進到表演「場域／空間」的人也能夠和書中的某個人物進行「現場／在場」對話的機制與可能性。讓同時具有「觀者／讀者／提問者」三重身份的人可以轉化其和某一本讀物所建立的關係與模式。此「觀者／讀者／提問者」並非透過到圖書館借書或者到書店買書亦或者是購買電子書來閱讀所「選擇之書籍」的傳統模式，反之，則是在表演的場域裡「直接」選擇「一個人／一本書」，而「這個人」則是出自於所選之書中的某一個角色人物，透過人物作為「說書者（conteur/conteuse）」的方式，讓「觀者／讀者／提問者」來建構其和這個書之故事的關係，以及理解文學作品的途徑。因此，「參與一本書的展演」也就等同於經歷了「一本書的閱讀」。而此處「轉藝」一詞則強調了將文學作品轉化成具「藝術性效益」的過程。

展演計畫所設定的發展目標之一是讓來「觀看展演」的人「能夠了解或掌握所選之文學作品的基本文學架構，以及前後因果關係，而非揭露故事中所有情節和結局」。觀看演出的人在演出之後，基本上

---

[9] 中文翻譯，劉展岳。法文原文《 Chaque mot est un chemin de transcendance, il informe nos affections, les nomme, les attribue à un personnage imaginaire qui se charge de les vivre pour nous et qui n'a d'autre substance que ces passions empruntées 》, Jean-Paul Sartre, *Qu'est-ce que la littérature ?* Paris: Éditions Gallimard, 1948, p.52. 以下所引用的法文內容，皆為筆者所自行翻譯，將不再特別說明。

將獲得所選之書書中具「架構性」的相關資訊，如相關作品基本資訊、人物關係、主要涉及之議題等等。同時，配合計畫中另一個所設定的目的，也就是希望展演過程能夠透過「表演性」的「中介效應（médiation）」達到「引發（provoquer）或召喚起（évoquer）」觀者對於所觀看／所選之書籍的興趣，進而在展演活動之後能夠自行購買書籍或者透過借書形式以進行較具「細節性」的文本閱讀模式。

　　為了達到以上所設定的兩個目標並且幫助演出學生能夠進入所設定的展演架構，筆者運用了敘述學（Narratologie）的方法帶領學生來理解、解構並整理出所選的文學文本中的相關細節訊息、架構以及內容，同時間加入表演藝術演繹技巧、肢體與聲音設計以及展演的空間調度來協助學生達到形塑且演繹所選擇之書中的人物特性和展演內容。

　　在為期四個月共二十四個小時的排練過程中，筆者採用「陪伴者（accompagnateur）」之角色，同時運用「全觀視角」之策略來觀察整個計畫的發展過程，而並非以「導演（metteur en scène）或創作者（créateur）」的立場來帶領十個學生來發展計畫。筆者希望展演內容的過程對於參與演出的學生來說同樣是一個主體（sujet）自我與所閱讀文本／研究文本（objet de lecture/objet de recherche）建立起互動關係（interaction）的一個過程。計畫設定了學生們在閱讀中可以並且必須自行發展出屬於個人對於所選之文本的閱讀經驗、感受、詮釋與展演內容的發想。

　　展演計畫設定每本書各由一位東語學生負責發展，並將「表演者（performeur）」以及「Incarner（扮演／體現／降世）的概念帶入計畫中。此處「表演者（performeur）」之概念著重在學生作為表演（performance）的「主體」，透過其本身的詮釋方式並將展演背景設定在一個以「表演藝術」演繹為發展框架而非娛樂性為發展導向。

「Incarner（扮演／體現／降世）」的概念則主要以強調文學人物跳脫出文字之外而藉由學生的身體來進行說故事的意象。

選擇 J'aime Mary（《我愛瑪莉》）作為展演文本的學生 Catherine ALRIC-CALEF，就讀東語中文系二年級[10]。年近六十五歲的 Catherine 是法國小學的退休教師，結束教職的工作後，選擇回到學校，進入東語大學部漢學系就讀。透過排練過程的觀察、對談以及學生最後所呈現的展演架構與內容的分析，關於 J'aime Mary（《我愛瑪莉》）的展演，則可提出以下三個特點來分析：一、「美國老闆」的滑稽；二、模仿美國人說法語腔調的運用；三、對「美國文化」誇張性的表現。

首先，Catherine 在小說中十一位具實質「發言權」的人物中，選擇了美商公司的「吉姆衛門」，是文中主角陳順德（文中也被稱為大胃和大衛）的上司。倘若以「開門見山法」來處理並且要擴大展演的戲劇張力，Catherine 理當選擇「瑪莉」一角，讓「狼狗」作為說故事的要角。而事實上，在排練的初期學生確實也提出了這個想法。當然，不是以「狼狗」的模樣，而是將其「擬人化」來處理。但，來回討論多次之後，Catherine 最後則決定選擇了「老闆 BOSS」的角色來作為 J'aime Mary（《我愛瑪莉》）小說集的展演人物並且透過這個人物的視角來帶領觀者了解這本書的相關資訊與架構。對於個性溫和，說話輕聲細語，臉上總是帶著微笑的 Catherine 來說，要將自己融入一個男性角色，確實是個挑戰。

作家黃春明筆下的「衛門」主要有著強烈洋人「文化自傲」、「虛偽（hypocrite）」以及具操縱型（manipulateur）人格的特徵。但展演計畫以及展演的特性，給了 Catherine 能夠以自己的方式，透過自己所想像出的方法來詮釋「衛門」的可能性與彈性。因此 Catherine 所扮演的

---

10 展演期間的學年是2023-2024學年。

「美國 BOSS」特別著重在具有「驕傲」、「自大」、「傲慢」等人設性格的特點。學生運用一件白襯衫、一條紅領帶以及一條黑色西裝褲來建構「美國 BOSS」的身體線條：臃腫的體態、誇張的表情、眼神、嘴角邊的細微動作，以及透過「介於有意義以及無意義之間」的肢體中介效益，塑造了一個「滑稽」的美國 BOSS。

展演計畫本來就設定讓學生們可以選擇文中任何一個角色的可能性與權利。小說中的主角不一定就是最好的選擇，可以是配角甚至是沒有名字、沒有對話的一角都可以成為展演的對象。此安排的主要目的是希望學生能夠良好掌握好故事中人物之間的關係，找到適合自己扮演、符合自己表演能力的角色或希望給自己一個挑戰機會的角色；如法國當代劇場導演 Joël Pommerat 對展演和劇場空間的詮釋：「戲劇是我自己捕捉現實並且以高強度與力度來渲染現實的可能性」，學生透過戲劇架構下所提供多元閱讀視角以及詮釋空間來建構「其自己（soi-même）」和這本小說的「閱讀真實性（l'authenticité de la lecture）」[11]，進而再透過「降駕（incarner/incarnation）」的表演體驗過程來渲染其本身同樣也成為作品一部分的感受。在這樣的閱讀與展演場域裡，同樣為的一本書，事實上就可發展出一本多元的多元的詮釋，不同角色的觀點，就會有不同的視角與理解面向與討論的空間。傳統靜態閱讀的模式轉化成動態的「展演閱讀」模式。

再來，為了增強及擴大「幽默感」和「滑稽感」效益，Catherine 選擇使用具有強烈「英語腔的法文」來作為說故事人的聲音和語言特色。事實上，由於 Catherine 有著父親是法國人而母親是英國人的家庭結構，所以英語和法語都是她的母語。訪談中，其也透露此語言條

---

[11] "Le théâtre, c'est ma possibilité à moi de capter le réel et de rendre le réel à un haut degré d'intensité et de force." Joël Pommerat, *Théâtres en présence*, Paris: Actes-Sud, 2007, p.10.

件也是最後決定選擇演繹「衛門」的因素之一。因此,為了達到「英語腔法文」的效果,學生特別強調了幾個發音上的特徵,如:增加字母「t」的重音與送氣音亦或加強字母「r」的捲舌音。此兩個發音特點基本上都是以英語為母語的法文學習者在學習法文過程中最常見的發音障礙。再者,聲音特性與音質的差異性,事實上則是演員在進行跨性別詮釋的第一個挑戰,更何況對於並沒有接受專業演員訓練的學生們。說話方式偏向輕柔的學生則試著透過在重要詞彙上加上重音或特別的語調,如「瑪莉」、「狗」、「中國人」、「美國人」、「有效率」、「David」等等,試著來「演藝」或「駕馭」美國老闆這個角色。展演中,作為聽書人角色的觀者確實很自然地就可感受到這個困難度,然而,Catherine 卻在這個困難中反而成功地建構了更具有「滑稽感」、「類荒謬」並且讓人想要進一步去認識老闆這個角色的展演效果。而在黃春明散文或小說作品中,此「荒謬性(absurdité)」確實也為作家相關鮮明的一個重要文學特點,經常被運用在故事情節的架構或文學人物的形塑。

　　最後,同樣為了增強「幽默感」、「滑稽感」與「荒謬性」的表演效益,Catherine 誇張化了 *J'aime Mary*(《我愛瑪莉》)小說中美國老闆所代表的「美國文化」。此處「誇張」一詞,指的是學生從自己作為讀者以及展演者的身份加入了文中所看不到的詮釋。「轉化」且「延伸」了其本身對於透過閱讀所帶來之「想像」與「感受」層面的發展。「將白襯衫的袖子往上反折到手臂的高度以表現美國六十年後象徵成功人士之形象」、「帶藐視性的手勢」、「相當具有自我感滿溢且自信的走路方式」、「將物件丟在桌上或者用力拍桌以產生聲響」、「將領帶快速甩向肩膀另一邊」、「在表現自我感良好時而用雙手在腹部處用力拍打一次」、「把腳放在辦公桌上」等,都是學生自行設定且擇以用來表現「美國老闆」以及「I am Boss」之意的肢體動作以及態度的

形塑。在《我愛瑪莉》文中，事實上，幾乎沒有關於「美國老闆」行為模式或肢體特色相關部分的描述。在融合了個人經驗之後，Catherine 形塑了屬於她自己認知中所謂「美國文化」，並具有目的性地加上了「誇張化」表演效果。雖然，一個文化的再現並不會只存在一種單一模式。但，學生的表現方式確實也成功表達出了黃春明作家所刻畫出的一種出現在臺灣社會七十年代的「美國文化」特色，也就是一種具「支配者或統治地位（Dominateur）」態度的行為姿態。即便，Catherine 可能對於七十和八十年代的臺灣及其當時臺灣和美國的互動關係並沒有相當細膩的認知與理解[12]，但在過程中，Catherine 重複了好幾次的句子「I am Boss」卻也相當直接且寫實地表達出了上面所指之境與之意。「I am Boss」的「I」不管出現在何處或者在何時，仍舊都以大寫之姿態「I」來表達自我與他人階級上的差異性。

四　轉藝過程中跨文化接觸與認知的探討

文學作品的理解與體會過程事實上充滿了許多挑戰，特別是來自於他國文化的創作，除了在語言層次上如文字結構以及語意的吸收與掌握之外，同時也存在著字裡行間中屬於作者特有的生命經驗與其時代背景相關之文化意涵的理解。即便作品已經透過讀者所熟悉的母語轉化，但對於外國讀者來說，閱讀中必定存在著許多跨語言、跨背景以及跨文化的挑戰。此處所謂的跨文化概念，並非指涉單向的文化感受、判斷或批判，而是強調當讀者作為主體並以文學作品作為接觸或認識他國文化的媒介時，所產生出思考或理解模式是架構在至少兩種文化背景上的狀態，並且同時進行雙向思考和互相對應到自主文化的

---

12 Catherine曾選修過東語大二臺灣史一學期的課程。

現象。再者，由於學生的中文程度尚無法完全掌握中文文本中的描述，所以 Catherine 是透過法文版的詮釋作為解讀對於此篇小說的途徑。

因此，如先前所提，筆者從計畫一開始就將自身主要定位在「觀察者」的角色，而學生和其所選之臺灣文學作品關係的變化以及對於作品中的感知現象，同樣也為筆者在撰寫計畫時就已經預計進行記錄與觀察的面向。

在分析完 Catherine 對於《我愛瑪莉》所發展出的展演特色之後，這個部分主以探討 Catherine 是如何進入作品並且是如何來理解黃春明作家筆下所描繪出的臺灣社會，以及文中特殊的時空背景所發展出獨特的人事物間的關係。為了能更了解 Catherine 的想法，除了透過四個月過程中所做的觀察記錄之外，筆者則與 Catherine 進行了三次的訪談，希望藉此讓論述的部分能夠進入較為細微之處。

綜合 Catherine 的敘述，很輕易地就可以了解到讓 Catherine 最後選擇《我愛瑪莉》作為其展演文本的一個主要原因，則是黃春明作家筆下所建構出來的「諷刺」或「嘲諷」的文學手法。「諷刺」的效益似乎成為將 Catherine 順利帶入故事中具跨文化語境的那座橋樑。

訪談中，即便討論的議題仍舊圍繞在《我愛瑪莉》之展演一事上，但「美國 Boss 衛門」早已「退駕」，Catherine 回到了 Catherine，帶著一貫的微笑，溫柔且堅定地說：「我可以全都懂（Je peux tout comprendre）」[13]。Catherine 此話之意，事實上是企圖要告訴筆者她對於整篇文章裡關於主角「大衛」所身處的時空間以及所歷經的場景，即便是發生在臺灣社會，同樣也有著足夠的掌握。

《我愛瑪莉》一文最主要的兩個文學秘寶就是：一、運用強烈的諷刺寫作手法來刻畫社會階級對等之差異性。二、建構人性中超過於

---

[13] 以下關於學生Catherine的言談皆出自於筆者和她訪談的內容，因此將不再標示註腳也不再說明。

理性判準的慾望追求所生成的荒謬性。Catherine 以「Ironie grinçante（反諷）」一詞來表示其對於文中「諷刺手法」的定義。雖然，文中情節以及人物的互動關係是架構在不同的文化關係、不同的國籍背景上，對其來說同樣有著某些層面上的「文化衝擊（choque culturel）」，但她則進一步表示：「故事中，所批判的重點或許不是針對於人物本身的問題，而是來自社會中不同社會階層、環境和背景所產生的差異性」。從 Catherine 所提出來的思考中，我們確實可察覺到另一種反向的思考效益，事實上，是每個社會或文明都存在著關於「社會中不同社會階層、環境所產生的差異性」之普遍性現象（phénomène universel）領引她進入到黃春明小說家所架構的文學思考主題，由於每個社會都存在同樣的普遍狀況，而我們同樣可以大膽地假設 Catherine 也曾經有過同樣的體會與生命經驗。作家在此普遍存在的社會架構下，融入了「諷刺」手法，因此成功地完成了第一步，吸引了 Catherine 的興趣並將其帶入故事中，而後，慢慢地讓 Catherine 走過屬於臺灣的特有歷史與社會經驗。

然而對於一個文學作品的體驗以及和其關係的建立，過程以及結果事實上是相當個人的、私密的且主觀的，所以我們並無法完全理解到 Catherine 可以進入到文中的哪些細微之處以及其所理解的深度與狀態，但或許這也就是進行文本閱讀的神秘處所在，也是與一個藝術作品建立關係與交流的樂趣之一，因為一種完全性與絕對性的閱讀架構是不存在的。

第二個「引起」學生對於這篇文學作品產生興趣並且開始進行跨文化思考的「刺點（Punctum）」為文中女性角色的遭遇以及她們的處境。文中最主要的兩位女性角色為美國老闆衛門的太太露西以及陳順德（大衛／大胃／David）的太太玉雲。露西一角延續了文中黃春明作家筆下了對於「支配者階級（classe domminante）」之行為模式的建

構，與衛門一角構成複數效應，主要以增加此類型之人物印象的強度。而小說中的玉雲則完全成為了「被支配者、被欺壓者、被統治者（dominées）」的代表，和陳順德一角一同構成了「美國文化」組的主要對照組。從 Catherine 的言談中，即可了解她將這兩組人架構在「中國傳統文化」對應「美國文化」的跨文化結構上，而這同樣也是作家所預設的結構。文中透過「瑪莉」一隻「混雜不純」的母狗串連了這兩個對照組的關係。「在文中，我們可以看到美國老闆衛門和他太太露西的關係跟陳順德和他太太玉雲的相處模式是完全不同的。」從其作為第三文化的角度來觀看這兩組人的互動關係，要覺察到這點事實上一點也不困難，而且作家也早已設計好且有完善的鋪陳。倘若依循上一部分的論述觀點，這種中西對照關係模式設計，從中又特別鋪排了關於女性地位的思考，實際上也是黃春明作家設計用以吸引讀者進入到故事中的紅蘿蔔（carotte）[14]。玉雲在故事裡主要以其丈夫升遷為要、以其丈夫的意見為重的行為模式，對於一個來自「個人主義」為重的社會的法國人來說，確實是相當荒謬。鋪陳荒謬的強度來到了起因於一直狼狗的出現而產生天翻地覆的改變之後，到了故事的後半部，玉雲提出了「你愛我？還是愛狗？」的發問，然而主角陳順德「不失眾望」最後當然選擇了「狗」。到此，故事中荒謬性的強度已來到了頂點。這或許才是作家想跟讀者細說的荒謬性，並具有兩個層面：一、人的生活中總有我們猜想不到的荒謬性。陳順德和玉雲的互動模式，筆者相信也完全可能發生在過去、現在以及未來的生活，而且存在於不同的文明社會裡。二、七十、八十年代的臺灣社會裡，

---

[14] 在法國日常與用習慣裡，「紅蘿蔔（carotte）」一字除了第一層用以指稱蔬菜之外，也經常用來指稱「讓某人產生意願或動機來進行某種行動的誘因」，如同在驢的眼前架設一個吊著一根紅蘿蔔的裝置，讓驢子產生吃的慾望而不由自主地往前，希望吃到紅蘿蔔，過程中所預設之事則因此而開始執行。

臺灣社會與當時美國政府或相關文化的互動上一定也存在著許多引發荒謬感的事件，特別是關於社會階級差異性以及不同生活條件上的狀況或關係。

　　黃春明作家的黑色幽默與嘲諷手法無論是在哪一種語言的閱讀背景下始終都可以讓不同國家的讀者們感到「驚喜」。《我愛瑪莉》一文則透過了一隻混雜不純的母狼狗串起了整個故事的情節以及人物之間的關係。「瑪莉」象徵了陳順德追求改變社會地位的那個「利害關係／關鍵（enjeu）」，當這個「利害關係／關鍵（enjeu）」也就是「瑪莉」出現之後，「瑪莉」就成為綁住陳順德的那個枷鎖。被綁住的陳順德最後也轉化為一條追求慾望的「狗」。事實上，當每個主體在面對自己的慾望與期待的過程中找到了所謂的「利害關係／關鍵（enjeu）」，作為普世大眾的人們難道能不「愛」那「利害關係／關鍵（enjeu）」嗎？當然這裡所用的「愛」字完全不指涉人性裡那具有「高度精神、情感以及同理現象」的情感表現，反之則是用來反諷人性慾望裡經常出現的「激情現象（passion）」。

　　就如同陳順德所謂的「我愛瑪莉」那般！或許這也就是黃春明筆下所批判的、所嘲諷的，無論是指涉較為廣義上關於世人面對慾望、面對個人的抱負荒謬性亦或者指涉臺灣在七十、八十年代當時受到與美國體制與文化之間影響而在臺灣社會所產生的極具階級性的差異性現象。

五　結論

　　最後再回到關於「聽臺灣文學說故事展／演」之計畫的討論。整體計畫的出發點主要來自於近幾年來開始發想的兩大思考。一方面，嘗試著如何透過其他的文化媒介或連結模式在法國推廣臺灣文學，而

另一方面則是思考在現今受到智慧型通訊產品的影響，越來越多的人逐漸了失去了閱讀書本以及接觸文學作品之習慣的情況下，如何透過另外的模式與中介來保持或強化人與文學的接觸，甚至增加人與閱讀書本的互動關係與動機。

「聽臺灣文學說故事展／演」計畫的展演模式起源於筆者在二〇二二年所執行的另一個具表演性的計畫。計畫的名稱為「Emprunter un conte chinois vivant（借一本活的中文故事）」。筆者將學生轉化成「說書人（conteur/conteuse）」的角色，同時結合「物件劇場（théâtre des objets）」的特性，另外再將展演場地架設在類似開放性的博物館型的展演空間，每一個小空間都有一個「說書人」進行說故事的活動。筆者觀察了兩次執行的狀況與效果，發覺此種被法國人以「spectacle vivant（活著的表演）」的概念作為論述表演藝術之特色的模式，在傳播層面以及跨文化背景下確實發展出了一些效益。「活著（vivant）」之意表示著每個展演過程中都存在不同的「在場性」與「真實性」。此後，為了多加思考此中介所可以產生的可能性，則決定延續此展演模式，透過「藝術化與劇場化」的模式，將介紹「臺灣文學」的過程轉化成具有的展演效益的空間。

同時，近年來，無論是臺灣公部門的推展或者法國相關文學領域之出版社或學者的努力，持續可感受到法國讀者對於臺灣文學的好奇以及感興趣的程度有逐漸增加的趨勢，同時在法國的書店或圖書館裡也出現越來越多關於臺灣文學作品的法文譯本。但，如果回到校園的空間裡來討論，事實上除了少數修讀中文系的學生可能有機會接觸到臺灣文學之外，其他科系的學生要接觸到臺灣文學的可能性確實相對來說就真的少了很多，再者，智慧型手機以及相關高科技設備的出現，造成了當代在閱讀書本或文學作品之習慣的建構有著明顯下降的現象，有機會「遇到臺灣文學」的機率也就更為薄弱了。

因此，在這些種種的背景與因素之下，同時有了臺灣文學轉譯計畫的努力，翻譯了六十多本臺灣文學作家以及相關作品選集的條件，筆者則嘗試將「轉譯」跨度到「轉藝」的狀態下，試著透過展演的方式企圖來創作接觸臺灣文學的新空間以及新的可能性。再此，必須再次感謝「轉譯」過程裡所涉及到的所有人以及他們的努力，也期許並且期待未來有更多的臺灣文學作品被翻譯成法文。

初次的「轉藝」計畫在某些機緣下展演了黃春明作家「我愛瑪莉」的這個短篇作品，計畫的執行或許提供了讓法國國立東方語言與文化學院的學生接觸到黃春明作家的機會。綜觀展演學生的回饋以及參觀展演之學生們的反應，黃春明作家提供了另一扇觀看且了解臺灣社會的窗口是無庸置疑的，特別是二十世紀從七十年代到二十世紀末臺灣社會中特有的人事物與其生命經驗。初次的嘗試總是有許多部分需要再檢討以求精進並尋求另外的切入點或者演繹的方式，此計畫仍舊還有許多發展空間。倘若，Catherine從玉雲的角色、從露西或者甚至將「瑪莉」擬人化而透過瑪莉的視角來詮釋時，即便是同一個文學作品都將有更為多元的探討以及交流方式。

未來此展演活動也將持續下去，同時也尋求相關分享的可能性以及發展不同展演內容的架構。比如，我們已可以假設安排不同學生扮演《我愛瑪莉》中的不同人物，然後安排這些人物描述不同的小說場景以及論述小說探討主題的觀點，亦或者可以規劃以黃春明作家系列作品為展演的主要內容，不同學生將負責不同的小說作品或者專書的展演。不管將透過什麼樣的方式來轉化或者改變，唯一不變的則是期望讓更多的人能夠進入到黃春明作家的文學世界裡與他的文字以及故事進行對談，同時也能夠讓更多的人能夠接觸到臺灣文學的獨特性與其中從臺灣這塊土地上所孕育而生的臺灣性。

參考文獻

引用專書

黃春明：《黃春明作品集2：兒子的大玩偶》，臺北市：聯合文學出版社，2009年。

邱貴芬：《臺灣文學的世界之路》，臺北市：政大出版社，2023年。

Antonin Artaud, *Le théâtre et son double* (Gallimard of Paris), 1985.

Horace Porter Abbott, *The Cambridge Introduction to Narrative* (Cambridge University Press of Cambridge), 2002.

Raphaël Baroni, *La Tension narrative* (Seuil Poétique of Paris), 2007.

Chunming Huang, trad. Matthieu Kolatte, *J'aime Mary* (Gallimard of Paris), 2014.

Gilbert Durant, *L'imagination symbolique* (PUF of Paris), 2015.

Gerald Prince, *Narratology: the form and functioning of narrative* (Walter de Gruyter of Berlin), 2012.

JoëlPommerat, *Théâtres en présence* (Actes-Sud of Paris), 2007.

Jean-Paul Sartre, *Qu'est-ce que la littérature?* (Gallimard of Paris), 1948.

Tzvetan Todorov, *Théories du symbole* (Seuil of Paris), 1977.

Tzvetan Todorov, *Symbolisme et Interprétation* (Seuil of Paris), 1978.

Tzvetan Todorov, *Qu'est-ce que le structuralisme? Poétique* (Seuil of Paris), 1977.

引用論文

安必諾：〈台灣文學在德、美、法三國──歷史及現狀一瞥〉，《中外文學》第34卷第10期，2006年3月，頁155-165。

關首奇:〈台灣文學在法國的現況〉,《文史台灣學報》第3期,2011年12月,頁131-163。

以世界文學角度探討黃春明
研究發展現況與潛力

郭光裕[*]

摘要

  本研究為一回顧型論文，嘗試以國內外研究黃春明小說英譯之論文進行整理分析。選定的文獻包括 *The Intellectual's Deaf-Mute, or (How) Can We Speak beyond Postcoloniality?* (Ming-yan Lai, 1998)、〈英譯台灣小說選集的編選史研究——從1960年代到1990年代〉（陳榮彬，2013）、〈台灣鄉土小說翻譯——論黃春明與王禎和作品之可譯性及其英譯之等效問題〉（王儷蓉，2004），以及葛浩文《從美國軍官到華文翻譯家：葛浩文的半世紀臺灣情》（2015）等進行爬梳，並以邱貴芬教授的《臺灣文學的世界之路》（2023）為核心理論，專注於檢視台灣在面對世界文學時的四大障礙，以及小文學透過外譯進行交流的可行性。

  本研究爬梳並分析黃春明如何具有成為世界文學作家的潛力，藉此提出未來以世界文學架構研究黃氏作品的可能主題：越戰記憶、美軍駐軍經驗、性產業、髒話翻譯、老人書寫之外，也指出未來更多研究或許同樣能關注黃氏的兒童劇團以及繪本，使黃春明研究持續保持能量。

---

[*] 國立中興大學台灣與跨文化國際博士學位學程博士生。

關鍵詞：英譯黃春明、世界文學、台灣文學翻譯

一　前言

　　無論是在大眾視野，抑或學術研究的領域中，黃春明著實是台灣文學當中備受矚目的作家，其作品橫跨多種主題與文類並被改編為電影及繪本。由於黃春明作品中，尤其〈莎喲娜啦‧再見〉、〈看海的日子〉、〈兒子的大玩偶〉以及〈蘋果的滋味〉等短篇小說，深刻反映當時台灣的經濟、政治及文化現象，使黃氏成為台灣文學研究中，針對農村、鄉土進行關懷和反帝國反殖民的代表。本研究在此並不直接將黃春明的創作定義為「鄉土文學」而廣義地稱其為「寫實主義文學」[1]，但相當顯著的是，這幾部短篇小說強烈地批判了當時台灣崇洋媚外，卻也同時欲擺脫殖民帝國陰影的衝突心理。在台灣文學的歷史脈絡中，一九七六至一九七九年間的「鄉土文學論戰」無疑深刻地影響了直至今日的研究主軸，面對強勢的西方文化介入，台灣學者與作家大致分裂為「現代主義」和「鄉土派」兩個勢力。即便這場論戰讓兩端看似南轅北轍，但根據邱貴芬教授的研究，實質上兩者的焦慮同源：

> 相較於現代派想要透過「翻譯西方」來解決台灣／弱勢非西方國家在其現代性敘述形塑過程當中與西方相遇而產生的創傷，「鄉土文學」派則標舉民族主義修辭以排拒「外來」強勢文化，來處理強勢文化的衝擊。兩者看似對立，其實都源於充滿焦慮的「西方情結」[2]

1　彭小妍：〈何謂鄉土？——論鄉土文學之建構〉，《中外文學》第27卷第6期（1998年11月），頁46。

2　邱貴芬：〈在地性論述的發展與全球空間：鄉土文學論戰三十年〉，《思想》第6期（2007年9月），頁91。

不過，在近五十年後的今天，台灣的文學和娛樂環境無疑以西方和日本文化為大宗，網際網路所帶來的全球化使得大眾的閱聽體驗能夠與世界[3]同步，這種接軌當然不僅在於消費型領域，學術討論同樣備受影響。台灣從未是一座孤島，其上的族裔匯雜以及數段殖民歷史，注定了台灣不會以鎖國的方式喃喃自語。在學界建構台灣主體性以及透過民族主義強調台灣的獨立性之後，二十一世紀的現在，全球化視角下的台灣絕非限於對外來文化採取拒絕姿態並批判文化帝國主義，也不僅僅是探討台灣在跨國企業下所擔當的角色，同樣重要的，還有台灣所關懷的議題如何與世界對話[4]，包括經濟、移民、環境保育和人類從何處來該往何處去這樣的「大哉問」。而這些對話都有賴於──翻譯台灣文學。

倘若我們將文學世界視為一個巨型社群，正如卡薩諾瓦（Pascale Casanova）的比喻：一個文學共和國。在這領域中的個體如何相互交流？當歌德（Göthe）見到各地的文化正隨著經濟全球化與通訊、交通科技進步，迅速地朝原先未曾踏足的國度傳播而提出「世界文學（World Literature）」的概念，那種傳統上自給自足的文學生產環境已被挑戰，一個文本不再只關乎作者的原生地，而越來越多地由社會、政治或語言趨勢所形構，而這些趨勢並不限於單一國家和地區，因此，在文學共和國當中的作品，更多以互文甚至超文本的方式共享特定美學、經驗與議題[5]。

與傳統觀念上的比較文學（Comparative Literature）強調閱讀原文的重要性不同，世界文學重視文學的「翻譯」、「旅行」和「在異地

---

3 這裡指的世界，實質為好萊塢與日本小學館等文化輸出寡頭。
4 邱貴芬：〈在地性論述的發展與全球空間：鄉土文學論戰三十年〉，《思想》第6期（2007年9月），頁103。
5 John Pizer, "Goethe's 'World Literature' Paradigm and Contemporary Cultural Globalization," *Comparative Literature* 52.3 (Summer, 2000): pp. 213-214.

的新生命」三個要素,以達到開展世界(World Opening)和創造世界(World Making)[6]之目的。世界文學理論的出現,並非全球文學的總稱,抑或企圖將所有型態的文學都加以翻譯流通,它在最一開始便對能夠進入場域的文本進行篩選,關注能滿足上述三大要素的文本。換言之,世界文學本身就是一種「文類」[7],不過與科幻、奇幻或推理的「類型文學」不同,世界文學的主題會隨著潮流持續變動,而確定目前主題的機制,有賴於「文學中心」的認可。

　　無可迴避的,世界文學的篩選機制與流行趨勢,仍然以具有豐富文化資本,以及掌握經濟、政治與軍事主動權的「西方(前)帝國」為文學中心,通用語言則為英文。因此,縱使中國在今日擁有雄厚的政經軍資本,且中文／華語[8]擁有巨量的使用人口,但在世界文學場域來說,中國文學以及用華語進行書寫的作品,仍然屬於「小文學」[9]。而世界文學理論所具有的優勢在於,小文學的作品在此架構下,假如被文學中心所接受,那便能一舉大幅提升該作者,甚至該國的文化軟實力,獲得遠超生產地的發展資本。

　　回到台灣文學,當諸多作家將科幻、BL百合文學、超現實主義、南美洲魔幻寫實等等自英美、日本、法國、阿根廷等國引入台灣,但這樣的跨文化「現象」並不等同於跨文化「交流」,因為我們僅單方面擴充自身文學,但未曾讓他者見到我們[10]並開啟對話。需要注意的是,

---

6　Pheng Chean, "What is a World? On World Literature as World-Making Activity," *Daedalus* 137.3 (Summer, 2008): p.28.

7　David Damrosch, *What Is World Literature?* (Princeton and Oxford: Princeton University Press, 2013), pp. 4-5.

8　中文、華語、漢語或國語等等詞彙使用,背後或許都各帶有政治意識,但在此研究中對於該議題將不會進行過多的討論,而是以盡可能中立或並置的術語來描述現有的情況。

9　邱貴芬:《台灣文學的世界之路》(台北市:政大出版社,2023年),頁7。

10　同前註,頁12。

台灣文學認識世界的方法——尤其是非英語書寫的作品——往往是接收已被英譯的外語作品，再將其翻譯為中文，正展現了英文作為流通平台的事實[11]。台灣先天的限制乃是土地面積、人口和政治地位，儘管目前台灣以台積電為世界所認識，以及地理上作為美國西太平洋軍事戰略要地而愈發受重視，但台灣的存在當然不單單只是提供產品或服務，這座島嶼上的故事精彩無比，且作家的手法不僅毫不遜色甚至更有獨到的一面，雖然沒有如同歐陸國家悠久的歷史，台灣仍有進入世界文學場域的能量。選擇世界文學作為切入點，便是為了回應台灣與世界的關係，獲得一個真正開啟「交流」和展現台灣文藝軟實力的可能性，將視角從中文／華文或是亞洲，拓展到以英文為主的西方。

　　本回顧型研究所欲呈現黃春明的作品1.可譯性，2.英譯成果，以及3.如何世界文學。如前段所梳理，世界文學以英文作為流通平台，因此若要進行討論，已有大量英譯作品的作家乃是優先考慮；再者，作品主題若能夠同時兼顧台灣本土關懷以及世界共同議題，則更具進入世界文學領域的能量；以及，作品所使用的美學和手法，需要與文學中心——也就是西方——同步，或者能夠以特異新奇的方式產生討論度；最後，假使作品已被跨媒介改編，則更具傳播力。黃春明作品已被大量英譯，電影改編也成為大眾與學界中的經典，不過黃氏目前較少有人以世界文學方式進行討論，因此筆者欲想以此研究作為初探。

---

11 同前註，頁10-11。

二　文獻回顧

（一）概述

本章節將對國內外針對黃春明之作品和翻譯進行研究的中英文論文進行分析，需要先行說明的是，儘管有諸多研究台灣文學／華語語系文學的英文論文中，都提及了黃春明（英譯常見有：Hwang Chun-Ming/Huang Chun-ming/Huang Chunming 三種），並且台灣文學的英譯實踐已超過一甲子，但實際上以世界文學作為切入點，以單一作者為研究對象的英文論文仍在少數，因此筆者所採納的論文將不會限制出版期刊與發表年代。以下將以條列的方式分段逐篇回顧。

在有關可譯性的翻譯實踐方面，本研究以王儷蓉的研究與葛浩文的回憶錄，爬梳黃氏的作品如何在多語的環境下進行轉換；而在探討黃氏作品為何被翻譯，以及翻譯成果，則從陳榮彬以及 Robert E. Hegel 的文獻中爬梳脈絡；最後，透過整理 Ming-yan Lai 與陳正芳的研究，試圖提出黃春明如何可能成為世界文學作家，以及能夠以此角度分析黃氏作品的主題。

（二）黃春明作品的可譯性

前言

當一段文字被翻譯為另一種語言之後，其意義上的增減或扭曲幾乎無法避免，正如「Traduttore, traditore（翻譯者即逆反者）」這句諺語。世界文學的著重點在於翻譯和旅行，而翻譯過程不僅要探討是否忠實，同樣也需要探討原作本身如何可譯。本章節將探討王儷蓉的研究和葛浩文的回憶錄，爬梳黃春明的作品在翻譯過程中有何挑戰，且如何引領出與世界文學的連結。

文本分析

1. 王儷蓉:《台灣鄉土小說翻譯——論黃春明與王禎和作品之可譯性及其英譯之等效問題》(台北市:國立台灣師範大學翻譯研究所碩士論文,2004年)

　　此論文以英文書寫,針對黃春明小說中有關臺語、民俗信仰以及日常生活等等元素的可譯性進行探討,除了檢視從漢字轉換為英文的過程中所造成的意涵增減以外,更強調黃春明小說透過翻譯／不可譯所顯示的台灣獨特性。該論文的研究文本來自《放生》、《兒子的大玩偶》、《看海的日子》、《等待一朵花的名字》以及《莎喲娜拉‧再見》,並參見譯者葛浩文的自述經驗。

　　王儷蓉所採用的翻譯理論,來自亞歷山大‧泰特勒(Alexander F. Tytler)在一七九一年出版的 *Essay on the Principles of Translation* 以及 Eugene A. Nida 於一九六四年[12]出版的 *Toward a Science of Translating*,來探討翻譯的形式等價(Formal Equivalence, F-E)和動態等價(Dynamic Equivalence, D-E)兩個策略如何應用。F-E 是在詞彙、文法及順序上盡量貼近原始語言,並在含混歧異處以括號、註釋和斜體來輔助讀者理解原文;D-E 則試圖再現話語的整體動態特徵(reproducing the total character of the communication),找尋原始語言和目標語言之間使用的相似性,以傳達相同的意涵與閱聽「感受」為目的[13]。

　　在對黃春明小說的英譯研究中,王氏明確顯示臺語的使用乃是黃春明小說中的重要元素,但不單單限於此,事實上黃春明的小說中經常是四語環境混合其中——國語、臺語、日語,以及英語,而這可說

---

12 在該論文中,作者表示為1967年,但筆者查找的過程中發現是1964年,在此使用筆者所查找的版本。
13 王儷蓉,頁10-11。

是台灣文學的精髓（頁44），也是不同於中國文學的重要原因。對於台灣讀者來說，在全部以漢字書寫的情況下，依然能迅速分辨這幾種語言的差別，但對於譯者來說，多種語言的使用上相互混雜，再加上混雜日語的臺語在音調較國語豐富，都導致韻律與意義在翻譯到英文的過程中遭受挑戰。在翻譯過程中值得關注的是，由於各個時期（但尤其是1949年後）的大量移民、日治時期和戒嚴時期的國語政策，台灣人對於臺語的認識程度差異相當懸殊（頁58-59），這也使黃春明有意識使用臺語的實踐，更值得從英譯本當中去進行研究，去探討融合多民族和多殖民背景的台灣，以什麼樣的面貌走向世界，以及譯者如何理解這段歷史。

　　王氏的這篇研究已相當大的篇幅探討了本土寫實主義文學中的髒話以及自然元素。為了呈現在地小人物的特性，黃春明使角色在說話的過程中夾帶大量髒話，它不一定是一種淫穢、禁忌、否定或咒罵，有時候只是粗俗地說出與排泄物、血腥、或任何引人強烈情緒的字眼，而髒話雖然本身不帶有豐富的意涵，但卻對塑造角色和創造韻律有重要的效果（頁29-30）；自然元素的例子則是〈青番公的故事〉當中的「西北雨」，在英譯的版本只呈現了「sudden downpour」而喪失了方位（頁38），不過在〈小寡婦〉中的「牽豬哥賺暢」卻有如實翻譯出「The pig-stud farmer earns his pleasure」。這種對於在地性相當親近的元素除了能夠展現黃春明的幽默以外（頁59），也能夠使英語讀者理解台灣當時的農業環境（頁54）。

　　另外值得注意的是，此論文也有描述贊助者對於翻譯活動的重要性之外，同樣點出外國出版社同樣看中具有商機、能夠暢銷的文學作品，像是王德威教授與黃英哲教授提到的《荒人手記》和《三腳馬》，

皆有五千本以上的銷售額[14][15]。而根據 Goran Malmqvist 的看法，台灣文學翻譯的重點正是傳播獨特的台灣本土文化，除了需要募集更多資金以及召開研討會以外，更需要以選集的方式譯介國外讀者「不易接觸到」的文本[16]。

該篇研究不可忽視的貢獻是，王氏在論文的附錄中為我們整理了台灣族裔組成圓餅圖、台灣歷史和文學史簡介、黃春明與王禎和的作者小傳與作品出版年代，以及作品書名、角色、食物、俗諺、道路，乃至各種機關行號寺廟青樓等等的英譯名稱，並且按照作品分門別類製成表格。對於未來的研究者來說，王儷蓉的這篇論文，乃是極為實用且不可多得的英譯以及世界文學研究的文本。

2. 葛浩文：《從美國軍官到華文翻譯家：葛浩文的半世紀臺灣情》（台北市：九歌出版社，2015年）

本書以自傳回憶錄的形式，講述與台灣文學有強烈連結的翻譯家葛浩文（Goldblatt, Howard）的生平，從作為海軍武官於越戰時期派駐到台北，以及後來學習中文並成為台灣文學翻譯家的脈絡。由於黃春明的大部分小說均由葛浩文進行英譯，並且其外國之於台灣和中國的視角，也對研究者認識台文如何翻譯提供學術論文以外的「生活化」體驗，因此筆者也將此回憶錄列入研究文本中。

在葛浩文翻譯了朱自清的〈匆匆〉、〈荷塘月色〉以及〈給亡婦〉等散文並投稿於《筆會季刊》以後，季刊編輯殷張蘭熙便與其接洽，

---

14 同前註。
15 根據邱貴芬教授參見澳洲學者Bonnie McDougall的考察，華文文學的銷量如果達5000冊就算是沒賠本，達一萬冊便可稱暢銷，但通常僅有古典文學能有如此銷量，現當代文學通常鮮少達標。即便是中國國內暢銷數百萬冊的《狼圖騰》，請葛浩文英譯後卻銷售慘淡。邱貴芬：《台灣文學的世界之路》，頁7。
16 王儷蓉，頁3。

並請他擔任陳若曦《尹縣長》當中的短篇譯者之一。根據葛浩文的自敘，由於他與台灣政界沒有關聯，不會被認為是反共宣傳之外，同時又是擁有翻譯經驗的印第安納大學中文博士（《尹縣長》的出版社為印第安納大學出版社），這樣的身份使其成為不二人選。（頁247）

其中，黃春明是葛浩文最早認識的台灣文學作家，兩人在一九七六年相識，不過葛浩文已在一九七四年透過小說《莎喲娜拉·再見》「閱讀」與他年紀相仿的黃春明。對於葛浩文而言，黃春明的作品與以往接觸的台灣文學相當不同——不書寫思鄉，並且身份上不來自中國大陸——而是關懷鄉下小人物，以及批判政府的主題。（頁272-273）而在葛浩文的回憶中，我們也能見到黃春明實地帶他走訪小說中的場景，這不僅直截了當地指出黃氏作品所關懷的對象，其中帶葛浩文看公路旁的冥紙這個橋段（頁279），也印證上一篇論文提到的魔幻寫實手法。

該書談到與黃春明的情誼，以及關於兩人曾經的意見相左與後來的復合，都值得研究者將其看成一個引子，深入爬梳當中的文學界脈絡與歷史事件。而附錄〈我與文學翻譯——浩文葛採訪葛浩文〉中，諧仿答記者問的方式闡述自身的翻譯理念，且稍微提及「台灣文學需要更多譯者」的呼籲（頁367-369）。同時，抒發對於譯者與讀者之間對於「正確翻譯」之間的認知關係，此章節中提到了與《狼圖騰》有關的經歷，葛浩文在一場翻譯工作坊同姜戎與近百位讀者對談，期間「中國人、蒙古人、漢人的英譯」成為中國政治與美國視角之間的分歧，葛浩文在此篇中表示，譯者的工作「是吸引讀者的注意力，而非灌輸地緣政治」。（頁389-393）

作為黃春明與西方讀者間的橋樑，並使其進入世界文學場域的重要英譯者，葛浩文的這本書能使研究者見到台灣文學英譯第一線的第一人稱視角。

小結

　　在王儷蓉以翻譯視角為切入點的研究中，我們得以見到黃春明的作品如何以臺語書寫的方式，塑造出由內（台灣鄉土）而外（台灣的獨立性）的議題，多語言的混雜縱使造成譯者的挑戰，但也明示了臺語和閩南語的差異，而鄉土人物的聲腔更反映了台灣的產業、氣候與習俗。而葛浩文的回憶錄，則揭示了世界文學中所重視的「旅行路徑」，不僅是譯作這個成果本身，還有過程中受何種人物、機構和歷史背景影響，從而使譯作成功誕生。這兩篇研究分別以學者和譯者的視角進行呈現，使我們能夠理解黃春明作品中的翻譯「技術」和翻譯「人脈」兩個方面。

　　因此，在重視作品旅行和翻譯的世界文學中，研究譯本的生產過程，以及翻譯過程中所增加、缺失或無法被翻譯的部分，除了是該作品能否順暢進入文學中心視野的重要因素外，同時也是凸顯原產地獨特性的指標。

（三）黃春明作品的英譯成果

前言

　　在此段落中，筆者將以陳榮彬教授的研究為脈絡，爬梳台灣文學英譯的歷史脈絡，促進此翻譯實踐的力量為何，以及探詢選擇作品進行翻譯的機制。而透過 Robert E. Hegel 的回顧，對黃春明作品在英文大眾眼光中如何被推廣進行初探。

文本分析

1. 陳榮彬（Richard Rong-bin Chen）：〈英譯台灣小說選集的編選史研究——從1960年代到1990年代〉，《SPECTRUM: NCUE Studies in Language, Literature, Translation》第14卷第1期（2016年1月），頁75-88

　　此篇研究以王德威教授於一九九〇年在台大「中國文學翻譯國際研討會」上所發表的英文論文——〈翻譯台灣：四部英譯台灣小說選集之研究〉（"Translating Taiwan: A Study of Four English Anthologies of Taiwan Fiction"）為起點，探討文學翻譯如何呈現「台灣形象」，在演說上，王教授指出劉紹銘與美國學者 Timothy Ross 編輯的《台灣的中國小說選：一九六〇-七〇》[17]描繪的是由台灣作家[18]建構的「正歷經巨變的台灣」，同時「主題張力與形式多樣化」的兩種台灣形象[19]。根據林姵吟的研究，雖然這本選集延續了夏志清《二十世紀中國小說》（*Twentieth-Century Chinese Stories*）[20]中對於現代主義文學的偏愛，但同樣選擇了具備鄉土關懷的作品，如黃春明〈看海的日子〉與楊青矗〈冤家〉[21]。有趣的是，劉氏《台灣的中國小說選》的前言正由夏志清執筆，他將黃春明等具備鄉土關懷（或稱臺灣意識）的作品為「以台灣為導向的地域文學（Taiwan-oriented regional fiction）」與滿州地域文學進行比較，指出西方讀者喜好此獵奇的閱讀體驗，同時，這也是「台灣」兩字首次出現於書名的英譯本[22]。

17　Lau, Joseph S. M. and Timothy A. Ross, eds. *Chinese Stories from Taiwan: 1960-1970* (New York: Columbia University Press, 1972).

18　包含王文興、陳映真、黃春明、楊青矗等。

19　陳榮彬，頁77。

20　Chih-tsing Hsia, *Twentieth-century Chinese stories (Companions to Asian studies)* (New York: Columbia University Press, 1971).

21　林姵吟：〈英美對台灣文學的研究概述〉，《台灣文學年鑑》2009年，頁134。

22　同前註，頁134-135。

陳榮彬教授將台灣文學翻譯的時期分為一九六〇年代的「新自由中國」時期、一九七〇年代的「斷代式」時期，以及一九八〇年代「主題式」時期，而驅動翻譯取向的力量則是勒菲弗爾（André Lefevere）對於「贊助者」如何操縱翻譯的理論[23]。在《翻譯、改寫與文學聲譽的操縱》（*Translation, Rewriting, and the Manipulation of Literary Fame*）[24] 一書中，勒菲弗爾將翻譯活動的決定性因素定義為「意識形態（ideology）」和「詩學（poetics）」兩者，並且前者的重要性大於後者[25]。而有權利評判這兩個因素的，除了由批評家、書評家、教師與譯者組成的「專業人士（Professionals）」之外，還有以個人、團體、政府或出版社等具備「意識形態」、「經濟」與「地位」優勢的「贊助者（Patronage）」。（頁78-79）不過，根據徐菊清在二〇一三年發表的〈贊助對台灣文學英譯的發展與傳介之影響〉中，上述兩個角色有可能集中在同一人身上，例如齊邦媛和殷張蘭熙便同時具備編撰者和出資者的面貌（頁82）。

專業人士和贊助者如何介入翻譯台灣文學，根據該論文引用杜國清教授於一九九九年「文化、認同、社會變遷──戰後五十年台灣文學國際學術研討會」上，發表的〈台灣文學形象及其國際研究空間──從英日翻譯的取向談起〉，當中提到：台灣文學在鄉土文學論戰與解嚴後，書寫取向從以台灣文學填補中國文化大革命後的文學真空，轉為關懷台灣本土社會並強調文化的獨立性，「臺灣意識」雖還在萌芽階段但已然抬頭（頁80）。從齊邦媛到劉紹銘再到杜國清本人支持的世界華文文學，以及當時台灣的政治現況，再加上文學圈的潮

---

[23] 陳榮彬，頁78。

[24] André Lefevere, *Translation, Rewriting, and the Manipulation of Literary Fame* (New York: Routledge, 1992).

[25] 同註19，頁78。

流趨勢,無不影響著「哪部作品能夠被翻譯」。

由此我們得以看出,台灣文學翻譯當中,「翻譯如何展現台灣形象」是最主要的課題。日後,「斷代式」與「主題式」的翻譯極大的擴展了台灣文學對外能夠呈現的面貌,包含性別、鄉土、白色恐怖以及原住民等主題開始為西方讀者所見,黃春明的作品作為具有強烈臺灣意識與鄉土關懷的代表,從「新自由中國」時期便以區域文學的身分加入其中,到後來則與日治時期的呂赫若、楊逵及賴和一道,串流起台灣在西方閱讀下的文學史脈絡[26]。

無論是〈兒子的大玩偶〉當中對於低薪勞工的無奈進行書寫;〈小寡婦〉和〈蘋果的滋味〉中對於冷戰記憶的描寫,以及隱含其中超脫於後殖民與鄉土論述中的知識份子自我批判;〈青番公的故事〉和〈溺死一隻老貓〉中欲提出的老人關懷,都使黃春明的作品能夠作為台灣形象而被選擇作為英譯文本。黃氏的筆觸聚焦當時代的人們,不過勞工、冷戰和高齡三大議題將持續,於是在現如今的架構／論述下,黃氏的作品不只能夠以「抵抗」的姿態進行探討,也能夠成為一種世界的「共同經驗」,從而擁有成為世界文學的能量。

值得注意的是,黃春明的作品被英譯的原因並不只是議題和關懷符合政治環境,其文學技巧與美學——也就是「詩學」的成分——同樣受人關注。哈玫麗(Rosemary Haddon)的《牛車:台灣的鄉土故事,一九三四～一九七七年》[27],當中便指出《台灣民報》在一九二六年之際中譯的歐陸和俄國作品如何影響台灣文學,意識形態反而在哈玫麗的選集中佔據了較少的比重[28]。這讓後世讀者與研究者對於台

---

26 同前註,頁84。

27 Rosemary Haddon, ed. *Oxcart: Nativist Stories from Taiwan, 1934-1977* (Dortmund: Projekt Verlag,1996).

28 同註27。

灣文學——在此研究中，便是黃春明的作品——有更多的詮釋可能，而非定性為政治載體或限於特定時空下的閱聽經驗。

2. Robert E. Hegel, "(Review) The Drowning of an Old Cat and Other Stories by Hwang Chun-Mingand Howard Goldblatt," *World Literature Today* 55.3 (Summer, 1981): 534-535

此回顧刊登於《今日世界文學》（*World Literature Today*）雜誌上，以小專欄的方式介紹葛浩文於一九八〇年翻譯出版的《溺死一隻老貓》（*The Drowning of an Old Cat and Other Stories*），其收錄了〈溺死一隻老貓〉、〈兩個油漆匠〉、〈兒子的大玩偶〉、〈鑼〉，以及〈癬〉五部短篇小說。

《今日世界文學》由奧克拉荷馬大學教授 Roy Temple House （1878-1963）於一九二七年創辦，其前身名為 *Books Abroad*[29]。該雜誌的宗旨為 Lux à Peregre（國外之光／發現之光），也就是將美國以外的「翻譯作品」引介給美國國內讀者，與所有使用英文的讀者。直到目前（2024），該雜誌依然以專欄的方式在網路上每週更新（付費訂閱），並且主辦獎項。

在 Robert 的回顧中，將黃春明視為「繼承五四諷刺寫作傳統」的優秀作家，他的作品主題經常圍繞在台灣所謂經濟奇蹟後，對「現代性的期待」與「傳統生活模式」之間的斷裂[30]。除了對讀者介紹各小說簡要的劇情以外，作者將〈鑼〉與魯迅的《阿Q正傳》及老舍的

---

[29] 需要注意的是，在筆者的整理中發現另一個同樣名為Books Abroad的非政府組織，是由Banff學院教師Keith Brunskill和奈及利亞裔傳教士Derek Joy於1982年在蘇格蘭亞伯丁郡創立，其前身名為LINK。該組織的目的是向全世界募書，以協助送交到任何所需的地區。照目前研究來看，該組織與World Literature Today雜誌沒有關聯，敬請留意。

[30] Robert, p. 534.

《駱駝祥子》進行比較，黃氏的作品同樣展現了在絕望與受壓迫的時候，仍保有「荒謬的尊嚴」（頁535）。末段，作者讚賞葛浩文能將如此社會寫實的台灣小說，翻譯為西方讀者（Western readers）能夠「如閱讀英文般閱讀中文」那樣欣賞這些作品，且稱此譯本「對補充當今單薄的中國作品收藏，盡了極為積極的貢獻」。（頁535）

小結

在這兩篇文本當中，王榮彬教授為我們提供了台灣文學翻譯的清晰圖像，翻譯實踐與政治意識形態息息相關，被英譯的作品代表了台灣欲向外呈現的面貌——如同一張名片。黃春明的作品在各個政治意識時期，都有其能夠被選擇的價值，由於其多產與多面向的視角，使同一本作品能夠跨越時空產生新生命。接下來，Robert E. Hegel 的文章所詮釋的黃氏譯作，將其與五四新中國和台灣鄉土進行連結，確實呈現了「正歷經巨變的台灣」和「主題張力與形式多樣化」的雙面向。

根據此脈絡，我們能看出黃春明為何能夠被翻譯，以及確認黃氏已擁有在世界文學中進行競爭的能量。而關於世界文學研究來說，讀者回饋、書市銷量以及各國政策比較等有關「政商」的議題，將能夠成為未來研究的發展方向。

（四）世界文學中的黃春明初探

前言

在當前的研究論述中，我們尚無法將黃春明的英譯作品與世界文學進行「直接」連結，即便在前兩個段落中，我們已能見到其作品所蘊含的潛力。於是作為一個初探（或是一個建議），本段落將梳理在英文視野下，如何探討黃春明的作品，從而開啟黃春明和世界文學之

間的第一步。Ming-yan Lai 的研究首先針對黃氏作品中，對於知識份子的自我批判進行探討，其如何書寫超越該時代後殖民論述的自覺，在與謝世宗的論文對讀中，呈現黃氏如何處理「人」在資本主義下的掙扎。

接著，陳正芳的研究雖非來自英文視角，但對於黃春明與魔幻寫實進行連結，關注其美學所帶來的效果，這使黃氏的寫作技巧更加貼近西方文學中心的潮流，使其作品擁有更多的可詮釋性，且更具在文學世界共和國中的競爭力。

文本分析

1. Ming-yan Lai, "The Intellectual's Deaf-Mute, or (How) Can We Speak beyond Postcoloniality?" *Cultural Critique* 39 (Spring, 1998): 31-58

在對該篇論文進行整理以前需要先注意到的是，該篇論文的出版年代距今二十六年（1998-2024），作者提出的批判在如今的文學環境中有些已獲得回應，但仍然可以見到的是，黃春明的小說在當時便超越了後殖民論述，從而透過創作正視更加複雜的現實情況。

該研究以相當開宗明義的方式，對當時學界中成為顯學的「後殖民論述」進行批判，質疑其並非一種真正的「解放」，而是接受第一世界教育的知識份子，與新世界架構之間的共謀[31]。由都市、知識份子和西方教育所提供的話語，並無法為所有人民進行代言，關於「反抗」力量的生產均源於知識份子，從而使底層人民失聲（35-36）。由此我們或能觀察到，這篇論文的作者在比對霍米・巴巴（Homi Bhabha）與斯皮瓦克（Spivak）的理論後，並未將「後」殖民視作為殖民主義

---

31 Lai，頁31-32。

的結束，它更像是殖民主義如何從傳統的領土、知識與技術，朝向思想、文化與教育等領域發展新面貌。

　　Ming-yan Lai 選定黃春明所著的兩本作品：〈蘋果的滋味〉以及〈莎喲娜拉・再見〉進行分析。研究中的觀點是，黃春明的小說在當時代的後殖民話語中是「邊緣的」。由於殖民者在刻板印象中經常被投射以盎薩歐陸／美洲的樣貌，因此書寫亞洲帝國——也就是日本帝國殖民台灣——對西方來說是相當特殊的案例（頁38）。二戰過後，國民政府的白色恐怖與大中國思想使台灣人民對主體性感到焦慮，同時對前殖民者和過往的帝國遺產懷以複雜的情感，隨之而來的，還有台灣因全球化資本主義所獲取的經濟地位，再加上被荷蘭、西班牙、葡萄牙以及清帝國統治的經驗，均使台灣處在複雜且獨特的地位而無法被簡述（頁39）。

　　黃春明的作品被視為「關懷鄉土（nativist writer）」的主要作家之一，但與之不同的是，他的作品所呈現的聲音不僅僅來自於知識份子對當下政治環境的批判，在這過程中也意識到「知識份子為底層人民代言」的問題並對此進行自省（頁42）。在早期的鄉土寫作中，工人、農民與受資本主義壓迫和剝削的對象確實成為作品中的主角，這些形象被作者／知識份子放置到國族的位置進行探討——如同〈莎喲娜拉・再見〉裡面，台灣妓女和外國嫖客就被放在後殖民論述下，分別代表被殖民者和帝國[32]——但在這個過程中，知識份子自己卻不會在作品中現身。黃春明的寫作則不同，他向讀者展示了「協商」的過程，知識份子在輾轉國族主義、經濟發展和關懷底層之間不斷妥協，故事中的黃君將自己視為可恥的個體，因為失業別無選擇，只能變成掮客出賣自己國家的同胞供日籍職員玩樂，背叛了自己的國族主義者

---

32 同前註，頁276。

的信仰，也讓自己成為原先知識份子所批判的對象[33]。這種拒絕「知識份子 v.s. 帝國」二元對立的態度，使其擁有對知識份子所提出的論述提出質疑的能力，批判後殖民和國族主義的限制（頁42）。

而筆者在爬梳過程發現的另一個文獻中，謝世宗的研究中以〈小寡婦〉為切入點，對知識份子角色——馬善行進行分析。由於美軍在越戰期間將台灣指定為「休息復原計畫（Rest and Recuperation Program, R&R）」的基地之一，大量為供應美軍休憩消費的餐廳、歌廳、舞廳以及運動設施需求陡然上升，當然也包含性產業[34]。在黃春明的敘述下，既流露出對於知識份子身處性產業的不齒，卻又為了生存或甚至某種冒險開拓精神，而欲想拓展業務獲得更多收益的心理拉扯[35]。

在謝氏的研究中，黃春明在創作〈小寡婦〉的手法上，塑造出馬善行這樣最「值得書寫」卻最「不值得尊重」的角色，不僅解構形式和內容，也同樣藉此展現出知識份子欲想代表底層發聲，卻也需要在以資本主義運作的世界中謀生，甚至大展鴻圖從而喪失代言正當性的現象進行批判。小說最後以馬善行的經營方針不再有效為結尾，去除敘述過程中對馬善行的「美化」（頁282）。

回到 Lai 的研究，在〈蘋果的滋味〉中，黃春明更是直截了當地以「不是啞巴但被認作啞巴」的女孩作為角色，凸顯底層人民在不斷

---

[33] Lai, p. 43.

[34] 有趣的是，在國家發展委員會檔案管理局的資料中，直接迴避了性產業的部分，其敘述導向將台灣能夠參與防堵共產圈、支援美軍後勤以及帶來美式文化，形容為榮耀和進步的成就。本研究之目的，不在批判台美之間政軍經和文化上的關係，但仍會想點出在官方的論述中，仍有部分面貌是其不願提及的。資料來源：國家發展委員會檔案管理局－檔案瑰寶——「元氣補給：美軍大兵在臺灣」https://www.archives.gov.tw/ALohas/ALohasColumn.aspx?c=2275

[35] 謝世宗：〈跨國資本主義與理性精神：論王禎和與黃春明筆下的企業主原型〉，《東吳中文學報》第26期（2013年11月），頁267-268。

被代言、被剝削,以及在國家和資本主義的利益下被失聲的景象[36],甚至極其諷刺的——正如小說名稱——將象徵美國的蘋果作為在被新帝國與資本主義暴力對待後,把被「施捨」的一點點甜頭視為珍寶。

　　無論〈小寡婦〉、〈莎喲娜拉・再見〉或是〈蘋果的滋味〉,黃春明有意識地凸顯知識份子和(新)帝國之間的共謀關係,但巧妙地不進行直接明確的批判,而是透過形式與內容之間的衝突,以及多方觀點俱書的方式,「寫實地」點出這是當時社會上運作模式。藉此,黃春明的小說創作不能被簡單稱為後殖民主義或者直接等同於所謂「鄉土小說」,而是擁有豐富的細節與跨越年代的研究潛力,台灣妓女和外籍嫖客——無論美籍或日籍——除了是政治縮影以外,同時保有「女性」這個實質上的身份,其投入產業的能動性和經營者引入的西化 SOP,都提供我們不同切入點來檢視黃春明的創作美學,以及黃氏的作品如何與現今全球性的社會議題進行對話。

2. 陳正芳:〈老人書寫的「魔幻現實」——以黃春明和王禎和的小說為例〉,《台灣文學學報》第40期(2022年6月),頁1-34

　　陳正芳的這篇論文雖然並未探討黃春明的小說如何被英譯,關注的議題也非台灣文學外譯如何運作,然而本研究整理並回顧論文的用意,在於強調黃春明小說當中具世界文學潛力的元素,透過與拉丁美洲傳來的文學美學／主義進行對話,探討未來的翻譯和研究可能。

　　在此研究中,陳正芳以黃春明的小說集《放生》為主要文本——尤其關注於一九九八年的〈死去活來〉、〈銀鬚上的春天〉和〈呷鬼的來了〉——當中以「獨居老人」為主要描述對象的小說,探討拉美魔幻寫實的在地化。

---

36 同註46,頁48-49。

魔幻寫實在陳氏的論述下，以文學理論來看，採「魔幻現實主義」翻譯；若就寫作技法，則為「魔幻寫實」；而在對應現實環境上，則如題目所設定的「魔幻現實」。[37]而關於這個手法的特徵，該論文引用法國藝術史學家克來爾（Jean Clair）在〈有關魔幻現實主義〉（Sobre el realismo mágico）一文中指出，該藝術表現於一九一九年即由義大利畫家奇里訶（Giorgio De Chirico）呈現[38]，其目的是「用以表達繪畫符號中的「憂鬱」（melancolía），而非形而上（metafisica）繪畫的本質……每件事都有它的兩面性，一是日常的，為人熟悉；另一是幽幻、形而上的，暗藏在現實背後。」（頁9）接下來，德國藝評家侯荷（Franz Roh）於一九二五年 Nach-Expressionismus, magischer Realismus. Probleme der neuesteneuropäischen Malerei 一書中定義：「『魔幻』這個詞是對立於『神秘主義』，我要說神秘並非源自再現的世界，而是隱藏、搏動於事物背後。」[39]

　　在陳氏的探討之下，拉丁美洲的「魔幻寫實」是建立在與「幻象文學」的對立之上，前者是「古文明的拉美國家之文學符碼」，後者則為「以白人後裔為主的阿根廷文學」，呈現出一種鄉土、歷史、神話傳奇 v.s. 形而上、知識論、後設的區隔（頁11）。而後，詹明信也據此表示，台灣有本地古老的文化、後現代嶄新的科技、自己的古典傳統，若將之匯合，一定存有各種「未被名狀或描述過的現實待寫。」（頁13）

　　作者指出，在黃春明創作《放生》的一九九〇年代，台灣早已脫離戒嚴與貧窮的狀態，並不符合旅美智利作家阿言德（Isabel Allende）所稱：「魔幻寫實發生在低度開發，且與暴力相為伍的國家，因而需

---

[37] 陳正芳，頁4註釋1。
[38] 同前註，頁9註釋23。
[39] 同前註，註釋26。

要一個魔幻的世界作為殘酷現實的庇護所」[40]，參照劉春城所著的《黃春明前傳》的內容，黃春明的〈呷鬼的來了〉乃是受到馬奎斯《百年孤寂》的啟發，且影響了後續幾部以獨居老人為主題的作品（頁6）。不過，黃春明並沒有在馬奎斯一九八二年獲諾貝爾文學獎，中國洪範書局順勢出版系列魔幻寫實叢書的八十年代出版自己的作品，而是在九十年代末與吳明益、甘耀明、童偉格以及袁哲生等「新生代作家」一道[41]，豐富台灣魔幻寫實小說的土壤。（頁8）

在進行文本分析的過程中，陳氏將〈銀鬚上的春天〉與委內瑞拉小說家烏斯拉·皮耶特里（Uslar Pietri）的〈雨〉（*La lluvia*），和馬奎斯的〈巨翅老人〉（*Un señor muy viejo con alas enormes*）進行對讀，探討其中對於自然環境的描寫以及「老人」所蘊含的象徵意義。黃春明與另外兩位的差異在於，〈銀鬚〉當中的老人不只是一種「虛幻」的角色，而是土地公、榮伯和「老人」的交互指涉——他們共享「老人」的屬性，但又分別處在神明、尋常人和未知三個位置。（頁17-18）在〈呷鬼的來了〉當中，將自然視為一種神話般描述的同時，對於北宜公路上「撒冥紙」的習俗，將黃色紙錢隨風幻化為黃蝴蝶，但在風停之際又回歸紙錢本身，這種「來去自如」的變形使得這個景象並不會「變現實為神話」或者「變現實為夢幻」，北宜公路或者台灣其他險峻的公路上確有此事（習俗），而黃春明此處的手法正是「魔幻寫實」美學的呈現。（頁18-19）對於學界較少以魔幻寫實進行連結的〈死去活來〉，陳氏也以粉娘進入陰曹地府的情節，探討黃春明如何解構「死者

---

[40] 同前註，頁6。阿言德的引用此處由筆者改寫，中文譯文由陳氏進行翻譯，原文來自固蒂也列斯（Bautista Gutierrez）之論文"El realismo mágicoen La casa de los espíritus"（《精靈之屋》中的魔幻現實主義）。參見Bautista Gutierrez, Gloria, "El realismomágicoen La Casa de Los Espíritus", *Discurso Literario: Revista de Temas*, vol. 6, no. 2 (1989), p. 308.

[41] 關於該資訊的描寫，位於該論文的註釋20。

為大、死後成仙」的傳統，將死亡描述為如同出國一樣的空間得以「供人來去」，透過細讀此劇情，〈死去活來〉便脫離原有的「批判倫理親疏」的論述，（頁21-22）而擁有了魔幻寫實的元素以及延伸潛力。

該論文為我們揭示的，乃是黃春明筆下的老人所象徵的並非「獨裁、暴力、貧窮」等等「問題」，而是以「春天、紅花、孩童、笑聲」著以鮮明色彩，塑造出沒有家累，如同土地公的獨居老人（頁27-28）。在拉丁美洲的獨居老人，由於其政治現實，其傾向象徵「國」，而在黃春明筆下的老人則著重於鄰里、親人互動的「家」，這樣的呈現成功使魔幻寫實本土化（頁30），並帶給研究者除了社會學脈絡以外，更多詮釋「獨居老人」在文本中的形象。

本論文的作者陳世芳另有一本專書《魔幻現實主義在台灣》（2007），能夠提供更詳盡的脈絡供研究者進行參考。而將黃春明與魔幻寫實主義共同探討，更是為其作品能夠進入世界文學場域提供助力，將台灣民俗運用以在西方獲得廣泛討論的美學來呈現，且在未來翻譯的時候進行關注，此外，作品中相當鮮明的老人議題不只是全球在勞動力的關懷焦點，當中對於心理層面以及關乎生命等等「大哉問」的描寫，同樣是跨越時空和國境，值得作為台灣與世界進行交流的主題。

小結

Ming-yan Lai 的研究為我們呈現了黃春明作品的複雜性，當中知識份子的焦慮與掙扎本身就能作為不限地域的主題進行討論，再加上美軍駐台的經驗以後，冷戰架構下的文學主題便能與世界搭建起橋樑。陳正芳的研究則更進一步，探討黃氏書寫下的老人如何脫離原先的倫理規勸，以魔幻寫實的手法帶出「自由無拘束」的老人以外，也呈現台灣民俗、信仰和地景風貌的獨到之處。

對於世界文學來說，主題風潮是動態的持續過程。由於黃春明作品中議題與美學手法的多元和扎實，近讀（close reading）作品中的細節，並嘗試以跨領域的方式（結合長照產業及性產業等等研究）進行分析，黃氏的作品便能夠在各個時代都被閱讀，也取得更多進入文學中心的可能。

結論

在邱貴芬教授的專書中引用 Casanova 對於小文學的四大困難：貧瘠（Literary destitution）、落後（Backwardness）、遙遠（Remoteness）、不被看見（Invisibility）。[42]而如果希冀台灣文學能夠被「看見」，那麼首要實踐便是翻譯，尤其是翻譯為英文這個世界語言。以世界文學作為研究黃春明的概念，不僅僅是因為黃氏作品本身已具備進入世界文學所需的要件，更是因為其作品主題和手法能夠交流的對象不限於台灣記憶、不限於東亞，而是世界。並且由於作品內容以及文體的豐富，更能適應文學中心的潮流變動，進一步獲得被審核機制認可的能量。

本研究回顧的文獻，雖然本身並非直接使用世界文學理論，各自研究有關翻譯史、翻譯方法，乃至於透過西方文學主義進行分析，但都還未具備世界文學所強調之「主動向外」的意識，但確實為後續研究提供一個入口。因此，本研究指出黃春明作品中，關於越戰、美軍駐軍、性產業、老人書寫，甚至髒話等等元素，這些都是不僅僅在台灣曾發生／正在發生的命題，也是外國文學中能夠見到的命題，因此都能夠成為未來研究黃氏作品的切入點。

在陳榮彬教授的研究中，我們分別從歷史脈絡以及翻譯理論兩個

---

42 邱貴芬：《台灣文學的世界之路》，頁28。

觀點切入，從而了解台灣文學英譯的背後驅動力，與國策和官方資助有直接連結，作為軟實力的一種競爭，黃春明的作品從議題和美學上都反映了當時正在民主化的台灣。對於鄉土的描繪，也承接呂赫若以及賴和等日籍前輩作家，將小人物的「聲腔」轉化為英文讀者的日常語言。值得注意的是，在世界文學的研究脈絡中，被外譯的台文作家通常都具備大獎獲獎人的身份，包括但不限於聯合報文學大獎、紅樓夢文學獎，或者 Newman Prize for Chinese Literature 等（邱貴芬，頁35-44），而黃春明雖不名列其中，但這不影響其作品擁有進入世界文學場域的能量，是屬於一種特例，抑或選文機制能夠產生改變，則能夠成為未來研究者的發展方向。

　　王儷蓉教授的研究，則使我們得以清楚見到翻譯實踐中，（不）可譯性如何連接台灣地景與習俗，從而使譯作「不僅是關切翻譯的詞彙或精神是否忠於原典，更是哪些作品透過哪些方式成功跨出台灣」（邱貴芬，頁30），達到 David Damrosch 的「雙重折射」理論，此一旅行與世界的「過程」。葛浩文的自傳繪聲繪影地描述他從軍人到翻譯家的一路上，所結識的文學友人以及接洽的出版社，這不僅是一段回憶，更補全了選文機制除了軟實力以及國族認同之外，第一線運作者的臉譜。

　　誠然，單純是作品被翻譯成英文無法等同於世界文學。在詹閔旭教授的研究〈媒介記憶：黃崇凱《文藝春秋》與台灣千禧世代作家的歷史書寫〉中以「千禧作家」作為研究重點[43]，強調媒介的流動讓台灣作家筆下的歷史記憶不只獨享於這塊土地，而成為跨越種族和地理國界的全球文化記憶。要達到這點，詹教授引用埃爾（Astrid Erll）

43　詹閔旭：〈媒介記憶：黃崇凱《文藝春秋》與台灣千禧世代作家的歷史書寫〉，《中外文學》第49卷第2期（2020年6月），頁93-124。

《文化中的記憶》（*Memory in Culture*）中的「文學來世」概念：1.社會觀點──不同社會情境和不同世代以迥異方式詮釋同一文本，可賦予文學作品截然不同的來世面貌。2.跨媒介──不同媒介之間的互文、改編、重寫。3.文本觀點──為何有些文學能夠被一再重讀，發揮影響力，有些則終究被遺忘？這三點雖不是缺一不可，但若能夠疊加，則更凸顯此作品的勃勃生機。[44]

黃春明並非千禧作家，Robert E. Hegel 更視其為五四以後繼承其傳統，又同時融合後殖民、新帝國主義、晚期資本主義、魔幻寫實與長照議題等等主題的能量。又根據 Ming-yan Lai、謝世宗與陳正芳的研究，黃氏的書寫都能夠超越自身書寫年代所主流的後殖民論述，有意識地對知識份子進行自我批判，以及關懷失聲的鄉土人物。同時，「寫實」的手法在受到馬奎斯的影響以後，以魔幻寫實手法描繪民俗活動以及老人形象，幫助魔幻寫實主義在台灣扎根，不斷更新台灣文學場域的能量，且作品時刻保持著與時俱進甚至超越的特徵。因此，我們或能稱，黃春明的作品擁有埃爾認為「文學來世」所需要的全部三個元素。

需要提出的是，本研究的限制在於僅僅梳理了「小說」，關於侯孝賢、曾壯祥、萬仁、葉金勝等導演以黃氏作品改編而成的電影──如《兒子的大玩偶》或《莎喲娜拉‧再見》[45]等──則沒有收錄在本研究中，其原因在於小說與電影之間的分析與批判方法各有不同，本研究恐沒有足夠篇幅進行妥善的整理，不過，英文論文中研究侯孝賢作品與台灣新電影者不在少數，並且「改編」也是文學來世以及世界文學當中極為重要的實踐，因此黃春明的作品電影化，以及其電影如

---

44 同前註，頁117。
45 此部電影的編劇就是黃春明本人。

何與世界文學對話，也是具發展潛力的主題。另外一方面，邱教授就書市銷售方面，研究 Goodreads. Com 當中讀者評分、回饋，以及出版社請西方名作家寫推薦序，以及編輯維基百科頁面等等方式進行建構和整理（頁125-126、190-198），同樣也可關注黃春明作品在這些議題的發展與實踐。

　　黃春明的作品不限於小說，近期他則致力於兒童劇團和繪本文學，這位多面向的台灣文學重要作家並未有一個定性的標籤，舞臺劇、繪本和漫畫等等視覺藝術比起文字有更直接的傳達力，而這個主題無論國內外都有待被探討，黃春明作為世界文學作家的身份，也能夠以上述這些文體進行參與。世界文學作為新世代的文學浪潮，或許對於台灣來說是一道窄門，我們接收或發出訊號通常都需要經過「三角翻譯」，而將世界文學作為主要理論進行研究，有助於台灣提升國際軟實力上的競爭力之外，同時也對台灣文學已有作品和未來作品注入革新的能量。

　　於此同時，作為對本研究的反思，同樣討論跨國翻譯的「第三世界文學」以及「全球南方文學」，將台灣與其他文化之間的「差異」作為關懷重點的角度，顯然與探討共通性的世界文學有所不同，世界文學的西方中心思想，以及潛在的同質性偏好，是該理論受批判的要點。筆者認為，讀者在選擇作品的時候，既偏好於熟識的主題，同時被新奇的元素所吸引，而黃春明的創作經本研究爬梳以後，兩種特性似乎皆是其被外譯的原因。因此，或許也能從黃氏的作品中，進一步探討有關「文學／文化跨國與翻譯」領域的理論。

參考文獻

陳正芳：〈老人書寫的「魔幻現實」——以黃春明和王禎和的小說為例〉，《台灣文學學報》第40期，2022年6月，頁1-34。

林姵吟：〈英美對台灣文學的研究概述〉，《台灣文學年鑑》，2009年，頁133-147。

邱貴芬：《台灣文學的世界之路》，臺北市：政大出版社，2023年。

_____：〈在地性論述的發展與全球空間：鄉土文學論戰三十年〉，《思想》第6期，2007年9月，頁87-103。

葛浩文：《從美國軍官到華文翻譯家：葛浩文的半世紀臺灣情》，台北市：九歌出版社，2015年。

彭小妍：〈何謂鄉土？——論鄉土文學之建構〉，《中外文學》第27卷第6期，1998年11月，頁41-53。

詹閔旭：〈媒介記憶：黃崇凱《文藝春秋》與台灣千禧世代作家的歷史書寫〉，《中外文學》第49卷第2期，2020年6月，頁93-124。

陳榮彬（Richard Rong-bin Chen）：〈英譯台灣小說選集的編選史研究——從1960年代到1990年代〉，《SPECTRUM: NCUE Studies in Language, Literature, Translation》第14卷第1期，2016年1月，頁75-88。

王儷蓉：《台灣鄉土小說翻譯——論黃春明與王禎和作品之可譯性及其英譯之等效問題》，台北市：國立台灣師範大學翻譯研究所碩士論文，2004年。

André Lefevere, *Translation, Rewriting, and the Manipulation of Literary Fame* (New York: Routledge, 1992).

David Damrosch, *What Is World Literature?* (Princeton and Oxford: Princeton University Press, 2013).

John Pizer, "Goethe's 'World Literature' Paradigm and Contemporary Cultural Globalization," *Comparative Literature* 52.3 (Summer, 2000): p. 213-227.

Ming-yan Lai, "The Intellectual's Deaf-Mute, or (How) Can We Speak beyond Postcoloniality?" *Cultural Critique* 39 (Spring, 1998): 31-58.

Pheng Chean, "What is a World? On World Literature as World-Making Activity," *Daedalus* 137.3 (Summer, 2008): p.26-38.

Robert E. Hegel, "(Review) The Drowning of an Old Cat and Other Stories by Hwang Chun-Mingand Howard Goldblatt," *World Literature Today* 55.3 (Summer, 1981): 534-535.

Rosemary Haddon, ed. *Oxcart: Nativist Stories from Taiwan, 1934-1977* (Dortmund: Projekt Verlag, 1996).

卷三
黃春明作品與女性、兒童

地方場景、歷史記憶與家國寓言
―― 黃春明《秀琴,這個愛笑的女孩》析論*

顧敏耀**

摘要

　　《秀琴,這個愛笑的女孩》採用的是第三人稱全知觀點,作者得以運用自然適意之筆觸,描述人物角色之內心世界,暢所欲言,披露無遺。至於故事結構與情節進展方面,總共廿四小節之中,前廿節的節奏略顯緩慢,作者甚至還好整以暇的在主線與副線之外拉出其他支線。在讀者快要沈不住氣的時候,突然就面臨了故事最高潮,急轉直下,以迅雷不及掩耳的速度將整個故事結尾收束。方知前段乃作者故作閒筆,正用以襯托／凸顯後段猛爆式結尾的急風驟雨,讓讀者在措手不及而驚魂未定之時,留下餘韻裊裊。童話故事中的壞人在結尾總會死亡,但是在這部小說中,受害者陳冤未雪,加害者逍遙法外,黃春明或有意藉此呼應我國在解嚴之後面臨的「轉型正義」議題。此部小說以生動寫實的筆法、別具巧思的故事結構、豐富的象徵隱喻來控訴了我國白色恐怖時期黨國鷹犬爪牙的可怕與可惡(至於其背後的 Dictator 藏鏡人則呼之欲出而不言可喻),其悲劇之結尾,好似呼籲

---

* 惠蒙兩位匿名審查委員提供許多寶貴意見,深感受益良多,謹致謝忱。
** 中興大學中國文學系兼任助理教授。

著人們不應該遺忘這段歷史,應致力於轉型正義之完成,值得吾人省思。

關鍵詞:白色恐怖、宜蘭文學、家國寓言、吸血鬼故事、轉型正義

一　前言

　　黃春明（1935-）[1]，宜蘭羅東人[2]，畢業於屏東師範學校（今屏東教育大學），曾任小學教師、電臺記者、廣告企劃、編劇、導演等，著有小說《兒子的大玩偶》、《鑼》、《莎喲娜啦‧再見》、《我愛瑪莉》、《青番公的故事》、《看海的日子》、《放生》、《沒有時刻的月臺》、《跟著寶貝兒走》、《秀琴，這個愛笑的女孩》等，散文《等待一朵花的名字》、《大便老師》、《九彎十八拐》，詩集《零零落落》，童話繪本《小駝背》等、文學漫畫《王善壽與牛進》等。曾獲吳三連文學獎、國家文藝獎、中國文藝協會文藝獎章、臺灣文學獎、時報文學獎、東元獎、噶瑪蘭獎、行政院文化獎、全球華文文學星雲獎、總統文化獎等[3]。

　　黃春明長篇小說《秀琴，這個愛笑的女孩》在二〇二〇年九月由聯合文學出版社初版，同時也將起首的十個章節：〈倒勾齒的媚眼〉、

---

[1] 黃春明的出生年份，有研究者求證作家本人，應為1935年（見劉早琴《原鄉、北進、回溯──黃春明小說研究》，臺北市：東吳大學中文所碩士論文，2000年，頁15），然而不知為何，在很多資料裡面都誤記為1939年，譬如葉石濤《臺灣文學史綱》（高雄市：春暉出版社，1998年，頁129）、福建人民出版社編《黃春明小說選》（福州市：福建人民出版社，1984年，頁295）、應鳳凰《臺灣文學花園》（臺北市：玉山社，2003年，頁110）、林明德總策劃《親近臺灣文學──作家現身》（臺北市：五南圖書出版公司，2007年，頁155）等。若不說西元而要說年號的話，因其出生於日本時代，故不宜說是生於民國24年（當時中華民國尚未流亡入臺也），而應記為昭和10年才是。另外，「春明」的日文漢字讀音為「はるあき」，然而親自詢問黃夫人後得知，在家中乃以「はるお」相稱，若寫為漢字則是「春雄」。

[2] 敘述方式亦可為「1935年生於臺北州羅東郡羅東街」，而不適合記為「1935年生於宜蘭縣羅東鎮」，應以該年份之行政區劃為準。

[3] 李瑞騰、梁竣瓘編著：《每個門窗都是一幅畫》（臺北市：聯合文學出版社，2024年），頁42-43；許美智等：《宜蘭第一》（宜蘭縣：宜蘭縣史館，2010年），頁77。

〈情書不求人〉、〈銅扣子彈〉、〈豬母稅〉、〈一顆隱現的明星〉、〈要快、要大聲〉、〈地動山搖〉、〈神風特攻隊〉、〈燙手燙嘴〉、〈生毛帶角的一群〉刊登於《文訊》第四一九期，翌年本書即獲得第四十五屆金鼎獎。

在黃春明的作品中，早期發表的〈兒子的大玩偶〉、〈蘋果的滋味〉、〈看海的日子〉等名篇，相關研究論著甚多[4]，至於二〇二〇年發表的這部《秀琴，這個愛笑的女孩》，雖然已經有一些評論問世[5]，仍有可以再進一步研究探討的空間。

二　具地方特色氛圍之形塑

首先，迄今仍時常見到以「鄉土文學作家」[6]稱呼黃春明者，似有

---

4 如洪文郎：〈象徵、結構與意義——黃春明小說〈蘋果的滋味〉的真實況味〉，《中國文化大學中文學報》第24期（2012年4月），頁257-274、徐富美：〈〈兒子的大玩偶〉中語篇的銜接與連貫〉，《臺灣語文研究》第3期（2009年1月），頁129-156、林倩伃：〈黃春明〈看海的日子〉的女性意識〉，《臺北海洋技術學院學報》，第4卷第2期（2011年9月），頁145-161等。

5 譬如：陳碧月：〈黃春明：《秀琴，這個愛笑的女孩》對臺灣小說的貢獻〉《國文天地》38卷6期〔2022年11月〕，頁81-87）給予高度肯定，謝芳春：《黃春明小說中的商人形象研究》（嘉義縣：中正大學中文研究所碩士論文，2023年）則分析了《秀琴，這個愛笑的女孩》書中的幾個商人角色，包括太和餐廳老闆許甘蔗、老闆娘碧霞、電信局打電話的老闆、廖錦德鐵工廠老闆、雷公蔡北萊烏電影公司老闆、羅東南門大角頭、地下錢莊莊主、建築界包攬工程仲介、小印刷廠老闆等。王明翠：〈談黃春明：《秀琴，這個愛笑的女孩》中的女性處境〉（《臺北海洋科技大學學報》第13卷第2期〔2022年9月〕，頁169-189）則認為「秀琴悲慘的結局，作為一種無力自救的典型女性形象，在各種外在壓迫以及男權社會觀念的束縛之下，是完全的被動角色。儘管她有機會能表現出更多女性想要展現的自覺與反抗性，然而這一切只是成為哄抬她身價的背景，最終往往只能看到她悲慘的遭遇」。

6 「提到黃春明，一個文學標籤——鄉土文學——馬上貼上等號！事實上，當黃春明寫〈城仔下車〉時，他根本沒有所謂的『鄉土意識』，他只是寫『我生活周圍最親切，最熟悉的部分』」，見徐惠隆：〈蘭地文學的特質與開展〉，文訊雜誌社主編《鄉土與文學：臺灣地區區域文學會議實錄》（臺北市：文訊雜誌社，1994年），頁434。

未妥。追溯「鄉土文學」一詞，在日本時代已有出現，如連橫（1878-1936）就曾說：「夫欲提唱鄉土文學，必先整理鄉土語言」[7]，戰後亦有一九七〇年代著名的的「鄉土文學論爭」[8]，其實，應可視為「臺灣現實主義文學運動的一翼」[9]，誠如王拓所說：「真正的『鄉土文學』是關心自己所賴以生長的土地，關心大多數與我們共同生活在同一環境下的人的文學，這種文學我主張用『現實主義文學』而不用『鄉土文學』」[10]。黃春明《秀琴，這個愛笑的女孩》的故事場景，雖然前半部的羅東小鎮，帶有樸實的氣息，或可稱為「鄉土」，但是後半部則主要是在臺北的北投，溫泉裊裊，觥籌交錯，似難以「鄉土」稱之[11]。

然而作者仍是以生動細膩的筆觸營造了小說的「地方感」（the sense of place）[12]。譬如「南門大」的手下「三郎」要幫忙許甘蔗夫婦前去北投探望女兒時，便說道：「我已經買了兩斤的蜜餞，裡面有仙楂、李鹹，橄欖和旺來糖，準備給許小姐送給大家吃」，以蜜餞果乾作為伴手禮，就十分具有宜蘭風味[13]。

7　連橫：《雅言》（臺北市：臺灣銀行經濟研究室，1963年），頁1。
8　葉石濤：《臺灣文學的悲情》（高雄縣：派色文化出版社，1990年），頁145-147；趙遐秋、呂正惠：《臺灣新文學思潮史綱》（臺北市：人間出版社，2002年），頁308-333。
9　古繼堂主編：《簡明臺灣文學史》（臺北市：人間出版社，2010年），頁432。
10　王拓：〈鄉土文學與現實主義〉，尉天驄主編：《鄉土文學討論集》（臺北市：遠景出版社，1978年），頁301。
11　近年來大眾傳播媒體也出現「鄉土劇」之稱，然而很多故事場景也很不鄉土，說穿了就是「臺語劇」，殆因黨國殘餘勢力影響下的媒體記者為了避諱「臺語」一詞，乃以「鄉土」稱之。至於「鄉土文學」，其實也就是臺灣現實主義文學而已，故事場景有農村也有都市。
12　David Lodge著，李維拉譯：《The Art of Fiction》（臺北市：木馬文化公司，2006年），頁80。
13　林美容、鄧淑惠、江寶月：《宜蘭民眾生活史》（宜蘭縣：宜蘭縣政府，1997年），頁41。

還有關於羅東的描述為：「小鎮是太平山和大元山檜木的集散地，生意人木材商，製材所帶動了小鎮的繁榮。特別是談生意的交際場所，例如料理店和酒家，工人和一般人的小吃夜市，大廟埕的打拳賣膏藥，還有連電影院和戲館的生意，小鎮就像一鍋不曾熄火的滾開水」[14]，雖然沒有詳細確切的描述其聲音，但是其人聲鼎沸之狀則不說自明。

此外，羅東在日本時代因為伐木業而十分繁榮，延續至戰後數十年，來自山上的檜木由小火車載下來，鎮內製材廠林立，有許多浸泡木材的蓄水池[15]，因此，黃春明便描述云：「夜晚的空氣帶著檜木的香味，充滿車廂，睡著了的羅東人，一個一個聞到香味醒過來。他們從貨架上小心地，把東西拿下來做些準備。因為火車就快到羅東了」[16]，濃郁之香氣飄揚在整個小鎮，甚至足以將火車上的乘客燻醒。「嗅覺雖帶給人許多的記憶，但它常常被先進的文化認為是比較低等的感官……其實，一個地景特殊味道，才能夠讓人回憶很久」[17]，確乎如此。

另有關於北投溫泉酒店之段落，則是透過聽覺與視覺的描摩，讓情景躍然紙上：

> 秀琴是坐在徐員外和蕭導之間。其他三位配角的女演員，也一樣插座在左右男士的身邊。這時候父親和女兒成對的那卡西，父親從外頭就演奏手風琴進來了。他們每個人什麼都放開似的，隨著日本歌曲〈青色山脈〉的節拍拍手，跟著旋律擺動身

---

14 黃春明：《秀琴，這個愛笑的女孩》（臺北市：聯合文學出版社，2020年），頁24。
15 龐新蘭：《戀戀蘭陽》（臺北市：愛書人雜誌，2004年），頁115；李潼《羅東猴子城》（宜蘭縣：宜蘭縣文化局，2005年），頁36-43。
16 黃春明：《秀琴，這個愛笑的女孩》，頁87。
17 蔡文川：《地方感：環境空間的經驗記憶和想像》（高雄市：麗文文化公司，2009年），頁13。

體。接著十二、三歲的女孩，唱起臺語歌〈黃昏嶺〉。音樂的進場，在座的人的肢體解放了；投懷的，送抱的，攔腰的，披肩的，嘻嘻哈哈成為一團。[18]

根據臺語片製片人張薰南的回憶，「那時候拍片大都在北投，幾乎每家旅館燈火通明，大牌演員就以摩托車限時專送，省時省錢，小演員就在旅館休息，北投熱鬧宛如影城」[19]，可見黃春明對於小說地點之選擇，乃有事實之依據。

此二處故事場景之描述，前者大概只能是羅東，後者也只有北投，充分凸顯了地方的重要特色。

除了場景之外，語言也帶有濃厚的在地色彩。作者熟練的在人物對話之中融入了臺語的詞彙、成語、諺語，譬如：「歹勢，歹勢，害妳嚇著驚」[20]、「捏，怕死，放，怕飛」[21]、「人在做，天在看」[22]、「時啊，運啊，命啊」[23]、「時到時擔當，無米煮蕃薯湯」[24]、「事情不是妳想的那麼簡單。去北投探伊，那裡的人都是生毛帶角的流氓，妳要去？去送肉飼虎」[25]、「莊大頭家，這支片臨時臨要趕拍下來，要是欠些箍箍，你也可以調一調？」[26]等，信手拈來，運用自如，讓讀者清楚知道故事人物當時所使用的語言，更能融入其中。閱讀這部小

---

18 黃春明：《秀琴，這個愛笑的女孩》，頁87-88。
19 葉龍彥《春花夢露：正宗臺語電影興衰錄》（臺北市：博揚文化出版，1999年），頁216。
20 黃春明：《秀琴，這個愛笑的女孩》，頁154。「害妳嚇著驚」似宜作「害妳著驚」。
21 黃春明：《秀琴，這個愛笑的女孩》，頁70。此句形容患得患失。
22 黃春明：《秀琴，這個愛笑的女孩》，頁76。
23 黃春明：《秀琴，這個愛笑的女孩》，頁77。一般常見用字為「時也，運也，命也」。
24 黃春明：《秀琴，這個愛笑的女孩》，頁134。此句含意略同於「船到橋頭自然直」。
25 黃春明：《秀琴，這個愛笑的女孩》，頁146。送肉飼虎〔sàng bah tshī hóo〕
26 黃春明：《秀琴，這個愛笑的女孩》，頁163。

說時，腦海中的語言往往是臺語跟華語穿插揉雜[27]，提供身歷其境之感受。

部分臺語用字若參考教育部所公布之臺語用字，可能需要斟酌，譬如「真歹勢，我煩惱到沒弄點心給林先生治妖〔枵〕」[28]、「老母沒想到這個乖兒子，竟對伊這樣叫起來。伊小聲地說，伊以為老厐〔尪〕死了」[29]、「在這空檔，廖董也帶秀琴掛〔敲〕兩次電話給家裡報平安」[30]、「但是呷〔食〕酒時不要決定事情，以後再說」[31]、「腳穿〔尻川〕後譙皇帝，誰不敢？」[32]等。黃春明在二○一一年五月二十四日於臺南的臺灣文學館演講時，曾與成大臺文系蔣為文教授爆發爭執，引起臺灣文學界與臺語研究界等諸多學者與創作者之論戰[33]，殊屬遺憾。臺灣文學的華語創作者與臺語研究者之間應可「魚幫水，水幫魚」，前者可借鑑後者的研究成果而運用於作品之中，後者亦可協助前者將作品翻譯成 Tâi-bûn 譯本[34]，未嘗不是美事一樁。

三　依據現實展示歷史記憶

黃春明的小說，大多有其現實依據。譬如〈鑼〉所描述「憨欽

---

27 黃春明近年錄製的「有聲書」如〈青番公的故事〉（線上版網址為https://reurl.cc/jW73R2），也是臺語跟華語混搭。
28 黃春明：《秀琴，這個愛笑的女孩》，頁78。治枵〔tī-iau〕，充飢，果腹。
29 黃春明：《秀琴，這個愛笑的女孩》，頁139。
30 黃春明：《秀琴，這個愛笑的女孩》，頁144。「敲電話」〔khà tiān-uē〕之「敲」屬借字，此為源自日文之外來語：「電話をかける」。
31 黃春明：《秀琴，這個愛笑的女孩》，頁163。
32 黃春明：《秀琴，這個愛笑的女孩》，頁206。「尻川」〔kha-tshng〕。
33 詳情可參考臺文筆會編《蔣為文抗議黃春明的真相》（臺南市：亞細亞國際傳播社，2011年）。
34 近年已有許多世界名著的臺文譯本，譬如「世界文學臺讀少年雙語系列」（臺北市：前衛出版社）、蔡雅菁譯：《小王子》（臺北市：前衛出版社，2020年）等。

仔」的故事[35]，與臺灣文史專家林茂賢的回憶若合符節：「以前羅東鎮的大小事務都由『崁金仔』打鑼通知，每當鎮上要酬神謝平安，出煞壓火災，小孩失蹤，繳納所得稅等事，崁金仔就沿街敲鑼高喊：『打鑼對這來，報予大家知』，後來擴音器出現在鎮上，崁金仔也失去了他的舞臺」[36]。此部《秀琴，這個愛笑的女孩》，諒亦根據其耳聞目見而鋪陳敷衍成篇。

關於女主角之容貌甚美，作者並未落入俗套而直接刻畫其「唇不點而紅，眉不畫而翠，臉若銀盆，眼如水杏」[37]之類，反倒是透過他人的反應來表述，譬如某男子騎機車因為回頭看秀琴而撞上電線桿[38]，還有「郵寄給她的情書也真不少。寄信人除了學生，也有社會人士，還有來自他鄉的信」[39]，更讓讀者有想像空間。

秀琴之美貌，令人猜測可能跟噶瑪蘭族[40]或其他平埔族的基因遺傳有關，羅東地名即來自噶瑪蘭族語的「猴子」[41]，當地原本就有多個噶瑪蘭族的部落，如打那岸社、歪仔歪社、南搭吝社等，在十九世紀還有西部平埔族領袖潘賢文率領阿里史社、阿束社、北投社等部落成員遷入[42]，雖有爭執械鬥者，諒亦有通婚融合者[43]。這些南島民族

---

35 黃春明：〈鑼〉，《莎喲娜啦·再見》（臺北市：聯合文學出版社，2009年），頁75-166。
36 龐新蘭：《戀戀蘭陽》（臺北市：愛書人雜誌，2004年），頁116。
37 《紅樓夢》第八回描寫薛寶釵。
38 黃春明：《秀琴，這個愛笑的女孩》，頁16。
39 黃春明：《秀琴，這個愛笑的女孩》，頁22。
40 噶瑪蘭族（Kavalan）世居宜蘭平原，在荷蘭時期的人口約有九千多人，滿清時期的十九世紀為五千多人，日本時代的二十世紀僅三千多人。見徐惠隆：《蘭陽的歷史與風土》（臺北市：臺原出版社，1992年），頁32。
41 羅東公學校編著，林清池譯：《羅東鄉土史料》（宜蘭縣：宜蘭縣立文化中心，1999年），頁5；蔡培慧、陳怡慧、陸傳傑《圖說臺灣地名故事》（臺北市：遠足文化公司，2013年），頁20。
42 中華綜合發展研究院應用史學研究所總編纂：《羅東鎮志》（宜蘭縣：羅東鎮公所，2002），頁114-116。

在體質人類學上的容貌與漢人相較之下，輪廓較深而兩眼有神，即清代方志所說的「兩目拗深，瞪視似稍別」[44]，我國民間相傳的「埔里出美女」[45]應該也是與臺灣中部平埔族大量遷入埔里有關。

人物的姓氏方面，作者也特別有安排。女主角一家姓「許」，雖然也是要諧音臺語之「苦」，暗示其悲苦之命運，惟根據一九五〇年代之調查資料，臺灣許姓人口當中，福佬人比例超過九成，更是宜蘭縣內第十三大姓[46]。至於警總高官「于局長」，其姓氏人口在臺灣排名第一百一十，屬於「稀姓」，但是有三成居住在臺北市內，全台于姓當中的戰後各省移民之比例也超過九成[47]。這些都符合故事人物角色所屬之族群設定。

小說人物之取名也十分重要，往往必須考量其種族、生活環境、宗教信仰或社會階層[48]，此小說之女主角命名為「秀琴」，乃該年代常見 Hoh-ló 人的女性名字，屬於俗稱之「菜市場名」，作者殆以此表示此女性之悲劇屬於共相而非殊相，並非少見之特例，乃當時眾多受到欺凌之臺灣女性的象徵，甚或為戰後遭受專制殖民統治的整體臺灣之人物化[49]。

這部小說的情節主要就是電影工作者在羅東遇見美女秀琴而驚為天

---

[43] 臺灣省文獻委員會採集組編校：《宜蘭縣鄉土史料》（南投縣：臺灣省文獻委員會，2000），頁128。

[44] 陳淑均：《噶瑪蘭廳志》，臺灣銀行經濟研究室（臺北市：臺灣銀行經濟研究室，1963），頁226。

[45] 吳如明：《油菜花的春天》第二集（金門縣：金門縣文化局，2017年），頁183。

[46] 潘英：《臺灣人的祖籍與姓氏分佈》（臺北市：臺原出版社，1991年），頁72-73。

[47] 潘英：《臺灣稀姓的祖籍與姓氏分佈》（臺北市：臺原出版社，1995年），頁35-36。

[48] NoahLukeman著，王著定譯：《The First Five Page: A Writer's Guide To Staying Out of the Rejection Pile》（北京市：中國人民大學出版社，2012年），頁129。

[49] 「把象徵與角色連結在一起的另一種技巧，就是透過某個名字傳達出角色的基本特質」，見John Truby著，江先聲譯：《The Anatomy of Story: 22 Steps to Becoming a Master Storyteller》（臺北市：漫遊者文化公司，2021年），頁230-231。

人，邀請其拍攝影片，卻以悲慘結局收尾。「選角」(Cast)是拍攝電影時的重要工作，其依據主要是「一、和角色接近的氣質或具有氣質上的可塑性；二、具演技或表演的才能；三、外型符合角色的要求」[50]，根據小說所述，秀琴大概只具有第三點，外型美麗亮眼而已，前二項的匱缺，導致電影拍攝進度停滯不前，甚至還因此更換導演[51]。黃春明曾在電視、電影界工作過[52]，對於此方面事務，知之甚詳，乃能娓娓道來而如數家珍。

　　一般論及「臺灣的電影與文學」，大都著墨在文學作品與其改編而成的電影，譬如應鳳凰〈眷村男孩的蛻變與成長：《小畢的故事》文學與電影〉、李志薔〈台灣新電影里程碑：論《兒子的大玩偶》三段式電影〉、張昌彥〈動人的改編，忠實的拍攝：談《嫁妝一牛車》的電影、原著與地景〉[53]等皆然，然而《秀琴，這個愛笑的女孩》很特別的卻是以文學手法描寫電影拍攝，包括演員的挑選與訓練、製片與導演之間的溝通、資金的籌措、黑道白道的糾葛等，既寫實而又荒謬的呈現出來。

　　臺灣戰後首部臺語片在一九五五年問世，在一九五八年達到最高潮，年產七十六部，爾後因為政府的電影檢查刁難與臺語禁令等原因，逐漸走下坡，在一九七〇年後半期，臺語片全部停拍[54]。這部小說的時代背景便是臺語片正興盛的年代。小說中的「賴辯士」說道：「咱們的臺語片一直推出來了，《王哥柳哥遊台灣》啦、《林投姐》

---

50 徐立功等總編輯：《電影辭典》（臺北市：電影資料館，1996年），頁45。
51 黃春明：《秀琴，這個愛笑的女孩》，頁124。
52 劉早琴：《原鄉、北進、回溯——黃春明小說研究》，頁27。
53 收錄於李志薔等撰述：《愛、理想與淚光——文學電影與土地的故事》（臺南市：臺灣文學館，2010年）。
54 蕭菊貞：《我們這樣拍電影》（臺北市：大塊文化出版公司，2016年），頁421-423。

啦、還有什麼,什麼那個《恨命莫歸天》」[55],提到的這三部都是臺語片中的重要作品:《王哥柳哥遊臺灣》上映於一九五六年,由李行、田豐、張方霞合導,開拓臺語片喜劇與觀光的新題材,極受歡迎[56];《林投姐》在一九五六年上映,由唐紹華導演,使此民間故事更深入人心;《恨命莫歸天》應為《恨命莫怨天》,在一九五九年上映,辛奇導演,改編自張文環小說《閹雞》[57]。

此外,小說中未及拍成的電影《午夜槍聲》,其故事大綱是:「幾位在政府機關和社會上,各不同領域的有權、有勢,又有錢的人。他們為了盤絲洞酒家的店花艷紅,爭風吃醋,明爭暗鬥的過程」[58],秀琴扮演的女主角「艷紅」,「要對迷戀她的三個酒客,分別向他們撒嬌,誘惑他們,挑撥他們,引起他們三個各有來頭的人物的衝突」[59],片中既有青春之女體,又有打鬥之槍戰,可看出其刻意迎合庶民大眾喜好之商業導向[60],但是秀琴「以近乎詐騙的方式『被加入』一支倉促成軍的劇組,資金沒有到位、黑道勢力介入、外行演員欠磨、宣傳紕漏不斷」[61],種種描述皆可見其粗製濫造之痕跡,這在臺語片發展後期,屢見不鮮。或許當時籌拍這部《午夜槍聲》之用意,乃不在藝術創作,而是詐財、騙色、吸金、洗錢,甚至用以勾結高官,展現了電

---

55 黃春明:《秀琴,這個愛笑的女孩》,頁47。
56 黃仁:《國片電影史話》(臺北市:臺灣商務印書館,2010年),頁330;林奎章《臺語片的魔力》(臺北市:游擊文化公司,2020年),頁127。
57 廖金鳳:《消逝的影像:臺語片的電影再現與文化認同》(臺北市:遠流出版公司,2001年),頁91;黃仁、王唯編著:《臺灣電影百年史話》(臺北市:中華影評人協會,2004年),頁528。
58 黃春明:《秀琴,這個愛笑的女孩》,頁95。
59 黃春明:《秀琴,這個愛笑的女孩》,頁114。
60 「『打得越凶』、『真正肉感』的電影,才是『人氣沸騰』、『一定滿座』的本錢」,見葉龍彥:《光復初期臺灣電影史》(臺北市:國家電影資料館,1995年),頁112。
61 林奎章:《臺語片的魔力》,頁241。

影產業的黑暗面。

此外,小說中也透過「林代書」這個角色的臺詞,將蔣介石獨裁統治臺灣時期的社會樣貌生動淺白的描述出來:「現在臺灣是什麼時代?沒什麼法律;有了,叫做動員戡亂時期臨時條款,真正法院法官不知道要等多久,才能到憲政時期?你們有多少錢準備提告?大官小卒,大家穿中山裝,左右兩邊外露的乾坤袋,你把他〔它〕們都塞滿,也不一定會打贏官司」[62],揭露了當時中國國民黨政權透過此臨時條款的制訂而凍結憲法,「總統個人獨裁的基礎遂由此建立」[63],不僅掌控立法權與行政權,更滲透到司法體系之中,因而造成嚴重的貪污腐化情形。

作者在警總高官「于局長」出場之前,為了營造歷史氛圍並預作鋪陳,特別描述道:「在這一段白色恐怖的時間,民間傳說著安全人員種種惡劣的手段。最普遍的是,說他們找有錢有地的人當著匪諜的嫌犯,或是疑為通匪,更糟的有人賄賂誣告的,統統逮來審問,如果被確認,通常是死刑,不然就是送到綠島長期監禁。所以這些抓匪諜的大小官員,可以向疑為有嫌而被逮的家人,索取到不少的黑錢大紅包」[64],這些白色恐怖的受害者,不僅有「本省人」、「外省人」,甚至還有在臺外國人[65],牽連層面甚廣。

與此索討金錢而收受賄賂相較,還有更為惡質〔ok-tsit〕者:「被逮的人不一定是有錢財,而是妻子年輕貌美。丈夫被逮了,妻子纏著對方求情。最後對方暗示要她獻身即可放人。那〔哪〕知道豈止一次,頻頻滿足其人的欲求,不放人還佔有人妻,弄到專情的妻子,搞

---

62 黃春明:《秀琴,這個愛笑的女孩》,頁77。
63 戴寶村:《簡明臺灣史》(南投縣:國史館臺灣文獻館,2007年),頁176。
64 黃春明:《秀琴,這個愛笑的女孩》,頁179。
65 唐培禮:《撲火飛蛾》(臺北市:允晨文化公司,2011年),頁12。

不清自己的矛盾而輕生」[66]，為了滿足個人色慾而恣意妄為，這似乎正在為故事後續發展的秀琴遭遇而埋下伏筆。

　　這些宛如中國明朝東廠或錦衣衛的特務人員，仗勢欺人之惡形惡狀，並非空穴來風，在解嚴之後的政治受難者口述歷史[67]、檔案文獻以及歷史論著當中，皆能找到相關記載而互相印證。譬如在一九五〇年代白色恐怖期間的上百件政治案件中，二千人遭處決，八千人遭重判，但是這些受難者之中，經分析研究，僅有一成確實是共產黨員，其餘都是特務人員炮製出來的冤假錯案[68]。回顧整個白色恐怖歷史，除了有小說所描述的檯面下令人髮指的個人劣跡，在檯面上的整個國家機器惡法運作（「羅織罪名越重，則獎金越多，官也升得快」[69]、「凡有人被判死刑且又槍決的，則辦案人員有獎金貳拾萬，法官拾萬」[70]）所導致的家破人亡，更是無庸贅述而罄竹難書。

四　以評議政治弊病為旨要

　　文中秀琴的父母經營餐廳，屬於服務業，看似八面玲瓏，但是仍帶有臺灣傳統社會的純樸與敦厚，面對鄭導演在酒足飯飽之後，只是遞出名片，假意說什麼「下禮拜我們還要來，還要來你們店裡吃飯，那時候我們會一起跟你算」卻從此避不見面的明顯賴帳行為，打電話

66　黃春明：《秀琴，這個愛笑的女孩》，頁180。
67　譬如陳儀深、曹欽榮主編：《白色記憶：政治受難者及家屬訪談記錄》（新北市：國家人權博物館、臺北市：中央研究院臺灣史研究所，2020年）、盧兆麟等口述：《白色封印》（臺北市：國家人權紀念館籌備處，2004年）、陳彥斌主編：《因為黑暗，所以我們穿越：臺中政治受難者暨相關人士口訪記錄》（臺中市：臺中市政府文化局，2015年）等。
68　江燦騰、陳正茂：《新臺灣史讀本》（臺北市：東大圖書公司，2008年），頁182。
69　曾逸昌：《悲情島國四百年》（臺北市：曾逸昌，2007年），頁369。
70　林樹枝：《白色恐怖X檔案》（臺北市：前衛出版社，2010年），頁278。

都找不到人之後，也只是自我安慰著說：「錢收不回來，就算納學費學一次乖。秀琴要不要當明星也不要去想了。那是當時他們想白吃一頓，說出來騙吃的。我們開菜館又不是沒遇過這款事」[71]，秀琴父母一方面是跟很多個性純樸的鄉下民眾一樣，甘願自認倒楣而不想搞到上法庭[72]，一方面當然也是還對秀琴能當電影明星而存有一絲希望。

期盼能當上大明星而名利雙收，這在小說中不僅誘惑著秀琴父母，對於女主角本人亦然：「長得對一般人有吸引力的小姐，對拍電影當明星一事，在虛榮心裡面，也佔有很大的誘惑，秀琴也不例外。……她僅憑幻想，以為成名之後，可以掙到很多錢。結婚的對象，可以任她挑選」[73]，這彷彿繼承了惡魔引誘浮士德的文學「母題」（motif）傳統[74]。秀琴抵擋不了此一魔性的誘惑，一步錯，步步錯，雖然飾演的是「盤絲洞酒家的店花艷紅」，其實自己卻是蜘蛛網中的獵物，受到侵害之後，心理受創，精神失常，「對著對她指指點點的人，笑著舉起中指勾搭食指的雙手放在胸前，比比對對地唸著：配合、配合、配合……」[75]。

這不禁讓人聯想到杜潘芳格的詩作〈平安戲〉：「年年都係太平年／年年都做平安戲／就曉得順從介平安人／就曉得忍耐介平安人／圍著戲棚下，看平安戲。／／該係汝兜儕肯佢做介呵！／盡多盡多介

---

71 黃春明：《秀琴，這個愛笑的女孩》，頁41。
72 其實鄭男之行為業已構成刑法第339條第1項的詐欺取財罪：「意圖為自己或第三人不法之所有，以詐術使人將本人或第三人之物交付者，處五年以下有期徒刑、拘役或科或併科五十萬元以下罰金。」禾翔：《111年實務、案例一次整合！地表最強圖解刑法（含概要）》（臺北市：千華數位文化公司，2021年），頁322。
73 黃春明：《秀琴，這個愛笑的女孩》，頁70。
74 電影《Bedazzled》裡讓以靈魂跟魔鬼交換七個願望的男主角、電影《Star Wars》裡抵抗不了黑暗勢力而成為大反派的Anakin Skywalker同樣也是此一故事版本之衍異／演繹，見Thomas C. Foster著，張思婷譯：《How to Read Literature Like a Professor》（臺北市：木馬文化公司，2011年），頁258。
75 黃春明：《秀琴，這個愛笑的女孩》，頁218。

平安人／情願嚙菜脯根／食甘蔗含李仔鹹／保持一條佢介老命／看，平安戲」[76]。遭受殖民而被馴化的人民往往如此，放棄了反抗的權利，只知道順從忍耐，乖乖配合著統治者。

一般論及黃春明小說之特色，往往強調其對於鄉村或都市當中「小人物」的書寫[77]，而且「給這些人物賦予尊嚴的、不容人欺負和嘲弄的堅毅形象」[78]。然而，另有一項特色是時常蘊含著對於臺灣政治或社會的象徵或隱喻[79]——〈蘋果的滋味〉意指接受美援的臺灣人其實付出了宛如被撞斷腿那般的慘痛代價、〈兒子的大玩偶〉指涉著臺灣母土大地的歷史被塗脂抹粉得宛如小丑三明治人而不被孩子們所認識、〈小琪的那頂帽子〉反諷了臺灣在戰後流亡政權的專制獨裁統治時期「金玉其外，敗絮其內」的社會現實、〈看海的日子〉則是以妓女白梅的命運譬喻接受多次外來政權殖民的苦命臺灣人[80]而且預言在未來必將迎來重生、《放生》之中的〈瞎子阿木〉何嘗不是意指鄉村中有許多老人如同樹木那般固著於土地卻與當前社會脫節而宛如盲人。

---

[76] 杜潘芳格：〈平安戲〉，《文學客家》第24期（2016年3月），頁16。此詩作之華語版為：「年年都是太平年／年年都演平安戲／只曉得順從的平安人／只曉得忍耐的平安人／圍繞著戲臺，捧場著看戲／／那是你容許他演出的／很多很多的平安人／寧願在戲臺下／啃甘蔗，含李子鹹／保持僅有的一條生命／看，平安戲。」

[77] 陳芳明：《臺灣新文學史》（臺北市：聯經出版公司，2011年），頁540-542；瞿海良等《一冊通曉：圖解臺灣文化》（臺北市：易博士出版公司，2013年），頁197。

[78] 葉石濤：《臺灣文學史綱》，頁128。

[79] 有許多文學研究者／評論家以政治寓言之角度論述臺灣文學作品，惟有部分論述稍顯牽強比附（雖然亦可以「讀者反應論」探討當時的時代背景何以會如此解讀），如袁則難認為白先勇《孽子》中的「龍江街」代表破敗的中共政權，龍子的南京路官邸是中華民國，龍蛇雜處的新公園代表「今日的臺灣」，整部小說的主題則是「現代中國分裂的傷亡慘痛，中國人的流離、迷失與掙扎」，被龍台擡抨擊為天馬行空，見其《龍應台評小說》（臺北市：爾雅出版社，1985年），頁8-9。

[80]「我們看到〈看海的日子〉中，身為妓女如何努力於重建自我的尊嚴。……把她的妓女的命運聯想到臺灣近百年來被侮辱、被迫害的命運」，見尉天驄〈《鑼》的現實和《鑼》的命運〉，陳義芝主編：《臺灣文學經典研討會論文集》（臺北市：行政院文化建設委員會、聯經出版公司，1999年），頁166。

《秀琴，這個愛笑的女孩》這部小說，亦如寓言一般而告訴人們白色恐怖時期的殖民統治對於人民心靈的戕害極其嚴重，不僅讓臺灣人被馴化得宛如古典制約理論所謂的「Pavlov's dogs」那般，甚至還會喃喃自語對人告誡著說道：「配合、配合、配合」[81]。

　　至於故事中任職警總[82]的「于局長」，則儼然為「吸血鬼」之化身。「鬼故事裡的鬼或吸血鬼不一定會現身，除此之外，有些吸血鬼根本就和正常人一模一樣」[83]、「吸血鬼不一定都披著披風、長著獠牙」[84]，洵然如是。《秀琴，這個愛笑的女孩》大致具備了吸血鬼故事的幾項要件[85]：

　　第一，代表陳腐價值觀的男性長輩：于局長曾經在酒席之間大放厥詞說道：「匪諜嘢！不是小偷或是強盜，是可惡的匪諜，會讓我們亡國的匪諜嘢！為了救我們自己的國家，我們的黨，寧可錯殺一百，也不能漏掉一個！」[86]著實令人咋舌，若是一個政府為了維持其政權而必須以此種暴虐手段對待人民，則其存在之正當性已令人質疑。于局長發表之言詞幾乎完全學舌於黨國宣傳機器，宛如哲學家 Hannah Arendt 所指出的「banality of evil」（邪惡的平庸[87]），其觀念之陳腐古板，自不待言。

　　第二，含苞待放的青春少女：當然是高中畢業未久的秀琴，涉世

---

[81] 小說之中的女性角色不只一位，其中女主角的母親每次出場都十分絮絮叨叨，祖母甚至在祖父跌倒時還會唱哭調，僅女主角秀琴的臺詞出奇的少，彷彿隱喻著患上「失語症」的臺灣人。

[82] 「她說：『你可能不知道，于局長是警總的人，好像是什麼保安或是保密局，他是第一線獵紅的指揮官』」黃春明：《秀琴，這個愛笑的女孩》，頁178-179。

[83] Thomas C. Foster著，張思婷譯：《How to Read Literature Like a Professor》，頁35。

[84] Thomas C. Foster著，張思婷譯：《How to Read Literature Like a Professor》，頁36。

[85] 以下諸項，參考Thomas C. Foster著，張思婷譯：《How to Read Literature Like a Professor》，頁36。

[86] 黃春明：《秀琴，這個愛笑的女孩》，頁185。

[87] 或譯為「平庸的邪惡」、「平凡之惡」等。

未深,個性壓抑,喜歡傻笑,不敢反抗。

第三,少女的青春活力與貞操被掠奪:于局長奪走了秀琴的初夜,「皺亂不平的白被褥上,經過一段時間,留下已經變成紅黑的一攤血跡」[88]。

第四,少女遭到摧殘或慘死:秀琴從原本開朗愛笑變成精神失常[89]。

至於作者描述的「于局長從北投一路回臺北辦公室,腦子裡充滿反芻甜辣的回憶。……艷紅醉到睡死了,隨他剝光衣服,撫摸身體,手腳也任他挪移。想到自己,酒喝到命根直翹麻痺不覺,可是經他搖櫓似的撓動,對方一陣子手腳緊抱猛夾,勾頭禁氣,一陣子放鬆癱瘓,頻頻喘氣。想啊想,暗自笑啊笑,沒一下就到臺北,肚子也餓了」[90],其中強暴的細節描述,讀之令人頗感不適,然而,一個正在舔舐回味著少女鮮血的吸血鬼形象,卻已然呼之欲出。

五　小結

《秀琴,這個愛笑的女孩》採用的是第三人稱全知觀點[91],作者得以運用靈活適意之筆觸,描述人物角色之內心世界,暢所欲言,披露無遺。至於故事結構與情節進展方面,總共廿四小節之中,前廿節

88　黃春明:《秀琴,這個愛笑的女孩》,頁188。
89　此類型小說往往以此悲劇結尾,譬如Henry James的名作《Daisy Miller》之中,女主角「黛絲是正值青春年華的美國少女,個性自由奔放,顛覆了她結識的那些有錢歐洲人遵循的社會風俗。但黛絲最終仍香消玉殞。表面上,她是死於夜遊競技場時染上的瘧疾,但你知道真正害死她的凶手是誰嗎?是吸血鬼」,見Thomas C. Foster著,廖珮杏譯:《How to Read Literature Like a Professor: For Kids》(臺北市:木馬文化公司,2014年),頁31。
90　黃春明:《秀琴,這個愛笑的女孩》,頁194。。
91　陳碧月:《小說創作的方法與技巧》(臺北市:秀威資訊科技,2003年),頁221。

的節奏略顯緩慢，主線是女主角秀琴在北投的拍片場，因其個性過於矜持拘謹，拍攝不順，甚至還為此更換導演，耽擱進度，電影海報又把「午夜槍聲」印錯成「牛夜槍聲」[92]等一連串波折；副線則是描述身在羅東的秀琴父母與祖父母，只能乾著急，聯繫了有力人士，同樣無濟於事，作者甚至還好整以暇的拉出一條廖董與夫人的小支線[93]。在讀者快要沈不住氣的時候，突然就出現了故事最高潮[94]的第廿一節〈見紅〉，情節急轉直下，藉由「災難性的出人意料，以及出人意料的災難」[95]用迅雷不及掩耳的速度將整個故事結尾收束──在特務高官出手後，女主角失貞，彼等原先大放厥詞的導演、角頭、金主等，也淪為任人宰割的俎上魚肉。披覽至此，方知前段乃作者故作閒筆，正用以襯托／凸顯後段猛爆式結尾的急風驟雨，讓讀者在措手不及而驚魂未定之時，留下餘韻裊裊。

童話故事中的壞女巫在結尾總會死亡，「象徵美德戰勝邪惡，象徵自我中正面的力量取得上風」[96]，但是在這部小說中，受害者陳冤

---

92 小說末尾，于局長甚至還說道：「現在什麼時代？動員戡亂時期臨時條款規定，嚴禁私藏槍械。你們還在宣傳槍聲！……就算你們片名叫做《午夜嬌聲》，也一樣過不了電檢法的這一關」（頁197），令人感到非常荒謬，啼笑皆非，惟「午夜槍聲」似有暗指二二八事件以降，包含白色恐怖時期的諸多政治案件，至於「午夜嬌聲」當然呼應著女主角之遭受強暴而失貞。

93 黃春明：《秀琴，這個愛笑的女孩》，頁144-147。

94 「經過諸般糾結事件，故事的緊張升高，直到核心衝突解決。人物在其間經歷考驗，受到推擠和懲罰，不得不逐步發展改變。當緊張上升到最高潮，眾流匯集，人物受到的壓力大到瀕臨『潰堤點』，潰堤的那一刻就是高潮，核心衝突必須在此刻解決」，見James N. Frey著，尹萍譯：《How to Write a Damn Good Novel: A Step-by-Step No Nonsense Guide to Dramatic Storytelling》（臺北市：雲夢千里文化，2013年），頁127-128。

95 Dwight V. Swain著，唐奇、上官敏慧譯：《Techiques of the Selling Writer》（北京市：中國人民大學出版社，2013年），頁154。

96 SheldonCashdan著，李淑珺譯：《The witch must die: how fairy tales shape our lives》（臺北市：張老師文化公司，2001年），頁63。

未雪，加害者逍遙法外。

　　黃春明何以在年近九十之際、罹癌而歷經多次化療之後的老病之軀，仍辛苦的一字一句，敲敲打打，撰成此部長篇小說？筆者認為應與其重要的人生經歷有關——黃春明的文學啟蒙恩師是初中的國文科女老師「王賢春」，不僅讚賞其作文、鼓勵其寫作，還推薦他閱讀許多優秀的中國文學作品，如巴金的《家》、《春》、《秋》、沈從文的短篇小說等，種下了文學創作的種子，但是後來某天王老師正在上課，「突然教室兩側站著彪形且魁梧的人，校長和一個人走進來說：『王老師，我們有事，請到校長室談一談』」，就此被捕而慘遭殺害，再次相見竟然是在國防醫學院的人體解剖室，成為一具泡在福馬林中的大體，實在非常驚悚[97]。

　　死難者已經沒辦法講話[98]，倖存者及其家屬也不一定能夠完整陳述事件經過，作為旁觀者的小說家可能就負有一定的社會責任。黃春明想必是有感於臺灣解除軍事戒嚴統治已有卅餘年，然而有許多「轉型正義」（transitional justice，日文譯為「移行期正義」）的工作仍有進展的空間，乃奮然搦管操觚，執筆成書。「一個國家在自由民主化之後，過去迫害人權的事實必須受到調查，究明真相；加害者必須受到譴責，並追究他的責任」[99]，此部小說以生動寫實的筆法、別具巧思的故事結構、豐富的象徵隱喻來控訴了我國白色恐怖時期黨國鷹犬爪牙的可怕與可惡（至於其背後的 Dictator 藏鏡人則呼之欲出而不言可喻），其悲劇之結尾，好似呼籲著人們不應該遺忘這段歷史，需要更致力於轉型正義之工作，值得吾人省思。

---

[97] 林衡哲主編：《廿世紀臺灣代表性人物（二）》（臺北市：望春風文化事業公司，2007年），頁279-281。

[98] 近年來隨著檔案開放，有一些死難者的書信重新問世，譬如胡淑雯主編：《無法送達的遺書：記那些在恐怖年代失落的人》（臺北市：春山出版公司，2022年）等。

[99] 周婉窈：《轉型正義之路：島嶼的過去與未來》（臺北市：玉山社，2022年），頁11。

參考文獻

David Lodge 著,李維拉譯:《The Art of Fiction》,臺北市:木馬文化公司,2006年。

Dwight V. Swain 著,唐奇、上官敏慧譯:《Techiques of the Selling Writer》,北京市:中國人民大學出版社,2013年。

James N. Frey 著,尹萍譯:《How to Write a Damn Good Novel: A Step-by-Step No Nonsense Guide to Dramatic Storytelling》,臺北市:雲夢千里文化,2013年。

John Truby 著,江先聲譯:《The Anatomy of Story: 22 Steps to Becoming a Master Storyteller》,臺北市:漫遊者文化公司,2021年。

Noah Lukeman 著,王著定譯:《The First Five Page: A Writer's Guide To Staying Out of the Rejection Pile》,北京市:中國人民大學出版社,2012年。

Sheldon Cashdan 著,李淑珺譯:《The witch must die: how fairy tales shape our lives》,臺北市:張老師文化公司,2001年。

Thomas C. Foster 著:《How to Read Literature Like a Professor》,臺北市:木馬文化公司,2011年。

Thomas C. Foster 著,廖琇玉譯:《How to Read Literature Like a Professor: For Kids》,臺北市:木馬文化公司,2014年。

中華綜合發展研究院應用史學研究所總編纂:《羅東鎮志》,宜蘭縣:羅東鎮公所,2002年。

文訊雜誌社主編:《鄉土與文學:台灣地區區域文學會議實錄》,臺北市:文訊雜誌社,1994年。

王明翠:〈談黃春明《秀琴,這個愛笑的女孩》中的女性處境〉,《臺

北市海洋科技大學學報》，第13卷2期，2022年9月，頁169-189。

禾　翔：《111年實務、案例一次整合！地表最強圖解刑法（含概要）》，臺北市：千華數位文化公司，2021年。

江燦騰、陳正茂：《新臺灣史讀本》，臺北市：東大圖書公司，2008年。

吳如明：《油菜花的春天》第二集，金門縣：金門縣文化局，2017年。

李志薔等撰述：《愛、理想與淚光——文學電影與土地的故事》，臺南市：臺灣文學館，2010年。

李　潼：《羅東猴子城》，宜蘭縣：宜蘭縣文化局，2005年。

杜潘芳格：〈平安戲〉，《文學客家》第24期（2016年3月）。

周婉窈：《轉型正義之路：島嶼的過去與未來》，臺北市：玉山社，2022年。

林明德總策劃：《親近臺灣文學——作家現身》，臺北市：五南圖書出版公司，2007年。

林奎章：《臺語片的魔力》，臺北市：游擊文化公司，2020年。

林美容、鄧淑惠、江寶月：《宜蘭民眾生活史》，宜蘭縣：宜蘭縣政府，1997年。

林樹枝：《白色恐怖X檔案》，臺北市：前衛出版社，2010年。

林衡哲主編：《廿世紀臺灣代表性人物（二）》，臺北市：望春風文化事業公司，2007年。

胡淑雯主編：《無法送達的遺書：記那些在恐怖年代失落的人》，臺北市：春山出版公司，2022年。

唐培禮：《撲火飛蛾》，臺北市：允晨文化公司，2011年。

徐立功等總編輯：《電影辭典》，臺北市：電影資料館，1996年。

許美智等：《宜蘭第一》，宜蘭縣：宜蘭縣史館，2010年。

連　橫：《雅言》，臺北市：臺灣銀行經濟研究室，1963年。

陳芳明：《臺灣新文學史》，臺北市：聯經出版公司，2011年。

陳淑均：《噶瑪蘭廳志》，臺灣銀行經濟研究室，臺北市：臺灣銀行經濟研究室。

陳義芝主編：《臺灣文學經典研討會論文集》，臺北市：行政院文化建設委員會、聯經出版公司，1999年。

陳碧月：《小說創作的方法與技巧》，臺北市：秀威資訊科技，2003年。

黃　仁、王唯編著：《臺灣電影百年史話》，臺北市：中華影評人協會，2004年。

黃　仁：《國片電影史話》，臺北市：臺灣商務印書館，2010年。

黃春明：《秀琴，這個愛笑的女孩》，臺北市：聯合文學出版公司，2020年。

黃春明：《莎喲娜啦・再見》，臺北市：聯合文學出版公司，2009年。

葉石濤：《臺灣文學史綱》，高雄市：春暉出版社，1998年。

葉石濤：《臺灣文學的悲情》，高雄縣：派色文化出版社，1990年。

葉龍彥：《光復初期台灣電影史》，臺北市：國家電影資料館，1995年。

葉龍彥：《春花夢露：正宗臺語電影興衰錄》，臺北市：博揚文化出版，1999年。

廖金鳳：《消逝的影像：臺語片的電影再現與文化認同》，臺北市：遠流出版公司，2001。

福建人民出版社編：《黃春明小說選》，福州市：福建人民出版社，1984年。

趙遐秋、呂正惠：《台灣新文學思潮史綱》，臺北市：人間出版社，2002年。

劉早琴：《原鄉、北進、回溯——黃春明小說研究》，臺北市：東吳大學中文所碩士論文，2000年。

潘　英：《臺灣人的祖籍與姓氏分佈》，臺北市：臺原出版社，1991年。

潘　英：《臺灣稀姓的祖籍與姓氏分佈》，臺北市：臺原出版社，1995年。

蔡文川：《地方感：環境空間的經驗記憶和想像》，高雄市：麗文文化公司，2009年。

蔡培慧、陳怡慧、陸傳傑：《圖說臺灣地名故事》，臺北市：遠足文化公司，2013年。

蕭菊貞：《我們這樣拍電影》，臺北市：大塊文化出版公司，2016年。

龍應台：《龍應台評小說》，臺北市：爾雅出版社，1985年。

應鳳凰：《臺灣文學花園》，臺北市：玉山社，2003年。

謝芳春：《黃春明小說中的商人形象研究》，嘉義縣：中正大學中文研究所碩士論文，2023年。

瞿海良等：《一冊通曉：圖解臺灣文化》，臺北市：易博士出版公司，2013年。

龐新蘭：《戀戀蘭陽》，臺北市：愛書人雜誌，2004年。

從繪本到歌仔戲
──黃春明《愛吃糖的皇帝》之跨媒材拓展探究

林郁雯*

摘要

　　黃春明的兒童文學創作不只跨足多種類型，且能透過不同的媒材來展現、傳播相同的故事。其中《愛吃糖的皇帝》於一九九三年五月初次以繪本出版，收錄於「黃春明撕畫童話」系列中；後又改寫為戲劇，由黃春明本人親自編導，於一九九九年四月以兒童劇之姿登場、二〇〇三年擴展為歌仔戲，由「蘭陽戲劇團」演出，於臺灣各地巡演。如此從文字與圖像搭配的平面表現，拓展為具有聲音（對白、演唱、後場伴奏）、身段動作、舞臺設計的複合式立體表現，其「跨媒材」的差異性對於故事本質（角色、情節、話語）、意欲傳遞的核心價值與預期受眾有何影響？本文將從文本的內容元素、媒材的表現特性、教育意義的傳達等方面進行分析與探究。

關鍵詞： 黃春明、愛吃糖的皇帝、跨媒材、繪本、兒童劇

---

* 國立中興大學中國文學系碩士班一年級學生。

一 前言

　　黃春明（1935-）出生於臺灣宜蘭，成長的背景歷經日本殖民，以及國民政府執政，並親眼見證臺灣從戒嚴時期走到解嚴（1949-1987），眾多時代因素拉扯的浪潮下，一位見證土地各種變動仍深愛土地的筆耕者、說書人至今仍在文壇耕耘，或說將情懷和思想深根在一代又一代的讀者腦海裡。從他的各式作品風格、訪談紀錄和所欲書寫的議題中，總能觀察到豐沛的情感，他所書寫的可以是個人，卻也能延伸到時代性，可看出黃春明是不忘本的人，而他的「本」自然回歸到人、土地、家鄉。幼時歷經母親離世、父親再娶，[1]雙親皆缺席負責教育的位置後，黃春明的阿嬤便成了陪伴他童年成長最重要的人之一：

> 我的祖母是個說故事的能手，《愛吃糖的皇帝》就是她從屈原的故事改編，屈原勸愛吃糖的皇帝少吃糖，奸臣卻給皇帝糖吃，皇帝只吃甜食把身體搞壞了，牙醫弄痛他的牙齒，就殺了牙醫，屈原忠言逆耳，悲憤投江自殺，此時大王才辨出屈原與靳尚的忠奸，用此勸嚇小孩少吃糖。[2]

從上述訪談中能得知，本篇文章中所欲討論的文本《愛吃糖的皇帝》創作靈感就是來自於其祖母。當祖母以口述的形式將此故事講述給幼

1　宋雅姿：〈臺灣文學苑——黃春明生活就是小說〉，《書香遠傳》第33期（2006年2月），頁46。

2　廖俊逞：〈兒童劇也有大智慧黃春明銀髮更見純真童心〉，《PAR表演藝術雜誌》第183期（2008年3月），頁26。

年的黃春明聽時，故事的流變和「跨媒材」的形成便已有了雛形，是結合了他熟悉的聲音描繪故事，到後來黃春明根據記憶中祖母呈現的版本再度創作、改編而成的《愛吃糖的皇帝》，發展成了繪本、兒童劇、歌仔戲的形式，跳脫其個人記憶，活躍於世人面前。由於兒童劇未有完整影像保存的資料，在本文針對「媒材」呈現的討論上，「劇」若缺少視覺效果和動態的舞臺表現，則較為失去比較的基準點。因此，本文選定有正式圖文和影音出版品的「繪本」和「歌仔戲」作為主要討論範圍，期盼未來再經訪談與資料收集，能夠探索以「兒童劇」型態演出的《愛吃糖的皇帝》。

在梁竣瓘〈黃春明研究評述〉一文中，作者提及二〇〇〇年時曾將黃春明的作品依寫作風格分為四個時期，[3]而《愛吃糖的皇帝》無論最早發行的繪本、或後續所有的戲劇版本，皆是在第四期（1983年5月-2000年）「省思──老者安之？」、也即黃春明本人至壯年邁入晚年時所創。進入知天命之年後的黃春明不僅有了更多生命的反思，也追溯其「本」，想到阿嬤童年時給自己講的故事，到六十歲創作時還能以此為題材和發想，亦足見阿嬤對他的影響之深遠且綿長。

在前人針對黃春明《愛吃糖的皇帝》研究中，多有純粹針對繪本或歌仔戲的文本分析和情節討論，也從兒童文學視角探討其對孩童教育方面的影響，卻較少對於其故事元素、媒材的「跨度」和創作流變的關係進行討論。因此，本文欲以純文字的文本、圖文相間的繪本和由舞臺表現的歌仔戲三種不同故事媒材之間的比較和分析進行討論，望以此探究出「跨媒材」對於受眾、教育意義、主題展現性等面向是否會產生差異性或表現出共同的向性。

---

[3] 詳見梁竣瓘著，李瑞騰、梁竣瓘主編：〈黃春明研究評述〉，《台灣現當代作家研究資料彙編》（臺南市：國立臺灣文學館，2013年12月），頁98。

此處所需探討的主題之一「媒材」，指視覺藝術呈現上表現的手法和所運用的材料，而《愛吃糖的皇帝》從被形塑、到以各種不同媒材展示都和它的起點有類似的遭遇：一個歷史故事（或說史實紀錄），歷經千百年的流傳，透過不同形式被保留和歌頌，至黃春明祖母的口中、再到黃春明的筆下、黃春明編導的舞臺上，皆是從「本」至「變」，歷經時間沖洗卻仍有純美可愛的本質。過往研究學者在談論黃春明的兒童文學創作時，《愛吃糖的皇帝》都僅是其中一頁篇章或作為眾多文本範例中的一則來舉例，以此論證黃春明的兒童文學富含教育意義、或針對他的兒童文學書寫作探討，本研究建立在前人已奠定下的基礎上，望再以「縱向」的線性推進方式探察此一故事體裁的變化和延伸、再同時以「橫向」的比較方式對不同媒材在同一故事上能達到的不同效果，為此家喻戶曉又對黃春明本人飽含生命連結的回憶找到其流動推展的模式和方向。

二　故事源流到繪本創作

《愛吃糖的皇帝》故事原型來自於愛國詩人屈原（B.C. 340-B.C. 309）[4]，自〈史記卷八十四・屈原賈生列傳第二十四〉可見主人翁在歷史上的剛正不阿的性格、及其受楚王重用的敘述，故事內的主要配角「皇帝」和「奸臣」的樣貌也一併能從中捕捉，人物之間的關係於文字敘述內可大致掌握：

> 屈原者，名平，楚之同姓也。為楚懷王左徒。博聞彊志，明於

---

[4] 根據《屈原傳記》中所推論的屈原生年，約在西元前三四〇年，詳參竹治貞夫，譚繼山譯：〈修學時代〉，《憂國詩人：屈原傳記》（新北市：萬盛出版公司，1983年），頁36。

治亂，嫺嫺於辭令。入則與王圖議國事，以出號令；出則接遇
賓客，應對諸侯。王甚任之。
上官大夫與之同列，爭寵而心害其能。懷王使屈原造為憲令，
屈平屬草稿未定。上官大夫見而欲奪之，屈平不與，因讒之
曰：「王使屈平為令，眾莫不知，每一令出，平伐其功，（曰）
以為『非我莫能為』也。」王怒而疏屈平。[5]

《史記》先是敘述了屈原的官職，間接讓讀者了解他在朝廷上是受重用的，再說明了他記憶力強、具備美德的賢能，綜合這兩點可知屈原和楚王一開始的君臣關係和諧無異狀，直到上官大夫出現，他忌妒屈原的受寵而欲陷害之，故意在屈原擬定法律時向楚王造謠屈原總愛自誇其功、驕矜自大，楚王便在不明是非的情況下開始疏離屈原。透過這些段落，三個故事中的角色在讀者的想像空間中有了樣貌，人物關係也清晰明朗。

此處文本中所出現的「上官大夫」雖未言明其姓名，但在《楚辭補注》中有敘述提及：

屈原序其譜屬率其賢良以屬國士。入，則與王圖議政事，決定
嫌疑。出，則監察群下，應對諸侯，謀行職脩，王甚珍之。同
列大夫上官靳尚，妒害其能，共譖毀之，王乃疏屈原。[6]

即使後世對於上官大夫與靳尚是否為同一人存疑，但在「黃春明撕畫

---

5 〔西漢〕司馬遷著，〔南朝宋〕裴駰集解，〔唐〕司馬貞索引，〔唐〕張守節正義：〈屈原賈生列傳〉，《史記三家注》（北京市：中華書局，1959年），頁2481。
6 〔東漢〕王逸章句，〔宋〕洪興祖補注：〈離騷經序〉，《楚辭補注》（上海市：商務印書館，1936年），頁2。

系列繪本」這樣受眾針對孩童所創作的形式和體裁上，取姓名「靳尚」而能與主角「屈原」有明顯的對照性，在角色名稱有同一基礎立足點下，也更能突出人物性格上的相反，這也正是呼應《愛吃糖的皇帝》裡不斷彰顯的主題之一「對比」；相較之下，縱使在屈原的生平中有橫跨楚懷王及楚頃襄王的在位期間，但楚王一角則僅需取其「皇帝」、「大王」的身分，最大化其尊為上者的符號及形象即可。故事的命名，作者採用「愛吃糖的皇帝」，而非「愛吃糖的楚懷王」或「愛吃糖的楚襄王」，亦達到了弱化歷史背景需承擔較為詳細考究的成果，為更能完整表述故事趣味性、引領幼年讀者更快速掌握主旨，選定耳熟能詳的人物，但在背景和情節上適當抽離過於複雜的歷史因素，確實是更能善用繪本的特性，揮灑創意並與生動的圖畫搭配，使圖文二者相輔相成，構築更貼近孩童眼界的故事與畫面。

　　主要的三個角色的性格已浮現且定下基礎的形象：一雙對比鮮明的人物及一位居中搖擺的上位者，屈原和靳尚在正史中所被記載的人物性格在黃春明的筆下更具凸顯，屈原的耿直所代表的善和忠心、靳尚的奸詐所代表的惡與私心，再以鹽巴和糖這兩樣味覺上有巨大差異的調味品作為主要元素加入情節內，故事所欲表現的對比性被放大：

> 敘事者在安排故事中的人物搭配時，可運用二元對稱法來構思，二元對稱包含正襯以及反襯；正襯是利用兩個以上的事物之相似性來對稱的「類比法」，譬如英雄配好漢，狐群配狗黨，販夫對走卒，三姑對六婆就是相似性的類比關係；好比《金瓶梅》中的西門慶配應伯爵與他那一幫酒肉兄弟。反襯是利用兩個以上的事物之相反性來對稱的「對比法」，通常是以善襯惡、以忠襯奸、以美形醜、以廉襯貪、以貧襯富等，譬如

岳飛對秦檜是忠奸對比、豬八戒對孫悟空是勤惰對比等。[7]
黃春明在這裡所運用的是敘事的「反襯」手法，藉此再度強化故事角色的「對立性」，帶出故事最大主旨，對兒童來說，糖和鹽巴是生活中無時無刻都能接觸到的「味覺感官」，以這兩樣對比性十足的味蕾感受而言，孩童通常更偏好「糖」，那是一種甜蜜的滋味，卻也容易使尚未經歷世事的兒童沉溺，因這是一種較為刺激的感官體驗，就如同故事內的楚王，被靳尚以「花言」、「巧語」、「甜言」和「蜜語」命名的糖果給迷惑，也使楚王只要一接觸到他認為好吃、他渴望的甜食便會接受外界的刺激，短暫出現感官（味覺）上的愉悅，也就理所當然地在被甜食誘惑的當下，最直接地將眼前呈現甜品的靳尚與這份快感串聯，類似「感覺記憶」的一種觸發，因感覺記憶非常即時性，這樣的短暫外界「輸入」並未過大腦和記憶進一步的處理，而未經後續其他訊息處理的流程是具隨機選擇性的，和楚王當下的需求有較大的關係，接收到的外部訊息尚未被妥善處理的情況下，楚王僅能專注於即時性的感官刺激，才因此可使靳尚如此輕易地以甜點誘導楚王。[8]

「糖」和「甜味」本來應該是具有代表美好和甜蜜等正面積極的意義在，其刺激給予的愉悅感通常證實了糖在大部分受眾中建立的印象，但其實「糖」也有「甜蜜的糖衣」一層意象，在《愛吃糖的皇帝》中，其包裹的便是靳尚的私慾和野心，在「糖衣」之下，楚王對

---

7 尤雅姿：〈人物與環境及關鍵物之塑造〉，《中國敘事理論與實際批評》（臺北市：臺灣學生書局，2017年），頁365-366。
8 張春興：《教育心理學──三化取向的理論與實踐》（臺北市：臺灣東華書局，2007年），頁147。

糖的慾望也呼應到靳尚對權謀的慾望,並以「嘴甜」的行為和實際上真正的「甜品」包裝惡意,利用了假象和感覺記憶的快感操控了楚王內心。而另一方面,即使在普遍認知中,多吃鹽巴也未必對身體健康是好事,但在此故事內,藉由「反襯」手法操作下,鹽巴代表的「鹹」和蘊含的「忠言」意義卻也成了一種正向的、和糖對立的代表,同時「鹽」和「鹹味」也能讓楚王聯想到總是不斷提起這些枯燥乏味、卻才是真正給予忠誠建議的屈原,但故事安排中,靳尚以甜食壟斷了楚王的餐飲,導致楚王很長時間也沒有再嘗到鹹味,也忘記了屈原的重要性,漸漸地,隨對立越來越強烈的情節走向看,屈原被流放的結局似乎不可避免,也和歷史不謀而合。在原有的史實,屈原能力幹練、受楚王重用,靳尚(或說上官大人)忌妒其才華且欲在皇帝面前爭寵,巧言令色,甚至陷害屈原,皇帝聽信讒言,導致了屈原遭到排擠、甚至放逐,卻因性格的忠貞仍掛念家國,吟遊河畔,最終抑鬱投汨羅江自盡:

> 映襯除了能使人物的形象得到立體層次感的效果外,還可以因而激起讀者對故事中人物的各種感受;假使是「反襯」,如善良的弱勢者對邪惡的強權者兩造之間的對立,那麼讀者自然容易同情善良的弱勢者,或討厭邪惡的強權者;或是這兩股力量在相斥之間互相強化,敦促讀者對強弱形勢的省思。[9]

屈原的下場不禁使讀者聯想到他的「弱勢」和悲劇處境,催生讀者對他產生同情和惋惜,尤其又建立在屈原具有善良的性格下,情勢所逼的自殺下場實在令人唏噓和發人反思。因此,此處的二元對立不僅僅

9　尤雅姿:〈人物與環境及關鍵物之塑造〉,《中國敘事理論與實際批評》,頁366-367。

是「糖」和「鹽」、「善」與「惡」、「忠」和「奸」、「良言」和「讒言」這樣表層的，更有需進一步了解人物關係和閱讀畢情節走向後才能認知到的「強」和「弱」，這點反射到現實生活層面，就是展現於人際關係上：孩童在與世界建立認知時，需要面對多方家庭外的交際關係，例如校園的交際網絡內，也會出現性格鮮明的同學，在兒童實際相處、比較觀察後，也會將生活周遭的人事物與曾閱讀過的故事作連結，同儕間的親疏遠近和成長中不可避免的比較競爭，便會使他們聯想到故事人物中形塑出的「強弱形勢的對照」，小讀者在探討背後涵義時，結合自身交友經驗、從旁引導其思考，方能更加察覺此故事之教育功能。

　　而在這樣對繪本故事來說稍嫌苦澀的史實基礎上，作者添加了糖與鹽巴這樣的「調劑品」，並放大故事中的各式焦點和特色，做出不同的延伸。繪本中，屈原總是提醒皇帝要吃鹽巴、正常進食，身體才能保持正常運作和平衡，而皇帝身體安康了，國家朝政才能治理得好；相反地，靳尚想盡各種辦法讓皇帝愛上吃糖，使其體態發胖、面色發黃，荒廢了政事，他才能伺機篡位，兩人糖鹽之爭的過程中，屈原因為直諫要皇帝停止吃甜食而被貶謫，難過得投江自殺，眼看靳尚及將小人得利時，屈原為皇帝提前準備、希望他有天回心轉意的鹽巴粗麻布包破了洞，掉進皇帝嘴裡的鹹味，讓他瞬間想起屈原這位忠臣人物的重要性──也即是領悟不要沉溺於花言巧語和保持健康不偏食的重要性，悔改之後，他便下令向江內丟粽子防止屈原屍體被魚吃掉，並要眾人盡快找回屈原的屍體，以此端午的習俗緣起為故事收尾，並向兒童介紹端午節「食粽」習俗文化。

　　上述大部分劇情皆是與《史記》文言記載無關，作者透過豐富的想像加入的，敘事線性且具體不曖昧，飽滿鮮明的文字搭配黃春明以色紙創作的「撕畫」，在歷史原有的「本」上，故事多了視覺藝術的

呈現,且行文和情節有所「變」,更加白話,對現代讀者來說理解這個知名的歷史故事也是更為容易和暢通的,是達到了林良提及的概念「淺語的藝術」:

> 每一個兒童文學作家,都要具備運用「淺語」來寫文學作品的能力⋯⋯他要打破「文學技巧」跟「文言文」的舊有的聯結,打破「文學技巧」跟「文言配白話」那種文體的舊有聯結⋯⋯[10]

黃春明曾任小學教職員,意即他也很擅長用「淺語」和兒童進行對話與溝通,對他而言這是生命經驗自然融入書寫的一部分,用與「孩童說的話」去做繪本文字上的論述,便是一種打破「文學技巧」與「文言文」舊有的聯結的表現。單看《愛吃糖的皇帝》繪本內的文字量及情節編排,或許會將預期讀者受眾群設在學齡兒童(6-12歲)以上,因其中雖人物簡單鮮明,作者也盡量透過改編使創作更加符合兒童讀物,但情節上仍因歷史背景因素有較為複雜的元素在,如政治情勢和甜點名稱所融合的諧音雙關:

> 靳尚向皇帝說明:「秦國、燕國、趙國他們都對我們楚國有野心,我把甜點的名字叫秦酥,就是秦輸,意思是說秦國要是跟我們楚國打仗的話,秦國會輸掉。」皇帝聽了好高興,覺得靳尚很聰明。[11]

---

10 林良:《淺語的藝術》(臺北市:國語日報,2000年),頁32。
11 黃春明:《愛吃糖的皇帝》(臺北市:聯合文學出版社,2011年),頁20。

又或是像屈原被貶謫後，仍舊掛念憂慮朝政和皇帝的龍體，那種心境上的痛苦及絕望下跳江的選擇：

> 屈原被貶謫到鄉下去當官，但是他心還是在京城。他不是捨不得京城的榮華富貴，而是擔心皇帝的健康，甚至於整個國家的安危。……有一天，屈原難過到不能忍受的時候，趁人不注意，他跑到汨羅江投水自殺了。[12]

上述這些雖加以改編潤化過，但也都是環繞著歷史記載而不可割捨的重要環節，即使故事奇特的改編發想來自於黃春明的祖母口述，但為了解故事內容追溯至源頭，依舊會看見有以文言文、純文字的方式呈現給後人的《史記》，若太多採納原文本那適合知識份子的樣貌，必會與現代兒童讀者有所隔閡，故行文上的變化，即如何將文言文的記載轉為孩童更易理解的「淺語」形式，便是至關重要的，但「繪本」在媒材的拓展上有圖片可搭配的優勢存在，即使有不可避免的複雜元素難以抽換，仍能以圖輔之，強化文字的效果並跨域連結故事，兒童讀物中的圖片更是重要的符號和元素，[13]如黃春明在《愛吃糖的皇帝》繪本中多以大範圍色塊撕畫來呈現故事情節中的重要場景，且通常圖畫中都會以人物為主題，並將角色的整體色彩定調得非常鮮明，同時以角色間的動作和相關物品補充劇情細節和豐富人物形象。

---

12 黃春明：《愛吃糖的皇帝》，頁26。
13 陳意爭：《圖畫與文字的邂逅——圖畫書中的圖文關係探索》（臺北市：秀威資訊科技公司，2008年），頁9。

圖一　《愛吃糖的皇帝》，頁30至31

　　故事從始透過文字流傳，使得讀者能夠藉由作者的敘述，以想像的畫面構築文字呈現的人物、空間、時間等，藉此文字成為溝通的媒介與工具，連結作者與讀者兩端，而黃春明也順著文字及歷史流變的脈絡收尾，皇帝大徹大悟、重賞派人尋找屈原屍體，眾人又包粽子丟進河內希望魚不要吃屈原屍首、划舟在江上欲速速找到屈原，進而衍生出五月五日那天，後人有這些習俗去紀念屈原的結局。將歷史故事新編為淺顯易懂又通俗富饒趣味的版本，更能在結尾連結節慶習俗及意義，加深文本傳遞的影響，據實達到了以故事源本而變後，以現代新媒材如繪本其活潑的特質，收合傳統文化的價值。

三　繪本創作到舞臺呈現

　　一九九三年《愛吃糖的皇帝》撕畫繪本出版後，廣受歡迎，一九九九年便有了改編的兒童劇劇本，與省立交響樂團合作，四月首演；再於二〇〇三年，黃春明本人編導為歌仔戲，由蘭陽戲劇團演出。[14]

---

14 李瑞騰、梁竣瓘主編：《台灣現當代作家研究資料彙編》，頁68、73、79。

同一文本，從最初的歷史（僅有文字），經過作家手上增添了圖畫、撕畫（文字改編加上平面視覺藝術），到至今能以舞臺立體地呈現在閱聽者面前（劇本、舞臺、聲光等視聽體驗）。如此流變的過程是一種文學的擴大和拓展，在人物、故事情節、視覺所呈現的效果上必定也有更多元的延伸，如歌仔戲中新增了「楚王抗拒看牙醫且極度害怕疼痛」的橋段，此安排強化了楚王任性、起伏不定的性格，在歌仔戲中以「殺光全國的牙醫」表現：

> 戲劇文學指的是為戲劇之搬演而編寫的劇本，它是一種側重於以人物的臺詞為敘述手段，集約地反映人生中各種糾葛衝突現象的文學體裁。戲劇雖然也同小說一樣，都屬於敘述一個虛構的故事，但小說的人物與環境是用「文字幻象」來表現，戲劇則不可以這樣「虛應了事」，作為生活的載體的戲劇，絕對需要賦予故事以一具體且特定的時空結構，也可以說是場景，這是戲劇的基本存在形式。[15]

戲劇中的時空場景，反映了現實生活中的樣貌，黃春明欲以此戲劇中楚王角色的表現傳遞現實中人常有對問題視而不見、忠言逆耳的樣貌，便是以各種媒材和元素的新增使整體呈現更加飽滿。

在繪本中角色的呈現會較歌仔戲中片面和單一，能體現人物性格最好的便是行文中的對話和人物彼此的互動及對照，再佐以撕畫圖案輔助，加強視覺藝術所帶來的效果。繪本中的插圖，皇帝一席黃袍，顯示其身份的尊榮和上位者的形象；屈原一身素面灰白長衣，靳尚則

---

15 尤雅姿：〈衝突與科白的設計——戲劇文學的寫作要領〉，《文學探索》（臺北市：臺灣學生書局，2016年），頁151。

是幾乎全身暗紅，又一次塑造了兩人的對比性，在孩童的眼中，紅色是較灰白更為搶眼的顏色，且紅色調通常代表著更鮮明、更有野心的形象，素面灰白的屈原一襯之下顯得形象淡雅而樸質，作為故事明顯反派的靳尚身著暗紅色系服裝，除紅色給人的強烈印象外，暗色更為其添加陰謀小人之感。

圖二　《愛吃糖的皇帝》，頁4至5

　　但在歌仔戲的演員衣著上，屈原卻是以棕色系為主基調，靳尚灰白袍滾藍邊，在一般情況中，這樣素雅的穿著給人的印象應該是正直清廉的，《愛吃糖的皇帝》歌仔戲裡竟讓反面形象人物靳尚著白衣，配合歌仔戲此演出形式和時長因素，會依據繪本文本再更加常拓寬劇情，預設受眾理解程度也應較繪本更高，此處靳尚的打扮似在暗喻其不過是表裡不一、虛有其表的佞臣；相反，屈原著裝的色系有剛毅木訥的沉穩氣派，結合歌仔戲能在情節上多仰賴生動的表現突出角色性格，屈原那廉潔卻不免有些固執的作派更詳盡地體現。不過，無論是繪本或歌仔戲，角色服裝的顏色或調性即使不同，仍都呈現出固定的角色性格，如靳尚即反面形象人物，穿著暗色強調其陰險、穿得潔淨反襯其虛偽，可見故事中人物形象的塑造上非常成功且印象強烈，此處服裝達到的是加乘作用的效果。

圖三　《愛吃糖的皇帝》歌仔戲，第二幕第一場「膳食風雲」2分36秒

故事情節上，歌仔戲多出四大片段是歷史或繪本中相差甚遠或增寫的情節：一是第一幕「秦國練兵」和「追殺楚探」，由秦兵操練開場，秦兵中卻突然冒出一被發現身份的楚探，而有了秦兵捉拿楚探、楚探拚上性命也要將秦國準備攻打楚國的訊息帶回家園的壯烈戲碼，一直延伸到第二幕「膳房風雲」，此幕屈原和靳尚為皇帝的晚膳菜色爭吵，而後皇帝與皇后入座欲用膳，楚探闖入殿內，將用命賭上的諜報消息稟告大王，卻只因帶刀入宮慘遭靳尚以讒言阻攔和拖延時間，拖著重傷的身體和悲憤的情緒自殺以死明志，在屈原懷中失去性命。

二是「甜食大觀」一幕，在繪本中此情節的呈現是靳尚偷偷送糖給皇帝吃，刻意隱瞞著屈原直到東窗事發，和屈原爆發爭吵，導致屈原失去皇帝信任，要屈原永遠不要再限制自己吃甜食，靳尚因此獲得皇帝青睞，從此可光明正大向皇帝進貢各式甜食；歌仔戲對「甜食大觀」的描摹則是靳尚從始便無視屈原的反對，即使屈原在旁不斷強調「太甜」的食物會對皇帝身體造成負面影響，靳尚仍當著屈原的面持續向皇帝獻上各式甜點糖果，皇帝毫不避諱地讓屈原一同享用，屈原仍堅持立場，希望皇帝依健康為準則用膳，卻換來靳尚的挑釁和皇帝的不諒解，導致二人在此處爆發激烈爭吵。

三是第四幕「楚王牙痛」，在上一幕「甜食大觀」中，靳尚以各種花哨的甜品來諂媚楚王，各甜品的外觀以至名稱甚至都有不同的象徵和意涵，楚王深陷甜食和糖的「甜蜜陷阱」中，對屈原要求健康飲食的建議視若無睹，君臣之間的關係也越來越緊張，爆發點便在第四幕中，楚王終日牙痛難耐，找遍全國各地的牙醫卻仍未見起色，甚至會因牙痛、性情暴怒下令將牙醫斬殺，其中屈原找來的最後一位牙醫試圖強行拔除楚王的牙齒，加上靳尚在旁不斷煽動，屈原忠心的諫言和舉動在楚王激動的情緒下不受重視，反被楚王驅逐貶謫。

四是在「秦酥」一幕，秦國出兵、楚國百姓逃難，但楚國卻並無任何士兵在前線，因靳尚請了巫師在殿內以「秦酥咒」祈求戰勝，異想天開地欲以「秦輸」的諧音義不戰而勝，此處繪本和歌仔戲對靳尚和戰爭的描摹便有出入，雖在繪本中也有以全頁撕畫圖的形式暗示秦國已兵臨城下，但沒有明確的行文指出，僅有部分文字提及，多是注重在靳尚欲篡位而非秦楚之爭：

> 話再說到皇帝，他的身體一天一天的虛弱，一上朝就想睡覺，國家大事的決定，都由靳尚取代了。靳尚的權力便得像皇帝那麼大，這也是靳尚一味要皇帝吃糖的陰謀奸計……靳尚想要竄王位做皇帝的願望，眼看就要達到了。[16]

在繪本中的靳尚被描述成一心欲謀竄皇位，但在歌仔戲中，靳尚欲求的是金銀財富與高官權位，甚至楚國危難時，他是想帶著財寶和家人投奔秦國，並無像繪本中那樣滿眼楚國的王位，愛權卻又自私的小人之姿在歌仔戲中栩栩如生，更顯歌仔戲的人物塑造較繪本立體。

---

16 黃春明：《愛吃糖的皇帝》，頁28-29。

至此便是歌仔戲基於繪本之上額外衍生出的情節，此四段落共通點便是皆能為戲劇和故事提供衝突點和製造對立、高潮：

> 戲劇是直接面向觀眾的藝術，如果沒有尖銳劇烈的矛盾衝突，必然會出現「冷場」，不易喚起觀眾的審美注意力。因此，集中表現現實生活的矛盾衝突，正是戲劇文學的基本特徵，西洋戲劇格言有謂「戲劇就是衝突」。[17]

　　和政治因素相關的情節在繪本中並無太多刻意描繪，更多是時代背景所鋪墊和為最末的傳統習俗由來圓場，但在歌仔戲的呈現效果中卻是更能引人入勝和完整劇情的要素，楚探犧牲性命、屈原忠貞不二的悲劇英雄式遭遇，為戲劇帶來張力，觀眾在觀劇時預期的的要求和讀繪本時預期的必有落差，此處拓展書寫的段落依舊建立在通俗、淺語的基礎上，卻能使故事具有更多面向和看點，與繪本作出區隔。

　　而舞臺呈現上不可或缺的元素尚有聲光、佈景。聲光指音效、音樂、燈光效過、演員的唱詞音色，亦包含在歌仔戲中和背景音效密不可分的身段；佈景則是舞臺造景和演出道具。由於《愛吃糖的皇帝》在主軸核心上最大的特點即是「對比」，上述元素內，最能彰顯此點的便是「演員的唱詞音色」，其他因素針對此點更像是作為輔助從旁添加舞臺的多彩樣貌。而觀察演員的唱詞和音色能從中了解角色的情緒和氣質，在蘭陽戲劇團出演的版本內，由簡玉琳飾演的屈原明顯能聽出其音調和聲線都有刻意壓低，來表現屈原的規矩耿介，但靳尚的必定反之，吳安琪飾演的靳尚，雖為女扮男角，但演繹出的男性聲線仍是較為高亢的，且會配合逢迎諂媚的臺詞做出較多的抑揚頓挫，奸

---

17 尤雅姿：〈衝突與科白的設計——戲劇文學的寫作要領〉，《文學探索》，頁155。

臣刻意又油嘴滑舌的樣貌透過「聲」的演出更是活靈活現。角色或悲痛、或得意的情緒在一定程度上隨著背景的節拍和樂器對點作出變化，聲音和動作的結合是立體呈現給閱聽者的，縱使有時觀眾認為劇情到稍嫌沉悶處，一聲大的銅鑼響或楚王牙痛的浮誇叫聲也能將觀眾的思緒迅速拉回舞臺，沉浸式的故事體驗和趣味性便透過「聲」的呈現加倍放大。

撕畫繪本色彩鮮明的平面藝術搭配淺顯易懂的故事敘述，打造出的是更富童趣和想像力的空間；歌仔戲多面向且更能面面俱到地呈現完整的故事，加上多了「立體」的設計空間可詳細描摹人物性格，使文本的活躍度和記憶點更多，創造出老故事、新形式的多元風貌。

四　跨媒材的差異性及故事教育意義

文學載體不斷變化的過程中，其差異性亦跟隨後人的改寫或編輯持續地在擴大，且又根據各個版本形成的時代背景不同，時代氛圍影響下的教育意義更將有所傳承或有所變革。最初的〈史記・屈原賈生列傳〉，媒材僅純文字且又為文言，較現代白話精簡短少，更何況在教育狀況不普遍的年代，這樣的文本針對受眾只能是上層階級、知識份子，司馬遷所打造、記錄的人物形象，和為角色奠定的歷史定位及價值，是直接影響後人評價和既定印象的，尤其在文史視角方面，《史記》這樣的正史，為屈原建立的忠貞愛國詩人地位更是不可撼動，千百年陶染著世人，各朝代的文人以「香草美人」的意象或勉勵或心疼自身如同屈原一樣懷才不遇的悲傷，即使來到現代，和屈原相關的節慶習俗及故事仍年年環繞著，並以正面寓意告誡著青年老少。

而《愛吃糖的皇帝》繪本及歌仔戲都是發佈在一九九〇年代，此時的臺灣推動閱讀政策，繪本也正處於蓬勃發展的階段，至交流開創

期,[18]兒童繪本市場大開,臺灣的兒童文學即將邁入新的、開展的時代,政府單位也配合趨勢推行圖文本,黃春明身兼兒童文學作家的身份,在此股風潮內順勢發行「黃春明撕畫童話」系列似乎是情理之中,他說自己是越步入晚年越能寫童話,[19]以老者安之的姿態觀察兒童並為此群體創作並非想像中簡單的工程,繪本的創作考量主軸必定以預設讀者群「兒童」為優先,考慮到普遍讀者的年齡與背景,創作時在人物、情節的敘述上,除了原有的文字外,尚會以注音的形式加以標注,並配合相關的圖片或插畫,使兒童能夠藉文字以外的工具,對於故事本身有其他方式能理解,孩童可以在閱讀故事、觀看繪本中,起到學習、娛樂雙向的交融,而認識世界不再是以「課本」為主要材料,也能在閱讀與娛樂中,進行多樣且多元的認知交流,意即課外讀物也是學習的一種材料。

　　戲劇方面,則因應一九七七年推行「十二項建設」其中的第十二項「文化建設」,本土意識萌芽和傳統技藝的保存及推廣,接著於一九八〇年代的「解嚴」續著一九九〇年代的政治氛圍大更動——臺灣「本土熱」潮起,歌仔戲也在這樣的氛圍下受宜蘭地方政府大力支持,[20]身為在地作家的黃春明自然不遺餘力,不僅一九九四年創立「黃大魚兒童劇團」擔任負責人並兼任起總編導的位置,更擔任「蘭陽戲劇團」總監,為宜蘭「本地歌仔」奉獻心力,連結回其鄉土精神

---

18 依據《台灣圖畫書發展史》所述,臺灣圖畫書發展分三期,第一期1945-1969年,依隨醞釀期,第二期1970-1987年,譯介、創作萌芽期,第三期1988年至今,交流開創期。詳參洪文瓊:〈縱向發展及各期特色〉,《台灣圖畫書發展史》(臺北市:傳文文化公司,2004年),頁79-85。

19 廖俊逞:〈兒童劇也有大智慧黃春明銀髮更見純真童心〉,《PAR表演藝術雜誌》第183期(2008年3月),頁24。

20 林鶴宜:《臺灣戲劇史(增修版)》(臺北市:臺灣大學出版中心,2015年),頁268-273。

和情懷，於這段期間大量產出兒童戲劇及歌仔戲，《愛吃糖的皇帝》便這麼誕生。由於歌仔戲本身便是面向通俗文化的一環，即便故事文本的流變上基礎來自繪本，也有兒童劇版本，其預期受眾依然會從「兒童」增加到「一般大眾」，這也使其展現了「通俗劇」的特質：

> 通俗劇具有悲劇嚴肅的主題與開端，但在經過一番考驗與折磨，卻因獲得意想不到的外力影響或自身的轉變後，發展成善有善報、惡有惡報的快樂結局（happy ending），常被稱之為傳奇劇或悲喜劇（tragicomedy）。由於通俗劇中的人物善惡分明，具有道德與邪惡的雙重批判特質；所以，往往能吸引人們的注意，追究善惡的因果關係，滿足人們感性的融入與理性的判斷需要。[21]

同樣地，歌仔戲的文本也因帶有著「通俗劇」的色彩而在人物塑造上有鮮明的善惡二元形象，又一次強調了此故事經過黃春明改編後的「對比性」，不僅能抓住觀眾（一般通俗劇大眾，不限定兒童）眼球，拉滿戲劇張力，在社會教育意義的呈現上，也同樣與繪本起到類似作用，只是經由媒材的拓寬後，更為錯綜複雜的劇情和思想內涵需抽絲剝繭才能發現其中意涵，內容意義上的開展除最基本的、與繪本扣合的人際關係層面——提醒大眾須認清到「忠言逆耳」外，善惡因果關係強化後的人物拉扯與情節拓寬的呈現使觀眾看見了更為明顯的「惡果」，如：楚王因未察覺到靳尚隱藏的「惡意」持續吃甜食而導致種了牙痛和便秘這樣的下場，劇中更加入了「牙醫」這樣的角色身

---

[21] 張曉華：《教育戲劇理論與發展》（臺北市：辰皓國際出版製作公司，2004年），頁111-112。

分，不僅體現更多現代的醫療元素（如醫療觀念的普及、古時較少見專門牙醫類科職業），更引發觀眾延伸反思到「健康」的觀念；除此之外，也提醒著人際關係中明辨是非的重要性，自身受啟發、思考後所得的意涵可謂是較繪本更衝擊人心，雖繪本在受眾（兒童）和性質上本就會被定義為必具有教育意義，但《愛吃糖的皇帝》歌仔戲提高娛樂性後，教育意義並不會因此削弱，反而隨著媒材拓展加大面向：

> 戲劇在人類文明的發展中，一直都被用來作為一種教化的方式……戲劇在整個人類的發展史上，除了能提供娛樂帶來歡樂之外，它還是一種知識傳承、典禮、期望、權力、責任的表現形式。[22]

《愛吃糖的皇帝》歌仔戲的表現手法上充滿了笑料性，但即使是娛樂性質、通俗性更強的歌仔戲，仍達到了和繪本一樣「寓教於樂」的效果，而同黃春明所創作的繪本、歌仔戲之間，又因通篇所強調的「跨媒材」因素所展現了多方面的差異性，但在教育意義方面，兩者基礎上所欲傳達的概念相似，卻因此差異性，或直接或間接地深化了歌仔戲在文本拓展後所欲傳遞的教育意義，如靳尚在歌仔戲劇末所得到的懲罰和報應是較繪本描述得更嚴重和詳細，繪本僅以圖片表示靳尚遭皇帝下令逮捕，[23]並無文字敘述，比對後可知歌仔戲對結局的演繹更富有警惕世人的意味。

---

22 張曉華：《教育戲劇理論與發展》，頁3。
23 黃春明：《愛吃糖的皇帝》，頁32。

五　結語

　　從《愛吃糖的皇帝》此一範例中，能看見文學載體不斷新化的過程。最初司馬遷《史記》中的純文字敘述，需大量想像補足故事的空白，而黃春明在行文和故事情節的設計上，也依據童年記憶中祖母的口述版本進行改編，以繪本的形式創作，抓緊兒童讀物應使用「淺語」的特性，加入撕畫圖片、鮮明色彩補足了被留白的空間，為孩童讀者提供一種能暢通、易懂地去了解歷史的方法。延伸至歌仔戲，新增聲光、佈景、舞臺等多元媒材，且劇情和故事篇章被擴寫、角色人物性格一併隨其更為複雜而立體，如屈原的悲劇性、靳尚的偽裝和小人心態、楚王浮誇的暴躁性格，而舞臺效果的呈現也被擴大渲染，展現了文本及媒材的「跨」，從純文字僅有的想像空間，到有具體的視覺藝術效果呈現，再被拓寬成充滿戲劇張力的表演藝術形式，透過塑造故事的元素不斷跨域，帶給讀者與觀眾截然不同的感官體驗，最大程度體現在同一文本基礎下，由不同媒材與改編方式所映現出的教育意義差別，如《史記》這樣的正史便寓有借古鑑今的功能，《愛吃糖的皇帝》繪本和歌仔戲則利用強烈的二元對立性，藉著糖和鹽巴的催化，加深人物的善、惡形象，繪本因預期受眾更多面向兒童，抽離複雜的歷史和政治因素後，傳遞的觀念較歌仔戲更為直觀，是孩童閱讀時便能輕易掌握的，如少吃糖、忠言逆耳；而歌仔戲的通俗性使其受眾包含兒童和成人，故事描寫上則更需加深加廣，增添娛樂性，並再藉著情節衝突的建立和高潮引發觀者對於人際關係和身體健康層面的思考。《愛吃糖的皇帝》寓意深遠，提醒世人需仔細辨別人性善惡、讒言忠言，並從中反思，得到除娛樂性外、深化的警世和啟發。

　　綜上所述，可發現文本、繪本、歌仔戲三者在流變之間具有其相同或相異的性質，以下將以表一進行呈現。

表一　文本對照表

	原文（史記）	繪本	歌仔戲
時　　間	漢代（B.C.90）	1993年	1999年
作　　者	司馬遷	黃春明	
媒材表現	純文字	文字＋圖片	文＋舞臺效果
預期受眾	知識份子	兒童	兒童＋一般大眾
擴寫情節	屈原才幹佳，敢直諫楚王，遭上官大夫（靳尚）妒忌，進讒言，屈原遭貶謫。	在原有故事基礎上抽取較為複雜的歷史背景，並添加「糖、鹽」的二元對立元素，突出人物善惡。	再於繪本故事基礎上，添加主要三段情節： （一）秦國練兵、追殺楚探 （二）楚王牙痛、殺光牙醫 （三）秦國出兵
人物性格	屈原：正直忠誠、牽掛家國 靳尚：自私為利、巧言令色 楚王：易聽讒言、易受誘惑		
主 題 性	懷才不遇	鮮明的善惡「對比性」	
教育意義	以史為鑒	明辨忠奸、重視健康	主軸上同繪本，但融入更多現代性意義及通俗劇色彩，更為具體深入，寓教於樂的效果強烈

　　黃春明用他豐厚的生命經驗及擅長書寫愛與情感的筆觸，夾雜些許歡快的幽默，再度讓沉寂於歷史千年的人物活躍於明亮的繪本裡、生動的舞臺上，充新呈現了一個飽滿又富教育意涵的典故，即使書寫背景上不可避免地承載著眾多複雜的歷史背景因素，作為觀者，在欣賞黃春明創新的繪本、歌仔戲時也常常因活潑的筆調和平易近人的語句表現方式而莞爾一笑，如何才能以如此自然的文字和圖畫、編排創

建這樣一個老少咸宜的生動故事？觀察黃春明的作品、聽黃春明的訪談，都不難發現「愛」和「念想」的溫情是離不開他的人生基調的，他也確實將這些富含美好的特質轉化在創作中，為孩童、為大眾寫出一個又一個質樸而雋永的故事，而在他一生眾多作品中，《愛吃糖的皇帝》也將作為牽起歷史與創新的橋樑，以跨媒材的不同面貌為時代留下耐人尋味的一筆。

參考文獻

（一）古籍

〔西漢〕司馬遷著，〔南朝宋〕裴駰集解，〔唐〕司馬貞索引，〔唐〕張守節正義：《史記三家注》，北京市：中華書局，1959年。

〔東漢〕王逸章句，〔宋〕洪興祖補注：《楚辭補注》，上海市：商務印書館，1936年。

（二）專書

尤雅姿：《文學探索》，臺北市：臺灣學生書局，2016年10月。

竹治貞夫，譚繼山譯：《憂國詩人：屈原傳記》，新北市：萬盛出版公司，1983年11月。

李瑞騰主編：《臺灣現當代作家研究：資料彙編42黃春明：一九三五～》，臺北市：國立臺灣文學館，2013年12月。

林文寶、林政華：《兒語三百則與理論研究》，高雄市：駱駝出版社，1997年6月。

林　良：《淺語的藝術》，臺北市：國語日報，2000年7月。

林鶴宜：《臺灣戲劇史（增修版）》，臺北市：臺灣大學出版中心，2015年3月。

洪文瓊：《台灣圖畫書發展史》，臺北市：傳文文化公司，2004年11月。

海瑟德（Hazard・Paul），梅思繁譯：《書、兒童與成人》，臺北市：天衛文化圖書公司，2015年9月。

張春興：《教育心理學──三化取向的理論與實踐》，臺北市：臺灣東華書局，2007年9月。

郭維森：《屈原》，臺北市：萬卷樓圖書公司，1991年9月。

陳晞如：《兒童戲劇研究論集》，臺北市：萬卷樓圖書公司，2015年2月。

陳意爭：《圖畫與文字的邂逅——圖畫書中的圖文關係探索》，臺北市：秀威資訊科技公司，2008年12月。

曾永義、遊宗蓉、林明德：《台灣傳統戲曲之美》，臺中市：晨星出版社，2003年1月。

黃　仁：《臺灣話劇的黃金時代》，臺北市：亞太圖書出版社，2000年5月。

黃春明：《愛吃糖的皇帝》，臺北市：聯合文學出版社，2011年3月。

齊普斯（Zipes‧Jack‧David）著，張子樟校譯，陳貞吟譯：《童話‧兒童‧文化產業》，臺北市：臺灣東方出版社，2006年7月。

（三）期刊論文

宋雅姿：〈台灣文學苑——黃春明生活就是小說〉，《書香遠傳》第33期，2006年2月。

廖俊逞：〈兒童劇也有大智慧黃春明銀髮更見純真童心〉，《PAR 表演藝術雜誌》183期，2008年3月。

（四）學位論文

江欣憶：《黃春明筆下兒童形象的研究》，臺中市：東海大學中國文學系碩士論文，2012年。

李佳盈：《黃春明兒童文學研究》，嘉義縣：國立中正大學台灣文學所碩士論文，2002年。

李芸華：《試論黃春明的兒童繪本：歷程、主題與互文》，新竹市：國立清華大學台灣研究教師在職專班碩士論文，2021年。

李純雅：《黃春明的呼喚——203聊書樂》，臺東縣：國立臺東大學進修部兒文所碩士論文，2014年。

周銘芳：《黃春明及其兒童劇研究》，新北市：淡江大學中國文學系在職專班碩士論文，2016年。

詹益嘉：《從盧卡契的現實主義重探黃春明的兒童劇》，臺北市：國立臺北藝術大學戲劇學系碩士論文，2020年。

蔡佳佳：《流動與跨界書寫：黃春明生命歷程及其創作研究》，新竹市：國立新竹教育大學中國語文學系語文教學碩士論文，2013年。

（五）影音資料

《愛吃糖的皇帝》，編導：黃春明，演出：蘭陽戲劇團，年代：2004，DVD。

自我的倒影：
黃春明童話中的動物形象

陳室如[*]

摘要

　　一九九三年黃春明曾出版《我是貓也》、《短鼻象》、《小駝背》、《愛吃糖的皇帝》、《小麻雀・稻草人》等五本撕畫童話繪本，引導孩童思索有關自我與成長的重要議題，二〇二三年黃春明再度出版撕畫童話《犀牛釘在樹上了》、二〇二四年出版《貓頭鷹與老烏鴉》、《巨人的眼淚》等童話表現童趣與純真。

　　綜觀黃春明的童話作品，經常以自我主體性模糊的動物作為主角，如《我是貓》中的黑貓、《短鼻象》中為外表苦惱的短鼻象、《小麻雀・稻草人》中與稻草人關係微妙的麻雀，近作《犀牛釘在樹上了》亦以小犀牛坦克與紅蜻蜓小姐的互動為主線、《貓頭鷹與老烏鴉》則以貓頭鷹與老烏鴉為主角。這些動物形象呼應其自然生物本質，卻也反映出不同的人格特質，如兒童的天真弱小、青少年成長中的迷惘與困惑、長者的成熟與智慧。藉由以水為鏡、以人為鏡的巧妙隱喻，黃春明童話呈現了豐富多元的自我倒影。

關鍵詞：自我、兒童、童話、動物、黃春明

---

[*] 臺灣師範大學國文學系教授。

一　前言

　　一九九三年黃春明發表了《黃春明童話》系列，包含《我是貓也》、《短鼻象》、《小駝背》、《愛吃糖的皇帝》、《小麻雀・稻草人》等五本撕畫童話繪本，[1]藉由想像力豐富的圖像與故事，引導孩童思索有關自我與成長的重要議題。時隔多年，二○二三年黃春明再度推出童話作品《犀牛釘在樹上了》[2]，同樣以充滿張力的撕畫與故事展現童趣。二○二四年二月甫出版的《貓頭鷹與老烏鴉》[3]一改過往撕畫風格，改以黑白手繪圖案搭配故事，以詼諧幽默方式詮釋巧妙哲理，同年四月推出與插畫家薛慧瑩合作的《巨人的眼淚》[4]童話，則描述具有可怕外表，心地卻無比善良的巨人，如何表現出善解人意的溫馨。

　　不論是一九九三年所推出的童話系列、抑或二○二三年、二○二四年出版的童話新作，黃春明的童話作品經常以動物作為主角，例如《我是貓也》中懷疑自我身份的黑貓、《短鼻象》中與同族差異甚大的短鼻象、《小麻雀・稻草人》中與稻草人關係微妙的小麻雀和老麻雀，近作《犀牛釘在樹上了》以小犀牛坦克與紅蜻蜓小姐的互動為主線、《貓頭鷹與老烏鴉》中互相揣測對方心意的貓頭鷹和老烏鴉，這些大量出現的動物呈現出什麼形象？形象背後隱藏了什麼樣的獨特寓

---

[1]　《黃春明童話》最初於1993年由皇冠文化出版公司出版，2011年改由聯合文學出版社出版《黃春明童話集》，本文所用版本為前者。

[2]　該作於2015年11月曾發表於《皇冠雜誌》，2023年2月始由聯合文學出版單行版童話繪本。

[3]　黃春明：《貓頭鷹與老烏鴉》（臺北市：聯合文學出版社，2024年）。

[4]　黃春明曾於2009年與國立台灣藝術大學的廣播藝術學系合作，親自監製指導，推出經典童話有聲書，其中包含1993年的五本撕畫童話，以及新創作的《巨人的眼淚》。2024年與插畫家薛慧瑩共同合作，正式出版《巨人的眼淚》童話繪本。參見黃春明：《巨人的眼淚》（臺北市：聯合文學出版社，2024年）。

意？這些都是值得進一步再探討的問題。

目前有關黃春明童話的研究，多半集中於一九九三年出版的作品系列，研究主題以探討童話中的自我追尋與自我認同為主，如朱心怡〈從黃春明童話看自我的追尋〉[5]分析除《愛吃糖的皇帝》之外四部作品中有關自我追尋的意涵，認為黃春明希望孩子們發現自己、肯定自己。謝鴻文〈黃春明童話角色的身體認同與差異〉[6]聚焦於身體，分析《我是貓也》、《短鼻象》、《小駝背》三本童話中的認同與差異問題，指出文本流露對弱勢族群處境的思考，也是作家人道精神的發散。梁敏兒〈黃春明的童話世界──影子原型的拼貼空間〉[7]運用榮格心理學術語影子原型，藉由人格面具之下的自我概念，分析黃春明的小說和童話之間的關係，指出在童話之中，作家找到了和諧。至於學位論文有關黃春明童話的相關研究，除涉及自我定位問題外，另延伸至教育層面的討論以及與黃春明其他兒童文學作品的比較，均肯定其兒童文學創作的正向教育意義。[8]

---

[5] 朱心怡：〈從黃春明童話看自我的追尋〉，收入李瑞騰主編：《聽‧說‧讀‧寫‧黃春明──黃春明及其文學國際學術研討會論文集》（宜蘭縣：宜蘭縣政府文化局，2016年），頁212-238。

[6] 謝鴻文：〈黃春明童話角色的身體認同與差異〉，《華人文化研究》第2卷第1期（2014年8月），頁179-196。

[7] 梁敏兒：〈黃春明的童話世界──影子原型的拼貼空間〉，《兒童文學學刊》第10期（2003年11月），頁71-95。

[8] 如馬蕙芳《黃春明兒童文學研究》結合黃春明的童話與兒童劇，討論黃春明童話中人物自我定位與社會衝突的關係、王慧菁《黃春明兒童文學中的教育主題與功能研究》從教育主題與功能切入，肯定黃春明兒童文學的正向生命觀和教育觀。李佳盈《黃春明兒童文學研究》分析黃春明的童話、兒童劇本、童詩，認為其具有寓教於樂、傳統鄉土的文化內涵。參見馬蕙芳：《黃春明兒童文學研究》（彰化縣：彰化師範大學國文學系研究所碩士論文，2004年）、王慧菁：《黃春明兒童文學中的教育主題與功能研究》（嘉義縣：中正大學台灣文學所碩士論文，2008年）、李佳盈：《黃春明兒童文學研究》（嘉義縣：中正大學台灣文學所碩士論文，2009年）。

從早期的童話系列到近期出版的兩本新作，動物一直是黃春明童話中的重要角色，自我的追尋與定位，也依然是黃春明童話作品的重要主題。文化研究者哈洛葳（Donna J. Haraway）的著作《猿猴、賽伯格和女人：重新發明自然》提及人們喜歡觀看動物，希望從觀看動物中更瞭解人類自身的心態：「我們擦亮一面動物鏡子來尋找自我」，然而如此所得到的究竟是洞見或是幻覺？將取決於我們如何建構這些鏡子。[9] 蓋兒・梅爾森（Gail F. Melson）在《孩子的動物朋友》（*Why the Wild Things Are: Animals in the Lives of Children*）中提及自古以來，無論是口傳童話、寓言、傳說、神話、小說……等，時常會有動物角色的出現，民俗學者長期以來都視動物故事為「一種媒介」，「藉以傳遞文化中，對人際關係及人與動物關係的理想」，她借用一位榮格派心理學家的話來解釋動物與人類自我的關係：

> 自我常被象徵化成一種動物，顯現出我們自然的本能，及其本身與個人周遭環境的關聯。[10]

透過動物形象顯現自我、或是藉由動物作為媒介，描繪人際關係，往往是許多文學作品採用的手法。

　　藉由多種動物角色，黃春明在童話中映照出哪些自我形象？透過動物本身對鏡、照鏡的情節安排，又隱含了哪些與人類自我相關的豐富象徵？在黃春明童話新作甫出版之際，藉由前後期作品的對照，將

9　Haraway, Donna J. *Simians, Cyborgs, and Women: The Reinvention of Nature*. New York: Routledge, 1991, p.21、黃宗慧：《以動物為鏡：12堂人與動物關係的生命思辨課》（臺北市：啟動文化出版社，2018年），頁1。

10　蓋兒・梅爾森（Gail Melson）著，范昱峰、梁秀鴻譯：《孩子的動物朋友》（臺北市：時報文化出版公司，2002年），頁29。

可呈現更完整的觀照。本文首先梳理黃春明童話中的動物形象，分析其所呈現的不同自我特質，接著探討童話中動物對鏡情節的隱喻，透過動物形象的具體研究，對於黃春明童話所呈現的自我主題有更清楚的認識。

二 黃春明童話中的動物形象：不同生命階段的映照

黃春明前期童話中的主要動物角色有家貓、短鼻象、小麻雀與老麻雀，近期作品則有生活在非洲大草原的小犀牛與紅蜻蜓、作息相反的貓頭鷹與老烏鴉。內容包含人們日常生活所見之動物如貓、麻雀、蜻蜓、烏鴉，也涵蓋了生活場域與人們較少重疊之動物如犀牛、大象、貓頭鷹。透過想像的擬人化手法，這些動物在童話中分別反映了不同的自我形象。

（一）以「小」之名：主角形象與名稱特色

黃春明童話動物角色中，兒童特質最為鮮明者，莫過於以「小」為名的小麻雀與小犀牛，直接以「小」為名，標記著牠們的生理年齡尚未成熟、尚處於成長階段。相較於睿智聰明的老麻雀，《稻草人與小麻雀》中的小麻雀欠缺判斷力（如將稻田中的稻草人誤認為農夫而不敢衝上前去吃稻子）、調皮搗蛋（有的停在稻草人的頭上，有的停在手臂上，高興起來也在稻草人的肩上大便）、天真快樂，一聽到老麻雀的號召，隨即成群結隊飛到田裡歌唱覓食：

> 七月天，稻子熟，一遍稻子甜又香。一塊田，兩塊田，田田連田到天邊。太陽曬，稻穗黃，風吹稻田翻金浪。你乘風，我破浪，黃金稻田吃又玩。快來啊！快來啊！不吃稻子待何時。吱

　　　　吱吱、吱吱吱、吱吱喳喳吱吱吱……[11]

　　透過充滿童趣的歌詞與大量疊字仿擬叫聲，塑造小麻雀吃飽玩耍、無憂無慮的快樂形象。

　　從年齡本質來看，兒童與成人在許多特質上常是兩兩相對的。在生理方面，兒童的發展是未成熟，成人則是成熟的。在心理方面，兒童不論是認知、人格與道德都是處於發展的過程，成人發展較為成熟而完整。因此，兒童的情緒容易毛躁、自制力欠缺、理性不足；相較地，成人穩重而健全。在社會關係方面，兒童必須處處依賴成人的照料，成人則是自主而獨立。[12]就工作而言，兒童與成人各自不同。兒童的工作就是遊戲玩耍；成人的工作則是勞動賺錢。在文化方面上，兒童的遊戲玩耍是道德上容許的（fun morality），它是童年幸福快樂的重要指標。[13]

　　《小麻雀與稻草人》中的小麻雀即是以快樂玩耍、天真頑皮的兒童形象出現，關心糧食生計的老麻雀則是扮演著照料幼小、維護種族存續的成人角色，負責與守衛稻米的稻草人展開談判，原本緊張嚴肅的情節，卻因有了小麻雀天真活潑的形象加入而增添了不少童趣。

　　另一個直接以「小」為名的角色是《犀牛釘在樹上了》的小犀牛，故事一開始即說明「在非洲的大草原，有一隻小犀牛長大了」，但長大的小犀牛卻依然有著處處依賴他人的兒童特質：

---

11 黃春明：《稻草人與小麻雀》（臺北市：皇冠文化出版公司，1993年），頁2。

12 Prout, A, *The Future of Childhood*(London: Routledge & Falmer, 2005), pp.44-45、王瑞賢：〈現代兒童形式的省思及新興童年社會學之批判〉，《臺灣教育社會學研究》第13卷第2期（2013年12月），頁134-135。

13 Jenkins, H, "Introduction: Childhood Innocence and Other Modern Myths" in ed. Jenkins, H. *The Children's Culture Reader*, (New York: New York University Press,1998), pp. 1-37.

> 他一天到晚黏著媽媽，跟媽媽跑來跑去，為的是，等媽媽一停下來，馬上就鑽到媽媽的肚子底下要吃奶。[14]

生理特徵已經成熟的小犀牛「會跑會跳，牙齒都長齊了，還有角也長出來了」，心理上卻顯然未意識到自己的成長，直到被父母提醒「長大了，自己去找吃的」[15]，才認知到自己應該脫離老是黏人的兒童身份。

然而，外表看似已發育完全的小犀牛，內在心智卻尚未發展成熟，當紅蜻蜓故意停在牠角上不走時，牠馬上被激怒暴衝，歷經上下暴跳、跳進湖裡也甩不開紅蜻蜓後，小犀牛完全聽不進紅蜻蜓的道歉與解釋，最後想利用自己的犀牛角把紅蜻蜓釘在樹上，卻弄巧成拙，反而把自己倒掛釘在樹上了。

象徵成長的犀牛角卻反而成為困住小犀牛的關鍵，被倒掛在樹上的小犀牛只能等待紅蜻蜓前去尋找爸媽趕來救援，看似已長大卻依然無法獨立面對問題，仍須依賴年長角色解決困境。

小犀牛身體外觀雖已發育成熟，但過於衝動、自我控制不佳的表現，與人類青少年內外在發展落差，情緒反應激烈、衝動不受控……等特徵亦有幾分相似。邁入青春期後，人類青少年雖在生理上逐漸成熟，但大腦負責控制衝動與情緒有關前額葉皮質區（prefrontal cortex）在青春期逐漸強化，直到二十多歲才會發展成熟，加上受到賀爾蒙的影響，青少年會有易衝動、走極端、強說愁的傾向。[16]遇到刻意停在犀牛角的紅蜻蜓，小犀牛一開始只是自然注視著，但最後注視久了，眼睛變成滑稽好笑的鬥雞眼，開始目眩不舒服，趕不走的紅

---

14 黃春明：《犀牛釘在樹上了》（臺北市：聯合文學出版社，2023年），頁6。

15 黃春明：《犀牛釘在樹上了》，頁8。

16 劉玉玲：《青少年發展與輔導：認知、情意與關懷》（臺北市：高等教育出版社，2016年），頁5。

蜻蜓又一再挑釁，怒氣暴漲的小犀牛只能不顧一切，選擇傷害他人來發洩怒氣。

有著小小身體的紅蜻蜓，見到小犀牛成長的得意樣貌，原本只是想停在犀牛角上惡作劇，被小犀牛甩開後，她先懸空停在小犀牛頭上，待小犀牛停下後又再次停上，直到小犀牛終於忍不住奔跑起來，她卻高興地大聲叫喊：

> 看哪──！世界上還有誰駕過奔跑的犀牛──？太好玩、太好玩了──！[17]

氣炸的小犀牛只能上下暴跳，卻依舊無法擺脫紅蜻蜓，累壞的牠決定衝進湖裡躲開紅蜻蜓。當小犀牛加快速度奔跑時，紅蜻蜓非但沒有意識到危險，反而更為興奮，大聲地喊加油：

> 紅蜻蜓想到她是在做一件，世界上還沒有人冒險過的事；這實在太刺激了，紅蜻蜓繼續助興地喊叫：「衝啊──！無敵鐵金剛小坦克，衝、衝、衝──……」[18]

從一開始的惡作劇到後半段著迷於冒險的快感，紅蜻蜓呈現的是遠比小犀牛更不成熟的幼稚形象。有關幼兒與冒險遊戲的研究多半指出幼兒喜歡冒險是一種天性，例如 Stephenson 研究表明「四歲的孩子喜歡進行涉及風險、速度、興奮、刺激、不確定性的活動和挑戰」、Sutton 亦認為幼兒天生好奇和喜愛探險，通過冒險性遊戲，他們能夠熟悉他

---

[17] 黃春明：《犀牛釘在樹上了》，頁14。
[18] 黃春明：《犀牛釘在樹上了》，頁21。

們所生活的環境及其邊界，能夠意識到什麼是危險的，以及如何處理他們遇到的風險。[19]

紅蜻蜓在小犀牛連續兩次的奔跑中並未意識到可能發生的危險，只是沉浸在充滿刺激的快感中。當她見到跳入湖中的小犀牛動也不動時，誤以為小犀牛已經溺死，原本開心胡鬧的紅蜻蜓才開始驚慌自責，看見小犀牛浮出水面後，紅蜻蜓再次停上犀牛角尖不斷道歉，盛怒奔跑的小犀牛卻只聽到風聲，直到小犀牛撞上大樹、把自己釘在樹上後，才聽見紅蜻蜓的安慰與誠懇道歉：「對不起，小犀牛，都是我不對。我去找你爸爸媽媽來救你，對不起。」[20]

紅蜻蜓從惡作劇到尋求冒險刺激、驚慌自責、主動向年長角色尋求協助解決問題，雖顯露出兒童頑皮無知的特性，卻也表現出純真的良善天性，以及從冒險遊戲中意識到危險，並學習如何處理風險的成長過程。紅蜻蜓雖未以「小」為名，但文中「小小身軀」與冒險天性的暗示，仍有著鮮明的兒童特質。與身體發育完成、心智年齡仍待成長的小犀牛一樣，仍須不斷嘗試與摸索，體驗不同階段的成長。

（二）從迷惘到肯定的自我成長

至於《我是貓也》中的黑貓黑金與《短鼻象》中不滿意自己鼻子長度的短鼻象，雖然不是以幼小形象出現，但對於內在的自我認知，卻各自歷經一段複雜的辯證過程，才逐漸看清並接受自我定位。

《我是貓也》中的黑金幼年時尚未體會到自己的處境，儘管與其

---

19 Stephenson, A, "Physical Risk-Taking: Dangerous or endangered?" *Early Years* 23 (2003): pp.35-43、Sutton-Smith, B, *The Ambiguity of Play*(Cambridge: Harvard University Press, 1997), p. 20、何亞利：〈幼兒冒險性遊戲優化路徑研究〉，《教育進展》第14卷第1期（2024年1月），頁1090。

20 黃春明：《犀牛釘在樹上了》，頁34。

他兄弟姐妹失散，但因年紀尚小，對此並無特別感受，甚至還慶幸自己被有錢人家收養：

> 大概是因為當時我們還小，對這樣別人看來很悽慘的遭遇，我們都不知道悲傷。我還傻呼呼的，慶幸被一個有錢人家飼養哪。[21]

黑金對自己與家人失散的悲慘遭遇並無自覺，被收養的牠備受主人大小姐寵愛，令牠覺得自己是「世界上最幸福的一隻貓」，恃寵而驕的牠也常闖禍，但不論是打翻花盆、抓破簾子、甚至打翻魚缸、咬死老太爺的金魚，都免於責難，反而是負責照顧的傭人受到責罰，黑金也因此被懷恨在心的傭人藉機丟棄。

被丟棄的黑金輾轉被小販拐賣給到新村子，新主人原本希望買貓回家抓老鼠，沒想到嬌生慣養的黑金從未抓過老鼠、也沒有意願抓老鼠，因此到處遭受質疑：「女主人說我不是貓，沒幾天全村子的人也這麼說我」[22]，故事的一開始，黑金便已強調這段被眾人質疑身分的日子有多麼難過：

> 有一度差不多認識我的人，他們竟然都說，我不是貓。我聽了人家這麼說我，我心裡好難過好難過。那是我一生中，最不快樂的時候了。[23]

儘管黑金確信自己是一隻貓，但面對眾人的質疑時，除了難過之外，

---

[21] 黃春明：《我是貓也》（臺北市：皇冠文化出版公司，1993年），頁4。
[22] 黃春明：《我是貓也》，頁22。
[23] 黃春明：《我是貓也》，頁2。

牠不免也對自我身分產生迷惘:「也開始懷疑我是不是一隻貓」[24]。

黑金的自我認同受到他人眼光極大影響,自我認同指的是個體自我統整能力(self-synthesis),是個體尋求內在合一(sameness)及連續(continuity)的能力,而合一與連續的感覺要與個人所在的環境相配合。[25]黑金所面臨的外在看法顯然與牠的內在反思有極大落差,也因此對自我認同產生迷惘與困惑。

《短鼻象》中的短鼻象也和黑金一樣遭受到他人的質疑目光:

> 長鼻豬、短鼻象,到底你是那一樣?
> 短鼻象、長鼻豬,到底你是那一族?[26]

不同於黑金被質疑的理由是可以自我選擇的抓不抓老鼠,短鼻象被小孩子們嘲笑的原因是無法改變的生理特徵,因為天生鼻子比別的大象短,而被小孩以歌謠取笑,混淆象與豬的身分區別。原本因鼻子太短已成天難過的短鼻象,聽到小孩子的嘲笑後,不但變得更難過,甚至還從難過轉為自卑。

因為自卑,短鼻象不敢以正面示人,只要聽到有人腳步聲走近,就馬上把臉背過去,讓大屁股朝外,使得很多人看到短鼻象的大屁股,比看到牠的臉的機會還要多。短鼻象因自卑而以大屁股代臉示人,掩藏自我真正形象,牠所面臨的自我定位的困惑,與人類青少年所面對的自我統合危機十分相似,所謂自我統合,是指個體嘗試將與自己有關的多個層面統合起來,形成一個自己覺得協調一致的自我整體,此一心理過程稱為統合形成(identity formation),青少年時期正

---

24 黃春明:《我是貓也》,頁22。
25 王煥琛、柯華葳:《青少年心理學》(臺北市:心理出版公司,1999年),頁137。
26 黃春明:《短鼻象》(臺北市:皇冠文化出版公司,1993年),頁2。

是人格發展歷程中的關鍵時期,所面臨的危機情境也較其他時期更為嚴重,這段時期的危機主要產生在自我統合(self identity)和角色混亂(role confusion)兩極之間,倘若此一時期的統合危機未得到化解,當事人將變得角色混亂(role confusion),而阻礙之後的發展。[27]

黑金與短鼻象在生理上均已發育完成,已不是成長中的幼童,但從他人對自我的看法中,卻同樣都產生了對自我統合的困惑與迷惘。黃春明安排牠們面對問題、解除自我認同危機的方式也各有不同。黑金最後迫於生理需求,發現自己「餓得實在不能再餓下去了」,體認到「沒抓老鼠吃是不行了」,一舉抓住鼠王而得到眾人肯定,從眾人驚叫聲中,再次確認自己的「黑貓」身份。短鼻象歷經千辛萬苦,嘗試被壓路機壓扁鼻子、戴上噴水喉假鼻子、減肥、說謊……等諸多方法,都無法拉長鼻子,最後為了消滅一場荒野火災,不斷地用鼻子吸水噴火,來回幾百趟後,意外拉長了鼻子,終於符合他人與自己心目中具有長鼻子的大象形象。

黑金與短鼻象同樣都是憑藉自己努力,才化解了自我認同危機,使內在自我認同與外在環境由原先的劇烈衝突趨向和諧統整,黑金雖面對群眾的質疑,最後改變的關鍵卻是因求生本能驅使,才克服先前認為老鼠噁心的內在恐懼,一舉擒拿鼠王翻轉局勢。短鼻象因他人嘲笑而拚命想改變自己外在,卻總是徒勞無功,最後反而是暫時放下對外表的執著,自發性協助消滅火災,因為頻繁噴水而意外拉長鼻子,

---

[27] 艾瑞克森(E. H. Erikson)的人格發展論將自我意識的形成和發展過程劃分為八個階段,他認為在心理社會發展歷程中,個體在不同時期學習適應不同的困難,化解不同的危機,而後逐期上升,終而完成其整體性的自我。青少年時期是其中第五個時期,也是「自我統合與角色混亂」期,主要危機產生在自我統合與角色混亂兩極之間,如果此一時期的統合危機無法化解,當事者將難免傾向角色混亂的一端,以致阻礙其以後的發展。參見張春興:《教育心理學重訂版》(臺北市:臺灣東華書局,1996年),頁132。

改變原先耿耿於懷的外觀特徵。黑金與短鼻象的最後改變看似皆為了符合他人眼光才化解了先前的認同危機，但故事本質仍強調角色的本能自覺與內在驅動，而非外在的強力壓迫。貓與大象為不同物種，外在形體相差甚大，外人所附加的標準與評價亦有所差異，但卻都給牠們帶來相似的自我認同困惑，正如同成長中的青少年雖具有多種樣貌，卻也因面臨著不同的社會期許而對自我產生懷疑。藉由迷惘到肯定、認清自我的追尋歷程，黃春明透過動物形象呈現了青少年成長過程中所面對的重要課題，也再次肯定內在自我覺察的重要性。

（三）成熟與智慧

相較於生理與心理發展尚未成熟的兒童與青少年階段，黃春明童話中以「老」為名的動物比例較少，《小麻雀與稻草人》的老麻雀與《貓頭鷹與老烏鴉》中的老烏鴉是少數直接以「老」為名的動物角色。

《小麻雀與稻草人》的老麻雀以充滿智慧的長者形象出現，最先體察到周遭環境變化，召喚小麻雀們前來享用稻子：「快來啊！稻子熟了。稻子結穗了！青的包米漿，黃的包米粒，快來啊！快來吃稻子啊──！」[28] 老麻雀不但最早發現稻子已成熟，還從過往累積的經驗提醒麻雀們青黃稻穗的不同特點。當見到農夫豎立在田中的稻草人時，其他麻雀們都誤以為是真人而躲了起來，只有老麻雀一眼識破是假人，讓躲起來的小麻雀不用害怕，飛到田裡享用豐盛早餐。

老麻雀處處展現出不同於小麻雀的成熟特點，藉由同一物種、不同年紀的對照，老麻雀的長者智慧形象更為鮮明。在多數人熟悉的童話故事中，年長者通常扮演次要角色，不是被分配去扮演像《白雪公主》中繼母那樣邪惡的老太婆，就是像《灰姑娘》中仙女一樣難以置

---

28 黃春明：《稻草人與小麻雀》，頁2。

信的好人,但老人故事卻也提供了圍繞著智慧、自知以及超越的一種新的成熟形象。[29]老麻雀與稻草人的談判內容,更顯示出牠的睿智與勇敢:

> 你和老農夫一樣小氣!自私!這一大片稻田,我們麻雀來抓過多少蟲子啊,現在稻子成熟了,我們麻雀來吃一點稻子,你就替農夫鬼吼鬼叫!……你閉著眼睛想一想,如果現在這一片金黃的稻田,要是沒有我們麻雀飛來飛去,吱吱喳喳歡喜的唱著歌,多沒有生氣,多沒有意思啊。[30]

老麻雀先以平等互惠原則說服稻草人,說明麻雀抓害蟲對稻田有一定貢獻,且所吃稻米分量稀少,農夫損失十分微小,再以麻雀為田野帶來活潑生氣的美好想像加強說服力,被說服的稻草人最後決定為麻雀們通風報信,老農夫不在時麻雀可安心進食,但當老農夫出現時,麻雀不能隨便出現在稻田裡,如此一來,稻草人盡到守護稻田的責任,麻雀們也可繼續享有豐收稻米,彼此共存共生,維護大自然的平衡。

　　老麻雀扮演的長者身分不但具有智慧,透過理性感性兼具的理由說服稻草人,維持雙方和諧關係,也確保同族類覓食無虞,維護種族平安生存,表現理性成熟。然而黃春明的後期童話新作《貓頭鷹與老烏鴉》中,老烏鴉卻與此種老者形象截然不同,在許多神話與寓言中,

---

29 艾倫・B・知念(Allan B. Chinen)著,劉幼怡譯:《從此以後:童話故事與人的後半生》(臺北市:天衛文化圖書公司,2019年),頁9。
30 黃春明:《稻草人與小麻雀》,頁31。黃春明在書末附上一段後記:「如果有一個夏天,一片遼闊金黃的稻田,竟聽不見小麻雀快樂的歌聲,也看不見稻草人傻傻的模樣,這將是多麼寂寞的夏天,又是多麼寂寞的豐收啊!我是這樣以為著。朋友,你呢?」再次重複了老麻雀說服稻草人的這段話,顯然也藉由老麻雀代言自己冀望大自然和諧共生的美好理想。參見黃春明:《稻草人與小麻雀・後記》,頁35。

烏鴉與貓頭鷹常被視為是智慧的象徵，[31]黃春明刻意使用了二種象徵成熟智慧的鳥類作為主角，卻呈現出另一種耐人尋味的反差效果。

《貓頭鷹與老烏鴉》一改過往黃春明童話的撕畫插圖，改以黑白手繪圖案呈現，黑白分明的對比風格，也強化了故事中兩位主角彼此相反的諸多特性。貓頭鷹白天睡覺、老烏鴉晚上睡覺，二者作息完全相反，有天黃昏卻剛好巧遇，且一見如故，決定做好朋友，並約好隔天三點相見。

貓頭鷹與老烏鴉雖約好三點相見，但並未確認是下午或晚上三點，以致於雙方各自按照自己作息時間出沒，而沒有等到彼此。雙方回家細想後，發現可能誤會之處，隔天決定特地依照對方作息時間出現，卻陰錯陽差再次錯過彼此，再次等不到對方之後，牠們各自責怪對方是「世界上，最不守信用的鳥」[32]，從此之後，就沒再見過面了。

貓頭鷹與老烏鴉描述了朋友之間雖為對方著想，卻仍有未解誤會的遺憾。故事中的貓頭鷹雖未言老，但與老烏鴉相談甚歡、且雙方多次展現為彼此著想的同理心，例如雙方約好第一次見面時，貓頭鷹知道老烏鴉愛吃田鼠，還特地為牠準備「一隻肥大的田鼠當禮物」，同樣的，老烏鴉知道貓頭鷹愛吃水蛇，也帶來一條水蛇當禮物，雙方都

---

31 烏鴉在許多神話中常被視為是神的使者、神的寵物，是受到崇拜的。牠傳達神的旨意，受到神的寵愛，自身也是先知與智慧的象徵，如北歐神話中，神王奧丁即擁有兩隻烏鴉隨從，在奧丁失去一隻眼睛後，烏鴉成為他最好的嚮導與傳達命令的信使。《伊索寓言》中的〈烏鴉喝水〉故事也強調可以使用石頭作為工具的烏鴉具有高度的智慧。在古希臘神話中，貓頭鷹是智慧女神雅典娜的愛鳥及其象徵，當智慧女神出現實，貓頭鷹則會以聖鳥形象站在女神肩頭。兩種鳥類在神話中均具有智慧象徵。參見樊穎、高玉秋：〈西方古代文明中「貓頭鷹」意象的原型探源——基於《哈利‧波特》文本的歷史考察〉，《文藝爭鳴》2021年2期，頁168、吳志芳、皮文立：〈厄運的先知——從神話原型理論看愛倫‧坡《烏鴉》中的烏鴉原型〉，《重慶交通大學學報（社會科學版）》9卷4期（2009年8月），頁67-68。

32 黃春明：《貓頭鷹與老烏鴉》，頁31。

具有圓融得體的應對禮儀，角色設定應已具備一定閱歷，也才能在回家後馬上推測出誤會原因在於自己只從自身立場出發，未考慮對方生活習慣。

雙方不但各自調整自己立場，忍住睡眠，改在對方活動時間到約會地點等候，也再次攜帶給對方的禮物（野兔、鯉魚），甚至還多次練習道歉，二者的道歉台詞與動作幾乎一模一樣：

> 「真對不起！我弄錯了白天和夜晚，害你在白天的時候沒等到我。」牠一邊說著，還一邊深深鞠躬道歉。（貓頭鷹）
> 「真對不起！我弄錯了夜晚和白天，害你在夜晚的時候沒等到我。」牠一邊說著，還一邊深深鞠躬。[33]（老烏鴉）

儘管貓頭鷹與老烏鴉都設身處地為對方著想、快速推測出錯誤原因，並誠懇檢討，調整自己，表現出成熟大度的良好風範，但也正因為過度為對方著想，一再錯過對方，雙方最後都生氣的丟棄為對方準備的禮物，「瞇著疲勞的眼睛就飛回家了」。[34]

貓頭鷹與老烏鴉雖示範了成熟體貼的良好形象，但二者最後未再見面、始終誤解對方欺騙自己。雙方決裂並非幼稚賭氣或一時衝動，而是多次誤會累積疊加而成，看似為對方著想的行徑卻反而弄巧成拙，也沒有合適機緣可以化解，只能持續維持僵局。故事結局黃春明安排了貓頭鷹與老烏鴉背對背、眼神未有交集的黑白插圖，不似小麻雀故事中色澤繽紛、雙方和諧共存的美好圖像，貓頭鷹與老烏鴉的結局看似荒謬，卻也暗喻了人生終有未解的遺憾與缺失。

---

[33] 黃春明：《貓頭鷹與老烏鴉》，頁23、27。
[34] 黃春明：《貓頭鷹與老烏鴉》，頁29。

三　對鏡隱喻：自我倒影的呈現與寓意

　　從上一小節的分析可以發現，黃春明童話中許多動物角色附加了兒童與青少年的形象，反映出成長過程中的自我認同，而這些角色對自我形象的認知，往往是透過鏡中、水中、他人眼中……等反射的倒影，才對於自我有更清楚的瞭解。黃春明童話中所安排的多次對鏡場景，充滿著複雜的隱喻，故事中所出現的「鏡子」更是多重變形，以不同方式映照出主角的自我形象。

　　社會學家顧里（Charles Cooley）曾提出「鏡中自我」（Looking-glass self）的概念，強調自我概念的形成是在生活中經由人際之間的互動而來，自我會利用想像的方式去評估及塑造自我的表現。我們如何看待自己，是經由我們想像要如何表現給他人看，以及想像他人將會對我們的表現作何評斷所影響。每一個人對他人而言都是一面鏡子，反映出他人所表現過的一切。[35]黑金與短鼻象、小犀牛，同樣都從他人所反映的自我形象重新調整自我、認識自我。

　　以《我是貓也》的黑金為例，正是在面臨眾人對牠是否為貓的質疑時，產生了自我懷疑，《短鼻象》中的短鼻象也是透過他人的嘲笑而意識到自我外表缺失而自卑、《犀牛釘在樹上了》的小犀牛則是透過與爸媽反覆確認，才肯定自己已經完全長大、成為威風的「無敵鐵金剛小坦克」。

　　這三個角色的對鏡過程，也歷經了不同的多次轉折，才真正釐清自我形象。《我是貓也》的黑金在面臨眾人對牠是否為貓的質疑時，產生了自我懷疑，牠先是爬上女主人的梳妝檯，想看清自己模樣，被

---

[35] Cooley, C. H, *Human Nature and the Social Order* (New York: Charles Scribner's Sons, 1902)、陳奎憙：《教育社會學（修訂4版）》（臺北市：三民書局，2021年），頁23；蔡文輝：《社會學原理》（臺北市：五南圖書出版公司，2006年），頁72。

女主人撞見後，女主人生氣的拿東西丟牠，「結果打到鏡子裡面的我，把鏡子打破了」，黑金首次照見的自我形象也隨之破碎。渴望尋求自我的黑金鍥而不捨地尋找可照見自己形象的物品：

> 我已經找不到鏡子看看自己是不是貓，至少我要找一個和鏡子一樣的水面，來看看自己。屋子裡的水缸，我是沒有辦法靠近，外面的盆子裡又沒裝水。小水溝和溪流的水都流得很急，水面的水紋閃動得厲害，照著它也看不清自己的影子。後來我想到水井。對，水井的水面靜止得像一面鏡子，裡面的光線暗了一些，但是可以照到自己。[36]

黑金到處尋求可照見自我的物品，想證明自己真的是貓，卻遍尋不著，流動的水因有水紋干擾，無法完整呈現自我形象，牠渴望尋求的是不受干擾、清楚明白的自我形象，最後鎖定一口平靜的水井。

然而，黑金往井底探頭、好不容易照見自己影子，「卻一下子被受到驚嚇的青蛙，跳下水把水面又弄破了」[37]，對鏡映照的自我形象稍縱即逝，且再次被外力介入而干擾破碎，也暗示著黑金所認知的自我仍不完整。[38]

---

36 黃春明：《我是貓也》，頁26。
37 黃春明：《我是貓也》，頁26。
38 梁敏兒曾引巴什拉《夢想的詩學》與榮格的心理學來說明水井與自我的連結，並藉此分析黑金在水井所見亦非真實自我。水井令人有那麼多回憶，主要是它的幽暗和深遠的特徵，它的靜止暗示一切都沒有變化，沒有前進，童年在巴什拉的筆下相等於某些人類曾經在生命剛剛開始時出現過的夢想，後來被遺忘，到不知什麼時候，童年的夢想又再降臨。榮格則認為現代人脫離歷史往前邁進，拋棄了人類的潛意識，跳過了許多應該經歷而尚未經歷的生存階段，就彷如人在深深的水井前面，回望水井的倒影，看到的自己並不是自己。在古井的幽暗之中隱約看見的，那只是隱約的，一瞬即逝的。參見梁敏兒：〈黃春明的童話世界——影子原型的拼貼空間〉，頁81-83。

法國精神分析學家拉岡（Jacques-Marie-Émile Lacan）強調對鏡與自我的重要性，主體透過自己的鏡像產生了對自我的認識，確認了自我身體的同一性。他的自我概念來自於鏡像階段（the mirror stage），嬰兒剛出生時，對於自己的形象模糊不清，但進入六個月到一歲半期間，偶然照見鏡子，對著鏡中的自己發笑，這種情形成為生命中的第一個重要轉捩點——鏡像階段，即嬰兒首次在鏡中看見了自己的形象，認識自己，發現自己的肢體原來是一個整體。在鏡像實驗中，嬰兒會從觀看鏡中自己身體四肢的擺動與伸展，感受空間的狀態與自己在環境裡的處境，同時回應他者的動作，如此可將不確定的自我確定下來。也就是說，嬰兒能從自己與他人間辨別出自己的形體，並且能將自我從自己的實體和鏡像（這可以是實質的鏡子反射影像，亦可從他人對自己的態度認識到自己的抽象反射影像）中分別出來，如此以建構主體與知覺自我的功用。[39]

　　從鏡中照見並意識到自我形象的存在，是建構主體完整性的重要象徵，苦尋不著鏡子的黑金，抬頭望見天上滿月，驚喜發現「那不就是一個大鏡子」，費盡功夫跳上圍牆、爬上屋頂、爬上樹，卻都照不到這個大鏡子，最後盡力爬上村子的八寶塔頂，卻發現自己的影子映不到裡面去，且隨著時間變化，月亮越升越高，「鏡子又掛得更高，更遠了」。[40]

　　費盡力氣無法照鏡的黑金，最後是在路過老貓的提醒下，重新照見自己的真實形象：

---

[39] 杜聲鋒：《拉康結構主義精神分析學》（臺北市：遠流出版公司，1988年），頁132-146、王國芳、郭本禹：《拉岡》（Lucan）（臺北市：生智文化公司，1997年），頁140、肖恩・霍默（Sean Homer）著，李新雨譯：《導讀拉康》（重慶市：重慶大學出版社，2014年），頁37。

[40] 黃春明：《我是貓也》，頁30。

> 你看你自己，身體都餓扁了，只剩下一個大頭。這個村子有的是老鼠，捉牠。吃牠。一隻貓說是在這裡餓死那才怪哪！[41]

以他人眼光為鏡，映照自我形象，沒有尋得鏡子的黑金以不同方式體認到自己身為貓的生物本能，並付諸行動，一舉捕獲鼠王，符合他人與自我眼中的貓形象，最後的內外在自我認知達到平衡。故事結尾，黃春明加上後記，提到假使有一天黑金可以選擇回去以前有錢的女主人家，也可以選擇留在這個老鼠很多的村子裡，矛盾許久後，牠最後決定留在這個村子。選擇留下的黑金在多次對鏡過程中，對於自我形象已經有了清楚的認知，正如同故事一開始牠所提到的：

> 現在好了，現在他們重新認清楚我，又說我是一隻貓。我好高興，我高興得眼淚都掉下來了。我喜歡我是一隻貓。[42]

選擇留下且繼續抓老鼠維生的黑金，從他人評論與對鏡質疑中釐清自我真相，也重新認識自己的天賦與本能。從被打破的梳妝鏡與被弄破的井水水面中，黑金未曾見識到完整的自我形象，反而是透過他人話語的映照，重新認識並接受真正的自我。

不同於黑金刻意尋找鏡子，《短鼻象》中的短鼻象雖然也在他人話語中照見自己鼻子太短的生理缺失，但當牠為了消滅荒野火災，多次在火災現場和溪流之間來回吸水噴火，等野火救熄後，疲累的牠來到溪流旁想喝水解渴，卻有了意外發現：

> 他才探頭要吸水的時候，無意間看到溪流裡面，有一頭大象，

---

41 黃春明：《我是貓也》，頁32。
42 黃春明：《我是貓也》，頁2。

> 鼻子長得好長好帥，叫他看了，心生羨慕。短鼻象舉起鼻子向水裡的影子打招呼，水裡的那一頭大象，也舉起長鼻子向他做一模一樣的動作。短鼻象不動，他也不動。短鼻象動一動，他也同時動一動。短鼻象高興起來了。
>
> 他知道，水裡的影子就是他自己。他發現他的鼻子已經變長了。[43]

短鼻象照鏡認識自我的過程，與嬰兒在鏡像階段中的反應極為相似，原先以為鏡中影像是不同於自我的他者，但透過重複動作的再三確認，才理解鏡中影像即是自我影像，進而確認了自我的同一性。短鼻象先在水中見到鼻子又長又帥的大象倒影，卻尚未意識到這是改變的自我，直到發現鏡中倒影與自己同步動作時，才明白自己已經擁有了夢寐以求的長鼻子。藉由自發性的滅火善舉，為求長鼻子、吃盡苦頭的短鼻象外觀終於改變，最後也在對鏡過程中發現新的自我，並肯定自我形象。

水面（井水、溪流、河邊……等）是黃春明童話中動物映照自我的重要場景，黑金與短鼻象皆曾藉由水中倒影照見自我形象，黑金所照見的水中自我雖短暫破碎，但最後仍在其他鏡中反射影像窺見自我，短鼻象則是藉水中倒影發現並肯定新的自我形象。黃春明近作《犀牛掛在樹上了》的小犀牛，為擺脫紅蜻蜓的糾纏，也來到水邊，但氣急敗壞衝進湖泊裡的小犀牛，並未在水中照見自我形象，反而是誤以為牠已經淹死的紅蜻蜓擔心的貼近水面往水裡探，結果什麼都沒看到，只看到自己在流淚的倒影，並傷心自責：「怎麼辦？我害死小犀牛了，我害死小犀牛了……」。[44]

紅蜻蜓的流淚倒影揭示了她的愧疚感與不安，小犀牛雖未在水面

---

43 黃春明：《短鼻象》，頁34。
44 黃春明：《犀牛釘在樹上了》，頁23。

上照見自我倒影，卻不斷透過他人話語調整對自我形象的認知。一開始被爸媽說成無敵鐵金剛後，牠信心都來了，「一下子真的長大了，奶也不想吃了」，跑到小山丘上的小犀牛覺得自己不但長大，好像也感到偉大起來，望向遠處大聲喊叫：

　　我是無敵鐵金剛小犀牛坦克──！我、我、我什麼都不怕──！[45]

小犀牛志得意滿的喊叫聲招來紅蜻蜓的惡作劇挑釁，但牠用盡力氣無法擺脫紅蜻蜓，還必須面對她的質疑：「無敵鐵金剛小犀牛坦克先生，你現在還覺得你很偉大嗎？」[46]除此之外，跳進水裡的小犀牛，從魚群的反應中，再次照見自己模糊擺盪的自我形象：

　　魚群他們，從來就沒人看過犀牛，有人說，那是一隻河馬。又有人說，河馬頭上才沒長角。
　　小犀牛看魚群都為他那麼疑惑，和好奇的樣子，他想向魚群做自我介紹，說我是無敵鐵金剛小犀牛坦克，但他嘴巴一張開，水就直灌到喉嚨，小犀牛被水嗆到了。他本能地為了活命，即刻跳起來浮出水面，頻頻喘氣。[47]

原先已從父母話語中肯定自我、確認自我形象的小犀牛，在紅蜻蜓與魚群的評論中，照見自己脆弱與不明的一面，並非先前所認定的偉大無敵，在水底更是沒有解釋的機會，原先在山丘上吶喊的得意形象，也轉為狼狽不堪。透過與其他動物的相處，小犀牛也從他人眼光中，

---

[45] 黃春明：《犀牛釘在樹上了》，頁10。
[46] 黃春明：《犀牛釘在樹上了》，頁19。
[47] 黃春明：《犀牛釘在樹上了》，頁25-26。

映照出不同於先前家人所賦予的單一形象。

有別於黑金與短鼻象最後都透過對鏡的過程釐清自我，小犀牛在多次對鏡過程中，非但沒有見識到完整的自我形象，最後還因衝得太快，具有成長意義、辨別自我身分的犀牛角被釘在樹上，「身體倒翻過來，肚子朝外成了倒立狀，釘掛在樹上了」[48]。最後倒翻掛在樹上動彈不得的慘狀，完全不同於先前威風凜凜的得意模樣，透過滑稽詼諧的形象翻轉，小犀牛的倒翻形體或許也是另一種倒影呈現，以無厘頭方式呈現出成長過程中變化劇烈、不確定的流動自我。

四　結語

黃春明童話中的動物形象多數自然表現其生物本質，如黑金捕鼠為食、麻雀們啄食稻米、大象以鼻子吸水噴水、小犀牛鐵甲般外貌如「無敵鐵金剛小坦克」、蜻蜓符合貼近水面與停留在大型動物身上的習性、貓頭鷹與老烏鴉活動時間為夜晚與白天，喜歡吃田鼠、水蛇……等小型動物，透過大量自然行徑的描述，使得童話中的動物角色更加鮮活。

這些動物們也反映出不同的自我特質，如以小為名的小麻雀、小犀牛、身軀幼小的紅蜻蜓，顯示出兒童活潑天真，卻也仍待他人照顧且內在的自我心理發展仍有尚未成熟之處。黑金與短鼻象從迷惘到自我肯定的追尋歷程，正反映青少年成長過程中所面對的重要課題，也再次肯定內在自我覺察的重要性。老麻雀、老烏鴉、貓頭鷹……等長者角色，展現成熟的智慧與圓融，卻也顯示生活中終有無解的難題存在。

黃春明童話中多次出現的動物對鏡場景，動物角色以水為鏡、以

---

48 黃春明：《犀牛釘在樹上了》，頁32。

人為鏡，映照出不同的自我形象，也從中釐清對自我的認知與完整性。前期童話中的黑金、短鼻象，皆在對鏡過程中重新認識自我，後期的小犀牛與紅蜻蜓，雖也歷經多次對鏡場景，卻仍處於未解困境中等待協助，映照出的自我也有著更多的不穩定性。

對比黃春明前期與後期的童話作品，可以發現，前期作品的動物角色在尋求自我的追尋過程中，最後多半獲得較為圓滿的結果，如黑金最後自由選擇留在村莊當貓、短鼻象的鼻子順利變長、麻雀們與稻草人和諧共處。近期童話作品中的動物角色們，結局則都有尚未順利解決的難題，如貓頭鷹與老烏鴉的誤會始終未解、小犀牛與紅蜻蜓的衝突仍在，前後期童話作品的結局差異，似乎也呼應了薩依德所指出的藝術家晚期風格，其一便是「冥頑不化、難解、還有為解決的矛盾」，作品充滿不和諧的、非靜穆的緊張，產生一種刻意不具建設性、逆行的特質。[49]這種看似不和諧、無法圓滿收束的晚期風格，所映照出的自我形象也充滿更多解讀空間，在童趣與自然的想像中，暗喻著生命有更多元的發展與可能性。

---

49 薩依德在《論晚期風格》中，大致區分藝術家的兩種晚期特質，其一為「作品反映一種特殊的成熟、一種新的和解與靜穆精神，其表現方式每每使凡常的現實出現某種奇蹟似的變容」，此種風格作品往往在結局獲得和諧與解決，圓融收場。另一種風格則為上文所提及的「冥頑不化、難解、還有為解決的矛盾」，薩依德深感興趣的，正是第二型的晚期風格，他認為這種經驗涉及一種不和諧的、非靜穆（nonserene）緊張，涉及一種刻意不具建設性的、逆型的創造。參見薩依德（Edward Wadie Said）著，彭淮棟譯，《論晚期風格──反常合道的音樂與文學》（臺北市：麥田出版社，2010年），頁84-85。

參考文獻

王國芳、郭本禹：《拉岡》（Lucan），臺北市：生智文化公司，1997年。

王煥琛、柯華葳：《青少年心理學》，臺北市：心理出版公司，1999年。

王慧菁：《黃春明兒童文學中的教育主題與功能研究》，嘉義縣：中正大學台灣文學所碩士論文，2008年。

王瑞賢：〈現代兒童形式的省思及新興童年社會學之批判〉，《臺灣教育社會學研究》第13卷第2期，2013年12月，頁127-154。

朱心怡：〈從黃春明童話看自我的追尋〉，收入李瑞騰主編：《聽‧說‧讀‧寫‧黃春明──黃春明及其文學國際學術研討會論文集》，宜蘭縣：宜蘭縣政府文化局，2016年。

杜聲鋒：《拉康結構主義精神分析學》，臺北市：遠流出版公司，1988年。

李佳盈：《黃春明兒童文學研究》，嘉義縣：中正大學台灣文學所碩士論文，2009年。

何亞利：〈幼兒冒險性遊戲優化路徑研究〉，《教育進展》第14卷第1期，2024年1月，頁1089-1096。

吳志芳、皮文立：〈厄運的先知──從神話原型理論看愛倫‧坡《烏鴉》中的烏鴉原型〉，《重慶交通大學學報（社會科學版）》9卷4期，2009年8月，頁67-70。

馬蕙芳：《黃春明兒童文學研究》，彰化縣：彰化師範大學國文學系研究所碩士論文，2004年。

張春興：《教育心理學重訂版》，臺北市：臺灣東華書局，1996年。

梁敏兒：〈黃春明的童話世界──影子原型的拼貼空間〉，《兒童文學學刊》第10期，2003年11月，頁71-95。

陳奎憙：《教育社會學（修訂4版）》，臺北市：三民書局，2021年。
黃春明：《稻草人與小麻雀》，臺北市：皇冠文化出版公司，1993年。
＿＿＿：《我是貓也》，臺北市：皇冠文化出版公司，1993年。
＿＿＿：《短鼻象》，臺北市：皇冠文化出版公司，1993年。
＿＿＿：《犀牛釘在樹上了》，臺北市：聯合文學出版社，2023年。
＿＿＿：《貓頭鷹與老烏鴉》，臺北市：聯合文學出版社，2024年。
＿＿＿：《巨人的眼淚》，臺北市：聯合文學出版社，2024年。
黃宗慧：《以動物為鏡：12堂人與動物關係的生命思辨課》，臺北市：啟動文化出版社，2018年。
劉玉玲：《青少年發展與輔導：認知、情意與關懷》，臺北市：高等教育出版社，2016年。
樊穎、高玉秋：〈西方古代文明中「貓頭鷹」意象的原型探源——基於《哈利・波特》文本的歷史考察〉，《文藝爭鳴》2021年2期，頁168-172。
蔡文輝：《社會學原理》，臺北市：五南圖書出版公司，2006年。
謝鴻文：〈黃春明童話角色的身體認同與差異〉，《華人文化研究》第2卷第1期，2014年8月，頁179-196。
艾倫・B. 知念（Allan B. Chinen）著，劉幼怡譯：《從此以後：童話故事與人的後半生》，臺北市：天衛文化圖書公司，2019年。
薩依德（Edward Wadie Said）著、彭淮棟譯，《論晚期風格——反常合道的音樂與文學》，臺北市：麥田出版社，2010年。
蓋兒・梅爾森（Gail Melson）著，范昱峰、梁秀鴻譯：《孩子的動物朋友》，臺北市：時報文化出版公司，2002年。
肖恩・霍默（Sean Homer）著，李新雨譯：《導讀拉康》，重慶市：重慶大學出版社，2014年。
Cooley, C. H. *Human Nature and the Social Order*. New York: Charles Scribner's Sons, 1902.

Haraway, Donna J. *Simians, Cyborgs, and Women: The Reinvention of Nature*. New York: Routledge, 1991.

Jenkins, H. "Introduction: Childhood Innocence and Other Modern Myths" in *The Children's Culture Reader*, ed. Jenkins, H. (New York: New York University Press, 1998), pp. 1-37.

Prout, A. *The Future of Childhood*. London: Routledge & Falmer, 2005.

Stephenson, A. "Physical Risk-Taking: Dangerous or endangered?" *Early Years* 23 (2003), pp.35-43.

Sutton-Smith, B. *The Ambiguity of Play*. Cambridge: Harvard University Press, 1997.

卷四
黃春明作品的改編電影與
圖像敘事

文學改編與傳播媒介
──論《兩個油漆匠》小說到影像的文本重構與社會議題

黃儀冠[*]

摘要

　　黃春明小說《兩個油漆匠》，創作於一九七一年，虞戡平執導改編的電影則在一九九〇年上映，原先小說中單純鄉下小人物到都市工作的敘事，吳念真重新予以大幅度改編，置入解嚴後的議題，一為外省老兵，一為原住民。本論文企圖從解嚴後台灣導演如何重構黃春明的小說文本，擇取其鄉土元素，小人物故事，以及喜劇與鬧劇的戲謔荒謬性，再轉譯改編為具議題性與批判性的新電影，強化大眾傳播效應，將雙人喜劇轉化為二元互補映襯，城鄉差距及階級屬性，闡明鄉土文學敘事在解嚴之後如何處理社會議題及創傷政治的改編轉化。

關鍵詞：黃春明、《兩個油漆匠》、虞戡平、文學電影改編、大眾傳播媒介

---

[*] 國立彰化師範大學國文學系暨台文所副教授。

一　前言

　　黃春明作品通過鮮活的語言，將小人物故事說得感人而動聽，尤其是幾個經典人物的塑造，如坤樹、甘蔗伯、白梅等，每個角色的內心戲其曲折酸楚與屈辱無奈躍然紙上。小說〈兩個油漆匠〉創作於一九七一年，描寫六〇至七〇年代台灣所經歷的農業到工商社會的變遷，經濟壓力與生產模式的改變迫使鄉下人走入都市謀生，都市一方面是理想的淘金之地，另一方面也是扭曲人性與弱肉強食的權勢欲望集散地，心性單純的小人物來到都市叢林，加上媒體操作，使得人心異化，美夢破碎。虞戡平執導改編的同名電影在一九九〇年上映，原先小說中單純鄉下小人物到都市工作的敘事，編劇吳念真重新予以大幅度改編，虞戡平導演將自身成長經歷融入解嚴後的社會運動議題，一為外省老兵，一為原住民，兩個弱勢族群來到大都市生存不易，卻又有家歸不得，成為現代都市異鄉人。小說以兩個鄉下人進城的模式，大量的對白，富含悲喜劇的特質，亦有雙人喜劇甘草小人物在都市打拚的歡喜與無奈，雖是日復一日的畫看板工作，也有生存的尊嚴與價值，然而在資本主義與媒介操弄下，小人物卻無端犧牲，又帶來生命本質的荒謬與悲涼。電影改編試圖強化八〇年代的各種社會衝突與街頭運動，探討傳播媒介的放大效應，城鄉移動，以及族群身份所帶來的主體認同與刻板印象，邊緣弱勢的原住民與外省老兵，夾在本土化運動的狹縫中，如何發出自己的聲音，在媚俗的大眾傳播下所再現的族群形象，又如何找到屬於族群的話語權。

　　本論文企圖從解嚴後台灣導演如何重構黃春明的小說文本，擇取其鄉土元素，小人物故事，以及喜劇與鬧劇的戲謔荒謬性，再轉譯改編為具議題性與批判性的新電影，強化大眾傳播效應，將雙人喜劇轉

化為二元互補映襯,城鄉差距及階級屬性,闡明鄉土文學敘事在解嚴之後如何處理社會議題及創傷政治的改編轉化。

二　城市生存的荒謬劇

　　黃春明小說《兩個油漆匠》,創作於一九七一年,刊登於《文學雙月刊》第一期。小說中的主角是來自於東部的鄉下人,猴子與阿力,在都市裏當油漆工,日日重複畫著自己也不明所以的巨大廣告看板,原著並未強化其族群身份,從兩人唱的家鄉歌曲「蜈蚣蛤仔蛇」,隱約推想可能是閩南族群,他們來到都市已兩年七個月,因為家人打罵所以離家出走。對於日復一日的工作,有些疲憊與厭倦,甚至覺得再畫下去可能會發神經,但沒有賺大錢根本沒有臉面回東部。有一天兩人在大樓看板的鷹架上休息,下班之後的時間是自己的,一開始輕鬆自由,抽著菸唱著歌,站在高處俯瞰都市,一切都變得渺小有趣,這份打趣嬉遊的心情卻被圍觀的路人誤以為是鬧自殺的事件,引來大批的新聞記者及警察,眾人圍觀及電視台訪問裏,一問與一答之間呈現出鄉下人在都市生存的邊緣處境,最後阿猴因為失足而墜樓身亡,留下荒謬的結局。此小說所關照的鄉土意涵是對立於都市生活而言,在黃春明原著小說中,這兩個油漆匠的身份是從台灣東部來的本省籍年輕人,他們在台灣六〇年代經濟轉型時,被社會及時代巨輪所吞噬。但影片上則將鄉土意涵與身份認同概念連結,呈現更複雜而多元的台灣人身份圖像。

　　〈兩個油漆匠〉刻畫兩個從東部來的青年猴子與阿力,遠離家鄉來到大都市,黃春明從早期發表在聯合報刊的小說〈城仔落車〉,描述祖孫二人從偏遠的鄉里坐公車到城鎮,即關注城／鄉落差,離開熟悉的家鄉,前往陌生地方,坐在現代化交通公車上擔憂著坐過站,小

人物的形象在小說刻畫下栩栩如生。一九六〇年代黃春明也從宜蘭來到台北，當時文壇正處於歐風美雨的現代主義浪潮，作為一個鄉下人進城，他並不知道要怎麼跟別人「現代」。此種受到都市衝擊，現代化逼視，使得「鄉下人」有種自卑心理，受他人鄙視且自我賤斥。在〈蘋果的滋味〉阿發一心想到台北發展，卻意外車禍，被格雷上校撞斷腿，收到慰問金後，反而謙卑的向美國上校道歉，來到城市發展究竟要付出什麼代價？猴子與阿力因跟家人不合，憤而從東部跑到西部，來到都市作油漆工。回鄉之後受到鄉人的欽羨，到都市工作能有好的待遇，鄉親甚至來拜託希望引薦村人到城市工作。然而城市打工邊緣人的不堪，薪資的微薄，寄錢回家之後甚至在都市生活不得溫飽，箇中的冷暖豈能與旁人道？

一九六〇年代黃春明感受台北這個城市快速的現代化節奏，試圖將生活的所知所感化為小人物的故事。尉天驄所主辦《文學季刊》雜誌同仁們對他的創作提出的建言，各種現代媒介刺激推動著黃春明將創作觸角延伸到大眾傳播的領域，從廣告、電視、舞臺劇本到紀錄片皆有涉獵，《文學季刊》第三期刊登黃春明劇本創作〈神、鬼、人〉，一開始就打破鏡框式的舞臺，建構了台上演員與台下觀眾的互動，劇中透過摩西和彼得的辯論，道出「永生的難耐，永生的冗長和單調」之命題，顛倒男女生理構造，讓女人生產，但男人陣痛，將所謂沒有什麼問題的「原罪」預設，變成處處可再扣問再質疑的大問哉！劇本有一段廣告企劃，所要販賣的商品是「愛此樂男性避孕片」，戲謔嘲諷意味濃厚，並流暢運用心理學、行銷學與似是而非的未來生殖醫學。除了劇本，一九七二年黃春明為電視台編劇「貝貝劇場──哈哈樂園」，一九七三年拍攝紀錄片「芬芳寶島」系列，通過寫實紀錄與報導文學的形式，以田調方式「用腳讀地理」：「我用我的雙腳讀遍了我出生地羅東，還一再地複習。讀爛了，也讀讀外沿的地理：北到蘭

陽濁水溪為界的二結,東到近海的補城地、利澤簡,南到九份仔,砂仔港冬瓜山,西到廣興、邊仔頭。到那些地方去,不是捉魚就是找鳥巢,有時候抓昆蟲和拾穗,或是撿番薯和花生,經常去認識一些新的東西回來。」[1]他主張實際踏察來寫地理,用豐沛的情感書寫鄉土,「長於鄉村又在市井底層翻滾過的這段經歷,也就深深地影響了我日後認同鄉土,講鄉土故事的文學觀。我認為,鄉土是要用感情去認識的,而不只是弄懂經緯度的測量和地理知識。」[2]其創作的小說敘事經常結合他任職廣告公司的經驗,創作戲劇與編導,到各地采風紀錄的多元視角,不僅更親近鄉土,同時也以新鮮視角再現鄉土敘事。

一九七〇年代黃春明任職於廣告公司,面對企業如何剝削勞工,轉化為龐大的利益與資本,以及背後經濟體制的運作,提供資本家保護及租稅優惠,這些對商業運作的觀察呈現於創作中,他以小說抵抗現代化與西化,作為對逐漸消失的鄉土最後的拔河與救贖。陳國偉認為這時期黃春明的創作呈現文化翻譯意義,以一種蘊含抗頡的回應模式,以現代主義的技藝,回應已被西化的鄉土,贖回記憶中的真實,再現地方感,以召回漸離漸遠的「原真」鄉土。他援引布爾迪厄(Pierre Bourdieu)在 *Contre-feux* 所談的「借火攻火」,釐清黃春明在本土文化與民族主義的發聲位置,以現代技藝／對抗現代性(西化)的書寫策略,是種借火的翻譯學。[3]最明顯的是引用商業行銷術語進入小說視域,如廣告及推銷是黃春明小說經常出現的媒介,隨著他的小說亦可看出城鄉變化:人力廣告到平面媒體最後電視／電子媒體的

---

1 黃春明:〈用腳讀地理〉,《聯合報》副刊,1999年3月18日。
2 黃春明語,王任君撰:〈腳下的地理,有情的人生——黃春明先生訪談錄〉,《國文天地》19卷8期(2004年1月),頁70。
3 陳國偉:〈借火攻火——黃春明小說中現代主義與民族主義的位移〉,江寶釵、林鎮山編:《泥土的滋味——黃春明文學論集》(台北市:聯經出版公司,2009年),頁324-325。

變遷歷程,〈兒子的大玩偶〉主角坤樹即是從事人形立牌的廣告人（sandwichman）工作,身前身後分別掛著廣告牌如同三明治人,在小鎮大街上遊走,暗喻著現代化之後戴著面具的單面向的工具人。三明治廣告人在歐洲十九世紀即出現,工業革命過後,各種商品如雨後春筍,爭相運用媒體增加曝光機會,當時各大都市街頭因房屋牆面不准任意張貼廣告海報,再加上資本家認為人體活動廣告,可以遊走大街小巷,比起靜態只在一處的牆上海報,更有宣傳效果,我們在狄更斯、吳爾芙的筆下即見到倫敦底層的三明治廣告人。〈鑼〉憨欽仔也以鑼聲配合吆喝聲宣傳公告及各種文宣,本身也是個戶外活動廣播,一直到獨門差事被「擴音器」所取代,遂失業流離成了遊民。〈小寡婦〉的馬善行在美國攻讀市場學,為吸引美國大兵到酒吧光顧,設計一系列廣告及產品包裝,馬善行說:「廣告是一件很重要的工作,尤其是對美國人,他們從小就被廣告養大的。說到廣告我知道你們有點緊張。……我們廣告不一定很花錢,跟我們過去露西酒吧在 China Post 上面登廣告一樣,可能開始次數要多一點,一出了名,以後也用不著花錢,樂於此道的美國大兵,自然就發生 Mouth Communication 口傳口,義務幫我們宣傳,說不定還會得到 Time 或是 News Week 的免費 Publicity。」[4]通過留洋的馬善行將美國資本主義行銷宣傳手段如法炮製,對美國人而言從小被廣告包裝所餵養長大,廣告背後代表的是資本投注,商品推銷,打響名聲,吸引消費者買單,最後不用花錢買廣告,透過建立口碑口耳相傳,自然生意興隆。

〈兩個油漆匠〉小說文本以三個章節開展,近似戲劇舞臺的三幕劇,第一幕開端交代主角,空間,場景,第二幕聚焦在猴子與阿力懸

---

[4] 黃春明:〈小寡婦〉,《看海的日子》（黃春明典藏作品3）（台北市:皇冠文化出版公司,2000年）,頁167。

在十七層高樓，兩人對話及回溯家鄉，第三幕則是兩人坐在高樓鷹架上引來圍觀群眾及警察、記者，最後猴子意外墮落。此篇小說結構也相當符合戲劇三一律，同一時間同一地點以及行動的一致。其中猴子與阿力是典型的「鄉下人進城」模式，從言行舉止到對白都帶著雙人喜劇的戲擬（parody）與嘲謔，近現代鄉下人進城往往會帶來對現代化的異樣感，以鄉下人視角重新審視大都會奇觀，包括摩天大樓、車水馬龍、各種現代器械噪音、亮如白晝的不夜城與閃閃爍爍的霓虹燈。在大眾傳播媒體也時常看到雙人小人物組合，如好萊塢知名的勞萊與哈台，臺語片裏的王哥與柳哥，兩人的對白充滿諧趣，逸出常理之外，或不熟悉規矩禮教，不懂如何操作器械等等，打破規範邏輯，鬧劇（farce）一場。小說場景祈山市隨著建築法令修改，最高大樓不再是十一層保險大廈，而是二十四層樓的銀星大飯店，而緊臨大馬路是一面面東的空曠巨牆，此面巨牆所帶來的壓迫感、通過敘事者細膩的描寫，每個穿過聖森大橋的人總是感到整面牆將轟然倒塌，每每驚嚇不已，久久心悸。都市高樓林立所帶來的緊迫感，奇觀感，使人在其中焦慮而恐慌。近日這巨牆開始有動靜，全部先刷上白色底色以準備彩繪新的廣告，然而一大清早白色巨牆反射刺眼的陽光，居然使一位住在對岸的老爺爺昏眩倒地，與世長辭，敘事者說著這面牆所造成的恐慌與死亡，如同現代荒謬劇也像是當代的都市傳說，「報紙最後又說，這面牆似乎是活著的」。[5]這道彷彿活的牆，近似大眾媒體所認知的「都市傳說」，通過「可疑的奇聞軼事、謠言、錯誤信任與友誼、廣告炒作和笑話等形式。」造成現代都市的異化與恐怖感。[6]

---

5 黃春明：〈兩個油漆匠〉，《看海的日子》（黃春明典藏作品3），頁107。
6 參見揚‧哈羅德‧布魯范德（Jan Harold Brunvand），李揚、張建軍譯：《都市傳說百科全書》增補版（*Encyclopedia of Urban Legends, Updated and Expanded Edition*）（北京市：生活‧讀書‧新知三聯書店，2021年），頁19。

這幅巨牆將畫上吉士可樂的廣告，以目前當紅女明星 VV 上空半裸圖像代言，可樂與性感女明星圖像所帶引的即是商業消費的文化符碼，猴子與阿力即每天在刷著油漆，繪製此巨幅圖像。他們努力彩繪著 VV 袒露出來的兩個乳房，然而圖案太巨大，以至於他們究竟畫了什麼，卻不明所以，究竟為何遠離家鄉來到大都市，似乎也說不清楚，彷彿是置身在一個巨大的資本網絡中，被龐然大物的都會所吞噬，日復一日重複勞動，只能逐漸異化。兩人的對話與警察、記者無法真正溝通，似乎是無意義的喃喃自語，他們懸掛在半空中，即無法腳踏實地，親近鄉土，也無法真正抵達城市天堂（高樓豪宅），待在城市過著機械般的異化生活，領著微薄工資，成為城市邊緣人，卻也無法再回去家鄉，如同兩人自我調侃，來到都市就如同俗諺所云：「下火車搭賊船」，回不去了，不想回鄉被親友貶低奚落，更不願看見傷心的老母親，嗜賭的大伯等重重的親情勒索。他們無法融入鉅額資本殿堂，城市依然是冷漠疏離，然而家鄉又回不去，雙重的失落，雙重的異鄉人。當阿力第一次回鄉時，「他們把我當外星球的人，團團圍起來，問我這，問我那。」連村長也拜託他幫忙找工作，好像從原先被賤斥，突然戴起城市的冠冕，成為「外星人」般，如同我們今日所標舉「天龍國的人」，因而被尊敬被景仰。現實卻是被分配畫乳房時還被其他工人嘲笑，阿力感到很苦惱，「說是畫 VV 的乳房，誰曉得？一對乳房有好幾層樓高大。人緊貼在牆上不停的刷啊刷啊，到後來連自己都懷疑到底是在幹什麼？」[7]巨大的女性乳房此時以一種奇觀而異化的視覺感官存在，如同資本主義巨大的怪物般吞蝕每個渺小的人，猴子自我解嘲：「老闆叫我們畫世界上最大的一幅畫，而這幅畫最重要的部分，是我們兩個人的工作。」然而「這樣的工作真教

7　同註5，頁108。

人糊塗,教人苦惱。畫了幾天愈畫愈糊塗。到現在我還不知道我在畫什麼?」[8]「剛才我不是說我們要是再這樣畫下去,不發神經病才怪。你忘了?」[9]如同每個底層勞工拚命工作,被消耗被剝削,直至精神異化,仍然汲汲營生,碌碌無為,卻不知工作的意義、生活的價值、人生的目標。

他們兩人戰戰兢兢爬上高樓層,最後待在外掛附加的鐵框籃子裏,此間充滿寓意,人往高處爬,卻是跌跌撞撞,如履薄冰,如同在城市工作兢兢業業,唯恐一不小心支持不住,或被電線擊中,或意外跌落,充滿民間觀點與人生喟嘆的對白,如同他們人生的寫照,站在高處,所有的人事物都縮小成一點點,阿力有感而發:「你覺不覺得?底下的情形,像不像一盤小機器?對!很像手錶裡的機器。有的大,有的小,有的快,有的慢,來來往往,並且都在一定的線上動。喂!你有沒有發覺,在這上面看下去,什麼東西都顯得很整齊的樣子。」[10]每個個體似乎都被捲入這巨大的班雅明所喻示的機械複製時代,個性化的手工業消失,取而代之的是機械化的單一的生產模式,整齊劃一的收編於資本體系,坐落在生產線上的一個位置。

黃春明有篇演講稿〈從「子曰」到「報紙說」〉談到兩個世代時間感的落差,傳播媒體的快速變遷,從「子曰」的時代淡出,「報紙說」的時代淡入。[11]現代人走入大眾傳播的時代,各種傳播媒介如:電視、廣播、印刷出版、電影、廣告和報紙等等,現在再加上網路資訊、社交平台、串流平台,然而有群深山的三山國王廟前打聽消息的

---

8 同註5,頁113。

9 同註5,頁127。

10 同註5,頁121-122。

11 黃春明:〈從「子曰」到「報紙說」〉,《等待一朵花的名字》(黃春明典藏作品4)(台北市:皇冠文化出版公司,2000年),頁58。

老年人，確信報紙消息的村人，卻存在著資訊落差，甚至真假新聞信息難辨的狀況。誠如麥克魯漢所云：「媒介即信息」（the medium is the message），[12] 此種被創造出來的媒體信息，被建構形塑出來的擬真又虛構的「真相」，充斥在現代生活中，誠如黃春明所敏銳指出的：

> 作為大眾傳播的消費者的現代人，到底從大眾傳播得到了多少的知識和經驗？然而，從大眾傳播所獲得的知識和經驗，它的真實性、準確性、時間性、可信性，還有社會倫理性，到底可不可靠，各位有沒有懷疑過？如果沒有的話，也就沒有批判的能力，沒有自己的看法和想法。這不就等於把自己的耳朵和眼睛交給別人，讓人隨便去利用的情形是一樣的。[13]

此種對於大眾媒體的批判，在〈兩個油漆匠〉裏也得到充分展現，警察與心理輔導諮商師誤以為猴子與阿力要自殺，訊息傳達一直在誤解之中（misunderstanding），在高空強風吹襲下，所有字句斷斷續續如風中殘燭，彼此的每一句話都遭受到意圖謬誤的解讀，圍觀的群眾愈來愈多，也都誤以為是在解決高樓自殺事件，最後記者更將懸臂式的麥克風掛到猴子與阿力面前：

> 天已經暗下來了。陽台兩邊兩盞燈打著他們，底下三部消防車的雲梯只能到達十四層的地方，三道強光，從三個不同的角度，直打到他們身上。他們兩人除了互相能看得很清楚之外，

---

12 參見Marshall McLuhan, *The Medium is the Massage: An inventory of effects*. New York: Bantam Books, 1967.
13 黃春明：〈從「子曰」到「報紙說」〉，《等待一朵花的名字》（黃春明典藏作品4），頁66。

其他什麼都看不見。當他們被這種無意所造成的燈光效果，照得精神不安而又急躁的時候，就在和他們講話的正前方，又加了一盞強光對著他們。一根晾衣竿的頂端吊了兩隻東西，還盤了電線，慢慢地向他們這邊伸過來。[14]

這個場景是黃春明很經典地以現代性設備來解構現代性的文明與進步的書寫策略，諸如強光 spotlight 的照射，使兩人什麼都看不見，只互相看到彼此，隱喻現今社會媒體的鎂光燈（spotlight），只關注新奇特殊人事物，卻是見樹不見林，在強光照射下，鎂光燈的在與不在都形成焦慮，現代人如同猴子與阿力是精神不安和急躁，尤其從未見過的懸吊式收音擴音麥克風像監控的老大哥般，突然侵略性的伸入他們的對話，大眾傳媒的特性是即時的，SNG 連線直播的，無法理性深思，或者通盤考量，圍觀的看客抱著窺探嗜奇的心理，彷彿將兩人置於大庭廣眾的審判現場，強迫兩人攤開個人資訊，私生活，突然兩個小人物被傳播媒介放大了，被突如其來的「上電視」，「這下我們可成名了。」在鏡頭前既有驚喜又有焦慮，言行舉止在鏡頭下都被誇張放大，人性也遭受某種程度的扭曲變形，兩人都變得愛講話，動作誇大：「我覺得上電視，教我們禁不住愛講話了。」[15]但阿力一想到母親可能在電視看到他所發生的一切，不論警察和記者怎麼問他們有什麼困難，他都不再說了，尤其最後當他們被逼問一個月的薪水的時候，個人隱私無所遁形，阿力一想到自身所賺的微薄薪水會被全國轉播上電視，讓母親及村人知道，簡直是一種恥辱。另一方面，大眾傳播的鏡頭與麥克風會使人的自我產生變化，強化自戀與自我表現的欲望，小人物的希冀就是成為衣錦榮歸，特別出眾的人，在鎂光燈下變成英

---

14 黃春明：〈兩個油漆匠〉，《看海的日子》（黃春明典藏作品3），頁137-138。
15 同上，頁141。

雄出名的渴望突如其來的強烈，所以當記者怕刺激兩人自殺而故意說：「這不算什麼大新聞」，猴子說道：「我明白。我跳下去才是大新聞。」[16]現代新聞傳播需要特別血腥、特別稀奇、特別勁爆，才能吸引大眾的眼球，小人物與象徵國家機器的警察，象徵大眾傳媒的記者，無法達成有效的溝通，反而造成一場現代傳播的荒謬劇。最後記者如怪物般鎂光燈閃出強光，擴音機像爆炸聲般嘶叫著：「旺根──旺根」，迎來都市邊緣人的悲劇，猴子想下去卻被強光及擴音弄得心神不寧無從下樓，反而意外從高樓墜落身亡。阿力驚嚇莫名，整個人縮回去燈罩內，彷彿回到母胎的嬰兒，現場空餘激動的尖銳的聲音：「Camera！Camera！」縱使現場有人墜落，大眾也只在意刺激的鏡頭畫面，而喪失人性的悲憫。

　　從黃春明早期的鄉下人進城書寫，到一九八六年演講稿觸及大眾傳播媒體的功與過，媒介特質所影響與擴張的時代聲音，一直是黃春明關懷所在，〈兩個油漆匠〉融合了小人物心聲，都市邊緣移工的議題，以及傳播媒體怪獸的侵略，成功的捕捉城鄉移動，都市與鄉土的矛盾抗頡。此篇作品也成為八○年代解嚴前後台灣文藝工作者特別感興趣，嘗試改編轉譯的作品，一九八五年廖文彬改編為同名漫畫，刊載於時報出版《歡樂漫畫》試刊一號，一九八九年新電影導演虞戡平翻拍同名電影《兩個油漆匠》，甚至也引起韓國注意，跨國跨文化的舞臺劇與電影《柒洙與萬洙》（*Chilsu and Mansu*）擇取小說素材改編，成為跨國際轉譯的重要名篇。[17]

---

16 同上，頁145。

17 1983年〈兩個油漆匠〉被譯介到韓國，根據中文直接翻譯，此前大多根據日譯本翻譯黃春明小說。參見全炯俊：〈東亞內部的文化間翻譯：黃春明小說與韓國的話劇和電影〉，收入邱貴芬，柳書琴編：《台灣文學與跨文化流動》（台北市：行政院文化建設委員會，2007年），頁259-267。

三　議題置入與傳媒特質

　　虞戡平導演於一九八八至一九八九年拍攝《兩個油漆匠》，電影於一九九〇年出品，這部電影融合新電影導演獨鍾的敘事方式，即回顧童年往事，並將台灣歷史與時代議題代入其中。虞戡平導演的父親是四九年後隨國民黨軍隊來台的老兵，眷村成長的經歷，繁華都市邊緣違章建築的底層生活，都成為他創作的題材。一九八三年他所拍攝的動人電影《搭錯車》，深入刻劃拾荒的貧民階層，並融入土地正義，眷村搬遷等當代議題；一九八七年改編白先勇知名同志小說《孽子》，眷村青少年與軍人父親之間的互動，新公園的青春鳥，多多少少與他個人眷村成長經驗相呼應。一九八七年解嚴之後，他率先處理訪鄉探親的議題，拍攝了《海峽兩岸》。再者，吳念真在改編時融入台灣八〇年代街頭抗爭運動，以及風起雲湧的政治經濟變遷，對於小說主角身份進行相當大幅度的更動，他說：閱讀到這篇小說時最先引起他注意的是移民、都市邊緣人，和霸道的大眾傳播工具。[18] 故電影改編最主要的變動就是將猴子與阿力的身份變成老兵與原住民，由孫越及陳逸達分別飾演兩個油漆匠。虞戡平導演在拍攝此片之前即對原住民文化作過長期的觀察紀錄與田野調查，一九八五年他拍攝電影《台北神話》將幼稚園小朋友帶到原住民部落，享受大自然美好及部落文化洗禮已見端倪。《兩個油漆匠》改編另一個重點則將小說第三章節對於大眾媒體的批判予以強化，強調媒體傳播工具的強勢、放大效果，所造成的荒謬結局。

　　電影由一老一少飾演兩個都市邊緣小人物，孫越飾演來台的老

---

18 葉振富記錄整理：〈銀幕上的倫理——黃春明、吳念真對談電影文化〉，《中國時報》第31版，1990年3月7日。

兵──老孫，退役之後原本想成為畫家，卻為了養家糊口，只能打零工支應一家生活開支，此前孫越飾演過《老莫的第二個春天》老兵的角色，本身也是隨軍來台的外省族群，他在電影《搭錯車》飾演底層小人物，拾荒老人與養女之間的親情賺人熱淚。另一個身份改為從東部花蓮來到台北的泰雅族青年阿偉（陳逸達飾），他和好友 Buya 為了追尋一位美麗大學生咪咪，衝動來到陌生的大都市生活，陳逸達當時是個新人，沒有太多演戲經驗，算是素人演員。老兵與原住民兩種身份形塑呼應弱勢族群的關懷，巧妙帶入台灣的政治社會議題，以及八〇年代狂飆激烈的街頭運動。在解嚴前後，台灣陸續出現兩個以族群（ethnicity）身份為主的社會運動，一是原住民運動，另一是外省老兵的運動。原住民運動所訴求的是尊重原住民文化，地域及姓氏的正名，停止一切對原住民歧視與經濟剝削，希冀政府能運用公權力歸還他們被侵占的土地，讓他們有自治權能做自己的主人。外省老兵運動則爭取戰士授田證的補償，希望政府能開放返鄉探親，並且能改善他們的生活困境。這兩類社群經常處於台灣社會的底層，由於歷史的、政治權力的種種因素，使他們在以閩南人為主流的台灣生存不易，認同問題及族裔消失更是他們每日所要面對的嚴重課題，老兵因為時間的流逝而凋零，原住民則因為漢族政經文化的侵略壓迫，而面臨同化滅種的危機。

　　老兵與原住民處在社會下層，處境是艱辛險惡，影片基調十分悲觀，但提出的質疑與批判也更尖銳。影片敘事分三條線進行，其一是老兵老孫從大陸隨軍來台之後不如意的生活現況；其二是住在花蓮的泰雅青年遇見愛慕的大學生，來到大都市尋找未果，最後一條敘事線是新聞記者在各種議題現場進行報導。電影開頭電視記者崔如琳要報導一幅巨大，引人爭議的上空裸女廣告，以應付電視台主管的刁難，保住飯碗。退伍老兵（孫越飾）與原住民少年阿偉則是畫這幅廣告的

油漆匠，由此分別引申出三人各自的故事。影片以灰藍色調呈顯老兵與原住民阿偉在都市邊緣的生存處境，老兵在台灣生活並不順遂，以打零工及油漆廣告畫為生，現實中他娶了一位脾氣潑辣好賭的本省籍太太，他的兒子則是不良少年，整日遊手好閒，由於家庭生活不美滿，他時時陷溺於思鄉情緒之中，回到想像裏遙遠的故鄉，他時常心情低落，現實的挫折，妻子以他的名字簽賭，兒子的叛逆鬼混不爭氣，令他無可奈何，只能抑鬱良久，沈默以對。他喜歡畫畫，心情苦悶時就窩居在家中畫室，鎮日畫畫，他一直想畫出故土家鄉風光，卻是無法如實再現，如同他的妻子曾經想煮家鄉菜來安慰他思鄉的心情，然而他總是認為味道不對。這個退伍老兵處在一種邊陲擺盪的位置上，失落的故土與現居的台灣都無法解決他的認同困境。

另一位主角阿偉則是來到都市打工的原住民青年，他在家鄉受到一位山服隊女孩咪咪的鼓勵，因此，阿偉與好友 Buya 決定來到都市闖盪，當時有許多大學生參與山地服務社團，每年的暑假來部落帶小朋友唱歌玩遊戲，完成社團志工服務之後就不再出現，這些大學生只是抱著度假玩樂的心態來到部落，卻有許多原住民小孩受到影響，大學生所帶來的都市文明氣息，時尚潮流酷炫，開放自由的現代生活，吸引天真的部落青年遠離家鄉，投身大都市。八〇年代文化場域雖開啟各項議題各個族群上街頭發聲，漢人為中心仍是當時的主導文化，故曾為山服隊的大學生咪咪從電視上看到阿偉時，只覺得面熟，仍是沈浸於自身情慾享樂，完全沒想起阿偉是誰，也未覺知到身為知識份子自身的責任。電影在設定阿偉的人物特質時，融入導演在部落田野調查的經驗，加入許多泰雅族的文化符碼及音樂元素，如：阿偉看見祖靈或回憶家鄉時，畫面疊映泰雅族族人赤腳在溪流裏，或者，身著泰雅服飾祭儀的片段，畫外音響起泰雅傳統樂器——單簧口簧琴（竹簧）的吹奏，隨著口簧琴的彈奏樂音，觀眾進入阿偉的部落回憶及原

住民心靈空間。導演特地安排一段場景：大學生與部落小孩在溪邊戲水，阿偉卻看到祖靈在旁邊凝視他，隨後祖靈化為一隻老鷹，盤旋在上空，而阿偉的心魂則化為另一淡影從大岩石上縱身躍入溪流，導演試圖詮釋大自然祖靈的召喚，及神秘的諭示。在一次爭執之中，好友 Buya 不幸意外從鷹架上墜落身亡，成為阿偉所背負的心靈夢魘。一次次在回憶中以灰藍色調復現好友隕落的傷心過往，不禁懷疑自己會不會也成為下一個工地意外的犧牲者？成為在都市遊蕩的孤魂？泰雅老人，祖靈神秘的召喚，口簧琴彈跳的聲音，一遍遍再現阿偉的心理負疚與創傷。

老兵與阿偉一起負責巨大的廣告看板，兩人剛結識時，退伍老兵總是以粗暴威權的態度對待阿偉，常叫他「山地鬼」，但阿偉並不以為忤，仍然溫和地回應著老兵，所以兩人之間漸漸建立友誼。小說描述阿力一直唱著家鄉歌謠，一支古老的曲調，甚至猴子也被感染，家鄉的民謠也自然地從口中流露出來，與阿力唱和著：

> 猴子回過頭向他笑笑，一邊點頭，一邊用功地唱，他想糾正阿力的調子和有些生疏的歌詞。阿力稍停了一下聽聽猴子的，很快的就給糾正過來了。一股清新的喜悅，莫名其妙的流遍阿力全身。猴子看他開心，他心裏也很高興。[19]

小說通過這支反反覆覆吟唱的家鄉民謠，道出兩人思鄉的情緒，回鄉之路迢迢的無奈，電影為強化兩人的身份差異，所以用迥異的曲調符碼來深化兩人的出身背景，阿偉一如許多愛唱歌的原住民，隨口吟唱多首現當代流行歌曲來象徵他的內心情感，如一開始要上工，唱著充

---

19 黃春明：〈兩個油漆匠〉，《看海的日子》（黃春明典藏作品3），頁110。

滿活力的張雨生〈我的未來不是夢〉，在高樓刷油漆時，則唱部落流行的曲子：「我的爸爸媽媽叫我去流浪／我一邊走／一邊掉眼淚／流浪到哪裏／流浪到台北／找不到心上人……」[20]這首流行於部落的歌曲，後由巴奈整理編曲，〈流浪到台北〉成為一代原住民遷徙流離的心聲。通過阿偉的歌聲，那句爸爸媽媽要他們去流浪，去尋找生存之路，道盡許多山上部落少年離家背井的痛苦與無奈。但老兵老孫聽到阿偉在唱「找不到心上人」就覺得是靡靡之音，立刻以教忠教孝的傳統戲曲對應，所以電影的聲軌上疊加了老孫唱著京戲：「平生志氣運未通／似蛟龍困在淺水中／有朝一日春雷動／得會風雲上九重。……」[21]老孫一直覺得生平不得志，如同蛟龍困淺水灘，通過歌曲／京戲的互對互嗆不協和音，既吐露兩人心事，又道出兩人不同的背景，一起畫廣告看板，在城市底層成為勞動工人。影片的高潮即是兩人原本坐在高樓畫看板的鷹架上喝酒聊天，沒有注意到時間的流逝，使得圍觀的群眾誤以為他們兩人想要自殺，遂引來大批的電視台記者及警察。而影片敘事結構就在現實鷹架場景與兩人互吐心事，回憶過往，過去／現實交叉剪輯，時空跳躍穿梭在老兵退伍來台，在台灣的生活，憶念大陸故鄉，及原住民思考自己來到都市打拚的過往，及東部家鄉情景。此段落改編自〈兩個油漆匠〉第二章節，原本小說是兩個名不見經傳來自東部的小人物，待在高樓鷹架間休息，小說章節全由兩人對白構

---

20 〈流浪到台北〉詞曲作者已不可考，乃原住民集體創作，後為阿美族歌手巴奈整理編曲〈Panai流浪記〉，歌詞為「我的爸爸媽媽叫我去流浪／我一面走／一面掉眼淚／流浪到哪裡／流浪到台北／找不到我的心上人／我的心裡很難過／找不到我的愛人／我就這樣告別山下的家」。參見楊士範：〈一首原住民都市流浪之歌的誕生與傳說：〈流浪到台北〉之傳唱、填詞與接力〉，《文化觀察》第29期（2016年10月），來源：https://ihc.cip.gov.tw/EJournal/EJournalCat/346，檢索日期：2024年3月9日。

21 此段戲文乃出自京劇《擊鼓罵曹》。此故事出自三國時期，孔融推薦禰衡，卻不受曹操看重，甚至在宴會時令其任鼓吏娛樂眾人，藉此羞辱之，禰衡憤而擊鼓痛罵曹操。後改編為戲劇，成為著名的京劇戲曲曲目。

成，通過在高空中支離破碎的語言，兩人待在如摩天大樓般高聳入雲的蒼涼空間，傳達既空虛卻又千鈞一髮的荒誕情境，彷彿是荒誕劇《等待果陀》的兩個流浪漢，猴子和阿力在無聊的拌嘴、搖晃鷹架鐵籃子，咒罵命運人生，回想親友之間的恩怨，通過這樣既百無聊賴又日常平淡的對話，暫時忘卻生活現實的痛苦，兩人如同生命的旅伴，在拌嘴打鬧之間消解彼此的空虛和無聊。

　　電影則描繪更多兩個角色人生背景，生活細節，使觀眾對兩個弱勢族群投注更多的情感與關懷，並增添更多時代議題性的批判，消解原先小說裏傾向荒誕劇情境及小人物的普世性。兩個族群的困境透過閃回片段及對話點出，老兵在現實生活中孤寂疏離而無鄉親可訴，如同異鄉人，本省妻子無法了解他的思鄉愁緒，孤單寂寞的感受，他與兒子之間有世代的隔閡，觀念的代溝，再加上工作不如意有志難伸。老兵回憶與想像的場景經常是在一間色調詭異的畫室，一邊畫畫，一邊回憶家鄉風光，以及入伍之後來台的生活情形。原住民阿偉的回憶場景則隱含著神祕的靈視文化，他有時會回想起好友 Buya 墜落死亡的那一幕，經常疊映祖靈的召喚及原住民傳統音樂，閃回過往部落的生活，山靈水秀的鄉土，牽引出他內心對於自己文化的依戀感。在描繪原住民阿偉的部分，則透過原住民的觀點重新詮釋台灣這塊土地，並對漢人體制剝削原住民的生存權，土地權提出批判。在都市邊緣求生存的阿偉，只能透過騎著機車在大馬路上狂飆奔馳，騎上快車道，越過安全島，或者騎到對面車道逆向行駛，這一段影像象徵著原住民在都市生存那種不願受拘束的生命活力。回想起家鄉，影像更尖銳地批判漢人體制，以大遠景空拍東部山林，阿偉的家鄉花蓮秀林鄉被「亞洲水泥挖去半座山」，此說明漢人追逐經濟活動，肆意開發山林，破壞原住民生活環境；漢人設置國家公園禁止原住民打獵，以「亂殺野生動物」崩解原住民傳統生活方式。來到繁華的都市，原住

民只能成為都市打工遊民，找工作不易，只能從事高危險，低工資的勞動工作，並時時受到雇主權力的壓迫。

另外，對於原住民看待台灣這片土地的觀點，導演當時深入示威抗議的群眾，時值第二次「還我土地」運動，[22]太魯閣族反對亞洲水泥開採沙石，破壞生態環境，大批示威群眾集結在博愛特區、中正紀念堂與立法院前，警察與民眾不時發生衝突，導演製作團隊讓記者崔如琳走入街頭運動，採訪群眾，並以紀錄片的形式將這些真實採訪與街頭運動遊行片段穿插在敘事之中，包括示威遊行，立院請願及與鎮暴警察的衝突。劇情片與紀錄片形式交叉剪接，影片中的情節與原住民土地問題呼應，原住民從荷蘭時期一直到國民政府，長期被外來政權殖民，現代的法律土地權狀的制訂，剝奪原住民的家鄉，使他們有家歸不得，原先祖先所留下來的獵場，也被強制劃為國家公園保護地。原住民所認同的「家」，早已經變成國家公園；年老的原住民，不按照政府規定，搬到山下去，當山服隊平地的大學生單純問老原住民：「為什麼不搬到山下去」，他說：「以前日本人叫我們搬上來，現在政府又要我們搬下去。」他對此感到很困惑懷疑，認為哪一天政府又會要他們再搬上去，所以他乾脆不搬。因此影片結尾原住民阿偉墜落鷹架所造成的悲劇，並不只是一個意外，它批判嘲弄鄉愿的警察，空有學識卻作出錯誤分析的心理醫生，滿腔義正嚴詞卻只關心收視率的電視台主管，阿偉的悲劇其實象徵著這個社會對原住民的強權與壓迫。這些情節的鋪陳，點出國民政府對待原住民的方式，其實與日本殖民政權沒有多大差異；再者，台灣原住民長期受到外來政權的治理，被強迫放棄家園鄉土，除了深沈的無奈，感嘆自身的無力感外，也對不斷更迭的政權及政策有強烈的不信任感，對他們而言「家」彷

---

22 參見張岱屏：《看不見的土地——太魯閣族反亞泥還我土地運動的歷史、論述與行動》（花蓮縣：東華大學族群關係與文化研究所碩士論文，2000年）。

彷是離鄉背井的家,「國」是個不斷更名的「國」,「家」與「國」在台灣這個島嶼是不穩定的存在,卻時時威脅吞噬他們的生存處境。[23] 老兵和原住民雖是不同族群,卻因政治權力的操弄,都成為在都市邊緣苟活生存,變成有家歸不得的異鄉人。

在這部改編黃春明小說的電影中,虞戡平導演將當時老兵與原住民族群議題融入影像,回應八〇年代新電影浪潮所強調的媒體批判性,再者,在影像的實驗上,又運用電影媒介特質,將三條敘事線以不同的影像形式作區隔,老孫回憶的片段,以實驗舞臺劇且帶灰藍濾鏡表現其抑鬱的心情,極簡的舞臺演繹老孫來台之後生活片斷,退伍之後畫畫,認識本省籍太太,家裡常喧嘩聚賭,兒子常叛逆逃家,警察三天兩頭來拜訪,類實驗性舞臺劇中劇,以一種戲謔嘲諷的敘事來看待老孫小人物既無奈又落魄,如同他時常吟唱的戲曲自比:游龍困淺灘,虎落平陽被犬欺。原住民阿偉則以傳統泰雅族樂器,祖靈的身影疊映在閃回的片段,一方面是回憶東部青山綠水,自然美好的風光,無法回鄉居無定所的流浪心情。另一方面,則時時被好友 Buya 意外死亡的幢幢魅影所影響,以疊映回憶片段及偏灰色調,象徵他在無法展翅飛翔的大都市中,彷彿被親人遺棄,只能在台北流離失所,心與魂都無法安定。而崔如琳所訪談的段落色調鮮艷飽滿,各種車聲,喇叭聲,錄影錄音機械聲,代表著城市的喧嘩與躁動不安。大眾傳播的性質,媒介究竟能否發揮第四權,產生監督作用,還是只能作吸引眼球的報導,或者聳動的假新聞,這是崔如琳這條敘事線導引出的嚴肅議題,八〇年代的街頭運動充滿理想,到九〇年代的消費社會,虛擬媒介撲天蓋地而來,布爾迪厄所說的擬像社會已悄然成為日常,像崔如琳的記者,高層電台主管,是否還能維繫大眾媒體揭露真

---

23 參見林文淇:〈九〇年代台灣都市電影中的歷史、空間與家/國〉,《中外文學》第27卷第5期(1998年10月),頁101。

相，質疑威權，發揮監督改變的力量？本片通過不同的影像形式（訪談、紀錄片、劇情片），不同的色調，音像的實驗與配置，對於台灣人身份的複數形構（本省人、外省人老兵、原住民）加以文本重構，並揭露弱勢族群的歷史創傷，虞戡平導演這部文學改編電影無論是對台灣性族群形象的重構，或者寫實影像與現代主義黑色荒誕的實驗，皆踏出嘗試性先鋒性的一步。

四　小結

　　黃春明小說的鄉土意涵，以及小人物的故事，透過八〇年代新電影作者的改編與詮釋，我們見到以影像另種觀看外省族群及原住民歷史的方式，虞戡平導演以批判的精神，寫實的風格，發掘黃春明小說對於小人物的同情，對於台灣內部受到政治壓迫的弱勢族群，漢人為中心文化殖民的關注，並在影像上重新定位及尋找台灣人的身份及主體。新電影創作者讓小人物的真實生活細節，在演員平實表演，實景，自然光源，長拍，深焦鏡頭等表現手法下，有了不同於以往的「再現」。另外，族群身份問題在八〇年代至九〇年代初幾部電影，除了虞戡平《兩個油漆匠》，還有萬仁的《超級市民》及李佑寧的《老莫的第二個春天》，不僅觸及社會階級的議題，或是小人物的悲喜，重要的是他們將台灣兩個弱勢族裔：老兵及原住民，納入台灣人的身份論述裏。葉月瑜認為新電影以種族文化多元論的角度切入，這樣的身份演繹，即將外省人納入台灣人的版圖中，是使台灣人意義複數化，而非單一化地掉入法西斯的牢籠裏。[24]新電影工作者從黃春明小說的精神意旨出發，以鄉土運動的批判視角，擴張黃春明式的小人

24　葉月瑜：〈台灣新電影：本土主義的「他者」〉，《中外文學》第27卷第8期（1999年1月），頁50。

物、鄉土文化及語言,將身處於台灣底層的邊緣人,以及當時社會運動的議題融入到影像中。這些影片意圖詮釋老兵及原住民在社會的邊緣位置,並將他們定格在台灣的歷史脈絡裏,成為台灣歷史關注的主體。此時鄉土的意涵,並不僅僅站在西方,或者都市的對立面,鄉土內在必須包括更豐富的意義,鄉土並不只是閩南人的台灣鄉土,它亦涵蘊外省人大陸鄉土,以及原住民的曠野鄉土。在此,台灣人的主體就不只是閩南漢人,同時也擁抱原住民、外省人。台灣的國族與原鄉圖像則從單一的閩南漢族,透過電影再現被轉化為跨族群與跨國的「多元文化混雜性」,並且轉譯成多元族群的想像共同體。

參考文獻

一　專書

小　野：《一個運動的開始》，台北市：時報文化出版公司，1986年。

邱貴芬：《仲介台灣。女人：後殖民女性觀點的台灣閱讀》，台北市：元尊文化，1997年。

江寶釵、林鎮山編：《泥土的滋味——黃春明文學論集》，台北市：聯經出版公司，2009年。

李永熾監修，薛化元主編：《台灣歷史年表終戰篇（1966-1978）》，台北市：國家政策研究中心，1990年12月。

李天鐸編著：《當代華語電影論述》，台北市：時報文化出版公司，1996年5月10日。

邱貴芬、柳書琴編：《台灣文學與跨文化流動》，台北市：行政院文化建設委員會，2007年。

林淇瀁：《書寫與拼圖——台灣文學傳播現象研究》，台北市：麥田出版公司，2001年。

區桂芝執行編輯，蔡康永、韓良憶主筆：《台灣電影精選》，台北市：萬象圖書公司，1993年。

焦雄屏編著：《台灣新電影》，台北市：時報文化出版公司，1988年。

陳儒修著，羅頗誠譯：《台灣新電影的歷史文化經驗》，台北市：萬象圖書公司，1997年6月。

黃春明：《黃春明電影小說集》，台北市：皇冠文化出版公司，1989年12月。

黃春明：《莎喲娜啦・再見》，台北市：皇冠文化出版公司，2000年，黃春明典藏作品集1。

黃春明：《兒子的大玩偶》，台北市：皇冠文化出版公司，2000年，黃春明典藏作品集2。

黃春明：《看海的日子》，台北市：皇冠文化出版公司，2000年，黃春明典藏作品集3。

黃春明：《等待一朵花的名字》，台北市：皇冠文化出版公司，2000年，黃春明典藏作品集4。

黃儀冠：《從文字書寫到影像傳播——臺灣文學跨領域改編》，台北市：臺灣學生書局。

齊隆壬：《電影沈思集——風潮結構與批評》，台北市：圓神出版社，1987年。

劉亮雅：《臺灣小說史論》，台北市：麥田出版公司，2007年。

盧非易：《台灣電影：政治、經濟、美學（1949-1994）》，台北市：遠流出版公司，1998年。

簡瑛瑛主編：《認同、差異、主體性：從女性主義到後殖民文化想像》，台北市，立緒文化公司，1997年。

Bordwell, David 著，李顯立等譯：《電影敘事：劇情片中的敘述活動》（*Narration in the Fiction Film*），台北市：遠流出版公司，1999年。

Stam, Robert 著，陳儒修、郭幼龍譯：《電影理論解讀》（*Film Theory*），台北市：遠流出版公司，2002年9月1日。

二　論文

（一）期刊論文、雜誌

江　迅：〈鄉土文學論戰：一場迂迴的革命？〉，《南方》，「鄉土文學論戰十年專輯」，1987年7月。

阮義忠：〈第七問——攝影與人文 與黃春明對談影像語言的領域〉，《雄獅美術》193期，1987年3月。

林文淇：〈九〇年代台灣都市電影中的歷史、空間與家／國〉，《中外文學》第27卷第5期，1998年10月，頁99-119。

黃春明主講，陳素香記錄整理，簡扶育攝影：〈從小說到電影〉《婦女雜誌》，1984年1月。

葉月瑜：〈台灣新電影：本土主義的「他者」〉，《中外文學》第27卷第8期，1999年1月，頁43-67。

黃儀冠：〈台灣鄉土敘事「文學電影」之再現（1970s-1980s）——以身份認同、國族想像為主〉，《台灣文學學報》第6期，2005年2月，頁159-192。

廖金鳳等著：〈一九六〇年代台灣電影健康寫實影片之意涵〉專題，《電影欣賞》，1994年11-12月，頁14-53。

（二）碩博士論文

梁竣瓘：《黃春明及其作品研究——文學、社會和歷史的交互考察》，中央大學中國文學系碩士論文，2000年。

莊宜文：《《中國時報》與《聯合報》小說獎研究》，中央大學中國文學系碩士論文，1999年。

陳蓓芝：《八十年代台灣新電影現象之社會歷史分析》，輔仁大學大眾傳播研究所碩士論文，1991年。

黃儀冠：《台灣女性小說與電影之互文研究》，政治大學中國文學研究所博士論文，2005年。

三　報紙文章

余崇吉記錄整理：〈文學、電影、面對面——從「兒子的大玩偶」談起〉，《台灣時報》第12版，1983年8月24日。

陳映真:〈台灣第一部「第三世界電影」——電影「莎喲娜拉‧再見!」的隨想〉,《中國時報》副刊,1986年11月26日。

葉振富記錄整理:〈銀幕上的倫理——黃春明、吳念真對談電影文化〉,《中國時報》第31版,1990年3月7日。

「文學・漫畫」
複合式之新敘事空間
―― 以黃春明《王善壽與牛進》為範圍

陳名桓[*]

摘要

　　黃春明被視為臺灣鄉土文學作家之代表，創作作品以小說為大宗，並以關懷社會為其核心理念，觀其創作軌跡遍佈各領域，文學創作有新詩、散文、小說、兒童文學，而文化類別則見有文學漫畫、改編電影、兒童劇、歌仔戲、教科書、有聲書。

　　筆者注意到黃春明文學漫畫《王善壽與牛進》的創作形式橫跨兩種敘事載體――文字敘事與圖像敘事，因此本文擬從文學漫畫作為研究切點，鋪衍黃春明以「文學・漫畫」所開創新載體系統；其研究方向首先關注於文學與漫畫交匯的端緒脈絡，試圖界定文學漫畫之敘事定位，再者透過文學漫畫的形式、內容，討論文字與圖像的視覺效果與互文性，最後收束於文字與圖像敘事空間所共構的價值理念，黃春明以圖文所諷喻臺灣生活現況的社會意義，使漫畫具有社會批判與文學價值，而文字敘述因圖像的加入則更具有可看性。當今學界對漫畫

---

[*] 國立中興大學中國文學系碩士班二年級學生。

的相關研究尚有待補充,因此本文期待研究成果能使臺灣漫畫相關研究更臻完備,並增補對黃春明文學與文化研究的多面性。

關鍵詞:黃春明、文學漫畫、《王善壽與牛進》、敘事空間、社會意義

一　前言

　　文學漫畫「王善壽與牛進」最早在一九八九年三月《皇冠》藝文雜誌陸續刊載，總共刊載十六期，[1]而後在一九九〇年三月出版《王善壽與牛進（一）》[2]一書，直至二〇一八年時，《王善壽與牛進》改由聯合文學重新再版，本文以聯合文學新版的《王善壽與牛進》[3]進行對文本的分析，然而《王善壽與牛進》經過從《皇冠》雜誌刊載再到獨立文本的變化，因此本文接下來對於黃春明文學漫畫《王善壽與牛進》的創作形式、敘事功能與哲學觀的析論，皆以聯合文學的文本作為論述基礎。[4]

　　文學漫畫是文學與漫畫兩種文本形式共構的敘事空間，文字和圖像的比重範圍相互調節配合。文學大多意指文字所承載的思想空間，可抽象可具體，有意在言中、意在言外，而漫畫以圖像進行敘事，其敘事內容以具體的圖像作為表現手法，然則兩種敘事載體的交集——圖像與文字的交匯，使文學漫畫的基本定義成為灰色地帶，而這正是

---

[1] 葉雅玲：〈塵封的黃春明文學漫畫《石羅漢日記》——兼論文學／漫畫媒介與作家創作的互動〉，《泥土的滋味：黃春明論文集》（臺北市：聯合文學出版社，2009年），頁152。附錄1，記錄黃春明文學漫畫「王善壽與牛進」專欄刊載於《皇冠》雜誌416期、417期、418期、419期、420期、421期、422期、426期、435期、437期、438期、439期、440期、442期、443期，共計有16期。

[2] 黃春明：《王善壽與牛進》（臺北市：皇冠文化出版公司，1990年）。

[3] 黃春明：《王善壽與牛進》（臺北市：聯合文學出版社，2018年）。

[4] 因「王善壽與牛進」在雜誌連載與之後獨立文本所呈現的篇幅有所差異，這會導致閱讀上語境的不同，如在雜誌一次刊載民生經濟議題的四格漫畫，那麼圖文所討論的主題單純就是民生經濟，但文本的形式在如何收錄與排版的設計，本身就是作者的創作意圖之一，像是聯合文學出版的《王善壽與牛進》在新版序與結尾短文以生態意識相互呼應，如此一來，儘管是同樣的漫畫角色與故事內容，但所傳遞的思想主旨與作者觀點也就呈現不同的敘事表現。

黃春明《王善壽與牛進》的特殊之處，黃春明在文學漫畫的形式安排上，每一主題以短文作為開篇，並以四格漫畫為表述畫面，短文與漫畫互為表裡，其內容取材於生活，用以諷喻反映臺灣社會現象，又且在漫畫主角的塑造上，以蝸牛牛進、烏龜王善壽行動緩慢的特性，反襯變遷快速的社會，並將自己中產階級的社會身份投射於主角牛進身上，不僅如此，黃春明也對牛進這一角色進行批判，也就是批判中產階級，黃春明文學創作反映社會現實意義的鄉土意識，到了文學漫畫仍然延續著，又四格漫畫的傳統形式即具有美式潑克文化的社會功能，[5]這樣一來，可以意識到黃春明文學漫畫的讀者對象面向成人，正如周文鵬所言：「漫畫也是作品，也能劃分年齡、選擇題材、深度創作」，[6]黃春明將文學與漫畫的複合式結合，這樣圖文互涉的新闡述效果，文學更加親近大眾，又以漫畫而言，漫畫則得以更具有深度的表述方法。

　　現行的研究概況，黃春明文學漫畫的相關研究，目前僅見葉雅玲〈塵封的黃春明文學漫畫《石羅漢日記》──兼論文學／漫畫媒介與作家創作的互動〉，[7]《王善壽與牛進》則未有相關的研究討論，另外在漫畫的相關研究中，已有專書系統化說明臺灣漫畫之發展歷程，其

---

5 美式潑克文化：美式潑克文化為「PUCK」的音譯，潑克漫畫為諷刺雜誌，主要為諷刺、批判社會時事，二十世紀受日本《東京潑克》之影響，臺灣也發行過《臺灣潑克》。
6 周文鵬著，心一繪：《讀圖漫記漫畫文學的工具及臺灣軌跡》（新竹市：國立交通大學出版社，2018年），頁26-27。周文鵬指出，臺灣因閱讀市場有限，因此讀者大多集中於未成年族群，導致漫畫常被認定與未成年、幼齡讀者關聯，而未能凸顯漫畫能選擇讀者受眾、題材、創作的事實。
7 葉雅玲：〈塵封的黃春明文學漫畫《石羅漢日記》──兼論文學／漫畫媒介與作家創作的互動〉，《泥土的滋味：黃春明論文集》（臺北市：聯合文學出版社，2009年），頁113-153。

中以「文學漫畫」形式的主題討論，則見有《漫畫與文學的火花》[8]討論文學與漫畫創作歷程的相關課題，因此本文奠基現行臺灣漫畫與文學漫畫的相關研究成果，以文本分析法析論黃春明文學漫畫創作演繹之美學形式與精神內涵。

　　本文第二章「文學漫畫《王善壽與牛進》之典範作用」首先從「（一）文學漫畫之界定範疇」探討文學與漫畫交集的脈絡，並以「（二）臺灣文學漫畫之示範」說明黃春明跨類的敘事表現呈現現代圖文創作的一種新可能性，第三章「黃春明文學漫畫從審美到創作之敘事途徑」以黃春明與漫畫的淵源探究圖像的敘事功能，「（一）圖文與美學交匯的新窗口」透過黃春明喜愛的漫畫家洛克威爾（Norman Rockwell），觀察審美經驗對文學漫畫創作的影響，「（二）作者和讀者對話的再教育」則藉由文學漫畫的讀者定位，探討對其產生的教育功能，第四章「文學漫畫的敘事範疇：全球化、消費社會與日常生活」則以文學漫畫的文本內容，以「（一）消費社會與資本經濟：大眾化的現實擬像」與「（二）生命態度與後現代景觀：天地人的哲學思想」兩層面進行深度的詮釋解析。

　　此次筆者除了聚焦在文學與漫畫的敘事形式以外，也關心黃春明文學漫畫創作內容所面向的議題，研究中尚有許多問題意識待為釐清，期望透過本文的研究成果，不僅對黃春明作品的研究進行補充，也擴增臺灣漫畫的現行研究範疇，藉由表意載體的多元結合，促使大眾了解文學和漫畫複合式的新敘事空間。

8　幼獅少年策劃：《漫畫與文學的火花》（臺北市：幼獅文化出版，2016年）。

二　文學漫畫《王善壽與牛進》之典範作用

（一）文學漫畫之界定範疇

　　文學與漫畫皆屬視覺敘事之範疇，然而彼此的敘事方法各自分野，文學以文字傳遞內容情節、情感意象與思想意義，仰賴讀者將文字轉譯為訊息的過程，而漫畫領域透過圖像傳遞人物形象、故事架構與視覺審美，視覺效果更為直接具體，文學與漫畫在敘事形式的本質差異性，也使創作者各自創作論述，不過，細察臺灣漫畫與文學的交匯，仍可隱約見到文學與漫畫交織的創作風景。

　　文學與漫畫的創作脈絡，遠溯有豐子愷，其作品以國畫隨筆表現，創作內容以文學與畫作雙重表意，[9]後起之秀蔡志忠則將中國文學經典漫畫化成為文學漫畫的一標竿，至此可見文學漫畫主要以中式繪畫風格與文學經典改編作為創作途徑；而近年來文學漫畫的普及情形，可參見新生代文學作家與漫畫家的互動略知一二：

> 文化部與《幼獅少年》雜誌二〇一四年共同合作「文學漫畫專欄」，陸續安排劉克襄、張友漁、廖鴻基、廖玉蕙、許榮哲、張耀升、楊佳嫻、鍾文音、陳佑鈞九位文學作家，分別與捲貓、漢寶包、馮筱鈞等三位新銳漫畫家創作的漫畫小說進行交流對談，並刊登三位新銳漫畫家創作的漫畫小說，不僅提供跨領域平臺，讓文學與漫畫之間彼此交流，更藉由對談的側寫，讓青

---

[9] 陳野：《遇見豐子愷——愛‧漫畫‧文學的一生》（臺北市：五南圖書出版公司，2014年），頁117-119。陳野指出，豐子愷於一九二六年九月，參與編輯、出版《一般》月刊，豐子愷擔任裝禎工作，也同時在刊物上發表不少文章與漫畫；在立達學園時期，漫畫創作日趨成熟，濃郁的古典詩意在畫筆之中流淌而出，豐子愷其藝術家的靈感來源，是古典詩詞給予的底色。

少年讀者了解文學創作的本質與不同領域創作者的心路歷程。[10]

政府單位文化部推廣文學漫畫的支持力道,加上讀者受眾以青少年讀者為主的情況下,顯然其普及文學漫畫的目的更多是出自教育意義的考量。不過文字創作者(作家)與圖畫創作者(漫畫家)對於「文學」與「漫畫」兩者間的創作關係,在交流表述間也清楚提供認識文學漫畫的新思路,以漫畫家漢寶包所言為例:

> 我曾把文學作品改編成漫畫。我覺得小說的創作像加法,它可以一直寫、一直加;但當它圖像化之後,就必須像減法一直減、一直少,讓兩種不同媒介的創作能合在一起。[11]

文學作品改編為漫畫的困難在於敘事形式的差異。這也帶出文學漫畫的一種創作情形,文字經由圖像的轉譯過程,也是作者遞嬗至繪者的再創作,而這也是過去文學漫畫小眾發展的原因之一,畢竟能同時具有文學家與漫畫家雙重身份的創作者並不多見,作家的小說如要成為文學漫畫,那麼勢必交由漫畫家進行改編,像是夢田文創的漫畫跨文本創作,即改編自駱以軍《小兒子》之文學小說。在文學漫畫此複合式新創作載體漸受到重視之時,文學漫畫的跨界創作過程本身即具有專業領域上待需克服的問題,目前在漫畫相關研究中,已有假設提出以文學獎之作品,尋找合適文本進行「漫畫化」的可能性,此一討論在反映漫畫載體的包容性以外,亦肯定文學與漫畫共構的敘事價值。

上述交代文學漫畫的基本輪廓,主要是為說明文學漫畫具有雙重

---

10 幼獅少年策劃:《漫畫與文學的火花》,頁4。
11 同前註,頁27。

的敘事形式（文字／圖像），以及創作過程中文字與圖像兩者間專業性之壁壘，並提出當今文學漫畫的發展概況；因此當目光看向黃春明文學漫畫《王善壽與牛進》的文本架構與內容，將發現文本中處處新穎活潑的創作意圖，首先黃春明在文字敘事和圖像敘事的原創性，顯然跨越文學漫畫在文字與圖像轉換的困難，也同時處理文字轉譯為圖像在轉換可能出現的訊息的落差，而經由圖像的剪裁後，也因此展現出更為重要的核心理念，另外，文本的版面也是值得留心之處，黃春明以短文進行文字敘事，又同時以四格漫畫的圖像敘事並進，這使文字與圖像兩者的敘事空間得以平衡的進行，而圖文的敘事內容也承襲他一慣關心社會議題的積極態度。是以，下述將藉由黃春明兼具文圖創作者的創作意識，探析此文本在跨媒介創作中的革新之處，以及文圖交互所形塑的創作風格與敘事效果。

（二）臺灣文學漫畫之示範

回顧黃春明的跨界創作成果，縱遍新詩、散文、小說、兒童文學、文學漫畫、改編電影、兒童劇、歌仔戲、有聲書、教科書⋯⋯等領域，這些廣泛的創作類別連通不同的敘事方法，文學類的創作牽涉表意邏輯的差異，而文化類別的創作則又涉及感官視／聽的表述途徑。值得注意的是，黃春明橫跨多種媒介的創作方式，其背後皆指向他自身優越的敘述能力，正如他所言：

> 文字的敘述是間接的，語言才是直接的敘述。像我看到剛才說過的羅東貯存所的大火，回去就可以說這個火災有多大，消防員怎樣怎樣⋯⋯[12]

---

12 黃麗惠記錄，李賴整理審定：〈黃春明專題演講〉，收錄於李瑞騰主編：《聽說讀寫黃

所以我有敘述的能力，像我去抓到一條蛇，其實很簡單也沒什麼大不了的，但我可以敘述到整個過程有多危險，好不容易才終於把這條蛇抓到，這種敘說的能力就是作文的能力。[13]

　　從火災和抓蛇的舉例，反映黃春明對生活日常的細察，其敘事能力奠基於生活事件的體感經驗。他的文字創作以小說創作最具代表，而以口述創作而言，也見於有聲書[14]的出版，因此可知，他創作縱橫各種敘事媒介的活動軌跡，是植根於自身的敘述基礎，語言、文字、影像……等等媒介皆是用以傳導敘述的工具。

　　黃春明在《王善壽與牛進》的文本創作，其文字與圖畫皆出自原創。而短文的內容多取材自生活經驗中的民生課題，文風寫實直率，與之搭配漫畫圖像其輕鬆風趣的簡筆畫風，則減輕探究民生課題批判性的態度，使文字與圖像的敘事組合形成更為平易趣人的新敘事空間，[15]其文本內容共分為十大主題，分別為〈王善壽考〉、〈鬼月夜訪客〉、〈存在主義曾經來過台北〉、〈雛妓與烏龜〉、〈有味道〉、〈半百壯士〉、〈忘了自己是誰〉、〈什麼時代了？〉、〈最後的勝利〉、〈弱小的啟

春明——黃春明及其文學國際學術研討會論文集》（宜蘭縣：宜蘭縣政府文化局，2016年12月），頁33。

13 同前註，頁33-34。
14 黃春明：《聽見‧黃春明：給自己寫的臺灣小說留下聲音〈6CD〉》，財團法人趨勢基金會，2016年2月。
15 汪彥君：〈臺灣漫畫——文學主題的互涉可能〉，《臺灣出版與閱讀》110年第3期（2021年9月），頁152-157。汪彥君指出，2019年頗具有話題性的《厭世女兒：你難道會不愛媽媽嗎？》其描述的家庭風景，透過質感犀利精準的文字及詼諧的畫風，釋放家庭緊張情態所涵蓋的情緒暴力與戲謔攻擊，且藉由圖文比例的分配，展現文學文本與漫畫文本共生的可能。對此參照黃春明文學漫畫《王善壽與牛進》其文字與圖畫配合的新敘事空間，也同樣具有《厭世女兒：你難道會不愛媽媽嗎？》文本共生之效。

示〉,這十大主題中,除了〈王善壽考〉動物主角介紹和〈弱小的啟示〉全文結語的部分是短文呈現以外,另外八個主題〈鬼月夜訪客〉、〈存在主義曾經來過台北〉、〈雛妓與烏龜〉、〈有味道〉、〈半百壯士〉、〈忘了自己是誰〉、〈什麼時代了?〉、〈最後的勝利〉則以一篇短文與篇幅不等的四格漫畫呈現主題內容;這十大主題的脈絡以有序的敘事節奏行徑,〈王善壽考〉和〈鬼月夜訪客〉以動物主角烏龜王善壽的身世開篇文本內容,接續的主題〈存在主義曾經來過台北〉和〈雛妓與烏龜〉以生活實況探究流行文化與生態課題,銜接在後的〈有味道〉、〈半百壯士〉、〈忘了自己是誰〉則進入與經濟關聯的嚴肅議題,而〈什麼時代了?〉和〈最後的勝利〉連結至後現代時期的世代風貌,最後以〈弱小的啟示〉一文其宏觀的生命態度收束全文本,十大主題的敘事方向從動物主角到民生生活、經濟問題乃至後現代景觀,而最終回扣至與動物生態相關且涵蓋全人類的生命態度,顯示從「個體–群像–總體」首尾相連的敘事循環層次,而黃春明這般以文字與圖畫並行的敘事方法,也見有石羅漢日記與兒童文學撕畫繪本,[16]溯及黃春明以圖像敘事創作的動機,這源自於他童年受漫畫啟蒙的緣故:

> 在那貧窮的農業社會年代,作為一個小學生的我,最喜歡的興趣,不是隨阿公到帝廳廟去聽《封神榜》的哪吒、《三國演義》、《水滸傳》和一些民間故事,就是跟阿嬤去看「山伯英台」、「七世姻緣」和「殺子報」、「孟姜女哭倒萬里長城」等等。再來就是省一點零用錢去租連環漫畫。這個興趣到了七、

---

16 文學漫畫〈石羅漢日記〉於1989迄1990年間發表在《皇冠》,直至2023年才集結成文本。兒童文學的繪本則以撕畫創作,見有《我是貓也》(1993)、《短鼻象》(1993)、《小駝背》(1993)、《愛吃糖的皇帝》(1993)、《小麻雀・稻草人》(1993)、《毛毛有話》(1993)、《犀牛釘在樹上了》(2023)共七本圖文文本。

八十歲的我，還是一直沒變。[17]

他與漫畫的互動根源於童年記憶，並且這份興趣的影響持續終身。值得注意的是，這段話中他談到童年經驗所欣賞的歌仔戲，在日後也成為他創作的媒介之一，[18]可留意的是他在創作媒介的選擇大多來自於體驗後的啟發，這與他創作內容取材於生活經驗的路徑相互呼應，參照他在專題演講中談及生活經驗與寫作之間的關係：

> 所以小孩子的生活經驗很重要，千萬別只是叫他寫「如何做一個模範生」，像我，我怎麼知道如何做一個模範生（耍賴的聲音再現）？不要變壞就不錯了。嘿，其實我是很壞啦（俯首搖頭、公然竊笑）。還有像是要怎樣保鄉衛國、怎樣貢獻國家的那種論說，都不要出給太年輕的小孩子，就讓他從他的生活，從身邊的人物，從身邊的遭遇……種種都寫出來。[19]

黃春明指出生活經驗對孩童的重要性，身邊的人事物才是寫作的材料。黃春明鄉土文學作家的身份，已然說明寫作題材與土地的緊密，創作內容扎根於生活是他的特點，而文學漫畫的創作表現，已從「寫出來」跨度到「畫出來」的敘事表現，漫畫與他的交集，經由童年的閱讀經驗，流動到成年後的欣賞，最後締造出個人化的漫畫作

---

17 黃春明：《王善壽與牛進》，頁8。
18 黃春明曾發表、編導歌仔戲《杜子春》（2001），改編、編導歌仔戲《愛吃糖的皇帝》（2002），以及編導《新白蛇傳Ｉ——恩情、愛情》（2003）與《新白蛇傳ＩＩ——人情、世情》（2005）。
19 黃麗惠紀錄，李賴整理審定：〈黃春明專題演講〉，收錄於李瑞騰主編：《聽說讀寫黃春明——黃春明及其文學國際學術研討會論文集》（宜蘭縣：宜蘭縣政府文化局，2016年12月），頁34。

品，這般的創作歷程正是他漫畫作品的特色，關於童年記憶、生活經驗與審美經驗，以及兼備讀者和創作者雙重身份，再加上文字和圖文並進的敘事表現，這在在表現黃春明於創作取材上多元豐富的路徑，因此形塑極具個人化的漫畫作品。

　　文學漫畫中的短文內容、四格漫畫皆出自黃春明的創作，因此文字與插畫間的風格具有高度的一致性，在文字與圖畫並進的敘事空間中，圖文比例的調節關乎敘事的演繹方向，因此四格漫畫的框格保留一定的敘事空間使文字敘事得以平衡，且四格漫畫本身即具有針砭時事的傳統特質，[20]幽默、諷刺是畫風的基調，這也近於黃春明面向社會且具趣味性的文字風格，是以，兩者敘事形式形成和諧的敘事表現，並帶來耳目一新的閱讀體驗，不論是以作者創作或是讀者視角而言，黃春明為「文學漫畫」此一敘事媒介做出新示範。

三　黃春明文學漫畫從審美到創作之敘事途徑

（一）圖文與美學交匯的新窗口

　　前述已提及「文學漫畫」創作形式涉及文字與繪圖兩種專業領域，此處將聚焦黃春明在漫畫圖像上的創作脈絡。黃春明的漫畫創作除了他的童年記憶以外，也關乎他的審美經驗：

　　　　後來我對欣賞漫畫的要求，變得很挑剔；喜歡的愛得愛命，不喜歡的，看到不幽默、不諷刺、內容貧乏的漫畫，我獨自一個

---

20 周文鵬著，心一繪：《讀圖漫記漫畫文學的工具及臺灣軌跡》，頁205。周文鵬指出，單幅、四格等幽默、諷刺型漫畫之所以廣受一般雜誌讀者歡迎，主要源於針貶的內容具有難以言傳的圖像樂趣。

人也會生氣。對了，美國一流插畫家，也是漫畫家——Norman Rockwell，他的作品集厚厚一大本，又貴又重，我到美國時也把它抱回來了，一有空，常抱它出來翻翻。這樣久而久之，自己也想到一些素材，手也癢，因而在工作之餘，就拿起紙筆塗鴉一番，然後請幾位朋友看看……[21]

「不幽默」、「不諷刺」、「內容貧乏」此屬對漫畫內容價值的標準判斷，而黃春明反覆觀賞的插畫家 Norman Rockwell，是他接觸繪畫的窗口。Norman Rockwell 譯名為洛克威爾（下述以譯名表示），洛克威爾的筆觸細膩，其油畫、廣告畫、畫像……等繪畫作品反映真實的生活場景，如以畫風而言，黃春明簡筆的線條畫顯然與洛克威爾的畫風有極大的差異，但二人在藝術創作上的意念卻相當靠近，下列以黃春明〈住者有其屋〉（圖一）[22]和洛克威爾〈四大自由：言論自由〉（圖二）[23]並論一二：

黃春明的四格漫畫〈住者有其屋〉整體畫面線條簡約，主要以文字對話推動敘事情境，烏龜王善壽與蝸牛牛進的對話反映臺灣社會房價的現況，再看到洛克威爾〈四大自由：言論自由〉的畫面則是以人為主體，且筆觸精緻寫實，透過人物神情展現美國言論自由的人權精神，如純以視覺畫面而言，難以覺察黃春明與洛克威爾二人的共通性，但當矚目到洛克威爾的作品特色，一為透過繪圖作品的寫實風格展現時代交替的情感，二為藝術作品採用幽默、趣味和詼諧的比喻反映社會問題，三為把傳統的文化觀和生活觀朝向新時代的引導與轉化，

---

21 黃春明：《王善壽與牛進》，頁9。
22 黃春明：《王善壽與牛進》，頁73。
23 Norman Rockwell(1943). *Four Freedoms: Freedom of Speech [oil painting]*. Norman Rockwell Museum, Massachusetts, USA.

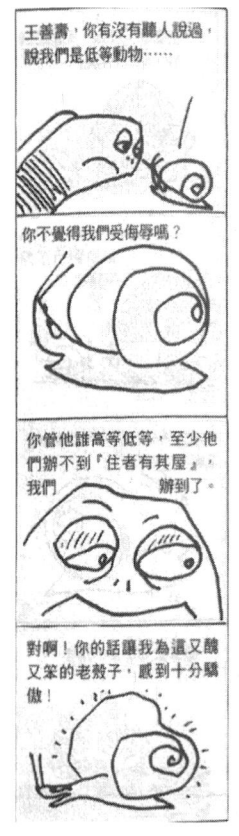

圖一　住者有其屋　　　　　圖二　四大自由：言論自由

揭示藝術對生活和文化問題的影響作用，[24]我們將很直觀的意識到洛克威爾的藝術特色，幾乎與黃春明的創作具有高度的同質性，因此，如不侷限於黃春明與洛克威爾在繪畫技法上的差異，而是聚焦二人本質上的創作意義，將注意到二人不約而同有著多項共通的特點，下列即以表格進行說明：

---

24 何政廣主編：《世界名畫家全集》（臺北市：藝術家出版社，2008年8月），頁6。

黃春明與洛克威爾創作表現之對照表		
	黃春明	洛克威爾
1. 創作風格	漫畫呈現幽默、諷諭之效,並隱含人文關懷。	畫作風格幽默詼諧,且溫暖有情。
2. 創作內容	漫畫主題緊扣臺灣生活與社會的境況,反映臺灣民生議題。	畫作主題以美國生活與社會為主軸,記錄美國精神與歷史。
3. 創作主題 (人物與型態)	漫畫以動物作為主角,進行寓言性的敘事,其漫畫敘事型態與文字並行。	畫作主角從小人物到總統皆有,但多以小人物為主,敘事型態以畫作為主軸。
4. 創作與教育意義	漫畫創作對成人具有啟示與教育意涵。	畫作對於普羅大眾富有教育意涵。
5. 創作與兒童的關聯	漫畫與兒童的關聯較淺,但其他圖像創作的作品表現出對兒童的重視,如撕畫繪本。	重視孩童,畫作多以孩童為主角,和美國童子軍合作六十年,且被尊稱為「童子軍先生」。
6. 畫作與文字的關係	其漫畫提升文字的接受程度。	其插畫為名著小說增加文字的可讀性,例如《小婦人》封面照吸引更多讀者閱讀文學文本。

　　圖表中對洛克威爾,創作風格、創作內容、創作主題、創作與教育意義、創作與兒童關聯、畫作與文字關係此六項的定義皆出自《世界名畫家全集》[25],其中黃春明與洛克威爾二人在繪畫創作的表現有著極其靠近、重疊的藝術性,回顧黃春明本身對洛克威爾畫作的審美

---

25 何政廣主編:《世界名畫家全集》。

欣賞,這份審美經驗或多或少影響著黃春明漫畫的漫畫創作,參照蔡淑麗提出「藝術創作是以人的認知為基礎」和「藝術作品以再現知覺意象為質料、心智的構思綜合為形式、靈感為媒合」的說法細探黃春明的創作軌跡:

> 在藝術創作的過程中,首先透過外五官的感覺經驗獲得初步的感覺印象,包括:視覺印象、聽覺印象、味覺印象、觸覺印象及嗅覺印象。接著再由內四官裡的綜合官將上述各個感覺印象所形成的個別且零星的感覺印象綜合成知覺印象……而這些透過感覺經驗所獲得的知覺意象便形成藝術創作者在從事藝術創作時的基本素材。……心智對「再現知覺意象」這些材料的構思與綜合作為藝術創作品的形式;然後藉由潛意識迸發的靈感創意之神助(推波助瀾)下,媒合了質料與形式,創造出一件具有創作者個人特殊風格的藝術作品。[26]

蔡淑麗經由感覺印象、創作素材、個人化作品抒出藝術創作的過程。另外他對「潛意識迸發的靈感」在註腳處還有更精細的詮釋,他指出潛意識所產生的靈感,是融合創作者個人的生命情懷、人格特質與文化修養,因此創造出個人特殊風格的藝術作品。[27]而黃春明對洛克威爾其畫作的審美經驗即為感覺經驗,奠定他展開創作漫畫的基礎材料,且加諸黃春明本身文學寫作的創作涵養,因此他的藝術作品文學漫畫成為極具個人特色的藝術作品,可以說黃春明其文學漫畫的創

---

[26] 蔡淑麗:〈從藝術的全人意涵談藝術的本質與特質〉,《全人教育學報》第3期(2008年6月),頁68。
[27] 蔡淑麗:〈從藝術的全人意涵談藝術的本質與特質〉,《全人教育學報》第3期,頁68。

作表現連通到對圖像的審美經驗以外,也同時交織他本身文學造詣的人文修養。

另外,洛克威爾所獲「美國著名大眾畫家」的成就地位,來自於他在迅速變遷的美國資本社會中保持對民眾的溫情,這使他受到群眾的欣賞與認同,回顧黃春明奠定「鄉土文學代表」之代表作《兒子的大玩偶》,也正是相同的路徑,二人均是展現對底層人民的溫柔情感與關懷態度,從而受到群眾的喜愛與擁護,這也是二人皆存有「寫實」概念的來源,他們的創作與群眾同在,其創作的小說、畫作人物形象都是現實生活中的「我們」,[28]因此,他們的創作與群眾之間是一種支持性的相互作用,所以彼此在精神層次間產生熟悉的感受,換言之,黃春明賞鑑畫作的過程,與畫家洛克威爾在精神意念的層次產生藝術的共鳴──一種惺惺相惜之感,從而萌發繪畫領域的創作嘗試,所以儘管二人有著截然不同的畫景,但在藝術創作的思想上有著共通的人文關懷之情。

而為何黃春明選擇漫畫此一媒介與文字並行敘事的原因,可從他與阮義忠在攝影的對談試論一二:

阮:你在使用文字時,有沒有感到非常無力的時候?然後覺得可以用別種方式來表達,比如說,用照相機?

黃:嗯!文字的無力感,除了是個人對文字使用能力上的問題之外,另外,還有一點──其實你用文字的能力沒問題,

---

28 黃春明的小說人物投射現實生活中人們的縮影,例如《兒子的大玩偶》中為生計奔波而異化的父親、《看海的日子》從小被賣做雛妓的白梅、《放生》中被留下的老人形象,這些在臺灣社會中都是一類人民的形象;洛克威爾的畫作人物則是在真實世界中真有其人,有鄰居、家人等,因此他的寫實來自於生活化的主題外,也與取材的人物模特有關。何政廣主編:《世界名畫家全集》,頁24。

> 可以表達得很好,但,當絕大多數的讀者都不來讀你的東西時,一樣會有無力感,這是外在的無力感!一種個人的無力感。如果文字大家都不看,那我會想到用攝影。[29]

黃春明點出使用文字敘事的困境,來自於讀者對文字接受程度的下滑,文字依賴讀者轉譯訊息的過程,因此文字被接受度的下滑也造成作家的無力感。攝影與漫畫同屬於視覺圖像的敘事媒介,相較文字傳遞訊息的效果更為直觀。筆者無法斷言黃春明的漫畫創作必然為解決文字敘事的困境而創作,但以漫畫的圖像優勢而言,確實更能擴大對文字閱讀的受眾;不過對於黃春明而言,敘事所建構的視覺性也一直是他所強調的重點:

> 黃:我的視覺性比較強,我會喜歡攝影、拍紀錄片,可能也跟這個有關。
> 不管用文字或用影像也好,我所在意的是:如何把一些事情讓別人很容易接受、很容易明白,而且會接受的很深刻!如果那是一件事情,用文字可以表現得最為有力,我就會用小說;若用攝影會是最有力,我就用影像。我不太在意方式,而在意效果。[30]

黃春明自言他的敘事表現在視覺效果上較為突出,不論是小說還是攝影,他更為在意的是呈現的效果。可見黃春明更重視讀者接受的敘事效果,媒介僅為手段,黃春明曾說「一旦我找到更好的表達工

---

[29] 阮義忠:《攝影美學七問》(臺北市:攝影家出版社,1991年12月),頁186。
[30] 阮義忠:《攝影美學七問》,頁187。

具，我就要把筆甩掉了。」[31]以此立基看向他其他創作的媒介——不論是攝影、漫畫還是文字，都是他向外言說的途徑，他所關心的社會、生活才是創作之核心內容，而不同的媒介提供更多被看見被易於理解的形式傳遞給讀者、觀者，因此締造豐富多樣的敘事表現。

不過對黃春明自身而言，漫畫除了文字接受度的現實考量外，還包括他的童年經驗與審美體驗。從洛克威爾到黃春明的文學漫畫，說明創作者與觀者兩者間是相互交流的，黃春明經由視覺的觀看觸動對繪畫的嘗試，是個人情感與藝術審美的再現以外，也是他為華文世界的讀者、觀者增添圖文兼具的新式閱讀體驗。

（二）作者和讀者對話的再教育

黃春明在文學漫畫中的「文／圖」皆為原創，因此文字與繪畫相合所闡述的思想，也就具有高度同質的作者本意。《王善壽與牛進》的主題取材面向民生經濟，所言所繪皆為臺灣社會中的實景現況，文本共有十大主題，分別為〈王善壽考〉、〈鬼月夜訪客〉、〈存在主義曾經來過台北〉、〈雛妓與烏龜〉、〈有味道〉、〈半百壯士〉、〈忘了自己是誰〉、〈什麼時代了？〉、〈最後的勝利〉、〈弱小的啟示〉，其中七大主題皆與臺灣民生社會議題相扣，如〈存在主義曾經來過台北〉揭示六零年代臺灣社會流行的思想與趨勢，〈雛妓與烏龜〉指出社會中以愛心之名隨意放生的謬況，〈有味道〉以減肥議題帶出一系列的怪象，〈半百壯士〉直指臺灣房價造成生存兩難的問題，〈忘了自己是誰〉以使用交通工具三階段批判中產階級，而〈什麼時代了〉與〈最後的勝利〉皆在反映進入後現代時期的社會景觀；這些主題當中的題材皆

---

31 林清玄整理黃春明演講稿：〈黃春明，小說，黃春明〉，《書評書目》第14期（1974年6月1日），頁84-88。

取自生活大小事，因此讀者在閱讀過程中，輕易能連結自身的生活經驗與之產生共鳴，並思索黃春明對於這些議題的見解看法。

　　文學漫畫中的主題不乏看出多為對臺灣社會現象的針砭，在高度作者意欲闡述的敘事企圖下，黃春明透過以動物角色為漫畫主角的設定，降低議題的尖銳並提升閱讀的趣味性，而兩位動物主角——烏龜「王善壽」與蝸牛「牛進」，也各自帶有其象徵意義。

　　且從烏龜「王善壽」、蝸牛「牛進」與黃春明三者的關係談起；黃春明喜歡各種小動物們，[32]而漫畫角色烏龜王善壽在現實世界中真有其原型，參考現有資料有兩種說法，一為劉春城所言，烏龜王善壽是一位喜歡研究佛經的年輕人送給黃春明的禮物，[33]二為黃春明書中自言烏龜王善壽為夜半的訪客，[34]雖然兩種說法稍有異同，但都說明實有烏龜王善壽的存在，且黃春明慎重為其取名姓的動作，也表現著他與小動物之間親密的連結，同時亦表示他與自然生態的親近立場，在黃春明與自然緊密關係的條件下，文學漫畫中所設定工商社會的時代背景，顯然映襯出「自然 v.s 人類」的對立批判態度，而漫畫角色與背景設定所產生的批判意識，除了烏龜王善壽以外，在蝸牛牛進的角色更凸顯黃春明所定調批判性的作者本意。

　　蝸牛牛進的角色塑造，具有反身性的意義，以〈訪問牛進〉中牛進的自述為證：「我不明白，黃春明本身就是中產階級，為甚麼他要我扮演中產階級，又要百般數落？我真為中產階級叫屈。」[35]黃春明極有自覺意識屬於中產階級的位置，而且將自身投射於角色蝸牛牛進之中，這樣主觀反思社會位置並進行審視的創作意涵，可以確定作者

---

32 劉春城：《愛土地的人：黃春明前傳》（臺北市：錦德圖書出版，1985年10月），頁46。
33 同前註，頁46-49。
34 黃春明：《王善壽與牛進》，頁21-24。
35 同前註，頁17。

積極自覺的創作企圖，同時，批判性的文圖創作也帶出讀者受眾的年齡層問題，社會議題式的漫畫內容，顯然不會是面向幼齡的讀者群，周文鵬曾指出，臺灣社會大眾對漫畫的看法裡，漫畫多被認定與未成年、幼齡讀者相互依存的關係，[36]但從黃春明對文學漫畫的主題、畫風與角色的敘事安排，顯然對話的讀者是面向成人群體，文學漫畫此一媒介是黃春明與成人對話的橋樑。

敘事對象關乎敘事目的。黃春明在種種豐富的創作形式中，以兒童繪本呈現他極其重視兒童教育的創作態度，葉雅玲指出，他在跨文類撕畫繪本的耕耘創作不見得全具有宜蘭家鄉的在地性，但都共存有成長／教育的論題，且側重於如何發揮社會教育之功能，並使讀者從中領受到成長感動的能量。[37]回顧同樣兼備有圖像敘事、跨文類的文學漫畫，我們看見的並非成長感動的圖文氛圍，而是帶有詼諧批判的敘事調性，經由文本中短文議論與漫畫諷喻的敘事效果，黃春明提出對當今臺灣社會概況的警示、啟示，藉此引起大眾對生活現況的反思自省，因此文學漫畫所引發作者與讀者的對話過程更可稱是面向成人的教育功能，黃春明圖文創作所帶有的教育力量不只面向學童，在更廣大的成人群體之間，文學漫畫對生活、生態、社會文化的批判意識同樣起到教育的作用，這使成人讀者必須直面環境生態、資本經濟與後現代社會的種種現實課題，黃春明透過批判性的圖文風格導引讀者對生活概況的覺察，並且引領廣大成年讀者關切到臺灣社會的現狀，在這個黃春明與讀者的對話樞紐，亦是文字與圖像共構的教育空間。

---

36 周文鵬著，心一繪：《讀圖漫記漫畫文學的工具及臺灣軌跡》，頁27。「另一方面，無論傳統文學視野的仍未疊合，抑或教育功能、兒少議題等延伸主題的系列連動，可以清楚發現的是，漫畫被認定與未成年、幼齡讀者的依存關係其實依然存在。」

37 葉雅玲：〈黃春明跨文類的成長主題研究〉，《泥土的滋味：黃春明論文集》（臺北市：聯合文學出版社，2009年3月），頁259-260。

四　文學漫畫的敘事範疇：全球化、消費社會與日常生活

（一）消費社會與資本經濟：大眾化的現實擬像

　　前述已交代文學漫畫媒介形式與功能作用，而此處專注探析文學漫畫內容所指陳的社會概況。黃春明在〈存在主義曾經來過臺北〉主題中，陳述六〇年代臺灣社會的消費型態尚處於基本階段，不過當時的流行趨勢時，也能意會到消費社會逐漸興起的端緒：

> 不過說完全沒有流行也不大公平。至少可以指出兩項：一個是當時的中學生流行揹美軍裝防毒面具的帆布包包，他們叫 U.S. KRBAN KABAN，是日本話，指包包、書包的意思。另外一個流行即是「存在主義」。……要是能夠坐在咖啡廳，特別是明星咖啡，來一杯當時是十五塊的熱咖啡的話，談起來更對味。[38]

　　黃春明指出六〇年代臺灣社會流行美軍式的帆布包，以及對存在主義思潮的追捧。在這兩項流行指標可以觀察到的是，帆布包為具體的有形之物，存在主義則為無形的思想意識，其中，存在主義的興起連動到咖啡飲食文化的象徵意義，高宣揚指出，咖啡的飲用意義隨社會文化的進步，轉變為具有複雜結構的現代象徵文化體系，且咖啡通常與各種高級和精細的文化美學活動相關聯，[39]而黃春明本人也參與咖啡與文學思想交匯的演進歷程，他在臺北居住的時光，因家居空間狹窄之故，因此他喜歡至明星咖啡廳享用咖啡並完成創作，[40]這也說

---

[38] 黃春明：《王善壽與牛進》，頁32-33。
[39] 高宣揚：《流行文化社會學》（臺北市：揚智文化出版，2002年11月），頁158-165。
[40] 黃春明先生在明星咖啡廳進行創作的經歷，資料來源於宜蘭大學圖書館2樓「黃春

明黃春明在文本中所反映的大眾流行情境,他同樣也參與其中,他以自身所處的社會現象解釋臺灣從基礎消費社會邁入流行生活、消費社會的階段,並揭示消費與流行文化間衍生的種種日常議題。

美軍式帆布包與存在主義揭示臺灣流行文化、消費社會的序幕,而讓黃春明真正批評消費社會之弊病的流行現象,則見於六篇漫畫〈分期付款〉、〈滑板的時代〉、〈王善壽落伍了!〉、〈文明來了!〉、〈救誰的命?〉、〈蝸牛炒九層塔〉以「滑板」進行一系列幽默戲謔的圖像敘事,[41]「滑板」在漫畫中被視作流行文化的符號,牛進分期付款買下滑板,接著強調擁有滑板代表文明,又訕笑王善壽落伍跟不上時代,這些漫畫的情節實為現實生活的擬像,在現實生活裡,人們以消費表達自我,追逐流行作為個人化的手段,[42]因此當讀者在看到漫畫中的滑板時,能輕易替換為現實生活中其他具有流行元素的物件,但黃春明所評判的並非流行文化的興起,而是反映人們為追逐流行文化所衍生的反常行徑,下列以四格漫畫〈分期付款〉(圖三)[43]、〈意外與必然〉(圖四)[44]、〈蝸牛炒九層塔〉(圖五)[45]進行細部之說明:

明體驗行動館」內的館藏資訊,宜大體驗行動館內有明星咖啡廳的桌椅陳設,桌上資訊卡的內容,說明黃春明與明星咖啡廳之間存有人與地方空間互動深厚的情誼。

41 黃春明:《王善壽與牛進》,頁90-97。
42 高宣揚:《流行文化社會學》,頁114-115。高宣揚指出,流行已經成為當代人的一種生活方式,流行引導大眾走出生活慣例並且彼此競爭,流行文化就是消費文化。看到黃春明畫筆下牛進為滑板分期付款以及訕笑王善壽的行為,完全貼合為追逐流行所引發的一系列效果。
43 黃春明:《王善壽與牛進》,頁90。
44 黃春明:《王善壽與牛進》,頁95。
45 黃春明:《王善壽與牛進》,頁97。

圖三　分期付款　　圖四　意外與必然　　圖五　蝸牛炒九層塔

〈分期付款〉中牛進為了滑板的象徵形象選擇分期付款，牛進甚至還解釋了分期付款的意思，於〈意外與必然〉的故事裡，牛進在使用滑板時受傷，而王善壽則表示這是一場必然的意外，〈蝸牛炒九層

塔〉延續前面四格漫畫的故事，在牛進說考慮賣蝸牛肉以償還分期付款之舉，達到諷刺的最高點，每一個四格漫畫獨立成篇，但也與他篇漫畫的對話連通，可以說每一四格漫畫是人類行為的一切面。讀者在觀賞牛進與王善壽的搞笑互動有其趣味性，但這中間的趣味感正是來源於人們在現實生活中為多餘物件超額消費的荒謬行徑，黃春明取材現實社會中人與物件之間的異化現象，藉由漫畫動物角色對流行的追逐過程，釐清流行、物質與人三者間的本質關係，大眾以消費為手段加入流行之列，而這份大眾流行文化的效力，則將社會認同轉化對自我的定位認同，不論是出現在短文中的美軍式帆布包、存在主義與咖啡廳，又或是漫畫中的滑板，黃春明對流行文化的刻畫，正說明現代人如何經由外在事物界定自我主體的行為表現，而這些漫畫主題取材的真實感正是延續其寫實文學風格的敘事表現，顯然漫畫與文學鎔鑄出黃春明其寫實創作的新敘事空間。

黃春明對消費社會的批判多少與他的早年經歷有關，他曾任職於廣告業的經驗，使他深諳工商社會的現實樣貌：

> 黃春明自己也有說辭：
> 他們說我不了解工商社會，工商社會本來就現實，否則就被淘汰，這我怎麼不了解？我太了解他們了，那是沒良心，沒人性，盡量利用人性的種種弱點去追求財富，這樣做是絕對不會有發展前途的。[46]

黃春明指出工商社會本就為現實，且以人性弱點賺取財富。可看出他在早期廣告業的工作歷練中，對商業社會的運作規則有著知根知

---

46 劉春城：《愛土地的人：黃春明前傳》，頁252。

底的認識程度，因為廣告的商業運作，是不斷以訊息傳遞著消費行為才能創造社會上的身份認同，[47]因此不論是過去的工商社會還是現代的消費社會，資本方同樣都企圖透過操作人性，使人們進行消費的選擇，而資本方則得以獲取大量的財富[48]，但另一方則為此付出金錢或勞力，因此黃春明早期對工商社會的體認，使他更能理性看待時下流行文化的消費活動，並且覺察生活中物我兩方的關係變化。

　　黃春明面對民生經濟的社會現象除了對流行文化的討論以外，亦包含嚴肅的居住議題，特別的是他對居住議題的批判方式，是以二分法的結論拋出大眾兩難的境遇——「到底是要當沒有房子的有錢人呢？」與「或是當有房子的窮光蛋？」，在短文〈半百壯士〉和漫畫〈住者有其屋〉、〈八百萬的精神〉、〈房子跌了〉、〈乾過癮〉、〈兩條路〉、〈失眠〉都不斷重複二分的敘事方式，[49]漫畫裡，蝸牛牛進炫耀背上的殼（家）價值八百萬，又憂心房價下跌，又反覆琢磨想賣身上的殼換取八百萬，這些內容中都呈現「有房沒錢 v.s 無房有錢」的矛盾關係，黃春明設定牛進此一角色象徵現實世界的中產階級，而這樣二分法的絕對語境也是顯示中產階級居住不易的處境。

　　從流行文化到居住議題，會注意到的是黃春明對於臺灣民生經濟具有敏銳度的觀察，從而以文學漫畫紀實臺灣社會經濟發展的各色現象，黃春明冷靜客觀地看待社會經濟變遷的過程，如此才足夠看清

---

47 〔美〕約翰・史都瑞著，張君玫譯：《文化消費與日常生活》（臺北市：巨流圖書公司，2002年5月），頁176。

48 〔法〕安東尼・加盧佐著，瑪雅譯：《製造消費者》（廣州市：廣東人民出版社，2002年6月），頁139。第七章〈符號工程：廣告的力量與弱點〉寫到，受行為主義和精神分析的啟發，商家們希望能找到人們無意識狀態下做出選擇的秘密，也就是人類認知的隱藏源泉。這種心理學旨在發現消費者行為的科學規律，讓商家真正控制消費者。

49 黃春明：《王善壽與牛進》，頁68-78。

商業運作的規則，文學漫畫的短文與畫風則承襲他一慣的揶揄嘲諷的風格，這樣一來，黃春明在文字敘事或是圖像敘事的創作上，形成一種現代寓言式的敘事氛圍，漫畫裡的蝸牛牛進和烏龜王善壽上演著現實生活中的民生議題，而對讀者而言，寓言式的圖文敘事形成既熟悉又陌生的閱讀歷程，讀者置身於第三方的位置，能重新審視自己與世界的交流過程，並反思消費社會與資本經濟佔據個人生命歷程的意義為何。

(二) 生命態度與後現代景觀：天地人的哲學思想

漫畫角色蝸牛牛進與烏龜王善壽此二角色各自帶有鮮明的設定，牛進所代表的中產階級在前述內文中已提及消費型態與居住議題的相關討論，漫畫裡牛進多自詡為中產階級，並將王善壽劃分為非中產階級的群體，因此相對牛進的角色來說，王善壽的立場更為靠近自然本真的性質，像是當牛進為滑板分期付款以及想賣蝸牛肉時，王善壽直言：「蝸牛根本就用不著什麼滑板啊！」這句話意近於梭羅在《湖濱散記》所言：「多餘的財富只能買到多餘的東西。靈魂需要的東西，不必用錢買。」[50] 滑板對蝸牛而言是多餘的身外物，但牛進為了滑板所象徵的文明符號而過度的消費，黃春明實乃投射中產階級的人們大多消費著非必需的外物，而牛進沈浸在中產階級生活方式的模式時，王善壽多半是抱持著反方的看法，顯然王善壽是黃春明安排對文明社會提出反思的發問者，再者回溯王善壽的角色原型——來自現實世界的烏龜，這些線索都指向王善壽與牛進各自詮釋的角色特性，雖然黃春明沒有明言王善壽的角色定位，但顯然有意無意間把王善壽視為自

---

50 〔美〕亨利‧梭羅著，林麗雪譯：《湖濱散記》（新北市：野人文化公司，2020年12月），頁375。

然生態的代表角色,且從多篇漫畫的畫面而言,經常是王善壽背著牛進開展故事對話,細看王善壽與牛進呈現上下的空間畫面,隱然安排中產階級追求生活水準是奠基於對自然的耗損,背負牛進前行的王善壽,如同承載人類消耗破壞的自然生態,因此從黃春明對王善壽與牛進漫畫角色的構思,進而也傳遞他關注人類和生態在土地的共生關係。

自然生態為鄉土命題下的一環,黃春明的生態意識是文學漫畫中與消費社會兼論的課題之一。他對自然生態的看重,從文本的內容安排即能了解一二,文本的開頭黃春明是以短文〈王善壽考〉談起自身與烏龜王善壽的相遇,漫畫則描繪王善壽體驗〈春〉、〈夏〉、〈秋〉、〈冬〉節氣更迭的感受,接著在短文〈雛妓與烏龜〉與漫畫〈後福〉、〈放生〉與〈繁體字〉,刻畫王善壽被信男善女胡亂抓走以及被刀割龜殼的種種傷害,又漫畫〈臭美〉以牛進與王善壽之口表示人類喊出「保護生態、堅決反核」的不易,其中,特別是以「放生」為題的漫畫,顯然關聯至一九八七年小說〈放生〉的保育意識,[51]〈放生〉小說以田車仔串連父子之間的溫情,說明人們生命歷程與自然生態的交集存有著情感的流動,儘管在漫畫的〈放生〉帶有對信仰負面行為(隨便亂放生動物)的批評意識,但綜觀而言,我們還是清楚看到黃春明經由文字與圖像不斷呼籲人們應與自然生態共存共榮的積極意圖。

循此而論,人與自然的關係連帶也關乎土地與時代的脈動,漫畫〈思故鄉〉裡的烏龜與牛進都未曾離開故鄉,但故鄉的風貌景觀卻變化萬千,牛進吟詠李白〈靜夜思〉的詩句本為遊子的思鄉情,可對應

---

51 陳建忠:〈神秘經驗的啟示與鄉土倫理的復歸——論黃春明小說中的人間、神鬼與自然〉,《台灣文學研究學報》第7期(2008年7月),頁157。陳建忠指出〈放生〉與環保議題相關。

如今快速變遷的現代社會，也奇異產生貼合的語境，而漫畫〈星星淚〉則以歌謠小星星與消失的星空形成反差，土地上的事物在時代演進的進程中物換星移，這帶出後現代景觀講究效率與多元化的視角，而在短文〈什麼時代了？〉我們見到黃春明思索後現代時期一系列的疑問：

> 但是進入二十世紀，特別是後半的今天，列車的速度快得令人暈眩不安。沒有人知道列出要奔向何處？沒有人知道下一站是哪裡？也沒有人確切地知道現在是什麼站？叫什麼名字？是什麼時代？一定要人回答的話，卻是眾說紛紜。[52]

黃春明點出「二十世紀後半」的時間軸，並以火車行速形容時代快速前行的狀態。與此相對的是漫畫的「慢速」主角們烏龜王善壽與蝸牛牛進，快速與慢速兩者的反差，昭示著人類社會與自然世界的疏離，而黃春明提出「是什麼時代？」的大命題，眾說紛紜的回答中有七種對時代的定義「太空時代」、「核能時代」、「大眾傳播時代」、「電腦時代」、「反污染時代」、「電波文化」、「民主時代」，[53]從這些定義中，我們可以意會到後現代主義背景下土地不僅僅是一個物理空間，而是成為一個承載著文化、政治、經濟等多重意義的載體，最後黃春明則自言：「今天這個時代，是多時代的時代。」[54]這般回答亦析論土地與人類行為、認知和權力之間的深刻聯繫，人類如何詮釋、定義當今這高速發展的文明社會，同時也是在探討土地在現代化和全球化進程中所面臨的多樣化考驗。

---

52 黃春明：《王善壽與牛進》，頁131。
53 同前註，頁131-133。
54 同前註，頁133。

黃春明對土地和時代的討論鋪衍出更宏觀層面的探究，此一探討涉及生態學、文化地理學以及時空觀念的綜合考量，黃春明經由人類與自然環境的互動進而闡述個體和社會對待生命的方式與態度，在收束文本的最後一篇短文〈弱小的啟示〉，對於生命態度與自然法則的關係，黃春明做了以下表述：

> 我個人的猜想，在大自然的眼裡，沒有所謂的某一隻小蝦米，某一條小魚，某一隻老鼠，或是某某人的存在，祂無視生命個體的存在性，只有群體種族和種類。在祂看來只有種族或種族的名稱，而沒有個別的名字。我的名字叫黃春明，但是在大自然裡，他沒有什麼意義，黃春明在生物界裡，只是人的那一種生命。在這地球上，有無數的京兆萬的小魚老鼠和人類等等種類的生命，和這些種類生命的群體行為而已。大自然的意識裡，只有群體，沒有個體。要維護大自然的生存律則，只有靠群體的力量。這種絕對性的關係，在生物界裡，除了人類以外，我們找不到特別突出的天才，縱使有的話，對整個生物界也不會有什麼貢獻吧。[55]

黃春明以各種弱小動物小蝦米、小魚、小老鼠舉例說明自然法則，指出在生物界之中每一生命個體對大自然而言都不存在意義。這段話點出人類個體的渺小，並清楚指出大自然的意識是以群體作為單位，人類與其他生物在自然界面前都是一視同仁的對待，這顯然連通至《莊子・齊物論》「天地不仁，萬物為芻狗。」之哲學思想，黃春明以道家闡明「個人－宇宙」的系統思想以外，他也雜揉儒家對環境

---

[55] 同前註，頁153-154。

倫理的態度作為內裡，以前述所談及的漫畫〈春〉、〈夏〉、〈秋〉、〈冬〉為例，我們看到王善壽在春季感到幸福與憂愁、夏季曬裂龜殼、秋季收到落葉的信號、冬天感到寒冷，然而無論王善壽在心理或生理的感受為何，皆無法改變四季的輪轉，以四季為題的圖像敘事趨同於「天何言哉？四時行焉，百物生焉。天何言哉！」之孔子思想，吳進安指出，「四時行，百物生」為大自然內在秩序的則理，萬事萬物皆有其序，[56]王善壽所感受到的節氣變化實為大自然不變的運行規則，同時，黃春明在以漫畫角色王善壽所感受表現儒家自然意識之際，亦產生一種跨媒介、跨時空互文共鳴的敘事效果。

儒家哲學對環境倫理的詮釋還包括孟子此一代表性人物，吳進安在「環境倫理」實踐面指出孟子以仁存心才能妥善使用資源，而非隨意消耗資源，又人對於物過度浪費與不愛惜，歸因於欲望過多，因此需要以寡欲來養心，如果能做到寡欲，那麼良心善性即能彰顯，[57]孟子「寡欲」的觀點和黃春明文學漫畫所鋪展的命題是相扣的生態觀，孟子強調自然界養護的重要性，如同黃春明愛土地之心，兩者亦同樣論說人心、人性、人為對自然界的作用，吳進安又提到儒家信念中孔子是「人與天地萬物一體」的代表，在《中庸》第三十章表述萬物齊一生育互不妨礙所展現「生生之德」的內涵，將人與天地萬物視為一

---

56 沈清松主編，吳進安著：〈「環境倫理」在文化生活中之哲學意義〉，《文化的生活與生活的文化》（臺北市：紅螞蟻圖書公司，1999年），頁241。

57 沈清松主編，吳進安著：〈「環境倫理」在文化生活中之哲學意義〉，《文化的生活與生活的文化》，頁243。吳進安以孟子所言：「君子所以異於人者，以其存心也。君子以仁存心，以禮存心；仁者愛人，有禮者敬人；愛人者，人恆愛之；敬人者，人恆敬之。」用以說明對於自然界的萬物，人存仁心才能善用資源，並以「牛山之木」之喻比擬仁心即為對大自然萬物的養護，他又指出孟子以寡欲養心之思想，孟子曰：「其為人也寡欲，雖有不存焉者，寡矣；其為人也多欲，雖有存焉者，寡矣。」此話重心為修養心性的重要，但所注重的「寡欲」思想置於資源過度濫用的現代社會而言，恰能提醒人類過度追求物質將會遮蔽仁心。

體，[58]而黃春明所談後現代景觀變遷或是生物界平衡關係，皆包容於天地之間，土地與人類的連結從個人擴及社會、國家、全人類，乃至於宇宙萬物，彼此相生相息。

至此，我們將能意會黃春明在以圖文敘事流行文化、消費社會與環境倫理的主題背後，全都指向最終極的論述意圖，他從最初小說創作對鄉土的深情擴延至對地球村的人文關懷，黃春明以地球這塊土地作為出發，探究人與自然界的生命情態，企圖以簡約趣味的圖像重啟人們審視人類、自然、宇宙三者相連的倫理意識，對此陳建忠曾言：

> 雖然我們也因此感知，黃春明其實是以更大的憂慮，把人間、神鬼與自然融合為一的世界，那鄉土倫理的境界，不以擬真寫實，不以激進的批判，而以神秘經驗的方式喻示人們。懂得更多的在地、民間知識，也就更可能趨近於自然人、自由人的境界，而不是為現代各種消費神話所支配的異化的現代人。……黃春明的小說試圖以神秘經驗的演繹，企圖幫我們贖回那美好的世界。或許，在極度文明的現世界，能由一則現代寓言，或現代神話，喚醒我們對人間、神鬼與自然這「天人合一」境界的嚮往，則當中便將帶有鄉土倫理復歸的契機亦未可知罷！[59]

陳建忠早已在黃春明以神秘經驗構設的小說中，察覺到現代人被消費社會所異化的情形，並且明確指出黃春明的小說在神秘經驗的演繹中得以趨近於自然人的境界。文末，陳建忠提出對人間、神鬼與自然「天人合一」的嚮往之心可能經由現代寓言或現代神話所喚醒，其

---

58 同前註，頁244。
59 陳建忠：〈神秘經驗的啟示與鄉土倫理的復歸——論黃春明小說中的人間、神鬼與自然〉，《台灣文學研究學報》第7期（2008年7月），頁172。

中便或許存有鄉土倫理回歸契機，我們能意會到的是，顯然文學漫畫中的烏龜王善壽與蝸牛牛進已構成語言精練、情節簡易且意象鮮明的現代寓言，且正如陳建忠所言一般，文學漫畫所呈現現代寓言之哲學思想涵蓋著天人合一的鄉土倫理，回扣至先前分析黃春明以道家、儒家哲學思想互為表裡的生態意識，我們清楚看到，黃春明賡續小說中以土地為基石開展鄉土意識的圖像，並拓展三才天地人達臻同一、平等的生命態度。

五 結語

黃春明文學漫畫《王善壽與牛進》的主題關乎民生生活、社會經濟、時代脈絡，乃至對生命態度的探究，這些主題所涵蓋的維度範疇從個人層次、社群層次跨度到全生態系，並依舊承繼黃春明一貫根植鄉土兼具人文關懷的創作精神。

黃春明具有高產且善於跨域的創作特質，其文學漫畫的體例通俗近人，但內容理念立意深遠，而這也是此文本的顯徵，因此本文特別先從文學漫畫的媒介定位，以及目前臺灣以文學漫畫進行創作的情形進行闡論，在界定對文學漫畫此一媒介創作形式的類別後（文學改編／圖文原創），再爬梳至黃春明與文學漫畫的創作淵源。

文本第三章〈黃春明文學漫畫從審美到創作之敘事途徑〉側重於黃春明與漫畫圖像的連結，黃春明開啟繪製漫畫的契機和他的童年經驗、審美經驗有所聯繫，而他以圖像的敘事表現也呈現諷喻寫實的創作風格，而他以圖文敘事所開啟作者與讀者的對話樞紐，也營造出一種對讀者賦有成長意涵的教育作用，在黃春明以文學漫畫開創新敘事表述方法之際，他所談的主旨還是他念茲在茲的鄉土意識和人文情懷，如此看來，黃春明對土地的關懷早已更上一層達到對自然生態尊

重珍惜的生命情致,並且在圖文創作中啟蒙讀者領略敬天愛人的環境保育意識。

不過黃春明因疾病歷經六次的化療後,手部僵化而難再繼續繪畫創作,因此本文對其文學漫畫的文本研究,未來或許難再見到原創文／圖並進的創作方式,但能肯定的是,黃春明的文學漫畫《王善壽與牛進》已然對此敘事媒介建立典範作用,不論是在文圖的敘事比例分配,或是敘事內容的取材,皆能是日後投入文學漫畫的創作者進行參考的範例,此研究期待能為文學漫畫此一敘事媒介提供新見解,也為黃春明的相關研究增補新視域。

參考文獻

一　主要文本

黃春明：《王善壽與牛進》，臺北市：皇冠文化出版公司，2018年6月。
黃春明：《王善壽與牛進》，臺北市：皇冠文化出版公司，1990年3月。

二　專書及專書論文

幼獅少年策劃：《漫畫與文學的火花》，臺北市：幼獅文化出版，2016年1月。
何政廣主編：《世界名畫家全集》，臺北市：藝術家出版社，2008年8月。
李衣雲：《漫畫的文化研究：變形、象徵與符號化的系譜》，臺北市：稻鄉出版社，2012年9月。
沈清松主編，中國哲學會著：《文化的生活與生活的文化》，臺北市：紅螞蟻圖書公司，1999年7月。
阮義忠：《攝影美學七問》，臺北市：攝影家出版社，1991年12月。
周文鵬著，心一繪：《讀圖漫記漫畫文學的工具及臺灣軌跡》，新竹市：國立交通大學出版社，2018年1月。
高宣揚：《流行文化社會學》，臺北縣：揚智文化公司，2002年11月。
陳野：《遇見豐子愷——愛‧漫畫‧文學的一生》，臺北市：五南圖書出版公司，2014年6月。
劉春城：《愛土地的人》，臺北市：錦德圖書出版，1985年10月。
〔美〕約翰‧史都瑞著，張君玫譯：《文化消費與日常生活》，臺北市：巨流圖書公司，2002年5月。

〔法〕安東尼・加盧佐著，瑪雅譯：《製造消費者》，廣州市：廣東人民出版社，2002年6月。
〔美〕亨利・梭羅，林麗雪譯：《湖濱散記》，新北市：野人文化公司，2020年12月。

三　期刊論文

汪彥君：〈臺灣漫畫——文學主題的互涉可能〉，《臺灣出版與閱讀》110年第3期，2021年9月，頁152-157。
林清玄整理黃春明演講稿：〈黃春明，小說，黃春明〉，《書評書目》第14期，1974年6月1日，頁84-88。
陳建忠：〈神秘經驗的啟示與鄉土倫理的復歸——論黃春明小說中的人間、神鬼與自然〉，《台灣文學研究學報》第7期，2008年7月，頁147-175。
蔡淑麗：〈從藝術的全人意涵談藝術的本質與特質〉，《全人教育學報》第三期，2008年6月，頁61-90。

四　論文集

李瑞騰主編：《聽說讀寫黃春明——黃春明及其文學國際學術研討會論文集》，宜蘭縣：宜蘭縣政府文化局，2016年12月。
葉雅玲：《泥土的滋味：黃春明論文集》，臺北市：聯合文學出版社，2009年3月。

五　其他

【田野調查】國家漫畫博物館：臺中市西區林森路33號。參訪日期：2023年12月23日（五）

【田野調查】宜蘭大學圖書館2樓「黃春明體驗行動館」。參訪日期2024年3月10日（日）

黃春明：《聽見‧黃春明：給自己寫的臺灣小說留下聲音〈6CD〉》，財團法人趨勢基金會，2016年2月。

編後記：也是致謝

　　二〇二三年夏季，承蒙黃大魚文化藝術基金會董事長李瑞騰老師邀請，本系很榮幸承辦二〇二四年春季「黃春明週」，並以「春天樂讀黃春明」為活動概念。其中一場學術會議則以「春萌花開」為主題，融合黃春明的筆名之一「春萌」及散文集《等待一朵花的名字》呈現的春天開花之意象，以展現黃春明及其作品的生命力。

　　承蒙中文系黃東陽主任的信任，忝為這場學術會議的活動統籌者。「黃春明週」第二天舉辦的「春萌花開——黃春明文學國際學術研討會」，特別結合「黃春明先生名譽文學博士學位頒授典禮」一同舉行，以表彰黃春明持續耕耘文學與藝術的典範精神以及黃春明數十年創作生涯對臺灣文學與文化產生的重要影響。因此，二〇二四年四月二十三日（星期二）我們在中興大學人文大樓的國際會議廳迎來了這場盛會。

　　特別感謝文學院吳政憲院長主持開幕式及主題演講，感謝恩師李瑞騰教授主講〈黃春明的魅力〉，介紹黃春明獨特的文學與人格魅力，帶領所有與會人士進入黃春明的世界。主講演講隆重介紹黃春明之後，便正式揭開「黃春明先生名譽文學博士學位頒授典禮」，特別感謝詹富智校長蒞臨頒授黃春明名譽文學博士學位，倍感榮幸。

　　會議當天舉行四場次論文發表，第一場「黃春明的詩歌、音樂與聲音敘事」，由本系黃東陽教授主持，感謝四位慷慨應允發表論文的學者專家帶來精彩的論文，梁竣瓘（中原大學應用華語文學系副教授）

闡述近十年來黃春明相關研究、李欣倫（中央大學中文系副教授）研究黃春明的悅聽文學、劉建志（臺灣大學中文系兼任助理教授；現任中興大學中文系專案助理教授）以黃春明早年的《鄉土組曲》為研究對象、涂書瑋（聯合大學臺灣語文與傳播學系兼任助理教授）則研究黃春明的詩畫／撕畫。更感謝四位評論人李欣倫、梁竣瓘、林仁昱、洪淑苓等教授提供精闢的講評意見。

　　第二場「黃春明作品的外譯與接受」由台文所詹閔旭所長主持，他也是這場次的籌組者，會中邀請到三位學者，包括日本學者明田川　聰士（日本獨協大學國際教養學院副教授）研究黃春明日譯作品的社會意涵，法籍劉展岳（法國國立東方語文學院中文系教師）研究黃春明小說《我愛瑪莉》的法文轉譯與展演；郭光裕（中興大學台灣與跨文化研究國際博士學位學程博士生）則以世界文學角度探討黃春明研究的發展現況與潛力。三位討論人朱惠足、羅仕龍、詹閔旭等教授都是該領域的專家，一時之選。

　　第三場主題為「黃春明作品與女性、兒童」，由筆者擔任主持人，有幸邀請四位專家學者發表鴻文，黃啟峰（亞東科技大學通識教育中心副教授）以黃春明小說中底層女性的「性」與「女性」為題、顧敏耀（中興大學中文系兼任助理教授）探討黃春明近作《秀琴，這個愛笑的女孩》的女性處境、林郁雯（中興大學中文所碩士生）探討黃春明《愛吃糖的皇帝》從繪本到歌仔戲的跨媒材拓展情形、陳室如（臺灣師範大學國文系教授）探討黃春明童話中的動物形象折射的自我倒影。特別感謝四位評論人王鈺婷、陳惠齡、陳室如、蔡玫姿等教授的精闢點評。

　　第四場「黃春明作品的改編電影與圖像敘事」，由李瑞騰教授主持。三篇論文包括黃儀冠（彰化師範大學國文學系暨臺文所副教授）探討《兩個油漆匠》小說到影像的文本重構與創傷政治、張皓棠（臺

灣大學臺灣文學研究所博士生）探討《兒子的大玩偶》的改編行動、陳名楦（中興大學中文所碩士生）以黃春明《王善壽與牛進》為範圍討論「文學‧漫畫」複合式之新敘事空間。而三位討論人陳國偉、黃儀冠、趙家琦等教授的精采對話值得激賞。

除了感謝前述發表人及評論人之外，更要特別感謝後續參與本論文集審查的匿名審查委們，使所有收錄的論文更臻完善。

最後要感謝的是參與本論文編輯作業的人員，總策畫者李瑞騰教授，我的博士班指導教授，不吝給予磨練的機會。也非常感謝中興中文系黃東陽主任、顧敏耀老師（兼任助理教授）、曾麗雯小姐（中文系辦公室）；萬卷樓圖書公司張晏瑞經理、黃筠軒小姐等人戮力付出，一同共享豐碩的學術成果。

中興大學中國文學系教授

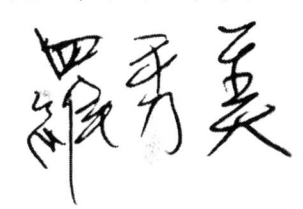

羅秀美

二〇二四年九月二十日記於中興湖畔

附錄
春萌花開──黃春明文學國際學術研討會議程表

主辦單位：國立中興大學、財團法人黃大魚文化藝術基金會
承辦單位：國立中興大學中國文學系
合辦單位：國立中興大學文學院、國立中興大學台灣文學與跨國文化研究所

113年4月23日（星期二） 地點：中興大學人文大樓105國際會議廳		
8:30-8:50 報到	中文系黃東陽主任 台文所詹閔旭所長	
8:50-9:00 開幕式	中興大學文學院吳政憲院長	
時　　間	主　持　人	主　講　人　講　題
9:00-9:40 主題演講	文學院院長 吳政憲教授	李瑞騰教授　　　黃春明的魅力
09:40-10:10 黃春明名譽文學博士學位頒授典禮	〔黃春明名譽文學博士學位頒授典禮〕 中興大學校長詹富智教授 教務長張玉芳教授 文學院院長吳政憲教授 中央大學人文藝術中心主任、黃大魚文化藝術基金會 董事長李瑞騰教授	

10:10-10:30	茶敘				
時間／場地	主持人	發表人	論文題目	特約討論	
10:30-12:00 第一場 黃春明的詩歌、音樂與聲音敘事	黃東陽教授 (中興大學中文系主任)	梁竣瓘 (中原大學應用華語文學系副教授)	試論十年來的黃春明研究	李欣倫 (中央大學中文系副教授)	
		李欣倫 (中央大學中文系副教授)	用耳朵聽文學：黃春明與悅聽文學	梁竣瓘 (中原大學華語文學系副教授)	
		劉建志 (臺灣大學中文系兼任助理教授)	黃春明的鄉土與歌謠：以《鄉土組曲》為研究對象	林仁昱 (中興大學中文系教授)	
		涂書瑋 (聯合大學台灣語文與傳播學系兼任助理教授)	詩／撕畫黃春明：黃春明詩作的視覺性	洪淑苓 (臺灣大學中文系教授)	
12:00-13:00	午餐				
13:00-14:10 第二場 黃春明作品的外譯與接受	詹閔旭副教授 (中興大學台文所所長)	〔日〕 明田川 聰士 (獨協大學國際教養學院副教授)	台日對話的文學契機——黃春明日譯作品的社會意涵	朱惠足 (中興大學台文所教授)	
		〔法〕劉展岳 (法國國立東方語文學院INALCO中文系專案教師)	黃春明小說法文轉譯：從文本閱讀到展演——以《我愛瑪莉》為例	羅仕龍 (清華大學中文系副教授)	
		郭光裕 (中興大學台灣與跨文化國際博士學位學程博士生)	以世界文學角度探討黃春明研究發展現況與潛力	詹閔旭 (中興大學台文所副教授兼所長)	

附錄　2024年「黃春明週」　春萌花開——黃春明文學國際學術研討會議程表　❖ 339

14:10-14:20	休息				
時間/場地	主　持　人	發　表　人	論　文　題　目	特約討論	
14:20-15:50 第三場 黃春明作品 與女性、 兒童	羅秀美教授 (中興大學 中文系)	黃啟峰 (亞東科技大學通識 教育中心副教授)	再現底層：論黃春明小說中的「性」與「女性」	王鈺婷 (清華大學台文 所教授兼所長)	
		顧敏耀 (中興大學中文系 兼任助理教授)	從女性處境、苦難書寫到國族寓言——黃春明《秀琴，這個愛笑的女孩》析論	陳惠齡 (清華大學 台文所教授)	
		林郁雯 (中興大學 中文所碩士生)	從繪本到歌仔戲——黃春明《愛吃糖的皇帝》之跨媒材拓展探究	陳室如 (臺灣師範大學 國文系教授)	
		陳室如 (臺灣師範大學 國文系教授)	自我的倒影：黃春明童話中的動物形象	蔡玫姿 (成功大學 中文系教授)	
15:50-16:10	茶敘				
16:10-17:20 第四場 黃春明作品 的改編電影 與圖像敘事	李瑞騰教授 (中央大學人文 藝術中心主任)	黃儀冠 (彰化師範大學 國文學系暨 台文所副教授)	跨域改編與雙人喜劇——論《兩個油漆匠》小說到影像的文本重構與創傷政治	陳國偉 (中興大學 台文所副教授 兼副院長)	
		張皓棠 (臺灣大學臺灣文 研究所博士生)	純文學‧新電影：《兒子的大玩偶》的改編行動作為文化策略	黃儀冠 (彰化師範大學 國文系副教授)	
		陳名楦 (中興大學 中文所碩士生)	〈「文學‧漫畫」複合式之新敘事空間——以黃春明《王善壽與牛進》為範圍〉	趙家琦 (中興大學 中文系副教授)	

17:20-17:30 閉幕式	文學院副院長 陳國偉副教授 (中興大學台文所)	黃東陽教授(中興大學中文系主任) 詹閔旭副教授(中興大學台文所所長) 李瑞騰教授(中央大學人文藝術中心主任、黃大魚文化藝術基金會董事長)
17:30-		賦歸／晚宴

備註：主持人5分鐘，每篇論文宣讀10分鐘，講評8分鐘，三人綜合討論11分鐘，四人綜合討論13分鐘。時間屆止前一分鐘按鈴一短聲，時間屆止時按鈴二長聲。

文學研究叢書・文學研究論集叢刊 0813002

春萌花開——
黃春明文學國際學術研討會論文集

總 策 畫	李瑞騰
主　　編	黃東陽、羅秀美
執行編輯	顧敏耀
責任編輯	黃筠軒
特約校稿	林秋芬
發 行 人	林慶彰
總 經 理	梁錦興
總 編 輯	張晏瑞
編 輯 所	萬卷樓圖書股份有限公司
排　　版	林曉敏
印　　刷	維中科技有限公司
封面設計	陳薈茗
發　　行	萬卷樓圖書股份有限公司

臺北市羅斯福路二段 41 號 6 樓之 3
電話 (02)23216565
傳真 (02)23218698
電郵 SERVICE@WANJUAN.COM.TW
香港經銷　香港聯合書刊物流有限公司
電話 (852)21502100
傳真 (852)23560735

ISBN 978-626-386-154-1
2024 年 11 月初版
定價：新臺幣 520 元

如何購買本書：

1. 轉帳購書，請透過以下帳戶
   合作金庫銀行 古亭分行
   戶名：萬卷樓圖書股份有限公司
   帳號：0877717092596

2. 網路購書，請透過萬卷樓網站
   網址 WWW.WANJUAN.COM.TW

大量購書，請直接聯繫我們，將有專人為您服務。客服：(02)23216565 分機 610

如有缺頁、破損或裝訂錯誤，請寄回更換

版權所有・翻印必究

Copyright©2024 by WanJuanLou Books CO., Ltd.
All Rights Reserved　　　Printed in Taiwan

國家圖書館出版品預行編目資料

春萌花開：黃春明文學國際學術研討會論文集/黃東陽, 羅秀美主編. -- 初版. -- 臺北市：萬卷樓圖書股份有限公司, 2024.11
　面；　公分. -- (文學研究叢書. 文學研究論集叢刊 ; 813002)
ISBN 978-626-386-154-1(平裝)
1.CST: 黃春明 2.CST: 臺灣文學 3.CST: 文學評論 4.CST: 文集
863.4　　　　　　　　　　113013554